# 象来象往

白仲才 著

广西人民出版社
云南人民出版社

图书在版编目（CIP）数据

象来象往 / 白仲才著. -- 南宁：广西人民出版社；昆明：云南人民出版社，2024.9. -- ISBN 978-7-219-11780-4

Ⅰ. I247.5

中国国家版本馆 CIP 数据核字第 2024QF2511 号

XIANG LAI XIANG WANG

象来象往

白仲才 著

责任编辑　杨　珩　庞　睿　王以富
责任校对　周月华
封面设计　牛广华

出版发行　广西人民出版社
社　　址　广西南宁市桂春路 6 号
邮　　编　530021
印　　刷　广西民族印刷包装集团有限公司
开　　本　880mm×1230mm　1/32
印　　张　12.25
字　　数　297 千字
版　　次　2024 年 9 月　第 1 版
印　　次　2024 年 9 月　第 1 次印刷
书　　号　ISBN 978-7-219-11780-4
定　　价　58.00 元

版权所有　翻印必究

# 南方雨林中的人象奇缘（序）

意千重

认识云南作家白仲才的时间并不长，仅在近几年云南省作家协会举办的几个文学活动上有过交集。知道他原来是云南省普洱市某县的文联主席，因为一直怀揣文学梦想，毅然从领导岗位上提前退休，心无旁骛地圆自己的文学梦。

从白仲才的简历上可以看出，他早先从传统作家出道，2020年10月退休后在知命之年转型写作以年轻人为绝对主力军的网络文学，实属勇气可嘉。事实证明，这次转型是他的一次华丽转身：2022年以来，他相继与塔读文学、七猫中文网、麦林文学网、豆瓣阅读签约，共完成《不负青山不负卿》《飘扬的红丝带》《象来象往》3部现实题材长篇网络小说100余万字，其中，《不负青山不负卿》获2022年第八届滇云网络文学大赛一等奖，《飘扬的红丝带》获2023第三届七猫中文网现实题材征文大赛优秀作品奖,《象来象往》获2023年泛北部湾网络文学大赛一等奖。

从传统作家到网络作家,白仲才的创作道路充满了创新与坚持,难能可贵。他在深入挖掘本土文化的同时,紧跟时代步伐,利用网络平台将自己的作品推向更广泛的读者群体。

"哈尼歌者"这个笔名蕴含了白仲才对故乡的深情,哈尼族是云南的特有少数民族,他们的文化、历史和生活方式都深深地影响了白仲才的创作。在他的作品中,始终充满了对哈尼族文化的热爱和对哈尼族人民的深情关注。这种对本土文化的热爱和关注,使得他的作品具有了深厚的文化底蕴和鲜明的地域特色,不仅展现了新时代的山乡巨变、时代荣光和梦想,也更容易引起读者的共鸣。

《象来象往》这部长篇小说呈现了一个震撼又细腻的故事。小说不仅成功纪录了一次罕见的野生象群迁徙的壮观景象,还巧妙地描绘了人与象之间复杂而微妙的情感纽带,构建了一个人与自然和谐共处的生动场景,对人与自然关系进行了深度的反思。

小说深入探讨了人类与野生动物之间的冲突和共存问题。随着人类活动范围的不断扩张,野生动物的栖息地逐渐受到侵占,人象冲突也愈发频繁。但正如小说中所展示的,当人类放下对野生动物的恐惧和敌意,转而以理解和尊重的态度对待它们时,人与自然之间的关系也会发生转变。这种转变不仅仅是对野生动物的善意,更是对人类自身生存环境的保护和珍视。只有人类真正尊重自然、保护自然,才能实现人与自然的和谐共处,也才能确保人类的可持续发展。

小说的主人公林峰的成长过程,既是对人与自然关系认知的深化,也是对人类责任与担当的诠释。他用自己的智慧和勇气,数次化解了象群的危机,也向我们展示了人类在面对自然时应有的态度和行动。

《象来象往》是一部让人感动的作品,它不仅带给我们关于人与自然和谐共处的深刻启示,更让我们对生命、对自然有了更深的理解和敬畏。我相信,这部小说将会成为生态文学的经典之作,引导更多的人去关注自然、保护自然,实现人与自然的和谐共生。

寥寥数语,不足以解读书中深意,还请诸君亲自翻开书页,共赴一场人与野生亚洲象的奇幻之旅。

(意千重,网络文学白金作家,中国作家协会会员,云南省作家协会网络作家分会主席,第四届茅盾新人奖·网络文学奖获得者)

目 录

CONTENTS

楔　子　大象去哪里啦 …………………………………1
第一章　悄悄生长的情愫 ………………………………6
第二章　奔跑的梦想 ……………………………………25
第三章　夭折的理想 ……………………………………39
第四章　融入雨林生活 …………………………………52
第五章　峰回路转的爱情 ………………………………69
第六章　令人费解的象群 ………………………………86
第七章　收获爱情的季节 ………………………………99
第八章　人象之间 ………………………………………113
第九章　我家有两只白鹇鸟 ……………………………125

| | | |
|---|---|---|
| 第十章 | 和谐之境的闯入者 | 140 |
| 第十一章 | 亚洲象监测员 | 170 |
| 第十二章 | 程非的使命 | 191 |
| 第十三章 | 雨林和学校的距离 | 211 |
| 第十四章 | 问计于民 | 225 |
| 第十五章 | 地方政府并非陪跑者 | 244 |
| 第十六章 | 雨林自然密码 | 262 |
| 第十七章 | 在理想和现实之间 | 276 |
| 第十八章 | "大象食堂" | 290 |
| 第十九章 | 孔雀飞来 | 306 |
| 第二十章 | 亚洲象奇幻之旅 | 359 |
| 尾　声 | 和谐之境 | 378 |

楔 子 / **大象去哪里啦**

2021年4月初的某天下午。

云南省西南部倚象谷热带雨林（简称倚象谷）的莽莽丛林间。一个看似五十岁、身形高大、身穿军绿色迷彩服的男子，突然从茂密的灌木丛里探出身子。这个男子叫林峰，是倚象谷亚洲象监测员，他每天都得在这片密林的深处寻找那些巨大的陆生动物——亚洲象。

林峰自幼生活在热带雨林中，他的皮肤被毒辣的阳光晒得黝黑，眼睛被磨砺得锐利如鹰，高大挺拔的身躯和俊朗的脸庞，令他看上去显得老帅老帅的。

阳光透过浓密的树叶，洒在林峰别在迷彩服的象徽上，明白无误地表明他是这里的守护者。

林峰好生纳闷，这片密林里，那股他距离二百米就能够闻到的大象特有的闷臭味消失了，倚象谷弥漫着难得的清新的空气。终于，林峰还是在被枯叶覆盖的地面上，发现了一群亚洲象的足迹，还有一些已变得坚硬的亚洲象粪便。

林峰蹲下身体，仔细观察着这些热带雨林"巨无霸"留下的痕迹。显然，它们离开这个原本的栖息地已经有两三天了。怪不得这两天的倚象谷总是静悄悄的，那些让林峰敏感无比的象鸣声一下子消失了，他觉得自己的内心变得无比的焦躁。

林峰微微皱眉，他预感到这不是一个好现象。他继续在山谷林莽间追寻着这群大象的足印，一直追到两公里之外的曼干河，那犹如脸盆般大的亚洲象的足印消失在这条潺潺而清澈的河边。林峰的目光越过狭窄的河面，看到河对岸有亚洲象的足印。

曼干河是倚象谷所在的云南省普洱市思茅区和宁洱哈尼族彝族自治县的界河，亚洲象的足印出现在河的对岸，证明这个顽皮的亚洲象家族已经离开倚象谷，去往了宁洱哈尼族彝族自治县那边广袤的山林里。

曼干河原来的水流是很湍急的，在林峰童年记忆里，父辈们在倚象谷对他们这些孩子的唯一忠告是，你们不要惹这条湍急的曼干河。可如今，曼干河早已不配拥有"河"这样一个称谓，说它是一条小溪似乎更为确切。

曼干河倚象谷段原来有一个天然硝潭，亚洲象喜食盐巴，因此这个地方就成为亚洲象迁徙的重要通道。可是就在三年前，这个天然硝潭干涸了，林峰只好在天然硝潭的原址上建了一个人工水池，时常往里面撒些食盐，使水池成为一个人工硝潭，让过往的亚洲象来这里饮用淡盐水。

林峰苦笑着自语："短鼻子（雌象，林峰所追寻的大象家族的"族长"),你总是来去自由,从来不打招呼,这次也这样!不管怎么讲,你肯定想念我的,不出几天,你还得回来这里,这里才是你的家嘛!"

说完这句话的时候,林峰的心里空落落的。一直以来,被林峰称为"短鼻子家族"的野生亚洲象群,总是沿着经过倚象谷硝潭的通道,下景洪、上宁洱,一路"逛吃",最终还是回到倚象谷这块栖息地。

后来的事实证明,这一次林峰估计错了,一向"逛吃"后知道回家的短鼻子家族,这次却义无反顾地走了,大有不再回头之势。当林峰知道短鼻子家族走得越来越远的时候,整个中国的老百姓也都知道了。乃至后来,全中国老百姓的手机都被相关的新闻消息占据了。

林峰无时不在密切关注着短鼻子家族的消息——

短鼻子家族穿过普洱市茂密的森林,渡过湍急的元江。

2021年4月中旬,得知象群进入元江哈尼族彝族傣族自治县后,国家林业和草原局亚洲象研究中心研究员程非和云南省林业和草原局有关负责人等迅速赶往元江哈尼族彝族傣族自治县。有关部门把情况上报后,紧急成立各级指挥部,开始实时对北移的象群监测预警,随时准备对象群活动范围内的群众进行安全引导和疏散。同时,国家林业和草原局派出专家组,并成立北移大象处置工作指导组,蹲守云南开展工作。

4月24日,短鼻子家族中有两头大象从元江哈尼族彝族傣族自治县自行离群回到普洱市。林峰从新闻视频中知道这两头离群的大象是短鼻子家族中的成年公象,这两头公象始终不受象王坦克的待见,离开象群是迟早的事。短鼻子却带着其他大象执着北行。

5月11日，象群渡过元江，继续向北，形势瞬间变得更加严峻。

5月16日凌晨，15头亚洲象进入红河哈尼族彝族自治州石屏县宝秀镇。

5月26日晚7点，象群进入玉溪市峨山彝族自治县双江街道（距县城仅三百米）。

5月29日，在峨山彝族自治县逗留三天的象群进入玉溪市红塔区境内。

6月2日，北迁象群进入昆明市晋宁区双河彝族乡。

6月8日下午5点左右，象群总体朝西南方向迂回迁移2公里，持续在晋宁区夕阳彝族乡活动。

6月12日，象群持续在玉溪市易门县十街彝族乡小范围迂回活动。

在短鼻子家族义无反顾北上的第一时间里，中国政府与群众组织的一场"护象行动"迅速展开。云南省成立了由林草、应急管理、森林消防、公安等部门组成的指挥部。象群沿途的州（市）成立以党委、政府领导为指挥长，由各相关部门人员组成的北上亚洲象现场处置指挥部。各有关县（市、区）抽调林草、公安、应急管理等部门人员，整合电力、通信、交通、宣传、教育等部门力量，调动乡镇（街道）、村组党员干部。

不仅如此，国家林业和草原局亚洲象研究中心、中国科学院昆明动物研究所、云南大学、北京林业大学等单位和高校的共13名专家组成北移象群处置专家组，全程提供科学指导和技术支撑。

云南省野生动植物救护繁育中心、西双版纳亚洲象救护与繁育中心、昆明动物园、云南野生动物园以及西双版纳傣族自治州和普洱市的专业技术人员共三十余人组成专业"护象队"。

与此同时,短鼻子家族似乎依然无回家之意,而且距离人口稠密的云南省昆明市仅"一步"之遥,形势愈发变得严峻!

林峰一直焦急地关注着短鼻子家族拖家带口的北上之旅,随着象群越走越远,他的担心与日俱增……

在6月13日上午召开的北上亚洲象现场处置指挥部例行工作会议上,一脸倦容的指挥长程非发出了掷地有声的命令:"抽调倚象谷亚洲象监测员林峰,补充到现场投食组。"

程非突然把远在倚象谷的林峰紧急调入现场投食组,庄严肃穆的会场上传来了一阵阵骚动。与会者并不知道程非紧急调来林峰的用意。在这样一个由国内顶尖专家组成的现场处置指挥部,抽调一个基层亚洲象监测员过来,还是加入现场投食组做一个貌似人人都能干得了的工作,的确让大家百思不得其解。

程非给出这样的理由:短鼻子家族是林峰的朋友,只有林峰才能带它们回家。

在距离北上亚洲象现场处置指挥部三百公里的倚象谷,林峰接到了抽调他加入现场投食组的电话通知。

6月13日下午,林峰坐上驶向昆明的汽车,奔赴昆明……

> 生活在热带雨林的少男少女们，呼吸着湿润的空气，沐浴着温暖的阳光，他们的情感在这片繁茂的大地上悄然生长着。

## 第一章 悄悄生长的情愫

**热带雨林的诱惑**

时光倒回到20世纪80年代末。

秋日的倚象谷寨子。

中午，少年林峰走出土木搭建的屋子，往倚象谷方向出发。

森林深处涌流出来的空气，裹挟着温暖而潮湿的气息向他扑面而来。而远处和近处的森林，让他感受到一股蓬勃生长的气势。

林峰身形瘦削高挑，一脸稚气未脱，身挎一个竹编大背篓，站在一堆名为"黄脚立"的蚂蚁新"筑"起来的褐色土堆上，他看起来心事重重，眼睛时不时地往通往雨林的山径张望。林峰左顾右盼的样子显得很急迫，他到底在等什么人呢？

一首用柔软语调唱出来的傣家歌谣从山林间飘

# 第一章
悄悄生长的情愫

来,谷底的山径上走来一位袅袅婷婷的少女。这个女孩看上去十五六岁的样子,生得明眸皓齿,一身傣家少女的打扮,淡妆素裹,给人一种清纯的感觉。

傣家少女走近,停止歌唱,冲林峰莞尔一笑,用柔软的语调对林峰说道:"林峰,你来了多久了?我没有来晚吧?伊莎呢?她还没到吗?"

林峰的脸色由凝重转为从容,微笑道:"依香,是我邀约你们俩一块儿进山的,我当然得先到才行。伊莎还没到,我们再等等,等她到了就出发!"

依香把塞得鼓鼓囊囊的筒帕从肩上取下来,挂在一棵锥栗树的树枝上,自己也倚靠在粗大的锥栗树的树干上歇息。林峰隐约感觉到,倚靠着树干歇息的依香不经意看向他的目光里,有一种会灼伤人的火辣。

幸好没多久,密林间传来一串银铃般的笑声,打破了尴尬的气氛。一个和林峰、依香年龄相仿,身着哈尼族粗制土布装的少女,提着一个竹篮款款从林荫下走出来。少女的体型健壮,脸色红润,眼睛明亮,长发黝黑、飘逸,充满活力和朝气。

林峰看见伊莎,突然有一种如释重负的感觉,令他从依香带给他的慌乱和悸动中安定了下来。

"林峰、依香,你们都到了呀,这次又是我迟到了。"伊莎一脸歉意地自责道。

林峰赶紧接道:"伊莎,没关系,我们仨的家虽然相距不远,但是也分别处在三个寨子,就我家离这里最近。"

依香来自倚象谷谷底的曼朋傣寨,伊莎来自倚象谷附近的翁基哈尼山寨,林峰家就在倚象谷寨子。倚象谷既是这片热带雨林的称谓,又是林峰一家人生活所在的村寨的寨名。

"好了，依香、伊莎，现在人都到齐了，那我们出发吧，路途远着呢。"

林峰默默地走在前面带路，依香和伊莎亲热地手拉手，叽叽喳喳地聊着，两人的声音惊飞了一群群山雀。

这次，三人要结伴到雨林深处拾野生菌。林峰希望能够拾到价格昂贵的大红菌。他想着等卖大红菌赚了钱，他要买几盒补气血的口服液，给贫血虚弱的妈妈补身子。

林峰母亲尽管还未满四十岁，但瘦弱多病，已经有好多年无法干重活了。

热带雨林的天气说翻脸就翻脸，在这个区域，雨水和阳光交错出现，使得气候变化多样。才短短半个小时，林峰、依香和伊莎三人就经历了从阳光明媚到雨水交织的转变。

这种天气的变化莫测，令人惊叹。

尽管有浓密的树叶遮挡，但瓢泼大雨还是冲破浓荫，浇向地面。林峰和伊莎不约而同地拿出随身带着的雨衣，准备穿上。这时，依香从鼓鼓囊囊的筒帕中取出三把包装精美的雨伞，递给林峰和伊莎一人一把："用这个吧，这是我今天带给你们的礼物。"

林峰和伊莎这些生活在热带雨林的孩子，是不常用雨伞的，他们进山一般都穿大人用油纸改成的雨衣。对于林峰和伊莎来讲，能用上雨伞实在是太奢侈了。

可依香不一样，她每次和林峰、伊莎在一块儿，总是变着花样给他们送礼物，有时是转笔刀，有时是课外书，这次是雨伞。

依香有一个在景诺乡当乡长的爸爸，在倚象谷一带，她的家境算是十分殷实了。而林峰和伊莎的父母，是一辈子在雨林

# 第一章
悄悄生长的情愫

里辛劳的农民。尤其是林峰家，母亲又常年生病，让本来就收入微薄的家庭更是捉襟见肘。

每一次依香给林峰和伊莎送礼物，依香是不容两人拒绝的。有一次，林峰表示不接受，活生生把依香气哭了，她一个星期没有和林峰讲话。最后还是林峰几次登门道歉，依香才消了气。

尽管林峰心里觉得十分过意不去，但也拗不过依香，勉为其难地收下了。

依香的经历更是让林峰、伊莎羡慕不已，她到过省城昆明，爬过昆明的西山，甚至还去过北京，登上了天安门城楼……依香自豪地翻出了她在昆明西山龙门和北京天安门拍的照片。

依香对外面的世界充满无限向往，她时常对两位好朋友说，外面的世界好大，好令人兴奋，我长大后要去外面的世界生活！依香的志向让林峰吃惊，因为他别说去昆明、北京，就连西双版纳傣族自治州首府景洪市都没有去过。

三人不管去哪里都约着同行，一同上学、一块儿玩耍。

…………

三人继续往前走，用了一个小时的时间，走进了一片云雾弥漫的山谷。经过秋雨洗刷的倚象谷宛如仙境，缥缥缈缈，把群峰装扮得十分秀丽。

三人潜入森林，夹杂着松香的潮腐气味随即扑鼻而来。在枯枝败叶遍地的松软土壤上，果然有很多的野生菌。依香指着簇拥而生的、厚实的、带着褐粉、金黄与鲜红色的野生菌，惊喜地喊道："林峰，快来看，这么漂亮的菌子！"

林峰走近依香发现的野生菌，看到的景象令他又气又好笑："依香啊，你面前各式各样的野生菌，铁定能吃的就只有牛肝菌。有的野生菌虽然美丽，但是有剧毒，个头并不大，虽然虫子敢吃，但是人不能碰。"

伊莎显然也是个"雨林通"，她还介绍道："除了有毒的野生菌，还有小动物出没的洞穴、松鼠遗留的粪便等，任何依赖森林、沿森林之路行走的物种，我们随时可能会遇上，所以请大家务必小心！"

显然，对热带雨林里的一切，林峰和伊莎要比依香懂得太多太多了。

三人在树林间穿行，硬胶鞋底压着蓬松干黄的树叶堆积层，沙沙作响。

尽管三人都拾到了不少的杂菌，但林峰并不满足，因为到现在为止，他还没有拾到真正让他心仪的大红菌。

这个山梁没有大红菌，只好冒险前往不远处的夹象沟了。每年的秋季，林峰父亲都要来夹象沟拾大红菌，这里仿佛就是盛产野生大红菌的窝子。林峰父亲从卖大红菌的收入中，拿出绝大部分去药店给林峰母亲买了很多的药品。

林峰经常听父亲说，夹象沟因为很多年前有一头亚洲象被狭窄的沟谷夹住，进退不能，被活活饿死而得名。

夹象沟作为亚洲象迁徙的主要通道，每年都会有亚洲象从狭窄的沟谷经过。因为经常有亚洲象出没，一般人还真没有胆子到这里来拾大红菌。

夹象沟近在咫尺，如果不去拾野生大红菌，那就可惜了，这不是白来一趟吗?！主意打定，林峰带着依香和伊莎踩着厚厚的腐叶闯到了夹象沟的密林中。

突然闯入的人类和他们身上艳丽的服饰，以及有别于大象身上的味道，让在夹象沟腹地午休的象群突然惊觉到危险的来临。只听见一声尖厉高亢的象鸣声响起，山林四周随即传来一阵阵此起彼伏的象群应和声。

一时间，松涛回响、枝叶乱颤，仿佛脚下的土地也颤动起来，四周的象群嘶吼着就向林峰、依香和伊莎所处位置包抄过来。

**情窦初开的少男少女**

林峰、依香、伊莎三人显然误入了象群住地。

林峰长这么大还是第一次看到象群如此狂怒，一时间整个夹象沟腹地有了地动山摇的感觉。林峰恐惧万分，而依香、伊莎两个小女生此时的状况，用花容失色来形容一点都不为过。在象群嘶吼的第一时间，两个小女生迅疾奔向林峰，抱成一团的三人在象群的包围圈中瑟瑟发抖。

这群亚洲象，无论是成年雌象还是成年雄象，有的用鼻子朝地面有力地挥舞，像鞭子一样抽打松软的土层；有的使用象牙撞树枝，看上去非常有劲；有的用脚狠劲踢着地面；还有的用耳朵上下扇着。每头大象都通过发出响亮的嘶吼来进行恐吓。

很明显，这种声音传达出的威胁和警告的信息，足以让林峰、依香和伊莎三人感到害怕。

处于恐惧中的林峰极力控制住自己的情绪，他意识到，成年大象的这些举动肯定是向他们发起攻击的前奏。显然，他们得尽快离开，往大象不便攻击到的陡坡或悬崖处逃生。

有一头鼻子短小、耳朵宽大、身材粗壮的成年雌象显得非常暴躁，只见它突然离开象群，嘶吼着向二百米外的林峰三人奔来。

"把我们身上带着的一切丢下，快跑！往前面山箐的方向跑。"听到林峰的提醒，依香和伊莎尽管舍不得身上带着的心爱之物，但是现在别无他法，还是丢下东西轻装逃命要紧。三人纷纷抛下自己带着的背篓、筒帕和竹篮，还有今天拾到的野生菌。

可依香还是脚软，站在原地哆嗦起来。林峰顾不得细想，左手拽起吓成一团的依香，右手拉着伊莎奋力往不远处的曼干河狂奔。

多年后，林峰回想当时逃跑的情景，后怕不已，当年跟随自己进山的两个少女，差点葬身于短鼻子雌象的脚下。林峰始终想不明白，当时自己这样一个清瘦的少年是哪来的那么一股强大的力量。

短鼻子雌象一会儿工夫就追上了他们，把硕大无比的象脚高高抬起。就在短鼻子雌象的象脚要踩下的当儿，林峰硬是拽着两个少女的手，一块儿从高悬的曼干河瀑布上跳下去。三人在空中掉落之时，山崖上短鼻子雌象那声沉闷的嘶吼表明它对攻击未遂的不甘。

"扑通"的一声，抱成一团的林峰、依香和伊莎一块儿落入高十几米的山崖下的清潭里，清冽的潭水令林峰紧张的情绪得到了纾解。

"依香、伊莎，你们没事吧？大家别怕，现在我们逃离象群了！"

三人纷纷上岸，全身湿透，水从身上流下来。

经过这样意外不断的折腾，三人在山上已不知耗去了多少时间。此时，天渐渐地暗了下来。

林峰知道，这密林间的夜，黑得很快，他们要返回倚象谷外围的村寨，显然是不可能了。

"天快黑了，我爸妈肯定急坏了，这可怎么办？"依香说完就呜呜地抽泣起来。依香的哭声也感染了伊莎,伊莎也跟着无助地抽泣着。

林峰却顾不得悲伤,当务之急是要找到一个安全且避风雨的洞穴,此外,还必须在洞穴里生上火,火光可以让一切生猛的雨林攻击性动物望而却步。

上天还是眷顾林峰、依香和伊莎的,林峰在清潭不远处还真发现了一个幽深的洞穴,洞穴里面有着一些枯枝败叶,具备生火的燃料条件。

林峰在湿漉漉的上衣口袋里掏出一块折叠好的塑料布,小心翼翼地打开,从里面取出了一盒火柴,轻而易举地把枯枝败叶点燃了。林峰会随身带着火柴,得益于他观察到父亲每次进山都带火柴的细节,因此他也养成了这样的习惯。一会儿的工夫,熊熊燃烧的大火就照亮了这个洞穴的洞口。

黑暗,已经沉沉地压住了雨林。

火光映照下,三人紧张的心情渐渐松弛下来,林峰的肚子"咕噜噜"响了。

"依香、伊莎,你们在这里烤火,我出去找点食物。"林峰对两位少女说道。

伊莎担心地对林峰说:"林峰啊,在这黑沉沉的森林里,去哪里找吃的?外面这么危险,还是别去了,要去,我就和你一块儿去!"

依香浑身颤抖了一下,惊恐地道:"别啊,你们都出去了,留下我一个人孤零零的,我好怕!"

林峰看向楚楚可怜的依香,对伊莎摆摆手道:"伊莎,你就和依香待在火堆旁边,我去去就回,我一定给你们带吃的回来。"

林峰不容分说，头也不回地走到洞穴外，影影绰绰的火光照耀着渐渐潜入黑夜的瘦弱的身影。林峰并没有离开洞穴多远，在火光摇曳中，他发现了一座松软的土堆，他掰断一根树枝，用力刨起土来。

　　不一会儿，林峰就从潮湿的蚁穴里取出一块蚁巢，又摘了一些宽大的叶子，回到洞穴中来。接下来，林峰轻车熟路地把晶莹剔透的蚂蚁蛋从蚁巢中挑出来，放在叶子上烘烤，蚂蚁蛋特有的醇香一下子就在洞穴中弥散开来。

　　三人一边吃着蚂蚁蛋，一边烘着身上的湿衣服，在温暖的火堆旁，身上蒸腾起氤氲的水汽。两个少女被火光映得脸色红扑扑的，愈发显得美丽动人。

　　火光摇曳，洞穴深处朦朦胧胧的，一直看不到尽头，不知道这个洞穴到底有多深。

　　这个洞穴除了幽深，并不宽阔，火堆的两侧勉强可以坐得下三人而已。林峰知道，今晚他们三人不可能一夜静坐到天亮，在这阴森恐怖的雨林之夜，睡觉可是一个棘手的问题。不要说依香和伊莎两个小女生，就是他林峰一个大男生也不敢独睡一隅。

　　三人紧挨着坐在一块儿，林峰靠近洞口，依香坐在最里面，后来依香要求坐两人中间，伊莎同意了，两个小女生互相交换了位置。外面的风吹草动，都让坐在靠近洞口处的林峰感受到热带雨林夜晚的诡异。

　　热带雨林的夜晚太过于安静，原本存在的风声和蝉声都仿佛销声匿迹，不时传来几声鸟的鸣咽声，似乎是临死前的挣扎和求救。

　　夜空中，一丝微弱的光还是射穿了树上密布的枝叶，映在了一只鸟的瞳孔中，揪着林峰的心。

林峰屏息静气，在依香、伊莎两个少女面前强装镇定，和她们说着一些宽慰、壮胆的话。其实他的内心，早已紧张到了极点。毕竟，在热带雨林深处的洞穴里过夜，对他来说，也是第一次。

夜渐渐深了。

林峰的耳旁响起了依香、伊莎均匀的呼吸声，两位少女安然入睡了。林峰本想挪挪身，因为右胳膊长时间被依香靠着，有一点酸酸的感觉，但他怕把两位少女弄醒了，所以就没有敢挪动身子。

睡梦中的依香不知何时紧紧地搂着林峰的胳膊，林峰感受到依香身体传递过来的一阵阵温热。林峰已没有半点睡意，他有些燥热，看向洞穴外，开始陷入了遐思。

林峰想着，自己的家境和依香相差甚远，但他坚信依香心底柔软的地方住着自己，只是她不肯轻易地表露。

突然，依香吓得全身激烈地抽搐了一下，紧紧抱着林峰的胳膊，惊声说道："林峰，别走，你别走！"

林峰知道，依香做噩梦了，他轻轻地拍着依香柔软的背部，没想到依香突然间醒了过来，满脸惊恐地看向林峰。

林峰冲依香微微一笑，轻声说道："依香，没事了，没事了，我一直在呢，别怕，睡吧。"

依香仰头看向林峰，纯净的眼眸里，那抹惊恐慢慢退去。

睡在最里面的伊莎，看到依香拥着林峰而眠的温馨画面，自己的心里却像打翻了五味瓶，什么滋味都溢出来了。她的双眼瞅向洞穴的深处，两行清泪涌出，不自觉地湿透了脸颊。

### 这一巴掌让你长长记性

林峰一夜无眠,一直盼着尽快天亮。

雨林中这漫漫一夜,是林峰长这么大以来觉得最漫长、最难挨的夜晚。

黑森森的密林渐渐变得轮廓清晰,慢慢地可以看清洞穴外的一切。

天终于放亮了,崭新的一天开始了。

林峰看到身边的两个少女还在沉睡,依香柔弱无骨的手放在林峰的胸前。林峰轻轻掰开依香的手,小心翼翼地翻身站了起来,舒展了一下身躯,才蹑手蹑脚地往洞穴的深处走了几步。

昨晚来到洞穴的时候天快黑了,林峰他们来不及细探洞穴的内部情况。

朝霞透进洞穴,使幽深阴暗的洞穴明亮了许多。林峰发现这是一个布满钟乳石的岩洞,不远处还传来一阵"嗡嗡"的声音,听起来像是住在蜂巢里的蜜蜂醒来的喧嚣。

林峰好奇地往洞穴深处又挪了几步,眼前的景象把他镇住了。只见不远处的洞壁上,挂着一个个直径一米左右、如同簸箕般大小的蜂巢。黑压压的蜂巢有规则地排列着,粗略估算,应该有几十窝。

天哪!这么多饱满的蜂巢可以打下好多的蜂蜜啊,林峰惊叹道。这倚象谷原始密林天然溶洞里的蜂蜜,可是城里人的抢手货。这些蜂蜜一出手,肯定可以赚不少钱。林峰美美地想着,回家后他得把这个好消息告诉父亲。等这群亚洲象离开后,父亲就可以进来采收蜂蜜了。

林峰退到洞穴外,两个少女也起来了,依香扭扭身子,伊

# 第一章
## 悄悄生长的情愫

莎揉着惺忪的睡眼，显然两人昨晚睡得并不舒服。

三人走出洞穴，林峰知趣地躲开两位少女，往不远处的密林间走去。林峰想留给两个少女梳洗的时间和空间，这是一种在野外和异性相处时只能意会而无法言语的默契。

独自走进密林深处的林峰，再次被眼前的一幕惊到了，视线所及之处，全是钻出松软土层的野生大红菌。一簇簇，一片片，密密匝匝，漫山遍野都是！

大红菌是不常见的，它主要生长在环境特殊的野生锥栗林下，所以很值钱。只有林下干净，少灌木丛，土壤腐殖层在高温、高湿的特定气候条件下，才能自然生长出纯天然的食用菌。林峰采了一朵大红菌端详起来，只见它全身红色，亮泽艳红，肉质肥厚。

野生大红菌也叫红香菌，倚象谷一带的村民把它叫作红菇，是珍贵的食用菌，有"菇中之王"的称号。野生大红菌肉质肥厚，营养价值较高，以醇厚鲜美、清香爽口、汤色清红而著称。倚象谷野生菌种类繁多，而大红菌是受热带雨林里村民追捧的菌种之一，不仅美味，还可以给他们带来可观的经济收入。

林峰发现了这片大红菌，他兴奋地向两个少女喊道："依香、伊莎，快过来，这里有一大片大红菌，我们发财了。"

两个少女马上来到林峰的身边，她们也被满山的大红菌吸引住了。依香大声惊呼起来，伊莎也一扫昨晚看到依香拥着林峰而眠带给她的不快，也大声喊道："啊，啊，这么多的大红菌，我们发财了！"

兴奋之余，三人又犯愁了，这么多的大红菌，如何带走？昨天逃跑时盛野生菌的工具被迫扔在了象窝里。他们甚至还忘了，这里是象群的栖息地，如何才能安全地离开。

此时，不远处的山崖传来一声粗犷的男声："林峰，憨儿子，你小子在哪里？快应声！"

接着，又有两个不同音色的男人喊道："依香，宝贝女儿你在哪里呢？""伊莎，在哪里？"

三人互看了一眼，不约而同道："我们的阿爸找来了，这可太好啦！"

三人同时回道："阿爸，我们在这！"

喊完，三人的眼神里透着心照不宣，林峰心里泛起一阵不安。

原来，昨晚景诺乡乡长岩丙涛下班后回到家中，左等右等就是不见自己的宝贝女儿回来，知道女儿又来找林峰了，所以就寻到倚象谷寨子来了。

曼朋傣寨的傣族男子姓岩，女子姓依，依香没有遵从父亲的姓。

知道两个孩子邀约伊莎一块儿进山了，岩丙涛和林峰父亲林大汉又寻到附近的翁基哈尼山寨，遇上伊莎父亲伊老赫。最后的结论是，三个孩子进山到现在都没有回来。这可把三个男人急坏了！偌大的原始林莽，倚象谷又是亚洲象的栖息地，危机四伏，这可如何是好？

伊老赫抬出一节粗大的松树根，拿斧头就把松树根破开，又用砍刀把破开的松柴削成一支一支的松明子。

三人各自弄了一把熊熊燃烧的火把，又往背篓里扔了半篓备用的松明子，就急忙赶往倚象谷热带雨林。他们顺着倚象谷的山径找寻了几遍，就剩下夹象沟腹地没有进去了，因为他们深知那里是野生亚洲象的窝子，不敢贸然踏入。

# 第一章
悄悄生长的情愫

折腾了一个晚上，还是没有找到三个孩子。直到天渐渐放亮，三位家长才小心翼翼地走进夹象沟腹地。

多次深入夹象沟的林大汉，对亚洲象踪迹的判断可谓经验老到。他没有闻到那股象群特有的闷臭味，也没听到密林间传来的沙沙声，根据大象的足印、粪便和踩踏过的枝叶判断，这群亚洲象现在并不在夹象沟腹地。因为晚上和早晨正是亚洲象进食的时间，这些热带雨林的"巨无霸"进食必然会闹出很大的动静。

于是，林大汉带着岩丙涛和伊老赫，顺着昨天亚洲象留下的足迹前进，不久就发现了三个孩子留下的背篓、筒帕和竹篮，以及散落一地的野生菌子。岩丙涛看到眼前女儿的"遗物"，双脚一软，就瘫软了下去。

林大汉却哈哈大笑起来："岩乡长，三个孩子没事，但是三个孩子的闯入，可能吓到了这群亚洲象。昨晚发生对峙后，这群亚洲象就跨过分水岭，到景洪地界了。也许等到野芭蕉成熟时，它们才会返回。"

看着一脸蒙的岩乡长，林大汉又说："我们的孩子，肯定就在不远处。"

三位家长拾起孩子们丢弃的物件，对着曼干河瀑布下的密林，大声喊了起来。

很快，三个孩子和家长们相遇了，两个少女各自抱住自己的爸爸哭泣。林大汉却一脸怒气，走上前就给了林峰一记耳光。"啪！"一声脆响，林峰一个趔趄，差点摔倒在地。林大汉冲林峰呵斥道："这一巴掌让你长长记性，这也是你该来的地方吗?！"

林大汉的这一巴掌，不仅是折腾了一夜愤怒的发泄，更是打给岩乡长和伊老赫看的，因为他深知那两个少女，都是冲着林峰来的。

林峰擦拭着口角流出的鲜血，笑吟吟地对父亲说："爸，岩洞里有好多好多的蜂蜜，你看，还有这漫山遍野的大红菌。这回，我们可以买好多好多的滋补品给妈妈啦！"

久久不见、久久想念

眼前这么多的野生蜂蜜和大红菌，的确让上山寻找孩子的三位父亲又惊又喜。

他们把三个孩子带出山后，又雇了村寨里的几位壮劳力，把几百公斤的野生蜂蜜和大红菌挑到集市上。担着上好山货的一行人刚刚进入集市，就有几位老囤手围拢过来，一番竞价后，这几百公斤的野生蜂蜜和大红菌就顺利出手了。最后，林大汉支付了村民的搬运费，还有200多元的赚头。

"见者有份"是热带雨林人家的规矩，所以林大汉就招呼着岩乡长和伊老赫分钱，可是岩丙涛说什么也不要钱，他的理由："不管怎么说，我一个月也有几十元钱的工资，而你们两家，平时也没有什么收入，这钱你们两人就平分吧。"

林大汉和伊老赫哪里肯依他，认定一定要三人平分才合理。最后，岩丙涛说自己是国家干部，不可以和村民争好处，林大汉和伊老赫这才不再坚持下去。

可岩丙涛临走时说了一句话，让林大汉有些犯难："林大哥，这每年进出倚象谷的亚洲象这么多，孩子们进山十分危险，今后请你家林峰不要再带着依香她们往林子里钻了。还有，他们小小年纪谈什么恋爱？！"说完，岩丙涛有些不悦地离开了。

林大汉快快地自言自语："这谁家的找谁家的还不一定呢，

每次都是你家依香上我家来的。"

林大汉和伊老赫把200多元平均分了，一块儿返回倚象谷家中。

在林峰的记忆中，父亲林大汉在自己家的地里什么也不种，就干这种靠山吃山的无本营生，比如拾野生菌、挖草药拿去集市卖，或者帮附近村寨农户家打零工以维持生计。这一次，却是林大汉靠山吃山最大的一笔收入，一次性赚取了100多元。

林大汉回家后向林峰传达了岩乡长的原话，让林峰郁闷了好几天。

此后几天，依香和伊莎果然没有再来找林峰。对于伊莎不来，林峰倒不觉得有什么，可这依香突然不来了，让林峰有点怅然若失的感觉，而且这样的感觉一天比一天疯长。

林峰整日无精打采地跟随父亲到附近的翁基哈尼山寨采茶，有时也会到曼朋傣寨帮人家割橡胶。尽管伊莎和依香分别住在这两个寨子，但林峰却没有见到曾经一直尾随着他的那两个少女。

林峰闷闷不乐的样子当然逃不过父亲的眼睛，林大汉停下手中在橡胶树皮上来回穿梭的胶刀，嘿嘿笑道："憨儿子，人家依香的爸爸是干什么的，他可是我们这里的一乡之长，虽然依香对你亲近，可人家的家境摆在那儿，你攀不上的。"

林峰不搭理父亲，高昂着头颅看向远山。在清晨的阳光下，远山的色彩如画般美丽，远处绵延的山峦渐渐变为深邃的黛色，让人感到一种与世无争的宁静。

林大汉将林峰的茫然看在眼里，语重心长地说道："其实，你也不必自己看不起自己，只要好好读书，考上大学，你也可以走出热带雨林，也可以像依香她爸一样当乡长，甚至县长、市长。"

林峰当然深知知识改变命运的道理,他也一直为此而努力着,从小学到初中,他的学习成绩一直都是全乡第一。

父子俩终于把承包地块的橡胶割完了,林大汉挑着乳汁一样的橡胶水,小心翼翼地在前面走着,林峰蔫了吧唧地跟在后面。两人走进曼朋傣寨橡胶收购站,在父亲交付橡胶水结算的当儿,林峰偷偷瞅了一眼位于橡胶收购站东边不远处的依香家。

在一座金碧辉煌的佛塔旁边,那幢别致的傣家竹楼就是依香家。整幢竹楼以竹子为主要建筑材料,经过精心编织和拼接,竹楼呈现出优美流畅的线条。此时,在阳光的照耀下,竹楼的缝隙中透出点点光斑,使整个建筑显得格外清新自然。

林峰看见了自己朝思暮想的依香,只见她安静地坐在竹楼阳台的一张竹椅上,柔弱的身影在阳光下显得格外柔美。

看见依香的一刹那,林峰觉得一股热血在体内奔涌起来,久久不能平息。他赶紧找了一个僻静的角落。站在这里的树丛中看依香,可以看得清清楚楚,而依香却无法看到他,他不想让依香看到自己的窘迫。

其实,对于依香家,林峰再熟悉不过,之前他和伊莎可以随时无拘无束地进出依香家。可是自从父亲林大汉告诉他岩乡长的那席话之后,林峰顿然觉得他和依香之间,树起了一道无形的却又坚不可破的藩篱。

林峰装作若无其事的样子,不时瞅向竹楼,依香的脸庞白皙,嘴唇红润,眼神中透露出一丝温柔与迷茫。依香仿佛在凝视着远方的山水,她的长发在微风中轻轻飘动,一双修长的手轻轻抓住竹楼的栏杆。

# 第一章
## 悄悄生长的情愫

林峰觉得此时远在天边、近在眼前的依香，比以前更加漂亮迷人。其实，从他们在热带雨林遇险到现在还没有半个月的时间，这依香怎么可能一下子就比原来更漂亮呢。这可能就是久久不见、久久想念而产生的幻境。

现在的林峰，既想见依香，又怕让依香见到。他们的家境是如此的悬殊——依香是乡长家的千金，而他却是倚象谷一个四处打零工的农民的儿子。

林峰还是止不住地想着依香对他的好，想着依香隔三岔五送给他的礼物。

"憨儿子，在想啥呢？我们回家吧！"父亲的喊声把心神不宁的林峰拉回到现实中，林峰收回心绪，在父亲身后低着头默默地走着。林大汉边走路边对儿子说着今天割橡胶的收入，感觉他对今天20元的收入很知足。

父子俩走到一个山坳，林峰看见了自家的那间土木结构平房，在密林的间隙中突兀地存在着，显得破旧而低矮。林峰的脑海中又浮现出依香家漂亮别致的竹楼，想着依香婀娜多姿的身影，不禁生发出一声深深的叹息。

林大汉指着山谷里那些刚刚栽种的芒果树苗，对林峰说道："憨儿子，你马上就要去县城读高中了，等再过三年，这些芒果树苗长大了，结果了，我还指望着你三年后能够考上大学，我就卖芒果供你读书。"

父亲种的这片芒果林，看上去不下10亩。当初父亲带着他种芒果树苗，他还不知道父亲的打算，原来父亲对这片芒果林早就盘算好了。假以时日，这些芒果树苗长高、长大，这10亩芒果林就可以获得一笔可观的收入，那林峰上大学的学费就有保障了。

林峰第一次对父亲刮目相看，原来自己的父亲，不是只顾眼前、四处打零工，他还有着从长计议的通盘考虑。

　　林峰、依香和伊莎都考上了县城高中，马上就要开学了，他们三人一块儿住校读书，又可以聚在一块儿了。想到此，林峰一扫这半个月来单相思带来的阴霾，心也激动得狂跳起来。

林峰知道，只有通过高考，才能实现自己的梦想，才能为自己的未来铺就一条金光闪闪的大道。

## 第二章 奔跑的梦想

### 奔赴高中

开学的日子如期而至。

一大早，一辆手扶拖拉机从密林深处的翁基哈尼山寨驶向倚象谷寨子。随着"突突"的拖拉机发动机声渐渐停下，坐在车厢上的伊老赫、伊莎父女俩向在简易公路边等候多时的林大汉、林峰父子俩招手致意。

林大汉把林峰的行李扔上车，一个箭步就跨上了手扶拖拉机车厢，伊莎伸出右手拉了林峰一把，林峰借势登上车厢。

驾驶员费了很大的劲，才用摇手柄把手扶拖拉机发动起来，然后载着倚象谷两户农家新晋的高中生，向着县城奔去。紧紧抓住车厢扶手的林峰，此时的心情既兴奋又失落，他为即将奔赴新的学习环境而兴奋，又为依香不跟他同乘一车前往县城而失落。

但失落归失落，林峰知道，依香是绝对不可能同他一道乘坐手扶拖拉机前往县城的。现在的他，能够坐上手扶拖拉机，还要得益于这次是去县城读高中，林峰和伊莎两家平摊租车费，合租了这辆慢悠悠的手扶拖拉机。

在20世纪80年代末，手扶拖拉机可是倚象谷村寨为数不多的交通工具。尽管一路颠簸，手扶拖拉机还是执着前行，逐渐挣脱了倚象谷的缠抱，往一马平川的县城所在地曼见坝子驶去。

在学校办理好入学注册登记手续，林大汉丢下一句话："憨儿子，好好读书，我回去了。"就这样，林大汉就和伊老赫坐上手扶拖拉机返回了倚象谷寨子，把林峰和伊莎留在这个陌生的县城里。

林峰一直在入学新生中寻找着让他日思夜想的那个曾经熟悉而现在逐渐变得陌生的身影，可是直到新生开始分班，他依然没有等来依香。伊莎和林峰分在一个班上，见依香没来，伊莎自告奋勇地和林峰成了同桌。

开始上新课了，眼前的一切对每个刚刚升入高中的新生来说，都是新奇而令人兴奋的。可是林峰一点也高兴不起来，没有依香的日子，他觉得一切都索然无味。

林峰的郁闷当然瞒不过伊莎的眼睛，其实伊莎也不知道依香到底去了哪里，一直如影随形的三人突然就分开了，也令伊莎觉得好生奇怪。不过伊莎背地里却是窃喜的，因为依香的不辞而别，让她觉得自己今后少了一个强劲的竞争对手，等依香的一切慢慢在林峰的回忆中消退，那时候的林峰就真正属于她了。

伊莎始终自信地认为，林峰和自己才是最般配的一对，同为倚象谷寨子的农民的后代，他们才是门当户对的。

看着一蹶不振的林峰，伊莎显得非常无奈。在一个晚自习结束的夜晚，伊莎逮住机会耐心地对林峰说："林峰，你得从那个美妙的幻境中走出来了，没有了依香，这地球依然在转，我不想看见你就这样消沉下去，你是可以靠着读书走出倚象谷的人，你可不能忘了自己的理想！"

林峰用忧郁的眼神看向伊莎，痛苦地道："伊莎，我知道自己为了什么而读书，可我这心气，却怎么也提不起来，我知道这样下去自己就废了，可依香她就这样无声无息地走了，我说什么也不甘心哪。"

伊莎娇羞又爱怜地看向林峰，喃喃道："走就走了呗，既然事实都铁定了，你也就不必留恋她了。"

林峰无助地流下几滴酸涩的泪水，呜咽道："今后我可怎么办？"

伊莎不假思索地冲口而出："林峰，别怕，依香走了，这不是还有我吗？"

林峰恍惚地看向伊莎，无力地苦笑道："伊莎，有你，有你又能怎么样？"

林峰的话让伊莎很受伤，但她还是挤出一丝苦涩的笑容，对林峰安慰道："林峰，记住我这句话，今后你一定可以靠着读书这条路走出倚象谷，你肯定会有大出息的。不像我，虽然侥幸考上了高中，但我深知自己不是读书的料，做什么事都比你和依香慢半拍。"

突然间提到依香，林峰痛苦的情绪又浮上心头，伊莎一下子不知道该怎么办了，她内心深处开始责备时常慢半拍的自己。

这边的林峰深陷痛苦的泥沼不能自拔，而另一边的依香也不好过，她开始了和父亲的抗争。

原来，岩丙涛深知女儿从小就对林峰着魔一般的痴情，他这次决意要把两人分开，他已经到县城高中开好转学证明，准备把女儿转学到景洪市一中读书。

生活在热带雨林的少男少女们，比其他同龄人要早熟一些。像依香这样的年纪不乏早婚早育之人，所以岩丙涛最担心自己的女儿步那些不到法定结婚年龄却形成事实婚姻的少女的后尘，于是决定来个快刀斩乱麻。

岩丙涛时常从女儿依香清澈的眼眸中，窥到她对林峰饱含的情愫，这是一种毫无掩饰的表露，让作为父亲的他不得不防。少男少女的爱恋，仿佛干柴遇上烈火，如果不把火苗掐灭在萌芽状态，势必会燃起熊熊烈火。

表面看着柔弱的依香，这次却表现得异常强硬，她知道父亲为她开了转学证明，就索性来了个"不上县城高中就不读书了"这样的宣战口号。后来依香又整了几出"一哭二闹三上吊"的好戏，还偷偷把转学证明放进灶窝膛里烧了，令岩丙涛逐渐崩溃。父女俩经过几番攻守较量，最后双方只好坐下来谈判。

岩丙涛口气异常严厉："你在县城读书，不许和林峰谈恋爱，读书最紧要！"

依香倔强地回道："我当然知道现在读书最紧要，我曾经说过长大后绝对不会再回倚象谷的，既然这样，你说我读书还敢懈怠吗？"

岩丙涛觉得女儿的话有些避重就轻，没有回答到要点上，又吼了起来："我是说不能和林峰谈恋爱，这个你能保证做到吗？"

依香断然回绝了父亲："这个我做不到，但我可以向你保证，读书期间，我不会乱来，即使谈恋爱也绝不会耽误读书这么重要的事，我今后是要干大事的人，不好好读书的话，我的理想岂不是做白日梦?!"

事到如今，岩丙涛即使有一万个不愿意，也奈何不了这个九条牛都拉不回来的犟女儿。傣家女子都是柔弱的人，可是他这个女儿，咋个这样另类？岩丙涛百思不得其解。

也罢，虽然转学不成，但岩丙涛终归得到了依香会好好读书和即使谈恋爱也不会乱来的保证，岩丙涛只好屈从于女儿。但他还是担心不已，这恋爱都谈了，还能不乱来吗？

想不到，女儿又向岩丙涛补了一句，只听依香淡淡地说道："我这次不但要回县城高中读书，还要和林峰在一个班！"听完这句话，岩丙涛差点气吐血。

林峰开始过上了一种百无聊赖的求学生涯，整天浑浑噩噩地活着。

这天下午，林峰所在的班级在数学课上解一道复杂的应用题。同学们组成了几个小组，大家互相讨论着，寻找解题的方法。郁郁寡欢的林峰却不管不顾，仿佛这道难题和他毫不相干，他的走神显然没有逃过那位戴着金丝眼镜、面色冷若冰霜的女老师的眼睛。只见她愠怒地用教鞭敲敲讲台，对林峰不客气地道："林峰，我看你一副事不关己的样子，想必你一定会解这道题，那你上来给大家演示一下吧。"

林峰一时茫然，忐忑不安地走上讲台。这次可是丢人丢大了，因为开学后林峰压根就没有读书听课的状态。看着林峰傻呆呆地站在黑板前不知所措的样子，台下的同学们哄堂大笑。

"肖老师，这是你们班新来的同学，同学们都回到座位上吧！"女校长带着一个女生走进教室，向肖老师交代了一番。

此时的林峰，正好找到了一个台阶可以下，乘机溜回自己的座位坐下。

随女校长走进教室的，是一位婀娜多姿的傣装少女，她款款向讲台走去。这位新生走到讲台正中，转身冲台下介绍道："同学们好，我是大家的同学依香，今天刚来报到！"

林峰还以为自己的耳朵听错了，仔细一看，果然不错，刚才走进来的女生正是自己朝思暮想的依香。而林峰的同桌伊莎，怔怔地看着站在讲台上的依香，她现在的心情和林峰相比，就是冰火两重天了。

**渐入佳境**

周一到周五清晨正式上课前，是高一年级雷打不动的晨读时间。

教室里，同学们你读你的，我读我的，即便很多同学把声音压到最低，但整个教室里还是发出叽叽喳喳、杂乱无章的声音。坐在林峰旁边的依香，眉头皱得老紧，索性把课本一扔，把头转向林峰，嘀咕道："吵死了，吵死了，大家各读各的，互相影响，严重干扰！"

林峰也无奈地放下书本，神采奕奕地看向依香。

幸好上课时间马上就到了，今天第一节课是数学课，高冷女神肖老师一脸严肃地款款步入教室。

肖老师不仅是高一年级的数学老师，也是林峰他们班的班主任，因为戴着的金丝眼镜很显眼，才几天就被高中新生取了个"小眼镜"的外号。肖老师在讲台优雅地站定，习惯性地向教室扫了一圈，最后定格在第三排林峰的座位上，她发现林峰的座位有些不对劲，今天林峰的同桌从体格健硕的伊莎变成了纤瘦婀娜的依香。

还没等肖老师开口，坐在后排的伊莎站起来，怯怯地说道："报告肖老师，依香她是近视眼，坐后排看不清黑板上的板书，是我主动要求和她调座位的。"

刚要发作的肖老师严峻的面容马上变得舒展，微笑着点点头，夸赞伊莎道："同学们，伊莎同学做得很好，同学之间要懂得互相关心、互相帮助。"

伊莎说的当然是实话，今天是依香来到班上的第二天，起床时，伊莎就对依香说了要和她调座位的打算，依香自然是满心欢喜地答应了。

成人之美！把自己爱慕的男同学主动推向比自己优秀的女同学。伊莎能够做出这个艰难的选择，足见其内心的强大和胸襟的宽阔。

坐在最后一排的伊莎，目光所及，皆是林峰和依香成双成对的身影。在这样别扭的氛围下学习，不知道她要如何熬过高中三年的求学生涯。

肖老师尽管形象高冷，却是教书育人的一把好手，她知道如何与新来的同学磨合。她把新课上得很慢，她和刚刚升入高中的同学们，在寻找一种教与学的默契。

第二节课还剩下十几分钟，肖老师合上教科书，对同学们说道："今天的课就上到这里吧，下面我想和同学们互动一下，在互动之前，我想表扬一个人，这个人就是林峰。今天的林峰就像换了一个人似的，上课专心听讲，回答问题积极认真，希望你能够一直保持这样的学习状态。"

林峰看向依香，两人会心一笑。后排的伊莎郁郁地想，林峰当然是换了一个人啦，开心得上天了，因为他的心头肉就坐在他身边嘛!

肖老师接着说道:"从开学到现在马上就一个星期了,同学们也和我们的任课教师互相认识了,请大家讲讲你们对学习课程安排上的一些看法。"

同学们一个也不出声,课堂里顿时安静下来。看到同学们不出声,肖老师有些不满地道:"你们的意思是都没问题了吧?"

依香缓缓举起右手,不紧不慢地说道:"肖老师,我有一个建议,不知当讲不当讲?"

肖老师看着依香,鼓励道:"依香,有建议你就提。"

依香点点头:"清晨的晨读能否改为领读,不然各读各的,互相干扰,毫无晨读的效果可言。"

肖老师取下眼镜,用手帕边擦拭镜片边问:"依香同学这个建议很好,可是谁来领读呢?同学们谁愿意领读?大家举手报名!"

同学们都陷入了沉默。

要领读的可是英语课和语文课,英语课领读需要扎实的英文基础,语文课领读需要标准的普通话作为支撑。而作为英语基础普遍不好和方言发音很重的学生来说,晨读的领读是一件非常难的事。对于学校,老师们也深知领读的重要性,可是因为找不出领读的学生,让晨读变成了一种可有可无的形式。

看到大家又当起了缩头乌龟,依香又举手了。

肖老师示意她讲,依香自信满满地说:"这个语文课,我就毛遂自荐吧,让我来领读。"

依香又看向林峰,温软地说道:"至于英语课,我推荐林峰,他这次中考,英语成绩可是全县第三哪!"

肖老师觉得依香的提议可以一试,就要求林峰和依香两人各自展示一番。

依香挑了高一年级语文课本上的一篇散文进行了朗读,她温软抒情的普通话非常标准,清新而流畅,让人听起来如沐春风。

林峰则朗诵了两段英文诗句,是泰戈尔的经典诗句:

I know it has stars that talk to him, and a sky that stoops down to his face to amuse him with its silly clouds and rainbows.(我知道有星星同他说话,天空也在他面前垂下,用它傻傻的云朵和彩虹来愉悦他。)

Those who make believe to be dumb, and look as if they never could move, come creeping to his window with their stories and with trays crowded with bright toys.(那些大家以为他是哑的人,那些看去像是永不会走动的人,都带了他们的故事,捧了满装着五颜六色的玩具的盘子,匍匐地来到他的窗前。)

林峰以一口流利的英语,声情并茂地朗诵完上面两段优美的诗句,赢得了同学们和肖老师热烈的掌声。大家对林峰刮目相看,今天的林峰一改之前的颓势,一下子变得优秀起来。

此后,每天清晨的晨读,几乎成了林峰和依香的表演时间。两人轮换着领读,渐渐地,全班同学都爱上了阅读,爱上了课堂。

时间如白驹过隙,很快就到了高一第一学期期中考试的时间,林峰的总成绩在县城高中排名年级第一,依香排名年级第三。而伊莎的成绩,并不尽如人意,除了极少数科目勉强及格,大多数科目一落千丈。

每当下午放学后,林峰时常一头扎进学校图书室,他总是喜欢找一些课外书,对当天的课堂知识作外延拓展。他一钻进图书室，常常就忘记了时间，这时候，依香就会到学校食堂打双份的饭菜，陪他一块儿吃饭。

林峰边翻书边胡乱地扒拉饭菜，这时候依香就取笑他："看你饿得，吃慢点啊，你这三下五除二就把米饭咽下肚了，碗底的肉却留下了，今天我可是专门为你多打了两个肉菜啊。"

林峰有些不好意思地道："你知道我家困难，给我的生活费并不宽裕，所以总是给我打肉菜，这可花了你不少的生活费啊。"

依香看着憨厚的林峰，笑颜如花说："你吃就得了，我家又不缺给你打肉菜的这几个钱。"

就这样，林峰和依香两人相互鼓励、相互照应。对于他俩来说，高中的求学生涯没有枯燥乏味一说，每天都充盈着满满的元气，让他们可以迎接不断奔涌而来的新知识。

早晨，天空泛着淡淡的蓝色，两人一块儿走在校园的林荫道上。下午，在校园的莲花池边，林峰的手里握着一根凉爽的冰棍，依香则在一旁帮他挑选最关键的知识点。

在课堂上，两人不仅是同桌更是互相激励的伙伴，每当遇到难题，他们都会互相讨论，寻找答案。他们互相借鉴，互相学习，共同进步。他们会一块儿分享学习心得，就像分享彼此的心中所想，这是一种彼此的依赖，也是一种彼此的促进。两人还经常一块儿参加学校的运动会，为对方加油，一块儿分享比赛后的喜悦和失落。

他们在校园生活中找到了彼此的默契，也找到了彼此的骄傲。

### 最后的冲刺

近段时间，岩丙涛忙得不可开交。

## 第二章
### 奔跑的梦想

这几天他一直在县里开会，开完人大会议，又接着列席政协会议。县里的"两会"结束了，他回到家屁股都没有坐热乎，又被县政府办公室紧急通知去开县政府扩大会议。

岩丙涛着急忙慌地赶到县城，在县政府扩大会议上又领受了几项新的工作任务。其中有一项最为重要的工作任务是，景诺乡政府要在辖区村民竞相种植橡胶树蔚然成风的情况下，对村民种植的橡胶树地块做出合理的调控。

近几年来，村民种植橡胶树的面积不断扩大，目前景诺乡已经拥有近万亩橡胶树种植基地，这次实在不能再增加了。岩丙涛暗忖道，原来的近万亩橡胶树种植基地基本到了景诺乡土地开发利用的极限，县政府现在对他下这个任务实在是有着长远的考量。

岩丙涛坐着吉普车围绕全乡辖区的山岭转悠，他试图从橡胶林中找到适合其他产业发展的地块。可尽管他转了大半个景诺乡地界，就是没有找到这样的连片土地。

也难怪，这几年橡胶价格疯涨，种植橡胶树是热带雨林地区农民的增收点，所以引得村民们对种植橡胶树趋之若鹜。种植橡胶树也许就是倚象谷村民对靠山吃山最好的注解。

近年来，整个西南热带雨林地区的农民种植橡胶树蔚然成风，所以这次县"两会"给景诺乡下达的调控指标，岩丙涛无论如何也得落实好。

吉普车正在倚象谷边缘的机耕路上颠簸着行驶，看到车窗外的茶山映入眼帘，岩丙涛连忙喊司机停车。

岩丙涛一步跨下车，看着漫山遍岭的古茶林，他突然想去看看这片古茶林。他在心里盘算着，这么大一片茶地，把靠近倚象谷的橡胶树地块移到这个古茶林里，少说也可以置换几千亩吧。

夏夜的翁基哈尼山寨，村委会空旷的场地上，篝火熊熊燃烧。

听到岩丙涛准备在古茶林里种植橡胶树的提议，不要说村民，就连翁基村委会的村干部们都怔怔地看向岩丙涛，今天的岩乡长这是唱的哪一出？

围在篝火四周的村民代表们义愤填膺地表达着自己的不满："这整来整去终于整到我们头上了，要砍我们的古茶树，改种橡胶树，这馊主意是谁出的？""这可是我们老祖宗留给我们子孙后代的财富，是我们的金饭碗，谁要把我们的金饭碗砸了，我们就和他们拼命。"

"我们哈尼人会采茶，不会割橡胶，要把我们的茶林毁了，休想！"

听着黑压压的人群发出的激烈声讨，岩丙涛实在坐不住了，再待下去，这些平时憨厚淳朴、今天却怒目圆睁的哈尼汉子一定会生吞活剥了他。

岩丙涛黑着脸走出翁基村委会，愤愤地坐上车，生平第一次对司机怒吼道："开车！"

未满四十岁的岩丙涛，今天还是第一次和村民的意见相悖，这之前他的每项工作几乎都得到了景诺乡世居民族的拥护。他深知，边疆地区各民族的民族情感不容伤害，作为国家干部更要像爱护自己的眼睛一样维护好民族团结。

尽管这次2000亩橡胶树地块的调整迫在眉睫，可岩丙涛还是听取了翁基哈尼山寨村民的呼声——种活一棵茶树不容易，何况还是这片远近闻名的千年古茶林。岩丙涛为今天的昏庸感到无地自容。

可眼下去哪里弄这么多面积的地块呢？岩丙涛陷入了苦恼之中。

没办法，置换地块的计划只好搁浅，还是保留原来的计划吧。

说干就干，岩丙涛马不停蹄地召开景诺乡政府班子会议，取得了大家在倚象谷建设橡胶树种植基地的支持。

紧接着，倚象谷边缘就出现了大量的伐木工。这些伐木工都是附近的村民，他们按照景诺乡政府划定的范围进行林木砍伐、土地平整、开挖种植沟。林大汉和伊老赫也参与其中。对于住在倚象谷寨子的农民来说，政府开发项目给了他们难得的打工机会。

景诺乡倚象谷橡胶树种植基地建设推进速度很快，仅用了三个月的工夫，就把原先莽莽苍苍的绿色变成了耀眼的褐色。十几辆农用车拉来了数以万计的橡胶树苗，又是林大汉这帮人，紧锣密鼓地把一棵棵橡胶树苗栽下了地。

这次，景诺乡再一次成为第一个完成上级下达的工作任务的乡，来倚象谷橡胶树种植基地参观的各级领导络绎不绝。

在基地，岩丙涛不经意间碰上了林大汉，他有些不想搭理林大汉。女儿依香和林峰谈恋爱，这几乎是附近所有村民都知道的事，让他这个一乡之长在倚象谷村民面前有些尴尬。

除了女儿和林峰相恋这件事令他苦恼，似乎岩丙涛在景诺乡的每项工作都体现了他的政绩。

忙完了橡胶树种植基地的事，林大汉并没有闲下来的工夫，他种植的芒果树今年已经挂果了。林大汉老远就看到一片生机勃勃的绿色天地，沐浴在阳光下，满树都是饱满的芒果，它们挂在枝头，仿佛在向主人展示它们的丰饶与美味。

走进芒果林，芒果树高大而挺拔，树冠茂密，向天空伸展，犹如巨伞，将阳光滤过，留下斑驳的影子。芒果的香味在空气中弥漫，林大汉仿佛闻到了收获的气息。

林大汉估算着，再过三个月就到开秋了，那时候这些青芒就会变成一个个金黄多肉的金芒。不是金芒，而是金元宝！

等到那时，儿子林峰的高考早已结束，说不定某某大学的录取通知书也寄来了。想到如此美事，林大汉就自顾自地咧嘴呵呵笑起来："憨儿子，你的本事比你爹强一百倍，不但成了学校重点培养的高考生，还把乡长家的女儿拿捏得死死的！"

县城高中高三年级。

冲刺高考的紧张气氛充斥着整个教室，林峰、依香、伊莎和同学们在全神贯注地进行复习，仿佛这个世界只剩下了他们与课本。

黑板上的倒计时牌提醒着他们时间的紧迫。每个人都紧握着笔，认真记录着每一个重点，眼神里充满了坚定与决心。教室里静得只能听到翻书的声音和笔在纸上画动的声音，每个同学都在拼尽全力地复习，为了自己的未来而努力着。同学们的脸上写满了紧张和期待，因为每一刻都关乎着自己的命运。

在这段决定未来的为时不多的时间里，他们都觉得自己得把命运紧紧握在手中，用笔书写未来。他们知道，只有通过高考，才能实现自己的梦想，才能为自己的未来铺就一条金光闪闪的大道。

依香似乎明白了林峰的话中之意,不是林峰愿意放弃高考,事实是,今后的林峰无法去上大学了。

## 第三章 夭折的理想

**愤怒的吼声**

晨曦中,倚象谷寨子被柔和而微亮的光线所笼罩,空气中充满了清新的气息。

林大汉一家居住的屋子外,晨雾如丝般缭绕,显得宁静而古朴。林大汉一大早就醒来了,看到被咳嗽折磨得整宿未眠的老婆秀芝刚睡着,他蹑手蹑脚地走出杂乱不堪的里屋。接着,他进厨房拿起长时间被烟熏火燎而显得漆黑的搪瓷口缸,往里面放了一些不知名的草药,并将口缸放在铁三脚架上,准备生火给秀芝熬药。

这时,屋里不时传来秀芝的咳喘声,证明她并没有睡安稳,林大汉皱了皱眉头。秀芝的咳喘病是越来越厉害了,白天还好些,一到晚上,待热带雨林的闷热退却,湿漉漉的凉意泛起,她的咳嗽马上就来了。秀芝甚至出现了整宿连续咳嗽不止的症状,经常要林大汉帮她垫高枕头,采取半卧位,才能稍微缓解一点。

林大汉曾几次对秀芝讲,要带她到乡卫生院检查治疗,但都被她给阻止了,秀芝对林大汉说:"我这样的老毛病,都十几年了,以前也打了不少的针,吃了不少的药,都无济于事,还不如你到山上挖的草药根管用,我们不去糟蹋那钱了,儿子马上就高考了,今后读大学可是得花不少钱呢。"

林大汉当然深知儿子读大学需要花钱,儿子就是他们家最大的希望,何况现在那些钱还在芒果树上吊着呢。

秀芝原来只是身体虚弱,干不了重活,可最近一年却咳上了,咳嗽严重时喘不过气来的痛苦让林大汉不忍目睹,这病说什么也不能再耽误了。

林大汉盘算着等这10亩金芒采收后,卖了好价钱,不但能为儿子攒够上大学的学费,还能让他把秀芝带到乡卫生院住院检查治疗一番。

火苗旺旺地燃着,林大汉不时往铁三脚架下添着柴,未干透的杂木柴"嗞嗞"地冒着热气,搪瓷口缸里的草药随着沸腾的汤水上下沉浮。

不远处隐约传来一声声嘶鸣,接着还有一声声狗吠,后来狗吠声从山坳那边渐渐向林大汉家靠近,狗吠声越来越大。

林大汉好生奇怪,大清早的,这样的嘶鸣声和狗吠声多年没有听见了,他觉得事情有些蹊跷,就走出屋子。

"不好了,不好了,大汉哥,你家的芒果林里来了一大群野象,正在'咔嚓咔嚓'地吃你家的金芒呢。"随着话音落下,只见一人一狗喘着粗气,破雾而来。出现在林大汉面前的是放牛倌黑三,辈分和林大汉一样,所以林大汉直接喊他黑三。

## 第三章
### 夭折的理想

原来,今天一大早,黑三准备去山坳那边的玉米地里的牛圈喂牛,刚跨过山梁,老远就听见林大汉的芒果林里传来"噼噼啪啪"的声响,夹杂着"咔嚓咔嚓"的咀嚼声。他好生奇怪,这么大的动静,不可能是林大汉一个人采收芒果弄出来的声响。

紧接着,他带着的狗子就冲着芒果林惊恐地狂吠起来。狗子的狂吠,显然也惊到了芒果林里的神秘之物,突然传出一声高亢的嘶鸣,接着传来同伴的几声应和。

原来是亚洲象在林大汉的芒果林里,黑三不敢再往前走,赶紧吆喝着狗子返回。黑三在闪退的过程中,还是看清了芒果林里有着密密麻麻的亚洲象,它们正在惬意地享受着沉甸甸的金芒。黑三一下子就头皮发麻了,这么多的野象,如果被它们追上,自己和狗子还不被它们踩扁了?

"黑三,你说什么?野象进了我家的芒果林了?!"林大汉气急败坏地吼起来。

黑三点点头,双手往林大汉面前一比画,气喘吁吁地说道:"是的呢,是的呢,你家的芒果林里进野象了,少说也有这么多。"黑三比画着双手,明白无误地告诉林大汉,这些野象肯定有10多头。

林大汉恨不得立即蹿出去,到芒果林看个究竟,可是转念一想,自己单枪匹马、手无寸铁,无异于找死,又返回屋内取下很久不用的长刀。倚象谷村寨家家都拥有至少一把这样锋利的长刀。

"他爹,野象报复心强着呢,你可得小心啊,咳咳……"身后传来秀芝微弱的叮嘱声,林大汉似乎没有听见,手握长刀,大踏步往芒果林出发了。

黑三也不闲着,马上挨家挨户通知倚象谷寨子的住户,让大家赶快到林大汉的芒果林增援，人多势众，这样才能吓走野象。

林大汉瞪着血红的眼睛，看着自己辛辛苦苦种植出来的10亩芒果树，被10多头野象肆意践踏，他的心在滴血。

晨雾中，野象巨大的身影在芒果林中摇摇晃晃，它们用长长的鼻子摘取成熟的芒果，然后灵巧地送进张开的大嘴，大口吞咽。大量成熟的芒果被野象践踏或吞食，有些芒果树甚至被连根拔起。整个芒果林一片狼藉，残果遍地，香气四溢。

野象每吞咽下一个芒果，林大汉就损失几毛钱的收入。林大汉感到十分痛心，因为这些沉甸甸的果实是他们一家唯一的经济来源，儿子要上大学，老婆也要住院治疗。没有这些金芒，林大汉一家就没有任何奔头！

在芒果林的另一边，林大汉手握长刀，怒目圆睁，眼中充满了怒火。他的双手颤抖着，心中的愤怒难以平息，他看着前方践踏着芒果林的野象群，嘴角泛起一丝冷笑。他深吸一口气，悄悄猫着身子走近短鼻子雌象。

林大汉的行进揪着赶往芒果林增援的倚象谷其他人的心。锋利的长刀抵近短鼻子雌象，短鼻子雌象似有察觉，只见它一甩鼻子，林大汉扑了个空，而长刀的刀尖却划伤了短鼻子雌象的耳朵，让它发出惊恐的嘶吼。几头小象看见林大汉不要命地扑过来，开始惊慌失措，它们踩踏着芒果林，向森林方向逃窜。

林大汉的愤怒并未平息，他快速调整身姿，继续挥舞长刀，一门心思想着这样就能把这群破坏芒果林的野象赶走。

肃杀的气氛在空气中弥漫，仿佛是一场战争的序幕。

山寨的人们被这一幕深深地震撼了，他们知道，这芒果林是林大汉用心血和汗水换来的，如今却被这些野象破坏殆尽。

人群中突然爆发出山崩海啸般的喊声，为林大汉加油助威。他们傻傻地想，希望自己震耳欲聋的喊声，能够成功地将这些野象驱逐出芒果林。

而被林大汉的长刀伤到耳朵的短鼻子雌象，显然被林大汉的袭击和村民的吼声激怒了，只见它狂乱地扬起短鼻子，粗大的脚掌抬起来，又狠狠地踩下，狂怒地看向林大汉。深谙野生亚洲象脾性的林大汉心里一沉，暗忖道，不好，短鼻子雌象要开始攻击他了。

林大汉迅速转身，从茂密的芒果林里慌不择路地向人群中奔来。

**惨死于野象脚下的林大汉**

慌乱地奔跑中，林大汉摔了几跤。

短鼻子雌象狂怒地嘶吼着，它的鼻子猛烈地挥舞，它的眼睛里闪烁着愤怒和危险的光芒，让人不寒而栗。庞大的身躯和强大的力量，使短鼻子雌象成为一种令倚象谷村民畏惧的动物。

村民们惊恐地四处奔逃，但仍然有人试图用各种工具驱赶短鼻子雌象。有些人挥舞着火把，有些人拿着棍子，还有些人甚至拿起了长矛。然而，这只短鼻子雌象似乎已经被激怒到了极点，它用鼻子猛击一个挡道的村民，把他击倒在地。

人们惊恐得四处奔逃。

短鼻子雌象见路障已清除，又往林大汉摔倒的位置狂奔而来。在村民恐惧的注视下，短鼻子雌象用巨大而有力的脚踩在林大汉的胸口上，林大汉发出一声凄厉的惨叫。

原先被惊吓到的几头小象，此时已经缓过神来，嘶鸣着重新集结，冲向了围观的人群。在混乱的冲突中，芒果林周围的道路和农田被破坏，大多数人只能快速逃到山坳，只有少数人逃回了寨子。

见林大汉已经爬不起来，短鼻子雌象这才与其他象会合，准备向山坳的人群发起致命的攻击。正在危急之际，山坳的一侧突然响起震耳欲聋的铓锣声，接着"噼里啪啦"的鞭炮声也持续响起来。

铓锣声是曼朋傣寨村民敲响的，而鞭炮则是翁基哈尼山寨的村民燃放的。

原来，曼朋傣寨、翁基哈尼山寨和倚象谷寨子距离并不远，而倚象谷又正处于三个寨子的中央。这样一来，倚象谷寨子发生的任何事情，另外两个寨子的村民第一时间就可以知道。两个寨子的村民们都知道野象进了林大汉的芒果林，都主动来帮忙了。

一下子人群声势又高起来了，一时间铓锣震天响，燃放的鞭炮弥漫起浓烈的硝烟味，让狂怒的野象群极不适应，象群开始出现低沉的哀鸣声，渐渐露出怯意。

人群继续爆发出高分贝的吼声。

随着短鼻子雌象一声长长的鸣叫，这鸣叫中仿佛带着恐惧，象群开始退去，待距离人群三百米左右后，它们重新组织队形。几头小象位于成年象的中间，象群的最前面由一头成年大象带路，而短鼻子雌象则负责断后，走在象群的最后面。

待象群逐渐没入原始密林，惊恐未定的人们才奔向受伤者，进行施救。此时的林大汉已经失去了意识，整个身体僵硬着。

伊老赫是倚象谷一带有名的草药医生，会把脉，他从林大汉右手腕上探到了微弱的脉搏，冲人群喊道："谁开来的手扶拖拉机，快把林大汉和伤员们送到乡卫生院抢救吧，兴许林大汉

## 第三章
### 夭折的理想

还有救。"

人群中一个来自翁基哈尼山寨的年轻人答道:"我开来的!"

伊老赫大喊:"大家把所有伤者都抬上车吧。"

伊老赫边喊边和其他村民把林大汉抬上车,他并没有下车,而是一直在颠簸的车厢中守着林大汉到了乡卫生院,可是林大汉没等到医生进行抢救,就停止了呼吸和心跳。

林大汉的伤势实在太严重了,短鼻子雌象对他的踩踏,导致他全身多处粉碎性骨折,多处脏器破裂。

下午是肖老师的数学课,林峰和依香提前来到了教室。

再过两周就到高考了,肖老师要求所有的高三学生做大量的试题,以熟练应用各种公式、定理。

还没等到上课,肖老师来到教室把林峰喊走了。依香透过教室玻璃窗,看着走出教室的林峰和肖老师,有一些诧异,更有着一种不安的情绪迅速袭上心头。

到了教学楼外的台阶上,肖老师对着林峰不知说了些什么,只见林峰突然呈现出痛苦的表情,双手捂住脸庞。肖老师温和地拍拍林峰的肩头,林峰的肩头抽动着,似乎承受着无以言表的痛苦。

依香为林峰担心不已,她从教室奔跑出来,准备去安慰林峰。尽管依香跑得很快,可还是没有追上林峰,痛苦万分的林峰搭乘停在校门口的一辆三轮摩的,直奔位于县城西边的汽车客运站,他要从这里搭乘直达景诺乡街子的班车。到了乡街子后,他将和护送父亲遗体回家的伊老赫会合,赶着回去办理父亲的后事。

父亲的离世太突然,而且又是惨死于野象脚下,令林峰非常悲痛、失落和无助。父亲是他生命中最重要的人,是他们一家的顶梁柱,现在父亲离开了,他感到自己一下子失去了依靠和方向。

慢腾腾的班车终于抵达景诺乡街子,林峰下车后老远就看到伊老赫和手扶拖拉机司机在街子的角落等着他。

林峰一头扑在盖着白布的父亲遗体上失声痛哭:"爸呀,你咋连我的大学录取通知书都没等到就走了呢?"

手扶拖拉机在回寨子的机耕路上"突突"地行进着,林峰一直伏在父亲的遗体上抽泣不止,看得一旁的伊老赫也吧嗒吧嗒直掉眼泪。

父亲的后事,得到了倚象谷三个村寨父老乡亲们的鼎力帮助,办理得还算顺利。

林峰母亲长期贫血,近年又添了咳嗽顽疾,但在这次失去丈夫的悲痛中,她却顽强地挺了过来,这让林峰倍感欣慰。

林峰母亲深知,林大汉已经走了,她怎么也不能抛下林峰一个人,她就是靠着这股强烈的信念支撑了下来。无论如何,儿子林峰的大学梦还得继续。

此时,林峰回忆起和父亲一起度过的美好时光,那些点点滴滴都让他无比怀念。过去,林峰一直觉得父亲唤自己为"憨儿子"是多么不入耳,可现在,他想再听父亲喊他一声"憨儿子"已然不可能了。

在倚象谷村民们的用语习惯中,所谓的"憨",是聪明的意思,是每一个父亲对优秀孩子的一种骄傲的表达。

父亲的笑声、父亲走路的样子、父亲的呵斥……这些都在林峰的脑海中反复浮现,让他感到辛酸和痛苦。

林峰对自己的未来感到担忧和迷茫,他现在已经失去了父亲,失去了父亲种植的芒果林,失去了上大学的一切支撑。他不知道自己应该如何继续前进,不知道该如何面对未来的挑战。他感到自己的世界一下子变得暗淡无光,一切都虚无缥缈起来。

屋内传来母亲的一声声咳喘。

林峰想起来得为母亲去熬草药了,他把父亲为母亲采回来的草药放进漆黑的搪瓷口缸,盛了些水进去,接着又在铁三脚架下生火。不一会儿,那些草药就在沸水里上下沉浮。

林峰知道,此时此刻,他的大学梦,他的理想,已经夭折了。

**放弃高考**

在寂静的清晨,林峰早早地起床,窗外的田野正如他此时的心情,虽然有金灿灿的阳光照着,却显得恍惚。

林峰的父亲过世了,给他和体弱多病的母亲造成了巨大的打击。他看着母亲日渐枯槁的面容,心中满是无奈和痛苦。

林峰告诉自己,他必须放弃高考,去担起家庭的责任。在决定放弃高考的那一刻,林峰的内心五味杂陈。一直以来,他梦想着通过读书改变自己和家庭的命运,但现在,这个梦想似乎破灭了。

林峰心中充满了失落和沮丧。

林峰走出破败的屋子,热带雨林极目无边的绿意盎然,已经无法安慰他这颗受伤的心。

林峰深深地吸了一口气,试图平复内心的痛苦。然而,林峰知道,放弃高考,就意味着他放弃了梦想,放弃了依香,也放弃了改变命运的机会。

林峰神情恍惚地给母亲端药,母亲看着他,眼中流露出无助和担忧。母亲颤巍巍地对林峰说:"儿子,再过几天就高考了,你走吧,别忘了上大学才是你该做的事情。"

林峰强忍住泪水,嘴角挤出一丝笑容,对母亲说出了自己的决定:"妈,这个高考,我不考了,我要回来照顾你!"

林峰的话让母亲又惊又气,她大声呵斥林峰:"儿子,你……你说什么?咳咳……"

母亲的咳嗽显然被激动的情绪加重了,话还没说完就激烈地咳喘起来。她的嘴巴艰难地一开一合,深陷的眼眶中那双带血丝的眼睛瞪得大大的,就像被巨浪卷上海滩的一条鱼。

突如其来的变化让林峰猝不及防,他轻轻扶起母亲,用手掌轻轻拍打母亲的后背,好大一会儿工夫,母亲才艰难地咳出一口痰来,咳喘症状才慢慢减轻。

林峰把母亲的枕头垫高,让母亲半卧位躺下,母亲悲戚地说道:"儿子呀,你爹撂下我们不管了,现在又有我这不争气的身体拖着,真是苦了你了。"

林峰强忍着泪水,背转身子,眼泪就像打开闸门的洪水,彻底奔涌了出来。

高考是他最需要的机会,走出倚象谷到外面去是他矢志不渝的追求,是能够和依香一起比翼双飞的承诺。而在家庭变故面前,林峰知道,那样的梦想对于现在的他来说,已经无法企及。

距离高考只剩下三天的时间。

中午,一辆吉普车驶向倚象谷寨子。

车子停稳后,岩丙涛从副驾驶座上走下来,后排车门打开,依次走下肖老师、依香、伊莎和一个陌生的中年男人。众人走进林峰家破旧的院落,看着站在他们面前显得失魂落魄的林峰,

## 第三章
### 夭折的理想

一阵唏嘘。

只见林峰穿着泛白的棉布衣服，脚上的胶鞋沾满了泥。他的头发乱糟糟的，嘴角边留着一周未刮的胡子，整个人看起来非常颓废。他的皮肤被阳光晒得黝黑，眼睛透露出深深的疲倦和迷茫。

这间低矮破旧的屋子，让岩丙涛、肖老师和陌生男人一看就知道，林峰的家境非常糟糕。

依香觉得林峰的样子犹如一幅失色的画卷，孤独而萧瑟，她当着众人的面就哭了。伊莎的心里也是无比沉重，她完全能够理解林峰的痛苦和无助。

依香忍住泪水，提着自己买来的滋补品，默默走进了林峰母亲的卧室，伊莎也跟了进去。

还是肖老师打破了沉默，她缓缓走上前来，拍拍林峰的肩头，对林峰安慰道："林峰同学，你父亲走了，我们也很难过，人死不能复生，请你节哀。马上就要高考了，今天我们是来接你回学校的，请你放下包袱，轻装上阵，考出优异的成绩。"

岩丙涛接着说道："林峰，你的情况很特殊，县政府已经召开过会议了，县政府决定把你上大学的学杂费列入困难学生补助范围。"

那个同车来的陌生男人补充道："对，对，对，我是县教育局招生办公室的工作人员，岩乡长说得对，政府会把你纳入困难学生补助范围，当然前提是你得考上国家重点大学。"

显然，林峰平时的学习成绩，让县里相关领导和县城高中的师生们一致看好。可是林峰知道，即使是政府补助了学杂费，他的生活费依然毫无着落。再说，林峰上大学了，他的母亲又由谁来照顾呢？总不能带着病重的母亲到大学里吧？

林峰向众人鞠了一躬，说道："谢谢政府的关心和各位领导的好意，这个高考，我决定不考了！"

林峰的话就像晴天霹雳，令大家惊诧不已。

岩丙涛、肖老师和县教育局招生办公室工作人员劝说林峰不要放弃高考，讲了一大堆道理，林峰就是油盐不进，三人只好摇摇头，表示无可奈何。

听到林峰放弃高考的决定，依香和伊莎从林峰母亲的卧室出来。依香抽泣着，怔怔地看向林峰问道："林峰，你说什么，这个高考你不考了?！"

林峰酸楚地看着依香，缓缓点头道："是的，依香，这个高考，我决定不考了！"

屋内传出母亲秀芝虚弱的声音："儿子，好好和依香说话，咳咳咳……"

依香似乎明白了林峰的话中之意，不是林峰愿意放弃高考，事实是，今后林峰无法上大学了。她的眼泪奔涌出来，她无比绝望地对林峰说："林峰，我们三年的学习时光，你的理想和梦想呢，难道就这样轻易地放弃吗？"

林峰无奈地苦笑道："不放弃又能怎样，也许这就是我的命，我一直尝试着要靠自己的努力走出倚象谷，看来我还是高估了自己。"

依香已经抽泣得不能自已，什么话都说不出来了。伊莎默默无言，其实林峰的处境她能感同身受，同为农民的后代，两人的家庭实在是经不起任何变故了。伊莎虽然说不出什么安慰林峰的话，但是也为林峰这样一个出类拔萃的人放弃高考而扼腕叹息！

林峰举起右手拳头，冲依香和伊莎说道："我是上不了大学了，可是你们俩，一定要加油，争取考上最理想的大学！"

吉普车缓缓启动，一行人离开了林峰所在的倚象谷寨子。

林峰知道，放弃高考，他和依香的未来，注定成为两条互不相交的平行线，各奔前程！

睡梦中的林峰还甜甜地做了一个梦，他梦到自己骑着野象行走在这片雨林中，他的身前身后，紧挨着依香和伊莎两个少女。

## 第四章 融入雨林生活

**收获人生第一桶金**

兜兜转转，林峰在外面求学三年，就像外出打工的人在外面转了一圈，终究又回到热带雨林中的寨子。

残酷的生活容不得林峰继续悲观消沉下去，他得尽快赚到钱为母亲治病，当务之急是回到倚象谷融入农民的生活。

偌大一个倚象谷，虽然里面的珍稀动植物数不胜数，但是真正可以变现的，林峰却心中无底。首先，违法的事他不能干；其次，父亲那靠山吃山的营生，他基本摸不着路数。

林峰得尽快找到突破口，父亲走过的路，现在的他只能跟着走下去。对，还是得靠山吃山！主意打定，林峰专程乘坐手扶拖拉机进了一趟县城。

# 第四章
## 融入雨林生活

林峰专门到县土特产公司收购部（简称收购部）的门口蹲守，他想看看县土特产公司现在到底在收什么山货，什么山货最值钱。

蹲守了一个上午，林峰看到进出收购部的人中，绝大多数村民是来交易茶叶的。此外，少部分村民会来交易野生菌、中药材和林产品。

林峰看着进出收购部的村民络绎不绝，不急不躁地一直蹲守着，一直等到下午人群慢慢散开，准备到收购部关门的时间，他才不急不忙地走进收购部大门。

收购部的几位女工正在清理地面上的垃圾，一个中年男人正在快速地轧账，这一切明白无误地告诉林峰，收购部正处于下班的前奏。

那个中年男人"啪啪啪"打着算盘，他的余光还是扫到了走进来的林峰，他有些不悦地对林峰说："小伙子，你带来了什么山货？怎么不早点来？我们都快要下班了。"

林峰回答道："我什么山货都没带，我就是专程来考察市场的。"

中年男人"扑哧"笑出声来，面前的这个小伙子一副乡下青年的打扮，竟然说自己是来考察市场的。

林峰则不紧不慢地说道："叔啊，说真的，今天你们收购的这些山货，我们倚象谷有的是，我就是想进来问问，你们分门别类的收购价都是多少？"

看着林峰专注认真的样子，中年男人确定林峰是真正想卖山货的人。他停下手里的活，对林峰热情地说："小伙子，你来询价真是来对地方了，我们热带雨林的东西，现在成了外面的抢手货，但是只靠村民们自发上门交易的那一点点山货，远远满足不了外面市场的需要啊。"

顿了顿，中年男人又微笑着说："我叫杜伟良，是县土特产公司收购部的主任，如果你有上好的山货，有多少我收多少，我们一定照价收购。"

杜主任说完，又吩咐一个正在清扫垃圾的小姑娘道："小琼，你把县土特产公司的收购价做一份报价表给这个小伙子。"

杜伟良打心眼里佩服面前这位小伙子，这年头，能够积极想办法拓展山货市场的人凤毛麟角，而眼前的这位毛头小伙绝对是不可低估之人。

林峰向杜主任报了自己的姓名，杜主任非常认真地记在办公桌上的便签上。

双方谈妥，林峰就离开了。

林峰拿到了县土特产公司的报价表，就有了创业的方向，他觉得自己黯淡的未来终于有了一丝亮光透进来。

从报价表中，林峰看到如今在云南的所有山货中，最值钱的应该是云南大叶种茶——普洱茶。普洱茶是中国的传统名茶之一，因其历史悠久、口感独特而备受欢迎。云南澜沧江流域是普洱茶的主要产区，云南普洱茶叶片大、厚实，含水量高，适宜制成高品质的茶叶。

林峰仔细对这份报价表进行揣摩，在所有的品类中，普洱茶的收购价格最高，特别是一些历史悠久、品牌知名度高的山头普洱茶，价格更是昂贵。

林峰马上想到了翁基古茶园中的古树茶，由于交通的制约，价格一直处于低端水平，他觉得翁基古树茶具有非常大的升值空间，利润应该非常可观。

林峰搭乘手扶拖拉机回到倚象谷时，天完全暗了下来，他赶紧生火做饭，还给母亲熬了草药，胡乱扒拉了几口饭，就点着松明子火把，上翁基哈尼山寨找伊老赫去了。

见林峰急火火地赶来，伊老赫以为林峰母亲的病又加重了，问道："侄，你母亲又咋个了？"

林峰呵呵笑道："叔啊，难道非要我母亲病重才能上你家来吗？我这次，不是来抓药的，而是……"

伊老赫是个急性子，就怕和他搭话的人绕着弯子讲话，他有些不快地看向林峰："我说你这个娃娃，有啥事你赶快说嘛，急死我了。"

林峰微笑着对伊老赫说："叔，你知道的，我已经回倚象谷了，我寻思着总得干点什么。我盘算好了，这次就来收你们翁基古树茶去卖，哪怕只有一点赚头。"

伊老赫呵呵笑道："茶叶嘛，我们翁基有的是，如果你想收茶叶卖，叔知道你没有本钱，那我先赊给你，等你出手了再跟叔结算。"

当晚，伊老赫就把自家采的50公斤古树茶，按每公斤2元的价格赊给了林峰。林峰费力地把装着50公斤茶叶的两个麻袋挑回了倚象谷寨子。

第二天一大早，林峰又搭乘手扶拖拉机进城了。

杜伟良拿着林峰送来的翁基古树茶，意气风发地泡了一壶茶水。只见杜伟良轻呷了一口茶水，嘴唇翕动着，做出反复品味的动作，随即伸出右手大拇指，连赞翁基古树茶的品质卓尔不凡，全额给足了和其他山头茶一样的收购价，即每公斤3.5元。

杜伟良对林峰说："林峰，你这款茶，千万别卖给别人，我这里，你有多少我收多少。"

林峰结清账款出来，自顾自地乐了，因为他的这一次茶叶收购，每公斤茶叶就赚了1.5元，这一趟向伊老赫赊来的50公斤古树茶，自己净赚了75元。

林峰盘算着，他只要把翁基古茶园的古树茶好好地捏在自己手中，每年光收购春茶和秋茶，就得有不少的赚头。除了翁基古树茶，倚象谷还有野生菌、蜂蜜、药材、林下产品等山货，市场大有可为。

想到此，林峰的心里，要多美有多美。

**在爱情与现实之间**

高考后第一时间，依香就上倚象谷找林峰来了。

高考结束后，依香紧张又期待地走出考场，她有着一种说不出的心情，既期待着未来的自由，又对未来有些迷茫。她第一时间想起了在倚象谷的林峰，倚象谷是他们曾经一起玩耍、长大的地方，也是他们幻想未来的地方。

依香提着给林峰母亲的补品，踏上了通往倚象谷的路，路上的风景依旧，但她的心情却已经有了翻天覆地的变化。

依香想起了和林峰一起度过的那些快乐的日子，想起了他们一起许下的承诺，想起了林峰辍学回家后不去参加高考时的决绝。

当依香终于来到林峰的家门口时，她突然有些犹豫。依香不知道见到林峰后该说些什么，不知道他是否还会像以前一样接受她。

依香深吸一口气，敲响了门。林峰开门时，依香看着他那熟悉的脸庞，心中涌起一股复杂的情绪。林峰有一瞬间的恍惚，呆愣地看着依香，讷讷地道："你来了，这次考得怎么样？"

## 第四章
### 融入雨林生活

依香看着林峰的眼睛,试图找到他们曾经拥有的默契,她抿了抿嘴唇,声音明显带着颤音,点点头道:"嗯,这次高考,对我们来说,并不算难!"

依香还是习惯性地把"我们"挂在嘴边,因为三年的高中求学生涯,两人的目标俨然就是成就彼此的"我们"。现在依香说出这句话,显然她并没有准备好如何把自己的高考情况向失意的林峰分享。

林峰听到依香对高考的乐观判断,眼中闪过一丝惊讶,然后是欣喜。他开心一笑,向依香竖起了大拇指:"这就对了,我一直相信你能行,我说得没错吧?"

显然,现在的林峰,已经对没能够参加高考的缺憾渐渐释怀了。林峰甚至觉得,依香能够考上心仪的大学,才是最重要的。

林峰拉着依香的手,招呼她坐在院场里的木凳上,又进屋给依香倒了一杯开水。他们坐在院场里,突然感到不知要说什么,两人只好沉默着,仿佛有很多话要说,却又不知道从何说起。还是林峰找到话题打破了这令人局促的尴尬,林峰问道:"依香,伊莎这次考得怎么样?"

依香回道:"现在高考分数还没有出来,不过,伊莎考得好像不太理想,当然这是伊莎告诉我的,反正现在结果究竟怎么样,谁也不知道。"

说完这句话,依香提着补品进了里屋。好大一会儿,依香才从里屋出来,她每次来都要进去陪林峰母亲很久。

依香觉得今天有很多的话想跟林峰讲,但是待在院场里,似乎不太方便说太多,于是她对林峰说道:"林峰,要不,我们出去走走?"

两人走到倚象谷寨子后面的古榕树下，巨大的古榕树向天空伸展，仿佛在与白云亲密地握手。古榕树的树皮粗糙而坚硬，深深的树纹里仿佛藏着无尽的故事。宽大的树冠遮蔽了阳光，只有少数几缕光线透过树叶的缝隙，像点点星光落在林地上。

林峰和依香坐在古榕树下进行了一番长谈，两人都发现了彼此的改变。依香觉得现在的林峰已经不再是那个意气风发、自信的优等生，他开始理解父母的心意，开始意识到自己的责任。而依香似乎也成长了许多，她更加独立，更加有主见，更加勇敢地追求自己的梦想。

最后，两人还是不得不依依惜别，依香对林峰说："无论我走得多远，我每个月都会给你写信，你一定要记得给我回信！"

林峰点点头，伸出手和依香相握："我会给你回信的，希望你越来越好！"

依香哭着一路小跑返回曼朋傣寨。

看着悲伤的依香渐行渐远，林峰的泪水也禁不住奔涌而出。

…………

林峰逐步扩大对翁基古树茶的收购数量，不过随着收购数量的增多，他的本金依然远远不够周转，所以他还是采取先赊后付的方法。

翁基哈尼山寨的村民都是一些憨厚的人，他们是从小看着林峰长大的，而且林峰上不成大学的遗憾，让他们对林峰心生爱怜，他们都愿意把自家的茶叶赊给林峰。

林峰觉得自己不能辜负了翁基哈尼山寨村民对他的好意，他把原来每公斤2元的茶叶收购价提高为2.5元，尽管如此，他依然有着每公斤1元的赚头。林峰暗忖着，只要茶叶收购的量起来了，这赚头可也不算少。

# 第四章
## 融入雨林生活

当然，翁基哈尼山寨的种茶户们，巴不得把自己种的茶叶全部卖给林峰。在林峰未收购茶叶之前，翁基古树茶还没有什么名气，每年春季把茶叶从古树上采下来，晒干做成毛茶，因为交通不便，种茶户们也卖不了几个钱。现在不同了，是林峰把翁基古树茶卖了高价，而且采多少，林峰就收多少，所以种茶户们打心眼里感激林峰。

才倒腾了几趟，林峰就逐步积攒了上千元的本金，这在20世纪90年代初期，可是很大的一笔积蓄了。

林峰花几百元钱买了一辆二手的摩托车。这辆摩托车虽说旧了点，但总算解决了林峰收购茶叶和山货往县城运输的大问题。紧接着，林峰用摩托车载着母亲去乡卫生院住院治疗，这是母亲患病十多年以来，第一次走出倚象谷。

这次林峰的运气不错，他带着母亲到乡卫生院住院治疗，正好赶上县医院的陈专家下来巡诊，母亲的顽疾第一次得到了专业性的彻底治疗。

陈专家给林峰母亲挂了几天的吊瓶，母亲的脸上渐渐有了血色。陈专家又对林峰母亲施行了胸腔积液和心包积液引流术。术后，林峰母亲的咳喘宛如突然被摘掉一样，一声咳喘都没有了。

病情一有好转，母亲就催林峰办理出院手续，她说反正现在也好得差不多了，开点药回家里慢慢调理就行，住医院天天得花钱，钱又不是大风刮来的。

拗不过母亲，林峰就去询问陈专家。

陈专家说，林峰母亲长年贫血伴有咳嗽，贫血比较重，是心功能不全的表现，而长时间心功能不全就容易出现胸腔积液和心包积液。陈专家还批评林峰，这么长时间不带母亲来治疗，你这儿子是如何当的?

陈专家的一句话,怼得林峰无地自容,他恨不得找个地缝钻下去。不过,这次总算是把困扰母亲多年的顽疾治好了,林峰有种如释重负的感觉。

回到倚象谷,林峰想去原始密林中采些野生大红菌回来,用野生大红菌炖土鸡给母亲补补身子。

林峰觉得有必要去一趟夹象沟,夹象沟才是野生大红菌真正的窝子。一想到夹象沟,之前遭遇亚洲象的情景又历历在目。林峰还想起了惨死的父亲,他的心就像被刀割一样剧痛。

**不是冤家不聚头**

林峰一大早就身挎大背篓往倚象谷出发了。

今天他的目的地是夹象沟,目标是夹象沟一窝窝竞相破土而出的野生大红菌。林峰盘算好了,这一次,他要多拾些大红菌回来,除了一小部分新鲜的给母亲炖鸡汤,剩下的洗净、晒干后储存起来,慢慢给母亲熬汤喝。

从林峰带着依香、伊莎进山遇险那次后,林峰就一直没有再到山里来过了。

那时候,林峰每次进山都很快乐,他的身后总是跟着依香、伊莎两个单纯、美丽的少女。她俩就像两只唱着悦耳歌曲的画眉鸟,令林峰的每次热带雨林之行都非常愉悦,神清气爽。

走在这条久违了的山径上,林峰突然心生些许遗憾,这种遗憾裹挟着空落落的情绪,让他的心里隐隐作痛。幸好,这样的情绪来得快去得也快,随着密林的延伸,倚象谷的瑰丽风光又撩拨得林峰兴趣盎然。

倚象谷的风光真的是一幅充满活力的画卷,其景象繁茂且

## 第四章
### 融入雨林生活

神秘。高大的热带树木相互交错，形成一片浓密的树冠，几乎遮住了整个天空。树干粗壮，附着层层叠叠的苔藓和藤蔓，宛如一座座微型的森林。树冠相互交织，犹如自然界的交响乐，在风的吹拂下，发出低沉的声响。在这浓密的树冠下，各种大小的植物挤在一块儿，争相抢夺着阳光。色彩斑斓的花朵在丛林中点缀，吸引着成群的蝴蝶翩翩起舞。

林峰逐渐加快了脚步，直到确认快到夹象沟的时候，他才慢下来，显得小心谨慎。他要仔细聆听亚洲象的动静，查看亚洲象的足迹，再判断是否继续往夹象沟腹地深入。

林峰沿着山梁找寻亚洲象留下的痕迹，除了一些积着水的亚洲象巨大足印，没有发现亚洲象新踩下的足印，也没有发现新折损的树枝和落叶。林峰侧耳聆听，除了呼呼的山风，似乎也没有听见亚洲象发出的任何响动。

林峰确信今天夹象沟没有亚洲象出没，就惬意地哼唱着那首《我的未来不是梦》，放心、大胆地进入夹象沟腹地。

可林峰并不知道，他这次深入夹象沟腹地，短鼻子家族早就发现了他，早已经开启了静默模式，静悄悄地窥探着进入它们领地的人类到底想干什么。

其实，这一次进入夹象沟，林峰还是没有经验，他对亚洲象的路线判断是非常肤浅的。亚洲象栖于倚象谷的沟谷、山坡、竹林及宽阔地带，常在海拔一千米以下的沟谷、河边、竹林、阔叶混交林中游荡。它们的主食是竹笋、野芭蕉和棕叶芦等。而这次林峰判断亚洲象出没的地方，却在山梁上，亚洲象一般不常在那些地方出没。

上次短鼻子家族和人类在芒果林里发生了对峙和冲突，令它们对人类燃放的鞭炮有所忌惮，所以短鼻子家族很久没敢再去倚象谷边缘的庄稼地觅食了。

在确信就林峰一人单枪匹马深入它们领地之后,短鼻子雌象才发出警醒家族的那一声长长的嘶鸣,接着它的家族成员也发出一声声应和的嘶鸣。

突然出现的状况令林峰始料不及,他惊恐地朝亚洲象嘶鸣声的方向看去,林峰惊恐的目光和那头短鼻子雌象的目光相遇了,在短鼻子雌象扇动的左耳朵上,林峰还看到了一道发炎的伤口。这道伤口让林峰想起惨死的父亲,他确信面前这头短鼻子雌象就是踩死父亲的凶手。林峰多次听过在场者讲述芒果林里人象冲突的惨烈场景,讲述父亲划伤短鼻子雌象后被其残忍踩踏的经过。

面前的形势容不得林峰多想,只见短鼻子雌象抬起鼻子,右耳朵也竖起来了,断断续续地发出低沉的嘶鸣声。紧接着,附近山林里的短鼻子家族成员也应和着发出低沉的嘶鸣声,加快脚步就向林峰所处的位置包抄过来。林峰又怒又怕,他一时不知要如何应对,慌不择路地准备跑。

林峰惊恐地扫了一圈,四周密密匝匝的林莽间枝叶摇摆,象鸣声阵阵,他已经无路可逃。幸好林峰面前有一棵高大的古树,他觉得现在最好的逃生办法就是爬到树上。

说时迟,那时快,就在四周的亚洲象突击到林峰刚才的位置时,林峰已经迅速地攀爬到古树的中段,此时他距离地面的高度不下五米。

没有攻击到林峰,短鼻子家族的成员显得非常暴躁,它们纷纷发出短促、高亢的鸣叫声。几头成年亚洲象用鼻子或牙齿击打林峰攀爬上去的古树。一头身形比短鼻子雌象还大的成年公象,突然冲撞起古树,强烈地表达着不满。

## 第四章
### 融入雨林生活

象群发泄一通之后,也许它们觉得气也撒得差不多了,或者觉得它们刚才的攻击,对那个爬上古树的人类毫无伤害,所以泄气了,就逐渐安静了下来。

虽然象群安静了,但它们压根没有想要离开的意思,干脆在古树下围成一圈,午休了。

象群的攻击让古树摇摆不停,起初树上的林峰还是有点紧张,但随着象群黔驴技穷,他也就有了和象群磨性子的想法,想看看它们到底还能如何。

林峰看见短鼻子家族在古树下歇息的时候,还是被惊到了。想不到这些亚洲象还会采取围困的战术,这让林峰始料不及。这些"巨无霸"到底是什么生物,竟然连围困战术都使得出来。

从树上往地下看,那头短鼻子雌象正好位于林峰视线所及之处,林峰觉得应该仔细打量一下这个不期而遇的家伙。

这头短鼻子雌象身长6～7米,身高为3～3.5米。它不但鼻子短,而且体型稍瘦,看上去体重有3～5吨。

父亲就是被树下这头短鼻子雌象踩死的,林峰对于亚洲象产生了强烈的负面情绪,他感到这群成群结队的大家伙就是他的克星。此时的林峰,心情十分愤怒和悲伤,本来自己是有着灿烂美好前途的,就是因为面前这群大家伙,让他的一切美好化为乌有。

林峰觉得他应该想一个什么法子让面前这些大家伙知晓他的厉害。不过,不论怎么想着要报复短鼻子家族,当务之急是如何从象窝里逃出去。

在愤怒和不甘的同时,林峰又对自己的无力和渺小感到沮丧。

### 倚象谷中的大象通道

此时，在树下围守的短鼻子家族，已经收敛了狂怒的脾气，它们似乎觉察到树上的人类当前对它们并没有攻击性。

林峰突然意识到，这群亚洲象不可能一直围着他不走。他通过观察得来的结论——它们是一群情绪善变的家伙。

林峰曾从书籍上获知，亚洲象是一种严格遵守作息时间的生物，所以他坚信躺在这棵古树下的短鼻子家族的午休时间到了，对他的围困自然解除。

林峰深知，虽然短鼻子家族现在已经午休了，但是它们的警惕性依然是很高的。如果他这时候下树，势必会弄出一些动静，哪怕是细微的响动，也逃不过短鼻子家族敏锐的听觉，这时候离开象窝并非明智的选择。

林峰紧绷的情绪慢慢放松下来，索性躺到古树上由两根枝丫组成的"躺椅"上，瞅着树下。他想趁着短鼻子家族午休的时间，仔细观察它们的生活习性。

躺下的短鼻子家族，一改先前的懊恼和狂躁，只见它们在林峰的眼皮底下，无所顾忌地开始了按部就班的午休。

林峰这才发现，自己攀爬的古树底下，有一小片郁郁葱葱的草地，正适合短鼻子家族在这里"躺平"。草地上的野花在微风中轻轻摇曳，阳光透过树荫洒在象群身上，显得格外温暖。

短鼻子雌象躺在最外围，打着哈欠，伸着懒腰，渐渐地进入了梦乡。一头小象在象妈妈身边玩耍，不一会儿就依偎在象妈妈的怀里，安静地进入了梦乡。

此时，一群蝴蝶在草地上翩翩起舞，周围的小鸟也停下了歌唱，整个草地充满了祥和的气息。

## 第四章
### 融入雨林生活

在这宁静的午后，短鼻子家族的成员舒展着长长的鼻子，慵懒地躺在草地上，显得格外温馨。在阳光的照耀下，它们的皮肤呈现出美丽的棕色，仿佛是倚象谷中的一道美丽风景。突然，一阵微风拂过，亚洲象们微微颤动了一下，然后又安静地进入梦乡。

眼前的祥和氛围，让林峰有些动容，但从内心深处泛起的动容稍纵即逝，因为自己已经没有了这样祥和温馨的家庭氛围。他那个祥和温馨的家，就是被树下这头短鼻子雌象断送的，林峰的眼里闪过一丝恨意。

林峰一直盯着树下的象群，慢慢地困意袭来，他只好把目光从象群的身上挪开，看向绵延不绝的热带雨林。郁郁葱葱的林莽覆盖了广阔的土地，满眼都是浓密的苍绿。慢慢地，林峰在不知不觉中睡着了。

睡梦中的林峰还甜甜地做了一个梦，他梦到自己骑着野象行走在这片雨林中，他的身前身后，紧挨着依香和伊莎两个少女。

林峰的美梦被一声长长的象鸣声惊醒了。

林峰揉揉惺忪的睡眼，发现古树下的象群已经消失了，他循声四处找寻，发现象群正在不远处的林中觅食。现在的情况也验证了林峰之前的判断，短鼻子家族早已忘记树上对它们毫无威胁的人类。

象群觅食之地就在不远处的一棵古树下，低矮的植被在蓬勃生长，一丛丛茂密的树叶在雨水的滋润下显得更加郁郁葱葱。鸟儿在枝头欢快地歌唱，蜥蜴在一棵古树树干上好奇地张望。在几丛野芭蕉林中，短鼻子家族正悠闲地进食着成熟的芭蕉。只见它们用长长的鼻子拨开蕉叶，挑选着金黄的芭蕉。热带雨林的阳光透过树叶的缝隙洒下来,落在短鼻子雌象的身上,形成斑驳的光影。偶尔,一阵微风吹过,树叶发出沙沙的声音,与大象的呼吸声和踩踏声交织在一起,构成一首大自然的交响乐。象群在走路时显得十分小心翼翼,好像怕惊扰了这片静谧的热带雨林。

那头小象跟在象妈妈身边,模仿着象妈妈的行为,用鼻子拨弄着蕉叶。看到一片鲜嫩的蕉叶,小亚洲象就会兴奋地摇动鼻子,仿佛在说:"妈妈,看,我找到了一片好嫩的树叶!"

象妈妈则用慈爱的眼神看着它,似乎在鼓励它继续寻找。在这个场景中,林峰感觉到象群与热带雨林是多么和谐的一体。

短鼻子家族用它们的方式,享受着雨林的馈赠。它们自然而悠闲,仿佛将之前和林峰不期而遇导致的冲突都已抛之脑后。

林峰看着眼前的短鼻子雌象,以及它的家族成员如此安静的觅食场面,怎么也无法想象它们会在人象冲突中爆发出恐怖的攻击性。

短鼻子雌象在觅食的过程中,总是走在前面,这与它在人象冲突中断后的行为大相径庭。不过,林峰很快就分析出,在人象冲突中短鼻子雌象断后是为了整个象群家族的安危,它选择走在象群的最后,是把危险留给自己。而在觅食中,它总是走在前面,是在引领着整个家族往准确的大象通道行进,按照植物的生长周期四季循环更替进行觅食。显然,短鼻子雌象就是这群大象家族的族长。

经过一段干涸的箐沟时,大象通道被一棵倒下的枯树挡了个严严实实。巨大的枯树横在通道中央,那头小象怎么也跨不过去，象妈妈用长长的鼻子推了小象几把，还是无法帮助小象跨过巨木。已经走出老远的短鼻子雌象只好折返回来，于是象群又寻了一处平坦的缓坡，最终才走到准确的行进通道上。

在云南西南部的热带雨林中，有着这样一条条被茂密植被覆盖的小径，这就是大象通道。这是一条为短鼻子家族所熟悉的路径，林峰猜想，这群亚洲象肯定经常在此穿行，享受着倚象谷的馈赠。大象们排成长长的队伍，像一座座移动的小山，在密林中缓缓移动。

看到象群走出老远，林峰从古树上就势滑落，他决定和象群保持一定距离，边拾野生菌边跟随它们行进，实地考察这条大象通道的走向。短鼻子家族的步伐沉稳而有力，每一次落地都使树木颤抖，仿佛在显示着它们才是这片雨林真正的主人。

通道两旁的植物都是大象的美食。大象们一边走，一边伸出长鼻，将一路上鲜嫩的叶子、果实和树枝一一卷入口中。它们吃得津津有味，嘴角都挂着满足的微笑。

大象通道上，不时有其他小动物出现。有些小动物见到大象，会惊慌失措地逃跑；有些小动物，像是与大象常来往的老朋友，淡定地从大象身边走过；有些还会停下来，仿佛在与大象交换一些互相理解的眼神。

在这一条大象行进通道上，到处都是野生大红菌的窝子，林峰才用了半个小时，就拾了满满一背篓大红菌。

跟随象群走了一段路后，林峰发现短鼻子家族到达了曼干河，河滩上有一个天然硝潭。短鼻子雌象在硝潭边停下，用它独有的短鼻子轻松地吸起水，将清凉且带有咸味的水送入口中。大象们依次饮水，在享受淡盐水的清凉时，短鼻子家族感受到了生活在这片热带雨林的甜美。短鼻子家族饱饮硝潭水后，低吼着集结队伍就要返回，又是短鼻子雌象走在了最前头。

　　林峰快速潜入茂密的森林中，在密林中摸索着，顺利找到了通往倚象谷外围村寨的道路。他觉得今天的收获颇丰，不仅拾到了一背篓的大红菌，更是探到了短鼻子家族在倚象谷中行进的大象通道。

而这一次，林峰真真切切地看到了伊莎温柔的眼神和含蓄的微笑，听到了她轻柔的声音，捕捉到她细心的关怀。

## 第五章 峰回路转的爱情

**依香圆梦**

很快到了高考放榜的时间。

依香被云南大学经济学院录取，而伊莎却榜上无名。林峰、依香和伊莎这三个从小一直相随的同伴，在人生的十字路口即将走向不同的方向。

在县城高中发榜的公告栏前，依香和伊莎两人的心情像处于冰火两重天。虽然两人都对自己的学习状况知根知底，高考结果也并没有出现太大的意外，可是当最终的结果尘埃落定，伊莎还是倍感失落。

依香对伊莎安慰道："伊莎，千万别泄气，你就再补习一年吧，争取明年考上大学。"

伊莎摇摇头，苦笑道："依香，我知道自己不是读书的料，我今年的高考成绩和大学录取线还差着

100分的距离。即便再补习一年,也未必能补得上这100分,我还是回倚象谷采茶吧!"

依香让伊莎再补习一年的建议,其实很大程度上也是安慰伊莎的,既然伊莎决定放弃补习,回倚象谷采茶,依香也不好再劝说。她另起话头,对伊莎说:"我马上要去大学读书了,我得去倚象谷找林峰。要不,我们一块儿去找他?"

虽然依香是随口一提,但没想到伊莎一下子就答应了:"好啊,好啊,我跟你一块儿去,我们三人好久没相聚啦。"伊莎一扫高考落榜带给她的不快,痛快地答应和依香一块儿去找林峰,这倒让依香有些惊讶。

第二天一大早,依香和伊莎搭乘手扶拖拉机到了倚象谷寨子。

两个少女走进林峰家的院场,看见林峰母亲正在翻弄着簸箕上晒得有些发紫的大红菌。看见两个少女进来,林峰母亲笑着迎上前去。依香把提着的补品递给林峰母亲,笑吟吟地说道:"秀芝阿姨,你看上去气色不错,人也精神了。"

林峰母亲点点头,肯定道:"是呢,是呢,自从去乡卫生院住院回来后,我的病情一天比一天减轻了,当然你每次给我带来的补品更是补身子,谢谢你啊,依香。"

依香亲热地拉着林峰母亲的手,微笑道:"只要阿姨的身体能越来越好,我今后就一直给你买。"

林峰母亲摆摆手道:"别再给我买了,这些年你给我买的东西,可是花了不少钱呢,阿姨现在的身体差不多康复了,估摸着过段时间就可以下地干活了。"

林峰母亲突然察觉自己光顾着和依香说话,有点冷落了同来的伊莎,忙招呼:"你们看,你们看,我光顾着和你们说话,

## 第五章
### 峰回路转的爱情

让你们站了半天,伊莎、依香,你俩快坐,阿姨这就给你们倒水喝。"

伊莎本来话就不多,在能说会道的依香面前,伊莎总是扮演着默默倾听的角色。

两人坐下,林峰母亲给她们沏了壶茶,两个少女就一人一手挽着她边喝茶边聊天。

这时远处传来一阵阵发动机的轰鸣声,三人知道是林峰驾驶着摩托车回来了。只见摩托车后座载着三大袋满满当当的山货,而林峰身着一条满是污迹的旧牛仔裤,上身那件旧T恤也紧紧黏在后背上,全身不知是被汗水浸湿了,还是被雨水浇透了。

林峰看到是依香和伊莎来了,觉得收山货回来的样子有些狼狈,尴尬地打着招呼:"依香、伊莎,你们俩来啦。"

依香看着面前的林峰,从他的穿着可见他的生活有多难,联想到林峰已经完全接受了命运的安排,艰难地挑起了养家糊口的担子,她的心里泛起一股辛酸的滋味,她实在接受不了林峰现在的处境,这还是高中求学时和自己同窗三年、青梅竹马的林峰吗?

林峰局促不安地钻进简陋的厨房,从石水缸里舀了几瓢山泉水到破旧的瓷盆里,胡乱洗了把脸。随即他来到院场里坐下,有些不想说话。林峰母亲看到林峰出来了,她觉得孩子们应该有心里话要交流,于是借口去菜园子,识趣地走开了。

伊莎赶紧跟着林峰母亲出去了,还故意大声喊道:"秀芝阿姨,我来帮帮你,我跟着你一块儿去菜园子浇菜地!"伊莎说着话,就大踏步去追林峰母亲去了。其实,林峰和依香都知道,伊莎是要给他们留出两人面对面交流的机会。

现在院场里只剩下林峰和依香,两人一时间陷入沉默中。

最后还是依香先开口,她低声说道:"林峰,我这次是来告别的,我马上要到云南大学读书了。"

林峰惊喜地对依香说道:"依香,太好了,我之前一直认为你肯定行,我没有说错吧!"

依香点点头,专注地看着林峰:"是的,多亏你一直陪着我、帮助我,才让我圆了大学梦,谢谢你,林峰!"

林峰轻描淡写地回道:"依香,你一直都那么优秀,你的付出配得上今天这份大学录取通知书。"

依香突然感伤起来,她抽泣着对林峰道:"林峰,本来这大学录取通知书应该有你的一份,可是现在却只有我一个人的,今后我怎么办?你怎么办?"

林峰伸出右手拍拍依香的肩头,淡淡地说道:"依香,好办哪,你好好上你的大学,你今后是要干大事的人,上大学只是你迈向外面世界的第一步。而我,会在倚象谷好好地生活下去,这个请你务必放心!"

依香郁郁地道:"林峰,你这么优秀的人,说什么也不能一辈子生活在倚象谷,你的未来应该属于外面精彩的世界。要不,明年你去补习一年,我在云南大学等你!"

林峰不置可否,平静地道:"依香,补习上大学,对我来说是不可能了。我啊,就只能待在倚象谷啦,请相信我,我一定能在倚象谷闯出属于自己的一片天!"

依香停止抽泣,沉思良久,幽幽地对林峰道:"林峰,现在阿姨的身体逐渐康复了,你该为自己的出路着想了!"

林峰回答道:"依香,我知道你在关心我,等我想想吧,但我希望我现在的情况,不要影响到你上大学的心情。"

依香嘴角露出一丝苦笑:"林峰,别倔强,我希望你明年去补习参加高考，如果这个高考你不参加，那我要求你到我读大学的地方昆明，打工养活自己。"

林峰的心里一片混沌，面对依香的希望，他有些迷茫。依香见林峰不作声，心情愈发郁闷。

大学开学前一天的早晨9点，依香在县城汽车客运站候车室，准备搭乘班车去云南大学报到。她期待着林峰来送她，可是左等右等，直到班车发车，就是不见那个瘦削高挑的身影出现在自己的面前。依香非常落寞，她的心情仿佛跌落到万丈深渊。班车缓缓驶出车站，依香的双眼一直盯着车窗外。

林峰躲在车站角落，看着缓缓驶出车站的班车，他的心里五味杂陈。林峰知道，自己和依香的爱情，就像逐渐远去的班车，渐行渐远。

**这一顿晚饭吃得好尴尬**

倚象谷在秋雨的滋润下，展现出一片宁静而神秘的美景。

雨丝飘落，轻轻抚摸着每一片叶子、每一根树枝，使得整个森林都充满了生机。随着绵绵的秋雨落下，倚象谷即将进入深秋，等深秋来临，又到了翁基古茶园采摘秋茶的时间。

林峰盘算着，在等收秋茶的这段时间，他似乎没有什么事可干，那不如把先前被短鼻子家族糟蹋过的芒果林拾掇一番。他走到山坳，老远就看见自家那块劫后余生的芒果林，除了被亚洲象踩蹦过的地块上显得有些稀疏，其他地块的芒果树还算长势喜人。

林峰本来是准备现场清算一下该补种的芒果树苗的数量，然后尽快进行补种，但他很快就改变了主意。他看到芒果林的东侧连接着郁郁葱葱的森林，而这片森林的不远处，就是短鼻子家族的觅食通道。如果不把进入芒果林的大象通道堵死，那么无论补种多少棵芒果树苗，待到芒果成熟时，照样会引来象群觅食。

林峰决定在芒果林的东侧开挖一条深深的壕沟，这样可以阻止短鼻子家族的进入。

紧接着，林峰骑着摩托车找来了三个寨子的十几个男性青壮年，进行壕沟的开挖工作。只一天的工夫，路过山坳的人们，老远就看到了芒果林东侧的这条深深的壕沟。这条壕沟似乎是自然界的一条分界线，分隔了两个世界，一边是宁静的芒果林，另一边则是神秘而幽深的原始森林。

壕沟宽度大约两米，深度达三米，仿佛是大地的一道裂缝，向着远方延伸。沟壁陡峭，土壤呈现出褐红色。在壕沟的底部，填着一些粗糙的石头，大小不一，看上去如同壕沟的骨骼。

林峰带着青壮年们在壕沟里挖得不亦乐乎。家里，母亲忙着为挖壕沟的人们做晚饭。

伊莎款款走到林峰母亲身边，正在忙活的林峰母亲突然听到一个清脆悦耳的声音传来："秀芝阿姨，今天林峰叫人挖壕沟，我知道家里肯定缺少做饭的人，让我来帮帮你吧！"伊莎说完帮林峰母亲淘米煮饭。

伊莎高考落榜后，虽然苦恼和沮丧了一阵子，但她还是回到了翁基哈尼山寨家中，做起了一名采茶女子。

伊莎的到来显然令林峰母亲非常高兴，她喜滋滋地点点头，两人配合默契地准备着晚饭。

林峰母亲身着传统印花衣服，脸庞黝黑，双手虽然粗糙，却十分灵活。她在灶台上忙碌，一锅热气腾腾的菜肴香气四溢，与热带雨林的气息交织在一起，形成一种独特的味道。这是一种混合着燃烧的木柴、饭菜香和热带雨林青苔气息的味道，让人垂涎欲滴。

旁边，被火光映照着的伊莎身形矫健，黝黑的头发如瀑布般散落下来，娇嫩的脸庞白里透红。此时，伊莎正在劈松树根，动作虽然粗犷，但劈好的木柴却大小均匀，一看就知伊莎是经常做这种活计的老手。

劈了一会儿柴，伊莎觉得这么多柴差不多够用了，就停止下来。伊莎随即拿起一个石碓，碾磨一些干辣椒。山风吹拂，一些干辣椒粉末不经意间钻入伊莎的鼻孔，呛得她咳嗽不已，眼角还溢出了眼泪。

林峰母亲看到被辣椒粉末呛得干咳的伊莎，怜爱地走过来帮伊莎拍背，边拍背边嗔怪道："伊莎，你这孩子，怎么这么不小心，这些干辣椒你别碾了，还是让我来吧。"

伊莎摇摇头，对林峰母亲说道："秀芝阿姨，不碍事的，一会儿就好了，我自己会小心的。你离干辣椒远一点，小心把你的咳嗽病给诱发了。"

林峰母亲时不时地向灶台上的菜肴中加入香料，她的神情非常专注，她的眼神里充满了对生活的无限热爱，动作中透露出一种久违的从容和熟练，仿佛这一切都已经在遥远的昨天被重复了无数次。

夜幕降临，林峰家热闹非凡，大家迎来了欢庆的晚饭时刻。

来帮林峰挖壕沟的青壮年们带来了自己的家人，包括老人和孩子。帮工不用付工钱，就是请帮工及他们的家人吃一顿饭，这是倚象谷村民由来已久的习惯。

林峰家的院场上，搭建了一张巨大的木制餐桌。餐桌上铺满了各种热带雨林的新鲜果实和野菜，有猩红色的水果、深绿色的蔬菜，还有香气四溢的烤肉和其他热气腾腾的热带雨林特色菜肴。这些菜，都是林峰母亲和伊莎亲手烹制的，充满了对大自然的敬畏和感激。

来吃饭的人都身穿鲜艳的民族服装，按照长幼顺序围坐在餐桌周围。他们的脸上洋溢着期待和欢乐，笑声和欢呼声此起彼伏。一位老者端起酒杯进行祈祷，感谢大自然的馈赠，还祝愿林峰母亲无病无灾，然后宣布晚饭开始。大家边品尝美食，边分享着各自的见闻。老人们讲述着古老的传说，孩子们好奇地询问着关于倚象谷里的一切，年轻人们则通过歌舞和喝酒展示他们的活力和热情。林峰家里充满了欢声笑语。

酒过三巡，就有年轻人拿林峰和伊莎开玩笑："林峰啊，下次来你家喝酒，喝的就不是帮工酒了，我们要喝你和伊莎的喜酒。"

有人打趣道："当然是喝喜酒，不过是喝林峰和依香的，还是林峰和伊莎的，只有林峰知道了！"

有人反驳道："这不是明摆着吗，当然是喝林峰和伊莎的了。依香嘛，她似乎并不属于我们倚象谷。只有林峰和伊莎，他们俩才是真正属于我们倚象谷的人！"

林峰和伊莎被人们点了鸳鸯谱，坐在一块儿的两人都感觉非常尴尬。虽然林峰和伊莎从小关系密切，但是林峰并不想在这么多人面前，被牵扯进这种微妙的事情。

林峰的脸红了，眼睛四处转来转去，好像在寻找一个出口。他尴尬地笑着，身体微微向后倾斜，想要逃避这个尴尬的场景。伊莎的脸更像是一个熟透的红苹果，她娇羞地转过头去，似乎不敢看人们的目光。整个场景让林峰、伊莎感到很局促，他们不知道该怎样应对这个局面，只能尽量保持微笑，试图缓解这个尴尬的氛围。

林峰母亲出面为林峰和伊莎解围:"各位乡亲,感谢大家的好意和祝福!林峰的喜酒,最后是和伊莎还是和依香,都得看林峰的造化了!"

林峰母亲这样一句模棱两可的话,既化解了人们的热议,又给伊莎留下了面子。林峰母亲说完,还微笑着意味深长地看了伊莎一眼,伊莎更是羞得脸色通红。

众人又是一片喧闹声。

**伊莎不经意地表白**

林峰很快就收到了依香从云南大学寄来的信。

依香之前就对林峰说过,她会每个月给林峰写信的。依香到云南大学报到不久,林峰就收到了依香给他写来的信,依香兑现了自己对林峰的承诺。

林峰怀着复杂的心情,颤抖着双手拆开了信封,依香娟秀的字体映入眼帘——

亲爱的林峰:

你好!

我已经来到了心仪的云南大学,顺利地办理了入学手续,现在开始上课了。大学里的一切都令人兴奋,我很喜欢云南大学这所具有深厚人文底蕴的学府。

在动身前往昆明的那天,我以为你会来送我的,可是直到班车启动,我始终没有等到你来,那时的我是多么伤心和失落。

这封信是我们分开后的第一封信,写这封信是要告诉你,我已经安全到校,并开始了我的大学生活。同时更想向你表明,我考上大学并不意味着我要和你分手,也不是说我要离开你。我知道你辍学回倚象谷的决定让你感到很沮丧,但是我想告诉你,我不会因此而放弃我们之间的感情。

我们可以一起努力,让我在大学里取得更好的成绩,也让你在倚象谷活出属于自己的精彩。我相信,只要我们之间有信任和爱,我们可以克服一切困难。我会经常回去看你,帮助你一起做好农村的事业。

请相信我,我们的感情是真实的,无论遇到什么困难,我们都可以一起度过。最后,我想对你说,无论我走到哪里,你都是我的唯一。

爱你的依香<br>1991年9月10日,夜

林峰合上信笺,此时的他早已泪眼蒙眬,他的心情非常复杂。依香的信让他感到很欣慰,他的心里充满了感激,因为依香没有因为他辍学而放弃他,反而对他表达了爱意和理解。

林峰也感到失落和不安,因为他知道自己没有能力给依香一个美好的未来,也愧对学校老师们对他的期望。林峰甚至感到很内疚和无助,因为他知道,自己辍学其实让依香和学校老师们很失望。他需要好好思考自己的未来,并且努力去改变现状,才能让爱着他的人们真正地满意和放心。

但林峰始终清醒地认为,随着时间的推移,随着依香对外面世界的逐步熟知,他和依香的爱,注定不会有完美的结局。于是,林峰做出了一个艰难的决定,无论依香今后再给他来多少封信,他决意不再给她回信。

林峰觉得既然他不能给依香幸福,还不如现在就放手,让

依香可以在属于自己的天地中自由地翱翔。林峰对依香的态度，不是不爱，而是因为爱而放手。

林峰把依香的来信锁进了床头抽屉，随即点燃了一支香烟。辍学回家后，林峰不知不觉中学会了抽烟。在缭绕的烟雾中，林峰似乎寻找到一种内心深处的慰藉。

林峰从县热作所拉回了芒果树苗。

这几天，林峰一头扎进山坳里的芒果林，忙得不可开交。伊莎也赶到林峰的芒果林里帮忙，她一点都不见外，在村民面前大大方方，仿佛林峰的芒果林就是自家的一样。

阳光透过云层，洒在苍翠的芒果林中，林峰和伊莎的身影在林中忙碌着，他们正在进行芒果树苗的补种工作。

伊莎穿着一袭粗布织就的哈尼族传统服装，头上的包头巾绣着一只安静的白鹇，当地人称之为白鹇鸟。她用双手拿着小铲子，小心翼翼地挖出一个个洞。她的神情专注而认真，生怕漏下一寸土地。林峰则穿着浅蓝色的短袖衬衫，牛仔裤上挂着一顶旧草帽，手上的动作干脆利落。他从旁边的篮子里拿出一棵芒果树苗，轻轻地放入伊莎挖好的洞中，然后用铲子将土培好。两个人的脸上都洋溢着劳动的喜悦和满足，他们在阳光下忙碌着，形成一幅美丽的画面。

今天的天气很好，林峰、伊莎两人坐在芒果树下休息，伊莎拿出水壶，递给林峰，温柔地道："林峰，歇一会儿，喝口水吧。"

林峰接过水壶，微笑着点点头，"咕噜咕噜"地喝着水。待林峰喝好水，缓过劲来，伊莎突然看向林峰，问道："我收到了依香的来信，信中说她已经逐渐适应了大学生活。"

看见林峰愣了一下，依香压低了声音，又不合时宜地问了一句:"林峰,依香肯定也给你写信了吧?"

林峰强装淡定地点点头,接话说道:"她当然给我写信了,可是我并没有给她回信!"

伊莎不解地道:"没给她回信,为什么?"

林峰没有回答伊莎貌似傻乎乎的问话,这不回信的理由,叫他怎么回答?林峰看向莽莽苍苍的热带雨林,远方是一条经过芒果林的山径,隐隐约约地往乡街子、县城的方向延伸。

林峰突然沉默了,他走到芒果林中,自顾自地干起活来。伊莎怯怯地走向林峰,她实在不明白林峰为什么不给依香回信,她又补了这么一句:"林峰,你别担心,依香一定会很快适应大学生活的,她本来就属于外面的世界。"

伊莎的话对于林峰来讲,真是哪壶不开提哪壶!林峰不禁哑然失笑,心想,这个憨厚淳朴的伊莎,为什么总是慢半拍?

伊莎干脆把直率进行到底:"林峰,其实我明白你为什么不给依香回信,因为你心里非常清楚,依香是不会再回到倚象谷了。而我们俩,注定得一辈子活在倚象谷!"

伊莎的最后一句话提醒了林峰,伊莎向他表白了,伊莎一直默默地爱着林峰,林峰的心中不觉涌起一股莫名的感动。

林峰不得不承认,其实自己不经意间总能感受到伊莎默默付出的爱。伊莎的这份爱没有华丽的言语,但却在每一个细微的瞬间流露出来。

在一次次的接触中,林峰并非没有感受到伊莎的内心世界。而这一次,林峰真真切切地看到了伊莎温柔的眼神和含蓄的微笑,听到了她轻柔的声音,捕捉到她细心的关怀。这些看似微不足道的细节,却在林峰的心中留下了深刻的印记。

林峰开始反思自己过去的感情。

# 第五章
## 峰回路转的爱情

### 这个未来岳父有些心急

转瞬间,深秋来到了。

这几天的林峰忙得饭都顾不上吃了,没日没夜地骑着摩托车来往于茶山和县城之间。对于靠山吃山的林峰来讲,每年春、秋季的收茶季节,是万万不能错过的。

现在的林峰,不仅要收秋茶,还要照管好自己种的芒果林,那些金芒,也沉甸甸地挂在枝头等着采收呢。

对于收秋茶来讲,这一次收购部采购的量很大,仅凭一个翁基古茶园是满足不了的,因此林峰把收茶的范围扩大到倚象谷边缘的村寨。蜿蜒的山路上,林峰骑着摩托车穿过层层叠叠的茶山,向一个陌生的山寨驶去。

林峰的摩托车引擎声在茶山间回荡,给静谧的山寨增添了一些热闹的气息。他双手紧握摩托车把手,行驶在曲折的山路上,如同一匹奔腾的野马奔跑在山路间。

沿途的茶树,绿叶如翡翠,茶香四溢,茶叶的香气与山间的清新空气交织在一起,扑鼻而来。林峰深吸一口这清新的空气,感受着大自然的美好。

到达山寨后,林峰下车,走进一家小茶铺。茶铺里的摆设古朴而简单,墙上挂着竹制的茶篮和炒茶的器具。老板热情地迎上来,递上一杯热茶。林峰细细品味着这山间的珍品,他觉得这座茶山的茶叶品质非常不错。在和老板的交谈中,他还了解到茶叶的收成和产量。

谈妥了收茶事宜,林峰走到茶园中,看着茶农们忙碌的身影。他亲手采摘着茶叶,用心感受这一片片茶叶带来的生命力和希望。林峰深知,今天拓展的这些茶叶收购点,将成为今后他生活中不可或缺的一部分,也将成为他与这些山寨之间的一份特殊的情感纽带。

下午,林峰骑着摩托车来到热闹非凡的翁基古茶园。

阳光穿过云层的缝隙,洒在广袤的古茶园里,茶树层层叠叠,宛如绿色的波涛。

伊莎和一大群哈尼族少女在这绿色的海洋中采茶,她和同伴们穿着色彩鲜艳的民族服装,头上戴着精致的银饰,脸上洋溢着笑容。伊莎的双手在茶叶之间穿梭,如同在琴弦上跳跃的手指,弹奏出一曲悦耳而欢快的乐章。

茶园里,哈尼歌谣漫山飘荡。这群少女的歌声在茶树间回荡,歌声如泉水般清甜,让人心旷神怡。她们迈着轻盈的步伐,在茶树间跳跃,像是山间的精灵,舞动着生命的旋律。

一阵摩托车的轰鸣声远远传来,采茶的少女们停止歌唱,不忘拿伊莎打趣道:"伊莎,你的白马王子又来了。"

"依我看,林峰和我们寨子的伊莎,两人都是高中生,又是一对帅哥美女,天生绝配!"

"你们看,伊莎,天生一副美女的长相,身材健壮,头发黝黑,眼睛大大的,胸脯挺挺的,林峰娶了你,好福气噢!"

"原来我以为林峰和依香好上了,没想到依香出去读大学啦,伊莎你可是近水楼台先得月。"

伊莎听到了她们对自己和林峰的谈论,她娇羞地低头采茶,微笑不语。少女们依然嘴里不饶人地继续拿伊莎打趣。

林峰驾驶着摩托车驶入古茶园中,少女们的热议这才打住。林峰在众人的注视下走近伊莎,把伊莎盛满鲜叶的大背篓放到摩托车侧翼,捆绑稳当,这才对伊莎微笑道:"伊莎,上车吧,我们回你家炒茶去!"

## 第五章
### 峰回路转的爱情

伊莎迟疑了一会儿，点点头微笑着坐上了摩托车，林峰冲着看热闹的那些少女说道："姐妹们，把你们刚采收的茶叶送到伊莎家来，我在那里等着给你们结算！"

话音一落，林峰就载着伊莎扬尘而去。

林峰以伊莎家作为翁基古茶园的收茶站点，每当忙碌的时候，伊莎和伊老赫就成了林峰不可多得的帮手。

今年由于整个倚象谷的茶叶减产，茶叶价格也水涨船高。今年的茶叶收购价，林峰给到了每公斤3元，他交到杜伟良那边是4元，依然有1元的赚头。虽然赚到的钱还是每公斤1元，但是林峰这次的收购量大到惊人，所以在今年的整个秋茶收购上，他赚了3000多元。

秋茶的收购接近尾声，伊老赫留林峰在家里吃晚饭，伊莎进厨房给林峰和父亲做了几道下酒菜。伊老赫兴致很高，他一个劲地给林峰夹菜劝酒："林峰，今晚我们叔侄俩多喝几盅，唠唠家常话！"

今天的伊老赫显然热情得有些过分，让林峰觉得实在不好意思。林峰对伊老赫说："叔啊，我等会还要骑摩托车回家呢，这酒我就不喝了。"

伊老赫有些不快道："茶叶已经全部收完了，这酒哪能不喝呢？大不了今晚你就在叔家睡一宿，今晚叔高兴，你就陪叔喝几杯。"

话说至此，林峰实在找不出什么理由再推辞了，只好点点头，拿起酒瓶，就给伊老赫和自己各倒了一杯。

伊老赫呵呵笑道："这就对了。"

伊老赫举杯，招呼林峰道："林峰，喝酒！我们叔侄俩喝一杯。"

说完，伊老赫就把杯中酒喝了个底朝天。见长辈干了，林峰只好也跟着干了。辣燥的苞谷酒喝下肚，林峰顿时有一种烧心挠肝的感觉。

伊老赫再给林峰斟满酒，还冲伊莎故意咳嗽了一声。伊老赫的咳嗽显然提醒了伊莎，只见她有些娇羞地离开了饭桌，进了自己的闺房。

伊老赫清了清嗓子，慈祥地看着林峰道："林峰，你是叔看着长大的，前几年的小屁孩，这一转眼就长大了，我估摸着你也该成家啦。"

成家？这伊老赫突然冒出这样一句话，让林峰一下子蒙了。难道，伊老赫今天留他下来吃饭喝酒，就是要说让他成家的事？

林峰摇摇头，有些感伤地道："叔，这成家的事，我实在还不敢想，也不能想！"

伊老赫不置可否地问道："不能想？为什么不能想？"

林峰讷讷道："就我家那破屋，谁家姑娘会嫁给我呢？我寻思着，等我赚了钱，我就盖一栋新屋！不求大的，就量力而行盖一栋砖木房，到那时，我也才有脸面娶人家的姑娘进门呢。"

伊老赫认可地点点头，进一步试探道："哦，原来是这样啊！林峰，叔听说，依香给你写信，你没回，是不是你不和她好了。"

林峰郁郁地道："我是生活在热带雨林中的农民的儿子，依香她注定是属于外面世界的人！"

伊老赫哈哈笑起来，对林峰赞赏道："对，你说得对，我们就是热带雨林的人，我和你的父亲母亲是，今后你和伊莎也是！"

林峰点点头，他突然明白了伊老赫今天留下他的原因，他故意提高嗓子说道:"不过,叔啊,在成家之前,我还得把我的茶叶加工厂建成了,再把新屋建起来!"

伊老赫又斟满酒,对林峰笑呵呵地道:"好,林峰,那就这样说定了,我们等你!"

听着屋外吃饭的父亲和林峰愉快地交谈,屋内的伊莎喜不自胜,幸福的泪水充满了眼眶。

林峰觉得,今天的伊老赫——他这个未来的岳父,在他和伊莎的婚姻问题上,似乎比当事人还心急。

在短鼻子雌象的记忆中，同样留存着之前人象冲突的激烈场景，但芒果那股香气如同磁石一般，令它欲罢不能。

## 第六章 令人费解的象群

**跨越人工壕沟**

林峰和伊莎的关系一旦挑明，两人都觉得应该告诉正在读大学的依香。三人纠缠几年，总得有个瓜熟蒂落的结局。

近年来，依香写给林峰的信中同样都是诉说别后的相思之苦，说一些大学里的趣事，最后还询问林峰的近况。

但最近，伊莎没再收到依香写给自己的信，伊莎觉得这样也挺好的，随着时间的推移，两个不同轨道上的人注定不会再有交集。何况对于伊莎和依香来说，她们最终还得面对林峰这道必须跨过去的坎。

林峰对伊莎说，他这就给依香写回信。之前不回信是要让依香逐渐忘记他，现在回信是想告诉依

## 第六章
### 令人费解的象群

香,他和伊莎已经明确了关系,或者告诉依香,他和伊莎现在就是还未拜过堂的夫妻。

不回信是表明一种放手的态度,回信就是宣告爱情的结束。

林峰写给依香的回信写得真挚感人,既有对依香的祝福,更有对伊莎的赞美,他向依香表明态度,伊莎是自己这辈子最适合的爱人。林峰把信投进乡邮政所邮箱的那会儿,他突然感觉一身轻松。所有的过往,该放下的,都放下了;而该拾起的,得马上拾起。

生活照旧,林峰把目光聚焦在自己的芒果林上,随着金芒一天天成熟,眼看这些诱人的果实很快就会变成一张张钞票。

可是,收购金芒的农用车还没有开到倚象谷芒果林,那群惦记着芒果的短鼻子家族又来了。

在金灿灿的阳光洒满林莽的时刻,短鼻子雌象带领着它的家族成员,踏上了觅食的旅程。它们沿着惯常走的通道,从夹象沟腹地向着热带雨林的边缘"逛吃"过来。象群悠闲地穿过密林,途中偶尔会有小鸟栖息在树枝上,好奇地观察着它们。

阳光透过叶子的缝隙,洒在象群身上,形成一片片斑驳的光影,这种和谐而宁静的氛围,仿佛是自然界中最美的画面。

行进一段时间后,象群来到了一片宽阔的草地。草地上,一些小动物已经在觅食,看到象群到来,它们纷纷躲藏起来,这片草地瞬间变得空旷。

象群沿着一条蜿蜒的小路,继续向着远方探索。突然,一阵微风吹过,带来了一丝芒果的香气。短鼻子雌象瞬间停下了脚步,伸起鼻子,捕捉着空气中那若有若无的气味。凭着超强的记忆力和敏锐的嗅觉,短鼻子雌象一下子就知道了这股芒果香的来处。在短鼻子雌象的记忆中,同样留存着之前人象冲突的激烈场景,但芒果那股香气如同磁石一般,令它欲罢不能。

随着香气越来越浓烈,短鼻子雌象还是带着象群来到了林峰的芒果林东侧。在那里,金黄色的芒果挂满了枝头,仿佛在向短鼻子家族招手。

不过这次,林峰早先挖好的深深的壕沟,还是阻挡了短鼻子家族的去路。在炎炎烈日下,短鼻子家族站在这条壕沟前,眼巴巴地望着对岸香甜可口的成熟金芒。

在山坳里的林峰和伊莎,屏声静气地盯着短鼻子家族的动静。看到自己挖的壕沟,起到了阻挡象群的作用,林峰悬着的心慢慢放了下来。

空气中弥漫着芒果的香气,引得短鼻子家族口水直流。然而,眼前的壕沟成了它们无法逾越的障碍。

短鼻子雌象首先尝试跨越壕沟,它小心翼翼地踏出一步,然后迅速收回,甩了甩大脑袋,显然是被壕沟的深度和坡度吓住了。然后,它又向后退了几步,回头望向身后的象群,似乎在寻求解决的办法。

那头巨大的公象开始焦急地踏步,伸长鼻子够向对岸的金芒,可怎么使劲也无法够到诱人的果实;几头小象好奇地在壕沟边探头探脑,还不太明白眼前的困境;另一头雄性大象试图用前腿撑住壕沟的边缘伸长鼻子去够,但前腿还是无奈地滑落下来。

突然,短鼻子雌象用脚蹬起松软的土层,把稀松的土壤抛进壕沟,土壤掉落在沟底,让大象们看到了希望。象群开始纷纷效仿,有的用粗壮的脚踢,有的用长长的象鼻子卷,试图用叶子、泥土、小树枝填满壕沟。不久,壕沟底就堆起了一座小山。

象群的举动把林峰和伊莎惊到了，他俩实在想不到短鼻子家族竟然会想出这样的办法，亚洲象的智力令林峰和伊莎两人惊诧不已。

短鼻子雌象再次尝试跨越壕沟，这次它有了回填小山的助力，只见它小心翼翼地踏上小山，然后一步步走向对岸，其他的大象们紧随其后。它们用长鼻和脚将小山越堆越高，终于全部成功跨越了壕沟。

短鼻子家族欢快地向芒果林前进，享受着这难得的美食。小象们嬉戏着，在象妈妈们的照顾下，尝试摘取低处的芒果。雄性大象则站在一旁，警惕地巡视周围，保护着象群的安全。在这一刻，短鼻子家族忘记了壕沟的存在，只享受着团聚和美食带来的欢乐。

看着象群欢快地享受着鲜脆的金芒，嘴里还弄出"咔嚓咔嚓"的声响，林峰无奈地叹息了一声："伊莎，今年我们的芒果林，又白忙活了，一个子也赚不到了。"

伊莎难过地低着头，征询林峰道："要不，我们去喊三个寨子的人来，敲铓锣和放鞭炮，把它们赶出去？"

林峰摇摇头道："不可取，不可取，我们不能让悲剧再一次上演，这倚象谷可不能再发生野象踩人致死的惨剧了。"

伊莎郁郁地道："可是这么好的芒果林，这么大的金芒，眼看着就白白地进了野象的大肚子里，它们是有吃的了，可我们芒果林都被破坏了。"

林峰赞成伊莎的说法："你说得对，今后我们种在地里的东西，恐怕都有亚洲象来帮我们采收了，亚洲象可是有着超强记忆力的物种，哪块地里种什么，什么时候果实成熟，这些信息都储存在它们的大脑里，我们倚象谷寨子的农民，今后可怎么办?"

伊莎突然像想起什么似的,她看向林峰兴奋地说道:"要不,我们再挖更深的壕沟,周围用水泥铺垫,这样亚洲象就无法填土,无法填土的话,它们就跨不过去了。"

林峰把头摇得像拨浪鼓似的,对伊莎提出的方法进行了否决:"你这个办法,对于阻拦亚洲象进入芒果林肯定是有效的,但是不能采用!"

伊莎不解道:"既然有效,为什么不能采用?"

林峰回答道:"用水泥围造一个坚固的壕沟,亚洲象只要踏入就出不来了,这就会对它们造成伤害,这是违反《中华人民共和国野生动物保护法》的行为!"

伊莎闷闷不乐,嘟囔道:"那我们真是束手无策了。"

林峰颓丧地垂下了头。看着芒果林里的短鼻子家族大快朵颐,林峰和伊莎只觉得欲哭无泪。

**损失惨重的象灾户**

除了短鼻子家族,其他象群家族也相继来到倚象谷,不断扩大它们的觅食范围。

林峰躲在山坳的密林里,平生第一次看见这么多的象群,他仔细清点了一下,天哪,竟然有40多头亚洲象,倚象谷一时间成了名副其实的象窝子。只见山梁上、河谷间,象鸣声阵阵,那些庞然大物随处可见,看得人头皮发麻。

林峰知道,这样一群群"巨无霸"来到这里,都是那些诱人更诱大象的热带水果惹的祸。整个秋天,倚象谷人家种植的各种名目繁多的热带水果渐次成熟,如香蕉、橘子、山楂、甘蔗、西瓜、葡萄、芒果、火龙果、石榴、榴莲等,数不胜数。

## 第六章
### 令人费解的象群

人类种植的水果太有吸引力了,吸引着亚洲象们纷纷走出倚象谷。象群们打破了原有的专属觅食通道界限,围绕着倚象谷外围村民种植的各种水果和粮食的地块,毫不客气地吞食着难得一遇的美食。

林峰从政府下发的亚洲象普及读物中得知,每头成年大象每天要进食接近400公斤,幼象也要进食40公斤左右。40多头亚洲象,那就是说它们平均每天要吃掉十几吨的热带水果。

可想而知,这么多亚洲象造访倚象谷边缘的庄稼地,不用几天,就可以把这片土地上人们种植的所有水果及粮食作物横扫一空。

果不其然,几天后它们又来了。

事情到这里远远没有结束,有一天夜幕刚刚降临,又有一群亚洲象穿过森林,向林峰所在的倚象谷寨子走来。

象群震耳欲聋的咆哮声在夜空中回荡。

一些村民试图用火把、棍棒等工具驱赶象群,但亚洲象们似乎并不畏惧,反而更加狂暴。因为有了人象冲突的前车之鉴,所以倚象谷村民只能对野象做一些象征性的驱赶动作,并没敢和野象正面对抗。

在混乱中,几头野象冲进了村民家的厨房,把灶膛上方吊着的腊肉用鼻子勾住,舔食附着在腊肉上面的食盐。原来,这么多的象群造访倚象谷,是因为曼干河边上的硝潭里的淡盐水早已不够它们饮用,所以这些亚洲象只好冒着危险进入村寨,四处寻找盐巴。

林峰家也没有幸免,他家的厨房已经被野象撞倒,大屋在野象的冲撞下,墙体已经豁开了一个大洞,房梁上的瓦片被震落一地。村寨的狗儿被吓得夹着尾巴四处逃窜,鸟类也因为受到惊吓而从树上飞起,整个村寨陷入了恐慌和混乱。最终,象群在破坏了一部分房屋后,陆续离开了。

林峰、伊莎以及村民们望着破败的房舍,感到无尽的悲痛和无助,这次亚洲象袭扰事件,给他们的生活带来了极大的困扰和损失。

深夜,岩丙涛坐着吉普车来到了倚象谷。现在岩丙涛已经升任景诺乡党委书记,辖区倚象谷寨子发生了严重的大象袭扰事件,令他十分忧心。岩丙涛在村委会召开了村民代表会议,听取了村委会负责人的汇报,向受灾村民询问了损失情况,当晚就在村委会住下了。

第二天一大早,岩丙涛带着乡政府相关工作人员,在村委会负责人的引路下,逐户查看、核实、登记村民受灾损失情况。转了大半个寨子,最后岩丙涛一行才走进林峰家。看着被破坏得不成样子的屋子,岩丙涛一阵唏嘘。

林峰正在倒塌的厨房里清理着东西,刚巧被进来的岩丙涛一行碰到,林峰看着面前的岩丙涛,觉得自己非常狼狈。

岩丙涛对遇见林峰也有些尴尬,但他还是觉得现在的林峰虽然过得清贫,但是并不潦倒。林峰的穿着普通,但他的身上还是有着不同于普通人的气质。他的眼神坚毅,脸庞线条清晰,宛如经过岁月雕刻的硬石,长长的眉毛如同远山上的松叶,为他坚毅的面部增加了一丝柔和。

林峰母亲似乎完全摆脱了病魔,精神明显好起来了,可是这次象群又把芒果林里的金芒糟蹋了,还把本来就破旧不堪的屋子损坏了,让她非常伤心难过,此时的她正躲在自己的屋子里黯然神伤。

这时候,伊莎从翁基哈尼山寨赶来了,她看到林峰家被野象破坏得这么严重，本想惊呼一声，却看到了依香的爸爸岩丙涛带来的工作人员，就强忍着没有发出声来。

岩丙涛看到伊莎，再次确认自己的女儿依香和林峰的爱情已经走到头了，他因为女儿的叛逆而一直悬着的心，这回总算彻底放下了。只要女儿依香和林峰不再有感情上的纠葛，那一切就会变得好办得多。

想到这些，岩丙涛看到林峰自然就释怀了，同时对林峰生出了怜惜之情。岩丙涛走上前去，对林峰关切地问道："林峰，我都看到了，这次你家损失得非常严重，到底损失了多少，你估算出来了吗？"

此时的林峰已经从局促和尴尬中走出来了，他苦笑着回答道："岩书记，我家的10亩金芒，基本绝收了，估计今后这倚象谷是种不成什么庄稼了。"

岩丙涛眉头拧得老紧，不再言语，他暗忖着，像林峰家这样的绝收户，今后的生计可是一个大问题。

慢慢地，很多的村民拥进林峰家的院场里，他们赶来林峰家，看看岩书记要给他们什么样的补偿。岩丙涛看着熙熙攘攘的人群，思考了一阵子，对乡党委办公室主任吩咐道："老魏，你通知乡粮食管理所，按照之前野猪糟蹋稻田导致绝收给予每人补助50公斤大米的份额，马上给倚象谷的受灾户下拨救济粮。"

老魏讷讷道："这受灾户怎么也套不上这个补助标准啊。"

岩丙涛有些不满地怼老魏："规定是死的，人是活的嘛，再说目前造成的损补，县里也没有出台相关的政策，这个问题总要解决啊！"

老魏被岩丙涛怼得无话可说，承诺尽快给景诺乡粮食管理所所长通知到位。

岩丙涛大声对村民们说:"乡亲们,虽然说我们种的庄稼被亚洲象糟蹋了,但是我们每年该种什么,还得种!我们是农民,不种庄稼那怎么行?!"

村民们议论纷纷,大家纷纷表达了自己的看法——

"种出来,还等不到人去采收,那大东西就来了,它就知道我们种的庄稼成熟了。"

"叫我们种,收又收不到,有什么搞头?"

"岩书记,你倒是拿着国家的工资,又不需要种庄稼,你这是站着说话不腰疼。"

岩丙涛听到村民们夹杂着坏情绪的议论声,并不恼怒,他向大家做了个安静的手势,语气坚定地说道:"请乡亲们放心,这个庄稼你们一定得种,不仅要种,而且还要种好。如果你们种出来的庄稼又被亚洲象糟蹋了,那么我们乡上,还是按照今天的标准补给大家。"

显然,岩丙涛这次是下了决心,要面对这一严峻的现实了。

皆大欢喜,人群散去。

岩丙涛突然觉得,景诺乡供销社一直缺一名精明利索的男职工,尽管林峰非大中专毕业生,但也是高中毕业生,符合合同工的聘用条件,于是微笑着对林峰说:"林峰,景诺乡供销社还缺一个男职工,虽然说现在过去是个合同工,但是今后有机会转正的!"

林峰有些蒙,不解道:"你要我去景诺乡供销社上班,当一个拿工资的工人?"

岩丙涛微笑着点了点头。

## 人象能否和谐共生

倚象谷林峰家。

林峰要去景诺乡供销社当工人的事,把林峰母亲和伊莎乐坏了,母亲激动得泪水涌动,她抱住林峰呜咽道:"儿子呀,这回真是老天开眼了,你要去当工人了,你爹终于可以瞑目了。"

伊莎开心地对林峰说:"林峰,太好啦,只要你能够去景诺乡供销社当工人,我也跟着你去景诺乡街子开一个铺子。我们把父母都接到街子去,这样我们两家也算走出倚象谷了,不用天天待在这里担惊受怕。"

可是,令母亲和伊莎想不到的是,林峰却轻描淡写地说出了这样的话:"去景诺乡供销社当工人这件事,我还没有想好!"

林峰的一句话,惊得家里的两个女人一愣一愣的,母亲呵斥林峰道:"你说什么?去景诺乡供销社当工人这么好的事情,就像天上掉馅饼的美事,你还有什么可考虑的?"

伊莎实在想不明白,林峰因为没能参加高考而失意了一大阵子,现在终于迎来命运的转机,为什么他还要犹豫?

其实,林峰的心里已经有了很难为外人所理解的想法。这个想法,源于这段时间亚洲象袭扰倚象谷寨子村民后的启发,也源于林峰看了几本关于亚洲象书籍后的感悟。

这段时间,林峰时常在想——这亚洲象不请自来,作为热带雨林的农民,今后如何才能在自己的土地上,保障自己劳有所获?如果因为亚洲象的袭扰,农民被迫离开家园,这么多的土地又由谁来进行耕种?能否找到一种人象和谐共存的途径?

林峰把问题的落脚点放在了最后一个问题上。他认为,亚洲象作为热带雨林大家庭里的成员,它们和人类一样有着生存的权利。人类需要热带雨林，亚洲象也需要热带雨林，两者的生存条件同等重要，两者皆不可偏废。父亲惨死于亚洲象的脚下，今后还将不可避免地出现人象冲突的悲剧。今后如何避免和减少人象冲突？自己能够有什么样的作为？林峰觉得，自己要在实现人象共存的这个愿景中，尽心竭力地去做一些工作。

如何找到人象共存的默契点呢？林峰试图从近期看到过的书籍中寻求答案。

书中所载，中国邻国老挝的驯象师通常使用传统的驯养方法和技巧来训练大象。以下是他们常用的一些方法——

老挝的驯象师通常从幼象开始训练，幼象与人类有较长时间的接触，从而习惯人类的存在和声音。驯象师会与幼象建立亲密的关系，通过与幼象互动、玩耍和给予食物来建立信任和合作，他们会逐步引导幼象完成各种任务，例如搬运木材、表演象舞等。驯象师使用简单的口令和手势来指挥幼象，并通过奖惩机制来激励幼象积极参与训练。

同时，老挝的驯象师非常重视大象的安全。他们通常会在确保大象得到充足的饮食、休息和医疗保障的情况下开展训练。

虽然大象会被训练，但是它们仍然保留有自己的天性和本能行为。为了确保大象的行为不会对人类造成伤害，驯象师会限制大象的一些行为，比如不允许它们在公共场合奔跑或跳跃。

老挝的驯象师也非常重视大象的福利，如配备了专业的设备，尊重动物的权利和自由，不强迫大象从事不适合它们天性的工作。

傣族民间流传着一句老话——人依靠象，象依靠人。林峰

## 第六章
## 令人费解的象群

记得一本书上记载的傣族民间故事。

早期,傣族先民到森林里建村建寨,那时人少动物多,白天会有蛇来家里袭击村民,晚上有野兽来伤害家禽。傣族先民在屋子旁边种了芭蕉、甘蔗等各种果树,大象来吃后滞留在寨子里,野兽也不敢进村寨了,象群也不伤害村民们。这时村民们商量着应该用大象来阻挡野兽的入侵。

村民们知道大象喜欢吃水果,便在寨边家旁都种上大量的果树,象群吃得心满意足。这样一来,大象便长久驻村,野兽也不来入侵了,这就有了人与象和谐共处的场景。

寨里的小伙们每天都会带着瓜果喂食大象,与大象嬉戏,小伙们还会骑着大象去游玩。大象也非常听话,不伤害村民们,村民们见状便心想——与其骑着大象玩还不如让大象帮忙松土。此后,村民种田时,先把水放入田后,再把瓜果放在田边,让小伙们骑着大象到田里松土。因为人与大象友好共处,久而久之,野象便成了家象,村民们就经常让大象来帮忙松土,拉运木柴。

林峰觉得,既然书中有记载人象共处的方法,那么倚象谷中的亚洲象的习性同样是可以改变的。改变它们的同时,倚象谷村民对待亚洲象的态度也会转变。

林峰想,在这些方面,自己可以做一些工作。

当然,林峰不能把自己的想法告诉母亲和伊莎。因为在家里的两个女人看来,与去景诺乡供销社当工人的诱惑相比,林峰要在倚象谷尝试找到人和亚洲象和谐相处之道的想法,太过疯狂。

林峰对伊莎和母亲撒了一个善意的谎言,他瞎扯道:"妈啊,到景诺乡供销社当工人是依香爸爸推荐的,我现在就想着今后和伊莎好好过日子,我已经和依香没有任何瓜葛了,这岩书记安排的好事,我就不想再去沾了。"

林峰的理由看上去非常合理,还给足了伊莎面子,实在是无懈可击!

林峰已经在倚象谷寨子盖了新房子，建了茶叶加工厂，也抱得了美人归，他觉得自己的人生一扫之前的阴霾，开始有金灿灿的阳光透进来。

## 第七章 收获爱情的季节

**建盖新房**

象群把倚象谷寨子村民种植的热带水果横扫一空后，知道再无美味可供自己饱餐，这才返回森林去了。

林峰觉得，他要找到人与象群和谐相处之道得从长计议，眼下过好日子才是最重要的。除了日常收山货，林峰还有重要的事要干。他得把建盖新房和茶叶加工厂的事提上日程，等这两件事做好了，他就要兑现当初自己给伊老赫的承诺。

林峰盘算着，这几年虽然自己有了一定的积蓄，满打满算有5000多元，但是要建盖一栋砖木结构的新房和一家设施齐备的茶叶加工厂，还有不小的缺口。为此，林峰特意去了一趟景诺乡农村信用社，准备贷款补上建房的缺口。

林峰走进景诺乡农村信用社江主任的办公室，江主任伸出手来和林峰握手："林峰啊，听说你把岩书记给你安排到景诺乡供销社当工人的事给回绝了，你小子真牛！"

林峰回绝了景诺乡党委书记岩丙涛安排自己进乡供销社当工人一事，的确在景诺乡引发了热议。林峰不好意思地道："江主任，我那事让你笑话了，不过我觉得自己生来就是在热带雨林的人，别无他求了。"

江主任给林峰沏了一杯茶，对林峰鼓励道："你是有文化的人，我相信你即使不去乡供销社上班，也会有自己的创业计划。"

林峰讷讷道："江主任，这创业计划我还真有一个，可是我没有资金，所以就上门求助你来了。"

江主任一听就知道林峰是找他贷款来了，他疑惑地问林峰："你要贷款干什么？要贷多少？"

林峰唐突地对江主任道："江主任，要贷多少，我也没谱，我计划要盖一栋砖木结构的新房，还要建一家茶叶加工厂。"

林峰又掏出折在一起的几页信笺，递给江主任："我现在只拿得出5000元，这个是我计划中的新房、茶叶加工厂建筑材料和茶叶加工设备清单，具体贷多少，请你帮我估算一番。"

江主任还是有些不解地问林峰："你要建茶叶加工厂做什么？你确定今后倚象谷真有这么多茶叶可以给你加工？"

林峰坚定地点点头，对江主任说出自己的想法："江主任，你知道的，我们这里是亚洲象的窝子，那些亚洲象搅得我们倚象谷寨子的村民实在没有活路了。"

江主任还是茫然道："林峰，这亚洲象袭扰庄稼地和村寨，跟你建茶叶加工厂有什么相干？"

林峰微微一笑："我观察过了，这大象可不吃茶叶，所以我希望我们倚象谷村民多多发展茶产业，有我的茶叶加工厂托底，今后茶农们种出的茶叶就不愁销路了，我来帮他们加工、销售！"

林峰给出的贷款理由合情合理，非常具有前瞻性，江主任赞赏道："林峰，想必你是要大干一场了，你这个想法太棒了！"

江主任马上吩咐信贷员，一次性给林峰办了4万元的贷款业务。

两天后的一大早，林峰家来了好多帮忙建盖新房的村民，那间破败的旧屋被村民们一下子就推倒了，散乱的地基也被清理得干干净净。旧屋一拆除，远处路过山坳的人才发现，林峰家这个宅基地周围的环境充满了勃勃生机，树木高大挺拔，藤蔓交织在一起，形成了一道独特的风景线。

建房师傅指挥着村民们，用砖石搭建了房屋的地基。只见村民们用手中的铁锤敲击在砖石和木头上，发出响亮的声音，仿佛在向周围的人与物宣告林峰新家的诞生。砖石搭建的地基坚固而稳定，为房屋打下了坚实的基础。

接着，大家开始制作木梁和木板，这些是房屋的主体结构。建房师傅的双手熟练地在木头上穿梭，削、锯、磨，每一刀都恰到好处，尽显他的工匠技艺。木制的房屋主体结构温馨而舒适，与周围的环境完美融合。

最后，铺设屋顶。建房师傅小心翼翼地将木板排列在一起，形成美丽的斜坡形状。为了防雨，他还特意在屋顶上覆盖了一层厚厚的植被。

经过几周的辛勤努力，林峰的新房终于建成了。林峰、林峰母亲、伊莎满意地看着新建起来的屋子，心中充满了自豪和喜悦。林峰和伊莎相视一笑，这间新房虽然简朴，但却凝结了他们的心血和汗水，在倚象谷的边缘，这间新房犹如一颗璀璨的明珠，必将照亮林峰和伊莎幸福的人生道路。

新房刚刚建好，林峰订购的茶叶加工设备也运来了。

林峰这次选择在新房的不远处建盖茶叶加工厂。厂房的场地上摆放着各种建材和机械设备，钢筋、水泥、木材等材料在工人们的巧手下，逐渐建出一个庞大的建筑。厂房的外墙采用当地特色的石材砌成，给人一种古朴而坚固的感觉。

在加工厂的内部，工人们正在安装各种茶叶加工设备。巨大的烘干机、精致的筛选机、别致的茶叶包装机等设备一应俱全。每台机器都被精心调试，确保它们能够在投产之后顺利运行。

在茶叶加工厂的另一侧，一个储茶仓库也在建设中。储茶仓库的建设要求非常高，必须严格控制空气的温度和湿度，以确保茶叶的品质。

经过半个月的紧张施工，林峰的茶叶加工厂终于建成了。

入夜，伊莎和林峰母亲才把厂房里的机械擦拭干净，林峰母亲洗洗就回屋睡下了。伊莎觉得夜已经很深，她得赶回翁基哈尼山寨了，就要求林峰骑摩托车送她。

两人走出厂房，林峰的手搭在伊莎的肩膀上，低头轻轻地吻了吻她的发丝，伊莎闭着眼睛，享受着林峰的吻，脸上洋溢着幸福的微笑。

山寨里，虫鸣声和山泉流动声构成了自然的摇篮曲，轻轻抚慰着这对情侣的心灵。他们彼此深爱着对方，希望未来的生活能够如同这山寨一般淳朴、自然。林峰对伊莎深情款款地道："伊莎，要不……今晚你就住下吧？"

# 第七章
## 收获爱情的季节

伊莎摇摇头，娇羞地喃喃道："今晚我当然得回去，现在你的新房盖好了，茶叶加工厂也建起来了，你可别忘了接下来你该干的事哟。"

林峰知道接下来他该干什么，他得兑现当初对伊老赫的那个承诺——迎娶漂亮的伊莎！

林峰看向一脸幸福的伊莎，微笑着点点头。在这静谧的山寨里，他们的梦想和爱情如同天上的繁星一般闪烁着，陶醉了整个夜空。

两人坚信，只要心怀梦想和彼此相爱，幸福的日子终将到来。

### 一场特别的山寨婚礼

林峰告诉母亲，虽然伊莎和自己成婚是板上钉钉的事，但该有的礼数也不能少了，得寻个吉日上翁基哈尼山寨伊老赫家提亲。母亲自然是喜上眉梢，她马上着手准备为儿子定亲。

在哈尼族的传统习俗中，说媒是一个非常重要的规矩。林峰母亲就找到了本家的一位叔伯，这位叔伯是倚象谷寨子里能言善道、儿孙满堂的一位长者。

第二天早上，叔伯就亲自上翁基哈尼山寨伊老赫家为林峰说媒去了。叔伯出发时，林峰母亲让他带上两瓶自家酿制的好酒、一只老母鸡作为礼物。

当天晌午，伊老赫就在自己的家宰鸡办席，宴请叔伯这位由林峰家请来的媒人，还喝了两杯媒人带来的自烤酒。宴席间，叔伯唱起《要花要种》等传统的哈尼族酒歌。伊老赫笑呵呵地接过叔伯递过来的酒杯一饮而尽，这代表着林峰和伊莎的婚事得以确认。

在哈尼族的订婚仪式上，如果女方家长不同意，他们会婉言谢绝，并且不会举行任何仪式。如果同意，那么双方家庭就会进一步商谈娶亲的日期以及彩礼的数量等细节问题。接下来，叔伯就和伊老赫商定了婚礼的日期。而叔伯一直担心的彩礼，伊老赫摆摆手表示他绝不要一分一厘。

叔伯带着喜讯满意而归。

面对如此通情达理的岳父，林峰觉得他更应该呈献给伊莎一场完美的婚礼。林峰家的院场里搭起来了青棚，点缀了一些红色的喜字和彩条，显得喜气洋洋。

林峰迎娶伊莎的日子，天边初露的晨曦，为这对新人披上了一层金色的祝福。林峰的迎亲队伍，在两位唢呐手的引领下，奏响了古老而又欢快的《迎亲调》。那旋律，穿透了松涛的低语，越过了山峦的阻隔，直抵翁基哈尼山寨的每一个角落。

沉睡的山寨，在唢呐的欢歌中渐渐苏醒，大地仿佛也为之动容，万物皆披上了喜庆的盛装。火龙果地与芒果林交相辉映，绿叶间藏着的是自然的馈赠，也是哈尼人对生活的热爱与期盼。迎亲队伍踏上这片充满生机的土地，每一步都踏着幸福的节拍，向着伊莎的家迈进。

"拦路酒"，这哈尼族婚礼上的第一道风景线，既是对新郎林峰勇气的考验，也是双方亲友间情感交流的桥梁。一番轰轰烈烈、热热闹闹的拦路酒之后，双方亲友间几位不胜酒力的汉子快乐地跳起舞来，逗得亲友们笑声阵阵，欢乐的气氛达到了高潮。

新娘伊莎的姨娘姑嫂等一众女子用哈尼语唱起了祝福歌，歌声悠扬，如溪水潺潺，唱出了养育女儿的艰辛与对伊莎未来生活的美好祝愿。新郎林峰的亲友们以歌应和，承诺着对伊莎

## 第七章
### 收获爱情的季节

的关爱。歌声不仅体现了双方亲友间情感上的交流，更是两家人心灵相通的开始。

跨过第一道门槛，迎亲队伍又面临了更为热烈的"拦门酒"。大土碗中的自烤酒，香气扑鼻，却也辣味十足，是对林峰意志与智慧的双重考验。歌声与笑声交织，敬酒与回歌并行，每一滴酒都承载着祝福与期待，每一句歌声都传递着喜悦与深情。

林峰与伴郎们凭借机智与勇气，赢得了进门的权利。整洁的堂屋里，红烛高照，映照出一张张洋溢着幸福的脸庞。林峰被安排端坐在新郎椅上，他腼腆的眼神中带着坚定，让人不由自主地被这份纯真的情感打动。

喜宴渐入佳境，红烛闪耀之下，哈尼族的传统习俗"戏新郎"将这场盛宴推向了高潮。哈尼少女们身着五彩斑斓的民族服饰，宛如山间最娇艳的花朵，她们眼眸中闪烁着狡黠与喜悦，围绕着林峰与一众伴郎，编织起一场场即兴而又不失雅致的"考验"。

一位姑娘轻盈上前，手持一碗特制的米酒，笑靥如花："新郎官，若想娶得美人归，这碗'甜蜜蜜'可得一饮而尽，还得说出十句赞美新娘的话，不然嘛……"话音未落，众人已是一阵哄笑，林峰被这突如其来的挑战逗得脸颊微红，却也不失风度，接过酒碗，一饮而尽，随后信手拈来，句句肺腑之言，让伊莎脸颊泛红，羞涩地低下了头。

另一旁，几位姑娘合力抬出一面牛皮大鼓，开始击鼓传花，鼓声骤停，手持花朵的伴郎需即兴表演一段舞蹈。伴郎们面面相觑，最终在一片鼓励与笑声中，或笨拙或灵活地扭动身躯，引得宾客们掌声雷动，连空气中都弥漫着欢乐与温馨的气息。

"戏新郎"不仅是对新郎林峰与伴郎们的智慧与勇气的考验,更是哈尼族人民热情好客、幽默风趣的体现。在这欢声笑语交织的温馨时刻,林峰与伊莎的情缘仿佛也被这浓厚的喜庆氛围紧紧缠绕,定格为众人心中温馨难忘的美好瞬间。

正午的阳光下,鞭炮声声炸响,宣告着迎亲队伍可以带着漂亮的新娘伊莎"凯旋"了。林峰身着红衣,英姿飒爽,伊莎则如同山花般娇艳,两人携手而行,成为了所有人眼中的焦点。

在林峰家举行的合婚仪式上,青棚下的气氛庄严而神圣。林峰与伊莎手牵手跪在神像前,默默许下了一生的誓言。翁基老者唱起哈尼族创世古歌,如同天籁之音,穿透时空的界限,将哈尼族千年的文化传承与祝福凝聚在这一刻。

仪式结束后,来自女方送亲队伍的姑娘们奉上了精彩的哈尼族歌曲《阿米车》,歌曲的旋律悠扬婉转,展现了哈尼族女性的柔美与坚韧。随着《阿米车》的最后一个音符缓缓落下,翁基哈尼少女们身着五彩斑斓的民族服饰,宛如林间跃动的精灵,轻盈地步入场地中央。她们的手轻轻摆动,脚步随着无形的节拍旋转,仿佛是山间跳跃的清泉,温柔而又不失力量,将哈尼族文化的深邃与纯粹演绎得淋漓尽致。

哈尼少女们的舞步还没有完全收住,汉族小伙子们不甘示弱,他们以山为誓,以水为盟,用深情而粗犷的嗓音唱响了火辣辣的山歌。歌声穿云裂石,汉族小伙子们的豪迈不羁,与哈尼族少女的柔美形成了鲜明对比,却又意外地和谐共生。他们的山歌,细腻中带着粗犷,每一个音符都透露着对生活的热爱与向往,仿佛要将这片土地的热情与活力全部倾泄而出。

青棚下,歌声与舞步交织成一幅幅生动的画面,既有哈尼族少女传统舞蹈的含蓄与优雅,也有汉族小伙子山歌的豪放与奔放。参加婚宴的亲朋好友都被这场民族和谐同乐的盛宴深深吸引，掌声、欢呼声此起彼伏，将婚礼的喜庆氛围推向了顶峰。

夜幕降临，星辰仿佛是大自然最精致的笔触，轻轻勾勒出夜的轮廓，每一颗星星都闪烁着温柔而神秘的光芒，为林峰与伊莎的洞房之夜织就了一袭璀璨的纱幔。在这宁静而圣洁的时刻，时间仿佛凝固，将外界的喧嚣与繁华隔绝于无形之外，只留下他们二人，在这方寸之间，共绘属于他们的幸福画卷。

林峰轻握伊莎的手，那双手，既柔软又充满力量，仿佛能穿透岁月的长河，紧紧相连两颗相依为命的心。他们的目光在摇曳的烛光中交织，他们的眼眸如同深邃的潭水，映照着彼此的轮廓，也映照出彼此心中那份难以言喻的深情与喜悦。两人紧紧相拥，感受着彼此呼吸的交织，那份温暖从指尖蔓延至心田……

**产业布局**

林峰已经在倚象谷寨子盖了新房子，建了茶叶加工厂，也抱得了美人归，他觉得自己的人生一扫之前的阴霾，开始有金灿灿的阳光透进来。

接下来，林峰得把目前的一切好好地捋一捋，捋顺了才能让今后的生产和生活过得有条不紊。

林峰心中那个大胆的构想——寻找人类和亚洲象和谐相处之道，又在他的心中萌芽了。

林峰上了一趟村委会，村委会主任是叔伯的三儿子林东。林峰对林东说："哥，你们村委会什么时候召开村民大会？"

林东疑惑地回问林峰："你问这个做什么？"

林峰照直说："我是想借助村委会的力，发动所有的村民把适合的地块都种上茶树。"

林东这才知晓林峰找他的目的，乐道："你是想着村民们都种茶树了，今后把茶叶交到你的加工厂是吧？"

林峰毫不隐瞒，点点头道："就是，全部交给我，我帮他们卖！"

林峰觉得还没有把发动村民种茶的理由讲透，又补充道："大象不吃茶叶，我的加工厂又能解决茶叶的销路。这不是一举两得吗？我们这里除了种茶树，还能种什么呢？"

林东觉得林峰说得有道理，点了点头。林峰提高语气道："你尽快召开村民大会，在会上安排村民们种茶树！不但全体村民要种，你们村委会也要在集体土地上种，你们也得发展集体经济嘛！"

林东点点头，过去他一直深深忧虑着，如果不尽快发动村民种茶树，假以时日，那些闲置的土地就会被政府流转过去种植橡胶树了。橡胶虽然值钱，但是倚象谷的村民更喜欢种茶树，他们对普洱茶的喜爱是与生俱来的。可以说，林东对林峰种茶树的倡议是很赞同的。

林峰又说道："如果村民们愿意的话，今后就直接到我这里交茶叶和山货，我的收购价随行就市，和外面的市场价保持一致。"

林东拍拍林峰的肩头说道："兄弟，你这个经营模式好啊，你收购茶叶和山货，既保障了村民们的销路，还不用他们出村大费周章。"

林峰突然想起什么，又对林东道："哥，那些山货也要村民们直接送到我家里来，我不能再像过去那样一家一家地跑了，我得腾出些时间干点有用的活。"

## 第七章
### 收获爱情的季节

林东有些不解:"兄弟,你收茶叶和山货不就是有用的活吗?你除了这些,难道还有什么要紧的事要干?"

林峰神秘地一笑,对林东说道:"这个嘛,我得暂时保密!"

林峰说完就走出了村委会,后面传来林东的一句嘟囔:"这个林峰,又在想什么鬼点子了。"

没过几天,林峰就请来了县制茶所的老师傅陈大师来倚象谷教授普洱茶加工技艺。林峰还通知了山寨里的年轻人过来一块儿参加培训,以后这些年轻人都是厂子里要用到的工人。

其实,普洱茶加工技艺要说难也难,要说简单也简单,关键在于制茶师傅要具备实践经验。

倚象谷普洱茶加工技艺的教学现场,充满着浓厚的文化氛围。在林峰新建的这个宽敞的厂房里,悬挂着普洱茶的加工流程图,黑板上方悬挂着"倚象谷普洱茶加工技艺"的横幅。厂子中央的一张长方形茶台上摆放着各种制茶工具和待加工的茶叶。

陈大师是一位经验丰富的制茶师,他首先给学员们讲解了普洱茶的历史、茶艺文化。他讲述普洱茶的历史渊源和特点,激起了参训学员的浓厚兴趣。随后,陈大师详细地讲授了普洱茶的加工流程,即杀青、揉捻和晒干。

陈大师说,杀青是绿茶生产的标志,是绿茶区别于红茶最重要的工序。杀青后,酶的活动终止了。红茶不杀青,酶的活动发酵时仍在进行,这是一种酶促发酵过程。晒青毛茶大多采用锅炒杀青,因茶叶中的含水量高,杀青时必须焖抖结合,使茶叶失水均匀,达到杀透、杀匀的目的。揉捻,就是破碎茶叶细胞,保证茶汁在冲泡时充分浸出。揉捻时要根据原料老嫩程度灵活掌握,揉至基本成条为宜。嫩叶轻揉,时间短;老叶重揉，时间长。晒干是晒青毛茶区别于炒青和烘青的根本点。天晴时，在室外薄摊晾晒；天阴时，茶叶就摊晾在火塘上吊挂的竹席上。

陈大师娓娓道来，历史上，云南晒青毛茶是手炒手揉，日晒干燥，设备简陋，多是一家一户分散经营的手工作坊。传统制作保留了在柔和的阳光下自然缓慢的干燥过程，也赋予了云南大叶种晒青毛茶广阔的发展空间。

在演示过程中，陈大师还向学员们介绍了普洱茶的品鉴方法，包括观察茶叶的颜色、闻茶叶的香气、品尝茶汤的口感和回甘等。此外，陈大师还向学员们介绍了普洱茶的冲泡技巧和品饮方法，让他们更好地领略普洱茶的魅力。

在整个教学过程中，陈大师注重与学员们的互动，还鼓励他们亲自动手操作。学员们一边听讲，一边动手制作普洱茶，体验着传统制茶工艺的魅力。

经过刻苦的学习，林峰和伊莎在陈大师的指导下，娴熟地掌握了普洱茶加工技艺，两人都能够独立加工出上好的普洱茶了。

随后，林峰教伊莎挑拣山货的方法和价格计算。

做完这些，林峰觉得，此时的伊莎完全可以独立完成茶叶加工和山货收购的工作，他是时候到夹象沟寻找短鼻子家族了。

临行前，林峰对伊莎说："伊莎，最近你得一个人承担茶叶加工和山货收购的工作，辛苦你了，今后一段时间，我得多跑跑夹象沟。"

林峰也对母亲交代："妈啊，伊莎一个人忙不过来的时候，你要多帮帮她。"

家里的两个女人异口同声问道："你要去夹象沟？"

## 第七章
### 收获爱情的季节

林峰点点头,母亲不解道:"儿子,现在不是大红菌的出土季节,你去夹象沟干什么?那里可是象窝子啊。"

伊莎也担心地看向林峰。

林峰呵呵笑着说道:"正因为那里是象窝子,所以我才要去那里的。不过请你们放心,我一定会注意安全的。"

林峰没有对伊莎和母亲说明他去夹象沟的目的,他向来是个做事靠谱的人,所以两个女人没有继续反对,但她们对林峰深入夹象沟还是捏了一把汗。

倚象谷深处的夹象沟。

一股湿润的空气扑面而来,仿佛带着生命的气息,巨大的树木矗立在四周,形成了一片密不透风的绿色屏障,这些树木的树皮上布满了青苔和地衣,显得古老而神秘。

突然,一阵沉重的脚步声打破了这片宁静。早已攀爬到古树上的林峰,在密集的林莽间,发现了短鼻子家族从远方的密林中走出来。它们晃动着长长的鼻子,似乎在空气中寻找着什么。为首的短鼻子雌象,挥舞着特有的灵活的短平鼻子,在树木之间游刃有余地穿行,带领着象群前进。

象群缓缓地经过远处独木成林的一棵古树,它们的脚步落在了一片茂密的草地上,这片草地被各种花朵点缀,如同一条五彩斑斓的织锦,花朵在阳光下绽放,吸引了许多蜜蜂和蝴蝶。

接着,短鼻子家族又向着一条清澈的小溪走去,水流潺潺,折射出阳光点点。象群纷纷走到溪边,它们尽情地畅饮,水珠从它们的鼻子上滑落,落在地上,溅起一片响声。

最后,象群往林峰攀爬着的古树这边走来。在短鼻子家族的行进中,林峰还是发现了一些端倪,象群并没有在所经的通道吃东西,而是一路行进着。

不一会儿，短鼻子雌象就带领着家族成员来到了林峰所在的古树下，象群驻足，纷纷仰头看向古树的树冠，发出一阵阵嘶鸣声。

树上的林峰一下子有些慌神，他暗忖道：不好，我这样隐蔽地躲在细密枝叶间，还是被它们发现了。不过古树下的象群虽然嘶鸣着，但看上去并不狂躁，这倒让林峰有些纳闷。

不过，林峰却下定决心，无论短鼻子家族这次如何对待自己，他都是要和这群亚洲象好好打交道的。他暗笑道："我是带着求和的愿望而来，希望能够得到你们这群大家伙的善待！"

在这一刻，人类和亚洲象之间的界限被打破了，人象之间的情感交流变得如此深厚和真实。

## 第八章 人象之间

**和野象来了一次亲密接触**

古树下的象群依然抬头看向树冠，低沉地嘶吼着。树上的林峰顿时有一种被万象朝拜的感觉，让他觉得非常有趣。

这次林峰终于数清了短鼻子家族成员的数量，一共11头。1头成年公象，6头成年雌象，2头未成年公象，2头刚出生不久的幼象。林峰认为，既然今后要长时间和短鼻子家族打交道，那么就得给它们逐一取名字，有利今后辨认。

于是，林峰给短鼻子雌象这个象群家长，取名为"短鼻子"。大公象显然是象王，体形硕大，仿佛就是"巨无霸"的存在，有着所向披靡的霸气，就像一辆无坚不摧的大坦克，林峰给它取名为"坦克"。其他5头雌象，林峰分别给它们取名为"芭比"

"黑团""嫩香"……2头未成年公象,取了"强大""强二"这样对未来寄予期望的名字。而一公一母2头可爱的幼象,林峰则给它们取名为"仔仔"和"囡囡"。

此时,坦克在树下嘶吼一阵之后,开始变得焦躁不安起来,只见它的长鼻小心翼翼地卷曲,试图够到那些遥不可及的果子。它的那双象眼既充满了期待又充满了绝望,凝视着那挂满树梢的硕果,仿佛在寻求一丝丝的希望。

林峰这才恍然大悟,原来这群亚洲象并非对着树上的他朝拜,而是它们发现了高高的树梢上挂着诱人的果子。之前林峰只顾盯着树下的象群,并没有注意到树上密密匝匝的果子。那些果子如宝石般闪耀,在阳光的照耀下折射出诱人的光芒,绿叶与果子交织成一幅美丽的画卷,展示着大自然的慷慨。

短鼻子家族的视线紧紧地盯在那些诱人的果子上,它们的眼中充满了渴望与无助。坦克不断地摇动庞大的身躯,试图用鼻子够到那些果子。然而,尽管它使出了浑身解数,但每次都差那么一点点,那些饱满的果子似乎总是在它够不到的地方。每当鼻子伸得不能再伸时,坦克就会低沉地嘶吼,声音中充满了挫败感和无尽的渴望。

然而,就在坦克即将放弃的时候,一阵风吹过,果子被吹得掉下了几个。坦克喜出望外,赶紧用鼻子卷起果子放入口中,发出"咔嚓咔嚓"的脆响。

此刻,坦克的眼中充满了满足感与幸福感。而其他的亚洲象看到坦克尝到了美味的果子,有些不满地看向坦克,继而又看向树冠,象群中出现了骚动。

就在这时,高高的树冠上突然散落下一些果子来,大象们低沉地闷哼着,开始了对果子的争夺。

## 第八章
## 人象之间

阳光透过茂密的树叶洒在树干上,形成一片斑驳的光影。在树冠的深处,林峰正躲在茂密的枝叶里,他的眼睛紧紧地盯着眼前这些挂在枝头上的黄色果子。刚才就是他随手摘了一些黄色的果子,并把果子撒到了树下。

这些果子并非寻常的水果,而是亚洲象最喜欢的食物之一,倚象谷寨子的村民称之为"三丫果",而它的植物名称则为木奶果,是生长在大戟科木奶果属的常绿乔木上的树生果实,果子呈卵状或近圆球状,红中透黄,其味酸甜,深受生活在热带雨林的人们的喜爱。林峰知道这种果子的珍贵,因此他小心挪动脚步接近那些果子,试图将它们摘下来。林峰的手紧紧地攀在树干上,他的心跳似乎与树冠上的叶子同步,一起一伏。

林峰的眼睛凝视着那些黄色的果子,仿佛它们是整个世界的焦点。然后,他开始爬到黄色果子密集的枝梢。林峰的动作轻盈而敏捷,仿佛他与这棵古树有着某种亲密的联系。

林峰像一只灵巧的猫,在树枝之间灵活穿梭。他靠近了那些黄色的果子,把手缓缓地伸出去,轻轻地捏住了湿润而温暖的果子。他看着富有光泽的果子,闻到果子的芳香,他感受到果子的魅力。然后,他把这些果子摘了下来,不时撒到树下。那一刻,林峰似乎听到了树叶的掌声,似乎看到了树枝的微笑。

林峰向树下看去,他看到树下面的亚洲象们正在焦急地等待着。林峰微笑着,然后把果子继续扔下去。亚洲象们不再嘶吼,它们争先恐后地去抢夺那些果子。

林峰看着树下的这一幕,心中充满了满足感和喜悦。林峰知道,他做了一件对的事情,他帮助了短鼻子家族。在林峰的心中,这些果子不是普通的果子,它是人类对短鼻子家族示好的礼物。

林峰觉得，他应该让短鼻子家族看到它们现在享受的美味是人类贡献的，因此树上的他不再躲闪，而是大胆地暴露在象群的面前，还对象群打起了招呼："嘿，老伙计们，你们好！"不过林峰的招呼并没有得到象群的回应，它们似乎更看重眼前的美餐。

古树的枝干粗大，树冠就像一把笼罩着天空的巨伞，枝丫间结满了成熟的果子。

林峰继续往树下撒果子，象群已经顾不上树上的人了，反正它们只顾着大快朵颐。林峰花了近四个小时，才把古树上的三丫果全部摘完，这棵古树上的黄色果子，全部进了这11头亚洲象的肚子里。

林峰看到饱腹的短鼻子家族在树下躺下了，他才意识到自己也该回家了。

林峰看着眼前的短鼻子家族，他的心里竟然有着莫名的感动。他暴露给亚洲象的用意是要让它们知道，人类可以帮助它们吃到生长在高高的树上的果子。亚洲象并没有排斥人类的这种善举。由此可以推断，人类可以和亚洲象这种动物建立感情连接，也可以赢得亚洲象的信任。这让林峰觉得人象和谐相处的愿景并非空想，他又增添了无穷的信心和力量。

林峰有些小窃喜，他这一次和亚洲象的亲密接触，自认为体验感还算不错。林峰充满期待地想，下次再来夹象沟，得给它们带些盐巴来。他相信，盐巴更是一种对亚洲象有着巨大诱惑的好东西。

## 伊莎怀孕了

近段时间，林峰每天都在中午1点左右赶到夹象沟腹地，快速攀爬到古树上。

之所以选择这个时间点,是因为外出觅食的短鼻子家族会在中午2点,准时返回到这棵古树底下午休。这样一来,林峰就有一大段时间可以对短鼻子家族进行近距离观察。

亚洲象的进食量太大,一般情况下它们每天得用十几个小时四处觅食。这样长的时间,注定它们要在热带雨林中迂回行进几公里。

林峰每天都带着一口袋的白萝卜到夹象沟,他往白萝卜里掺了些食盐,此举是想让短鼻子家族领悟到,人类给它们带来的礼物,虽然不能填饱它们的大肚子,却添加了它们最钟爱的作料。

林峰带来的礼物——咸味白萝卜,是费了周折专门在景诺乡街子上买来的。倚象谷边缘的村寨是无法栽种白萝卜的,村民们种下地的白萝卜,往往等不到采收时节,就被亚洲象长长的鼻子给拔了。

林峰总是乐此不疲地往返于家、景诺乡街子和夹象沟之间。

林峰也欣喜地感知到短鼻子家族成员对他的示好,这些大家伙津津有味地吃完每天准时从树上降落的咸味白萝卜后,都会仰望着在高高的树上的林峰,惬意地发出低吟般的嘶鸣声。象群的改变让林峰内心非常受用,他觉得自己的努力并非徒劳无功。

长时间对短鼻子家族的观察,还让林峰发现热带雨林层林结构发生了变化。倚象谷中高大的乔木越长越高,散开的树冠把金灿灿的阳光遮挡了起来,这就让乔木树冠下面的层状植被的生存条件在无形中被剥夺了,它们很难吸收到阳光,如蕨类植物、灌木类植物、苔藓类植物、菌类植物和藻类植物等。

林峰的童年时光深深地镌刻着热带雨林的印迹,倚象谷几乎是他们这些热带雨林孩子的天堂。他们熟知雨林里的一切,那时候,热带雨林的附生植物,如藻类植物、苔藓类植物、蕨类植物以及兰科植物等附生在乔木、灌木或藤本植物的树干和枝丫上,就像给它们披上了一层厚厚的绿衣。有的还开着各种艳丽的花朵,有的甚至附生在叶片上,形成"树上生树、叶上长草"的奇妙景色。

可是现在的倚象谷,由于高大的乔木长得遮天蔽日,底下的层林灌木逐渐丧失了蓬勃的生机,而这些灌木的枝叶本来就是亚洲象最好的食料,时常遭到亚洲象不停地啃食,这就导致热带雨林里的灌木丛在逐渐地消失,亚洲象的食源地遭到了压缩。

林峰现在终于明白了,为什么不断有亚洲象走出倚象谷,到外围的庄稼地觅食,到村庄践踏人类的房舍。说到底,亚洲象也得吃饱肚子,吃才是一切生物最基本、最原始的需求啊。

亚洲象要生存,人类也要生存,人象冲突就是双方"肚子"闹的战争!

林峰正遐想间,远方的密林间传来短鼻子家族返回的动静。

林峰觉得今天象群返回的速度非常缓慢,仔细一看,才发现是那头可爱的幼象仔仔受伤了。只见仔仔一瘸一拐,非常费力地走在象群的中央,还不停地哀鸣着,右脚踝皮肤上有一道显眼的伤口。象妈妈不时用长长的鼻子抚摸着仔仔的伤处,显得神情凝重。整个短鼻子家族显得气氛沉闷,象群中仿佛笼罩着一层厚厚的阴云。

林峰暗忖道:不好,幼象仔仔受伤了。

按说亚洲象的皮肤是很坚硬的,一般的树枝和石块伤害不到它们。林峰肯定,这样敞开的皮外伤,肯定是因为兽夹。

## 第八章
人象之间

在20世纪90年代,中国西南热带雨林还没有完全封山禁猎,所以还有极少数的村民用兽夹捕猎野兽。

尽管仔仔受了伤,但庆幸的是,兽夹并没有缠在仔仔的伤脚上,不然处理起来就要麻烦得多。

林峰觉得,明天应该带些消毒药水和纱布、绷带来,得尽快帮仔仔处理伤口,不然仔仔的伤口就会发炎化脓,甚至威胁到它幼小的生命。

林峰转念又想,如果明天要和象群面对面接触,它们会领情吗?它们是否会发动攻击?不管怎么说,明天还是带着消毒药水和纱布、绷带进山吧,至于象群配不配合,那是另外一回事了。

象群艰难地行进到古树下,林峰收回无限的遐思,继续给短鼻子家族投下咸味白萝卜。在象群逐渐安静午休的时候,林峰蹑手蹑脚地下树,往家赶去。

林峰回到家已经到了下午5点。他走进家门,就看到母亲正在院场里帮着伊莎拍背。早上准备进山时,伊莎就跑到卫生间呕吐了几次,但是林峰并没有在意。

母亲看到林峰,有些不满道:"儿子呀,你终于回来了,你这整天像着了魔似的往夹象沟跑,把你媳妇都撂下不管了!"

林峰看着一脸煞白的伊莎,担心地问道:"伊莎,你这是怎么了,哪里不舒服?要不我带你去乡卫生院看病去?"

母亲边给伊莎轻轻拍背边笑吟吟地对林峰吩咐道:"儿子,上乡卫生院倒是不必,你赶快去把你老岳父带来,让他给伊莎把脉就行!"

林峰走出院场,准备到厂子那边骑摩托车。林峰母亲跟出来,脸上笑眯眯的,她悄声对林峰说:"憨儿子,伊莎估计是有了,快去带你老岳父过来给她把脉。"

林峰傻乎乎问母亲："什么？什么有了？"

直到骑着摩托车开出去老远，林峰才恍然大悟道："哦，有了，这么说，我快要当爸爸了！"这时林峰突然幸福地想，在父母眼里，他就是一个十足的憨儿子！

一会儿工夫，林峰就到了翁基哈尼山寨伊老赫家。

"阿爸，伊莎她好像怀孕了，呕吐得厉害，请你去看看。"林峰对伊老赫说明来意。

伊老赫听说女儿怀孕了，激动得身子都抖动起来，他呵呵笑道："好啊，林峰，这回我终于可以抱小孙孙啦。"

伊老赫说着，忽然老泪纵横地哽咽道："玛玉，老天有眼，伊莎怀孕了，这回我们家有后代了。"

林峰知道，老岳父喊的玛玉是他从没见过的老岳母，伊莎的母亲。伊莎的母亲在伊莎出世时，因为难产大出血而过早地离世。伊老赫一直没有再娶，一来他和玛玉感情深厚，二来他怕新找的老婆不给伊莎好脸色。

所以，林峰这次带来的喜讯让伊老赫激动而欣慰。

林峰载着伊老赫回到了倚象谷寨子，伊老赫马上给伊莎把脉，他紧绷、沧桑的脸皮逐渐舒展开来，笑呵呵地对林峰母子俩说道："嗯，嗯，好着哩，伊莎肯定是怀孕了。"

林峰自责地想，伊莎这几天出现剧烈的呕吐症状，原来是早孕反应导致的。这样一来，他是不能天天往夹象沟跑了。

尽管幼象仔仔受伤了，但林峰却顾不了这么多，伊莎早孕反应非常严重，他觉得照顾好伊莎才是他这几天的头等大事。

此时，怪异的事情发生了。

看到林峰好久没去夹象沟，短鼻子家族带着受伤的仔仔找来了。更为奇特的是，短鼻子家族把行动不便的仔仔带到林峰家的芒果林后，就义无反顾地返回森林去了。

落单的仔仔，形单影只地在芒果林里哀鸣不已。

**人象之间的情感交融**

原来，仔仔受伤后，短鼻子家族的觅食范围明显缩小了，象妈妈更是一步不离地跟在仔仔的身边，短鼻子家族成员都有意把低矮处的嫩梢儿留给象妈妈和仔仔。

但仔仔的伤势愈来愈严重，发炎的伤口渐渐流出脓水，引得一只只牛虻"嗡嗡"地飞来舔舐。仔仔只好用自己还不太灵巧的鼻子，去驱赶见缝插针的虫子。后来，仔仔脚踝部的伤口引起了严重的感染，令它行走十分困难。

仔仔的伤势显然影响到了短鼻子家族温馨的氛围，象群中开始弥漫一丝恐惧的气息。随着仔仔渐渐跟不上象群，短鼻子开始出现了焦虑和狂躁，它带着家族成员走出了夹象沟腹地，缓慢地向着朦胧记忆中的那片芒果林走去。

短鼻子知道，它们这次走出热带雨林的目标，就是去倚象谷寨子——一个属于人类的地方。短鼻子及其家族成员在仔仔伤势严重的情况下，只能把象群可能面临的危险抛之脑后，也许人类才是唯一能给它们提供帮助的种族。

森林逐渐闪退，倚象谷寨子突然出现在眼前，这是一个由泥土和木材建成的小村庄，充满了人类生活的气息。

短鼻子家族小心翼翼地将仔仔带到芒果林。

很快，林峰和伊莎还有倚象谷寨子的村民们，就注意到了芒果林里短鼻子家族的存在，纷纷走到山坳好奇地观察。林峰纳闷着，现在倚象谷边缘的庄稼地早已撂荒，地里早就没有了这些庞然大物的吃食。

亚洲象再次造访的行为让林峰匪夷所思。不过，林峰还是发现了脚伤严重的仔仔，象群把仔仔围在中央，不停地朝着林峰新屋的方向嘶吼着。

林峰百思不得其解，短鼻子家族为什么要把行走不便的仔仔带出森林呢？

人群逐渐向山坳聚拢，村民们发现这次短鼻子家族的嘶鸣，和上次人象冲突时明显不同，这次的嘶吼少了张狂暴怒的成分，而是夹杂着一声声呜咽。

林峰猜测，因为仔仔的伤势越来越重，这次短鼻子家族是向人类求助来了——它们希望人类能够救一救还未成年的幼象仔仔。

象群对着聚集的人群一阵哀鸣后，再次做出令人不解的举动，它们不顾伤重的仔仔，一声不响地依次紧跟着返回了森林中。这一次，竟然连象妈妈也义无反顾地走了。

它们是要抛弃给家族带来负累的伤残同类？还是要把伤势严重的仔仔交给人类救治？林峰被眼前活生生上演的一幕——亚洲象向人类发出求救的行为震惊了。

看到家族成员都走了，仔仔发出一声声凄厉的鸣叫，这一声声象鸣听得林峰和村民们的心都碎了。年幼的仔仔恐慌地左顾右盼，它的步伐十分蹒跚，明显可以看出，它的左脚踝上流出的鲜血夹杂着脓水，血迹已经染红了它那灰色的皮肤。仔仔一直努力地想要跟上象群，不时地发出无助的鸣叫声，可是象群已经潜入了暗黑的森林。

林峰带着消毒药水和绷带、纱布到达仔仔的身边，他看到仔仔弱小的身躯蜷缩在野草中，痛苦地呻吟着。仔仔的左脚踝上那道被兽夹严重割伤的伤口，血肉模糊，流着脓血水，已经

## 第八章
## 人象之间

开始往外滚落蛆虫。

林峰的眼中闪过一丝怜悯，他伸出手，轻轻抚摸着仔仔的额头并发出呢喃的安慰声，他的声音低沉而柔和，试图安抚它紧张的内心。

仔仔不再惊慌，安静地任凭林峰在它的身子上抚摸。林峰转身去寻找装着消毒药水的塑料袋，准备用书本上学来的化脓伤口处理方法，为仔仔处理伤口。

林峰发现，仔仔伤口附近的皮肤上形成了脓包，他轻触了一下，皮囊底下的波动感非常明显，证实皮囊里面确实有脓，说明伤口感染得非常严重。

林峰果断拿出一把用火消毒过的匕首，就着波动得厉害的象皮子一刀扎了下去，只听"啵"的一声，那些皮下的脓水就往林峰的脸上喷射出来。林峰快速躲过，可还是有几滴脓液溅到了他的身上，一股恶臭袭来，整得林峰差点呕吐。

林峰用匕首不断挑破原先波动的皮囊，光脓血水就放出了接近一大碗的容量。如果以西医的方式处理，排脓之后伤口不能封闭，要每天局部换药，直到肉芽生长，然后才能将伤口封闭。

仔仔显然不适合送去医院采用西医治疗，林峰只能求助于他的老岳父伊老赫。伊老赫此时已经到了芒果林，他是被倚象谷寨子的一个年轻人用林峰的摩托车载来的。伊老赫走到林峰身边，手中握着几种不同的草药粉。

在林峰的帮助下，伊老赫小心翼翼地走近仔仔，把用于治疗刀斧伤的草药粉，敷在仔仔的伤口上。林峰用芒果树的大枝条，制作了一个简易的夹板，固定住仔仔包着草药粉的伤处。林峰的手法熟练而迅速，仿佛是一名专业治疗亚洲象的医生。

这一切完成后，林峰默默地坐在仔仔身边，用身体的力量支撑着它站起来尝试走路。林峰的手再次抚摸着仔仔的额头，似乎在传递着无声的安慰。村民渐渐都回家了，林峰却在仔仔身边留了下来。

倚象谷的白天渐渐流逝，夜晚悄然而至。

在月光下，林峰依旧守在仔仔身边，他的眼神坚定而专注。那夜，林峰一直守在仔仔身边，直到天亮。

在清晨的阳光下，短鼻子的嘶鸣声再次响起，林峰知道这是短鼻子家族回来寻仔仔了。他突然惊觉，象群的离开，并不是对仔仔的抛弃，而是要留给人类充分的时间救治仔仔。林峰第一次感性认识到，原来亚洲象这种看上去笨拙的庞然大物，竟然这么聪明。

大象们围在一起，低头向站在山坳救治仔仔的林峰表示感谢，它们的眼神里充满了温暖和感激，甚至可以看到泪水在它们的眼眶里打转。

短鼻子首先走向前，用它的短鼻子轻轻触碰了仔仔伤脚上的夹板，接着看向对面的林峰，发出一声长长的嘶鸣，这声嘶鸣显得高亢雄浑，仿佛在向林峰表达着最深的谢意。接着，其他的大象也依次上前，用它们的鼻子触碰仔仔的伤处，也依次发出高亢的嘶鸣声，以此来表达它们的感激之情。

林峰被短鼻子家族的行为所感动，他用力挥了挥手以示回应。林峰泪如泉涌。

在这一刻，人类和亚洲象之间的界限被打破了，人象之间的情感交流变得如此深厚和真实。

伊莎也很喜欢林伊儿这个名字，因为这个名字饱含着林峰和自己对女儿血浓于水的爱。

## 第九章 我家有两只白鹇鸟

### 奔涌向前的日子

接下来的日子里，林峰在倚象谷的生意，可以用风生水起来形容。

林峰几乎独揽了倚象谷一带的茶叶鲜叶收购，他的收购价格又提高了，他收购的晒干毛茶给到了每公斤4元。这样的话，按照每公斤晒干毛茶折合4公斤普洱茶鲜叶来算，鲜叶的收购价林峰给到了每公斤1元的高价。

这样的价格是倚象谷周边山寨种茶户最乐见的，今后他们只管采收，省去了昔日烦琐的制茶程序。过去各家各户制茶水平参差不齐，制作出来的茶叶品质难以把控，销路更是成了每户种茶户最大的考验。现在好了，种茶户们只要好好地管护茶园，负责采摘鲜嫩的普洱茶鲜叶，其他事项一律交给林峰，省去了不少的工时。

林峰这边，因为有了现代茶叶加工机器的加持，保证了普洱茶的品质。他卖给县土特产公司收购部的茶叶，被杜伟良作为一级茶叶卖到了广东、香港和台湾。

除了茶叶，林峰也扩大了收购山货的品种，从中得到了丰厚的赚头。

在茶叶采收季节的傍晚时分，来自各村寨的采茶姑娘背着盛满鲜叶或各色山货的竹编背篓，叽叽喳喳地嬉闹着来到林峰家交货。这些来自不同山寨、不同民族的少女走在晚霞里，红云细细勾勒出她们纤瘦的身影。

那些从翁基哈尼山寨走来的少女，乌黑的长发垂在耳侧，随着晚风的轻拂微微飞扬起来。她们抬起头来，云霞烧起的焰火倒映在清澈的眸中，如同夕照浸入深深的湖水，伴着浅笑时露出的酒窝，令人不觉心醉神迷。

慢慢地，以前没有和伊莎打过交道的少女们，也渐渐和伊莎熟络起来，交完货品，结算好后，少女们就拉着伊莎的手，抚摸着伊莎渐渐隆起的肚子，亲热地嘘寒问暖。

各族姐妹们围坐在茶叶加工厂外面的小溪边，享受着倦鸟归巢后村野的宁静，她们的笑容洋溢在这个空间中，带着一种特别的温馨。她们看着怀孕的伊莎，眼神里充满了祝福和期待。在这个特殊的时刻，她们都把伊莎包围在爱和祝福中，希望伊莎能顺利度过这个人生的重要阶段。

小溪的水声在耳边响起，像是大自然的乐章，为这个特殊的场景增添了诗意。姐妹们开始为怀孕的伊莎献上祝福，每一个祝福都充满了她们的真诚和善良。

"愿你的宝宝像你一样，充满了活力和善良。"一个傣族姐

## 第九章
### 我家有两只白鹇鸟

妹说。

"我希望你的宝宝是个雅米（哈尼语，意为：女孩），健康、快乐，就像热带雨林里的白鹇鸟，永远灵动而美丽。"另一个哈尼族姐妹补充说。

姐妹们的话语像是一首首甜美的诗，充满了对伊莎和她的宝宝的祝福；每一个祝福都像是小溪的水滴，汇集成一股温暖的力量，缓缓流向伊莎的心中。

伊莎微笑着，感激地接受着姐妹们的祝福。她知道，这些姐妹不仅是她和林峰建立的茶叶加工厂的合作伙伴，更是一群天真无邪、美丽善良的姑娘。有这群美丽纯真的好姐妹在身边，伊莎确信自己一定能够度过这个人生的重要阶段。这些姐妹对伊莎无微不至地关心和呵护，让林峰时常被感动得眼角发酸。

林峰母亲更像活成了另外一个人。现在的她，已经彻底告别病恹恹的过去，肤色红润，整个人越来越显得富态和慈祥。

自从伊莎怀孕后，林峰就一直陪在伊莎身边，专心致志地从事着茶叶加工和收购山货，再没有进入夹象沟。

有一天傍晚，林峰和伊莎吃完饭认真地一盘点，才发现不知不觉中竟然赚到了2万多元。这是在20世纪90年代中期，林峰和伊莎已经成为倚象谷寨子农户中极少数的万元户了。

林峰特意把伊老赫接到了家中，林峰母亲准备拿那只芦花公鸡做菜，想着一家人要好好庆祝一下。

正在林峰母亲要往芦花公鸡脖子下刀时，伊老赫摆摆手制止了林峰母亲，林峰母亲不禁一愣，疑惑地看向亲家伊老赫。

伊老赫神秘地笑道："亲家母，要炖鸡也得等我看完卦象再炖！"

鸡卦卜吉凶是哈尼族的一种传统习俗。在日常生活中，碰上重要的事或要做什么重要的决定，都要用鸡骨头来占卜吉凶，预测结果，他们相信"鸡骨头不会哄人"。在这个庆祝的日子里，伊老赫当然得为自己女婿和女儿的未来进行一次占卜。

伊老赫坐在屋内的火塘边，他的脸上布满了岁月的痕迹，显得聪慧而庄重，他手中的卦签，是用哈尼族特有的竹子削制而成的，光滑而凉爽。在卦签上，刻有各种神秘的图案，它们代表着不同的神灵和寓意。

经过一番操作后，伊老赫拿起卦签，细心地观察着上面的图案，他开始解读卦象，解释着其中的含义，林峰母亲默默地听着。

几经折腾，西边的太阳像醉酒的老汉红着脸跃下了山梁，林峰的家沉浸在一种神秘而肃穆的氛围中。

"卦象不错，属吉祥征候，很好，很好，有财进，有人添！"

伊老赫和林峰母亲在鸡卦卜吉凶的仪式过程中寻求着指引和安慰。尽管林峰和伊莎不怎么相信伊老赫的卜卦，但还是对于吉祥的征候有着一丝期待并显得十分兴奋。

热腾腾的大红菌炖土鸡端上桌来，林峰给伊莎夹了一块嫩鸡胸肉，还舀了一碗鲜香的鸡汤。接着，林峰把鸡肝夹给母亲，鸡腿则给了岳父伊老赫。

人生顺境之际，愈加觉得时光匆匆，转眼又到了林峰向乡农村信用社偿还贷款的时候了。可是，一年前的贷款数额是4万元，现在家里满打满算就只有2万元，缺口还很大！

林峰还是赶在到期偿还贷款的前一天，主动到了乡农村信用社。在主任办公室，林峰对江主任说："江主任哪，明天就是我还贷款的日子了，可是我……"

江主任呵呵笑着打断了林峰的话："林峰，你是故意来我这

## 第九章
### 我家有两只白鹇鸟

里叫苦的吧?"

其实,江主任早已从倚象谷的贷款户中了解到林峰不仅在茶叶加工厂上赚了钱,而且收购的山货也进账不少。江主任引用了一句倚象谷的谚语:"一阵太阳一阵雨,栽下黄秧吃白米!林峰啊,你的勤劳和付出,我们都看到了。"

林峰还是窘迫地道:"江主任,你别笑话我了,去年贷的4万元,我现在只拿得出2万元来还,剩下的2万元,我该怎么办呢?"

才不到一年的时间,林峰就拿得出2万元现金来偿还贷款,这让江主任着实惊诧到了。江主任啧啧称赞:"林峰啊,我对你果然没有看走眼,才一年的工夫,你就能够赚到2万元来还贷款。这样吧,让我的侄子拿2万元先给你垫上,等你贷出款来再还给他。"

林峰觉得这次江主任帮人真是帮到家了,现在自己就可以按期足额偿还贷款了。

第二天,江主任的侄子果真带来了2万元现金。他把2万元现金往江主任的办公桌上一放,对林峰自我介绍道:"林老板,我叫宋彪,做点木材小买卖,这2万元是给你垫付的,你放心,我绝不收你一分一厘的利息。"

就这样,林峰的还贷手续顺利办妥了。

江主任又建议林峰办4万元的贷款,林峰纳闷地问江主任:"江主任,说好的贷2万元,刚好足够还给宋老板就行了,怎么你又建议我贷4万元呢?"

江主任嘿嘿笑着解释:"林峰啊,你是个实诚人,我估摸着你这么大的一个场子已经铺开了,得尽快买一辆面包车开起来,你的摩托车已经不适应你的生意啦。"

林峰突然惊觉，买车！这是自己不敢想也实现不了的事，这个江主任怎么又要推着他往前走呢？

江主任觉得林峰并没有完全明白他的好意，又补充道："林峰，你尽快去考个驾照，再买一辆二手面包车，因为你们倚象谷到景诺乡街子的柏油路，就快要开工了，这对你的茶叶加工和山货生意来说，可是重大利好啊。"

林峰觉得江主任说得有道理，于是拿了4万元贷款找到宋彪，还了他帮自己垫付的2万元。宋彪果然信守承诺，没有收一分一厘的利息。末了，宋彪还信誓旦旦地对林峰道："林老板，多个朋友多条路，今后有用得到宋某的地方，尽管开口就是！"

林峰和宋彪握手告别。

林峰怀揣2万元的贷款，盼着伊莎尽快给他生一个健康的宝宝。他又思考着，是去哪个驾校报名学车呢？

**我们的小天使来了**

伊莎的孕相越来越明显，下腹部渐渐隆起，就像林峰家芒果林附近的那个山坳。她身着宽松的孕妇装，脸上洋溢着幸福和期待，犹如一朵盛开的山茶花。

伊老赫是个经验老到的草医，他掐指算着女儿伊莎的分娩期就快要到了，于是背着自己的草药包住到了女儿和女婿家。

林峰一家显然为伊老赫的到来感到高兴，林峰给老岳父腾了一间房，增置了一床新被褥，以便让伊老赫住得舒适一些。

林峰笑吟吟地对伊老赫说："爸啊，这次来了就别回翁基哈尼山寨了，你年纪越来越大了，今后就长久住下吧。"

伊老赫把头摇得跟个拨浪鼓似的，执拗地道："峰啊，我这次住下来是因为伊莎快生了，我不放心，得住下来盯着，希望

## 第九章
### 我家有两只白鹇鸟

我的小孙孙健康平安地出世！"

顿了顿，伊老赫补充道："等伊莎平安生下我的小孙孙，我还回翁基哈尼山寨去，我得好好照管着那几棵古茶树。"

林峰不置可否："爸啊，我们倚象谷寨子距离翁基哈尼山寨并不远，就你那几棵古茶树，我会帮你照看哩。"

伊老赫摆摆手："过不了多久我就回去，我住惯了茶山，闻惯了那里的空气，你这里纵然是金窝银窝，我还是喜欢我的稻草窝，在那里我住着才舒坦！"

其实，伊老赫的心里有着自己的考虑，他是个丧偶多年的老光棍，而自己的亲家母秀芝五年前也痛失了丈夫，虽然两人亲如一家，相安无事，但住在一起多有不便。

这次伊老赫自告奋勇来林峰家暂住，实在是他对即将分娩的女儿伊莎放心不下。老婆玛玉就是因为生伊莎时大出血而过早地离开了人世，伊老赫怕老婆玛玉的悲剧在女儿伊莎的身上重演！

不过，伊老赫担忧的事还是发生了。

在一个寒意飕飕的深秋之夜，伊莎突然感到腹部有一阵强烈的疼痛，她赶紧躺下来，留意着身体的感受。伊莎从书本上了解到，这是早产的征兆。她的心里闪过一丝恐慌，但很快就被一种更强大的力量驱散了。那是母爱的力量，让她沉着冷静地应对这个突发情况。

疼痛逐渐加剧，如同潮水般一波接一波地涌来，每一次的阵痛都像是在跨越一道山岭，但伊莎没有退缩，因为她知道，这是她作为母亲的责任。伊莎的脸上流露出坚定的神情，那是母爱的力量，让她的内心变得无比强大。

林峰显然已经看到了伊莎痛苦的样子，他紧张地守在伊莎的身边,手心出汗,不知所措。不过林峰还是马上做出决定,想必伊莎快要分娩了,情况十分紧急,得马上送伊莎到乡卫生院住院分娩。

林峰赶紧唤醒了母亲和老岳父,让两位老人看护着伊莎,自己去寨子东头找林东。夜幕中,林峰轻车熟路地摸到了林东家。幸好林东在家,他马上组织了倚象谷寨子的几位青壮年抬着伊莎去乡卫生院。

山路崎岖难行,倚象谷的夜晚蚊虫飞舞。急促的脚步声中,一群人影在黑暗中抬着面色苍白、痛苦呻吟的伊莎前往景诺乡卫生院。林峰和伊老赫紧随其后,满脸焦急。

一行人先把伊莎送到了景诺乡卫生院,但伊莎的情况似乎并不乐观。乡卫生院设施简陋,医疗资源匮乏,面对胎位不正的伊莎,医生们感到束手无策。

一位女医生对林峰说:"你们还是赶紧送县医院吧,孕妇的胎位不正,估计得做剖宫产手术。我已经给县医院妇产科打了电话,不过我建议你们不要在这里坐等,得尽快出发,半路应该就可以碰上从县医院过来的救护车,这样可以节省不少时间。"

深夜,平日里热闹非凡的景诺乡街子,此时连一辆车都没有。一行人暂且放弃弯曲的简易公路,改为在更为笔直的山径上疾行。他们穿过原始密林,脚下是泥泞的山路,惊得夜莺、虫蛇等夜行动物快速躲闪。

一路上,林峰边走边紧紧握住伊莎冰冷的手,在心中默默祈祷着。伊老赫嘴里念念有词,也在默默地祈福。

突然,伊莎的痛苦呻吟加剧,血水不断从她的下身流出。众人惊慌失措,加快脚步向前赶。

## 第九章
我家有两只白鹇鸟

就在众人疲惫不堪之际，远处终于出现了灯光，那是县医院的救护车，他们早就等在山径和简易公路岔口。医护人员迅速从救护车上下来，将伊莎抬到担架上，送进车内。

林峰和伊老赫紧随其后，一起上车前往县医院。救护车在崎岖的简易公路上颠簸着，伊莎的呻吟声渐渐变弱。

终于，一个巨大的红十字标志在前方闪现，县医院就在眼前。

从妇产科大门穿过长长的走廊，来到一间亮着红灯的病房前。林峰和伊老赫焦急地在病房门口走来走去，不时瞅向手术室，林峰在心里默念道：伊莎，你一定会没事，一定要保住自己和孩子。

突然，病房内的仪器发出尖锐的警报声，林峰慌忙推开手术室的门，医生一脸紧张地呵斥林峰："先生，请你在门外等着，现在正在术中。"

林峰焦急地问道："医生，我妻子和孩子都没事吧？"

医生脸上挂着沉重的表情："目前还在术中，情况不太乐观，产妇有大出血的迹象，我们需要立即采取措施。"

林峰面色苍白，抓住医生的肩膀，带着歇斯底里的哭声吼道："医生，不管付出什么代价，请你们一定要救我的妻子和孩子啊！"

医生坚定地说道："我们一定会尽力的，你放心，请你退到手术室外。"

手术室内，伊莎面色苍白，身上布满了汗水。医生们紧张地进行着手术，血液通过输血管流进伊莎的身体内。主刀医生紧张地吩咐护士："快，准备更多的血袋！"

经过医生们奋力抢救，伊莎的大出血终于止住了，婴儿的哭声在手术室内回荡。主刀医生松了口气,微笑着对伊莎说道:"现在好了,你和孩子都好好的。"

手术室紧闭的门终于打开了,医生们推着术后的伊莎缓缓出来。林峰和伊老赫疾步走到转运床前,主刀医生微笑着向林峰报平安:"母女平安!"

林峰听到这个消息后,泪流满面,他紧紧握住伊莎的手。伊老赫转过身,跪倒在医院走廊上,连连叩头道:"玛玉,是你在保佑着我们一家人,天佑我们哪!"

林峰和伊莎的手紧紧相握,两人深情地看着襁褓中的小宝宝,画面温馨而感人。林峰动情地呢喃:"伊莎,我们的小天使来了!"

虚弱的伊莎喜极而泣。

**最漂亮的小白鹇鸟**

女儿的诞生令林峰十分开心,他像欣赏一件艺术品一样,上下打量着女儿,怎么看都觉得看不够。宝贝女儿的小手、小脚、小鼻子、小嘴,一切都太可爱了,所有的一切都令林峰兴奋,让他忘记了一切。

林峰当爸爸的甜蜜与喜悦心情,外人是无法体会的。而对于伊莎来说,她刚跨过了一道生死关,所以她愈加觉得女儿就是上天赏赐给她和林峰最好的礼物。

林峰给女儿取了个名字——林伊儿。伊莎也很喜欢林伊儿这个名字,因为这个名字饱含着林峰和自己对女儿血浓于水的爱。

虽然林峰母亲没能抱上孙子,有些遗憾,但是她还算是倚象谷一带比较开通的老人。看着林峰和伊莎小两口把孙女捧成

## 第九章
### 我家有两只白鹇鸟

了掌上明珠,林峰母亲心底隐匿的一丝阴云很快消散了。林峰母亲想着,等孙女林伊儿长到三岁左右,就敦促儿子、儿媳尽快生二胎。

老人的愿望往往和后辈们的想法不太一致,林峰并不想生二胎。某天的深夜,在生儿育女这个重大的问题上,林峰尝试着要和伊莎商量商量。

女儿已经熟睡,她均匀的呼吸声就像小溪平缓流动的水声,在寂静的夜晚缓缓流淌。林峰和伊莎静静地躺在床上,林峰的左手穿过伊莎脖颈的后方,把伊莎拥向自己一侧,伊莎就势依偎着林峰。

林峰兴奋地说道:"伊莎,你说我们家林伊儿长大会是什么样子?"

伊莎搞不懂林峰为什么要问这样的问题,云淡风轻地回道:"当然是倚象谷最漂亮的小姑娘啦。"

林峰摇摇头道:"你这个回答太笼统,漂亮到什么程度?说具体点。"

伊莎呵呵笑道:"你是要我整词还是朗诵啊?那我就说——美艳绝伦,似水中月;婀娜多姿,如花中仙。"

林峰还是摇头,故意逗伊莎:"无论你怎么整词,都没有整到位。"

伊莎打了个哈欠,慵懒地对林峰说:"既然我整不到位,那你说说我们女儿到底有多漂亮?"

林峰不假思索地冲口而出:"这还用说吗?我的答案是——和你一样漂亮!"

伊莎"扑哧"笑出声来,睡意顿消,她立马坐起来,抚摸着林峰棱角分明的脸庞,一双明亮温柔的眼睛直视着他。

"那你说说，我到底有多漂亮？"

林峰伸出双手，摩挲着伊莎随意披散下来的黑发，喃喃道："伊莎，说真的，你就是翁基哈尼山寨最漂亮的白鹇鸟！"

伊莎惊喜地道："林峰，你真觉得我像白鹇鸟一样漂亮吗？"

林峰深情地看着伊莎，点点头："对的，伊莎，你就是一只漂亮的白鹇鸟，我们女儿也是一只小白鹇鸟！"

林峰说的白鹇鸟翎毛华丽，体色洁白，头顶具冠，翅稍短圆，尾端削长。

传说，很久很久以前，天被一棵大树遮住了，世界一片黑暗，哈尼族人失去了光明和温暖。在黑暗里煎熬的哈尼族人祖先，决定派出竹鸡、飞鼠和蝙蝠探明黑暗的原因，寻回赖以生存的光明，可它们都忘记了使命。

这时一只美丽的白鹇鸟带着哈尼族人的希望和嘱托，历经艰难险阻，找到了问题所在，原来是遮天大树挡住了日月。哈尼族人得救了，可白鹇鸟因劳累过度付出了生命。为了感谢白鹇鸟，哈尼族许诺永远将白鹇鸟供奉为神鸟，白鹇鸟是能给哈尼族带来吉祥和幸福的吉祥鸟。在林峰心目中，伊莎就是这样一只能够给他家带来吉祥和幸福的白鹇鸟。自己能够在林峰眼中成为一只漂亮的白鹇鸟，这让伊莎大喜过望。

林峰又说道："伊莎，现在我们家有了两只漂亮的白鹇鸟，我很知足。"

伊莎紧紧拥着林峰，她有些惊诧今晚的林峰为何如此煽情。果然，林峰还在继续说："伊莎，你冒着生命危险生下了我们的女儿，让你受苦啦。"

林峰是真的动情了，眼眶溢出的泪水说明了一切。伊莎平静地说道："没事的，我现在不是好好的吗？"

## 第九章
### 我家有两只白鹇鸟

尽管这样说,但当时被紧急送到县医院生孩子的过程,还是让伊莎十分后怕。林峰抚摸着伊莎的脸颊,心疼地道:"伊莎,我们现在已经有了漂亮的小白鹇鸟,今后就不再生了。"

"不生了?"林峰的决定让伊莎很意外。

他坚决地点点头:"对,不生了!我不能眼睁睁地看着你冒险,你的凝血功能不好,这很可能是你母亲遗传给你的,我们可不能再去冒险了。"

伊莎突然觉得有些对不起林峰,对不起林峰的母亲,她讷讷道:"林峰,本来……本来……我是想着再为你生一个儿子的。"

林峰伸出臂弯把伊莎再次拥紧了,呵呵笑道:"伊莎啊,我又不是个老封建,有了林伊儿,就有了我们的一切,俗话说,女儿是父母的小棉袄!我们把林伊儿好好抚养大,好好供她读书,将来她肯定会圆我们俩的大学梦!"

黑暗中,伊莎的眼眶充满了泪水。

远处传来公鸡的打鸣声,林峰困意袭来,呼呼睡去。可紧紧拥着林峰的伊莎,却怎么也睡不着了,她的心里,有着感动,有着欣慰,还有着不安和愧意。

江主任果然有先见之明,那条从倚象谷经过景诺乡街子,又直通县城的柏油路,在林伊儿出生半年后紧锣密鼓地开工了。

这条柏油路的建设,主要得益于新开发的倚象谷橡胶树种植基地,2000多亩橡胶树种植基地建设在倚象谷,道路交通的改善势在必行。

阳光灿烂,田野间的风带着淡淡的泥土芬芳。在这个宁静的倚象谷,一条宽阔的即将建设完成的柏油路横亘在眼前,宛如一条黑色的长龙,穿越绿色的田野。它的出现,注定会为这个亘古的热带雨林带来新的生命力。

柏油路未建设之前,这里只有狭窄的土路,雨天泥泞,晴天尘土飞扬。倚象谷一带的村民们出行苦不堪言,交通的不便更是限制了山寨的发展。而现在,这条柏油路平整且宽阔,连接了山寨与外界,也将希望与便利带给了倚象谷。

筑路队忙碌地工作着,挖掘机在挖土填路,黑亮的柏油正在运输途中,铁锤落下的声音在耳边回响。筑路工人的身影在阳光下显得格外坚韧和勇敢,每一个人都满脸汗水,衣服上沾满了尘土,但他们依然热情洋溢,致力于将这条道路建设得更好。

倚象谷三个寨子的村民们看着这一切,脸上充满了期待和感激,他们将这条路视为自己新的希望,一条能带领他们走向更加美好生活的通道。

林峰和村民们主动帮助筑路队搬运材料并提供伙食,尽自己的一份力量。村民们深知,这条柏油路的建成,不仅可以提升倚象谷的形象,还可以给村民们的生活带来实质性的改善。大家可以更方便地去乡街子、学校、县城,与远方的亲朋好友见面也更容易了。有了这条柏油路,倚象谷边缘的村寨即将焕发出新的生机与活力。

在落日余晖中,柏油路闪烁着黑色的光泽,宛如一条新的动脉,为倚象谷注入了新的生命力。夜幕降临,星光点点,照亮了这条蜿蜒的柏油路,也照亮了倚象谷的未来。

林峰的驾驶证考试考过了,驾驶证早揣在身上的衣兜里,他还花了1.8万元,买了一辆八成新的白色面包车。

此时,林峰正意气风发地驾驶着面包车,拉着十几袋晒干毛茶驶出茶叶加工厂,拐上新建成的柏油路,往县城赶。

# 第九章
## 我家有两只白鹮鸟

面包车刚转过芒果林附近的山坳,林峰突然听到不远处的庄稼地里传来一声声亚洲象的哀鸣。象鸣声低沉凄厉,夹杂着令人心颤的呜咽。林峰把面包车靠边缓缓停住,下车找寻着亚洲象。

林峰挥舞着手电筒,慢慢朝着沟谷的方向移动,象群紧随其后,人和象群以一种奇妙的节奏,在夜色中向沟谷进发。

## 第十章 和谐之境的闯入者

**雨林象语**

倚象谷的边缘,一块西瓜地里。林峰远远就看到了一头落入水池的亚洲象,仔细一看竟然是短鼻子家族的象王坦克。

这块西瓜地位于沟渠的上沿,沟渠里面的水源自然无法灌溉到这里栽种的西瓜秧子。黑三在这里既养牛又种瓜,为了向老天要雨水,他下血本建造了这个大水池。水池是用钢筋水泥浇筑起来的,建造得巨大而坚固。

坦克一向骄傲自大,这次它自负地直接来到水池的上方,蛮横地用长长的象鼻子掀翻了盖在水池上的木板,"滋滋"地吸饮起清凉的水来。不过,坦克并没有舒服地享用多久,松软的泥土实在无法承受它那沉重的身体,只听"嘭"的一声,笨拙的坦克四仰八叉地滑进了深深的水池里。坦克扑腾了半天，才勉强站立起来，这时候它才发现自己的前脚根本无法够到水池的上沿。

而短鼻子及其家族成员显然也被坦克的失足吓到了，它们围在水池四周，不知所措地发出低沉的嘶鸣声，仿佛想向外界传达求救的信息，又似乎要对陷入绝境的坦克给予安慰。

看到林峰赶来，短鼻子家族成员纷纷冲林峰嘶吼起来，好像要吸引林峰的注意，稍后又急忙步入倚象谷的密林中。

林峰赶到现场时，庞大的坦克正在水池中苦苦挣扎，它的鼻子伸出水面，双眼流露出无助和绝望。

黑三和倚象谷的一些村民也赶来了，黑三有些幸灾乐祸地道："大家伙，这回你舒坦了，看你今后还敢不敢来我的庄稼地偷嘴！"

几位村民也纷纷指责坦克："这么大的森林不够你逛，你偏来我们的地里抢食，你这不是自寻死路吗?!"

"这大东西也有这样的一天，这回好了。"

林峰知道，如果再不想办法解救坦克，那么坦克必将有性命之忧。林峰对黑三说道："黑三叔，我们得想办法救它。"

黑三愤愤地道："救它，救这头糟蹋我们庄稼地的畜生?"

几个村民纷纷附和着黑三道："救它，它们有什么值得我们救的?"

"救？怎么救？这么大的畜生，谁抬得动?!"

黑三又道："侄，你忘了你爹是怎么死的了？还有，你每年种出来的金芒，不是都喂了这些大东西吗？"

父亲的惨死，林峰怎敢忘记！可是，面对眼前陷入困境的坦克，林峰说什么也不会见死不救的。

"要救,你自己救吧,反正我们无能为力!"见林峰痴愣愣地站在原地,黑三撂下这么一句话就离开了。

几名村民也紧跟着黑三离开了。

林峰深知,再不解救坦克,等到坦克的体力消耗殆尽,坦克就将没入水中,溺水身亡。林峰没有时间犹豫,他迅速转身,快速向附近的橡胶树种植基地跑去。

橡胶树种植基地内,一台大型挖掘机正停在一旁。林峰找到基地负责人,说明缘由。挖掘机司机跳上挖掘机,熟练地启动机器。

不一会儿,挖掘机就开到了水池边。司机调动机械臂,挖掘机的铁爪犹如巨人的手臂,慢慢接近坦克的身体。司机紧紧地盯着坦克,心中默默计算着力度和角度,而林峰站在坦克的旁边,紧张到大气都不敢出。

挖掘机的轰鸣声在倚象谷中回荡,铁爪在空中挥舞,每一次都准确地落在坦克的身旁,每一次都助力坦克的身体向水池上沿移一点。经过数次努力,坦克终于在挖掘机的助力下成功地爬出了水池。

林峰终于松了口气,他快步走到坦克身边,轻轻地抚摸着它的鼻子,坦克的眼睛里流露出一丝感激。

紧张的救援行动终于结束,林峰和挖掘机司机的出手相救使坦克得以幸存。看到坦克嘶鸣着安全返回森林,林峰才启动面包车,继续送货。

雨后的清晨,阳光透过树叶的缝隙洒在林峰家新屋的房檐上,露珠在阳光下闪着晶莹的光。

屋内,林峰刚刚醒来,他感到全身的肌肉还在酸痛,但这并没有影响他的心情,他还在为昨天救了坦克而欣喜,他始终

## 第十章
### 和谐之境的闯入者

认为这是一件非常有意义的事情。

突然,林峰隐隐约约听到了远处传来的象鸣声,他感到非常惊讶,难道是因为昨天救坦克的事情,短鼻子家族来感谢他吗?

林峰安排母亲和抱着女儿的伊莎到房顶上,那里可以躲避象群的袭扰。

把家里人安排妥当,林峰这才小心翼翼地向前走去,当他到达山坳时,他看到了一个令人感动的场景——短鼻子家族正朝着他的方向走来,坦克走到他的面前,缓缓地低下头,仿佛在向他表示感谢。

林峰非常感动,他轻轻地抚摸着坦克的长鼻子,感慨万分。坦克似乎理解了他的心情,它慢慢地转身,向短鼻子发出了低沉的嘶鸣。

仔仔亲热地走近林峰,用稚嫩的小鼻头给林峰挠痒痒。林峰发现仔仔原来被兽夹夹伤而发炎的脚踝上的皮肤已经长好,它的腿伤完全康复了。

其他大象也开始行动起来,它们用鼻子把一些芭蕉和叶子堆积在一起,仿佛在准备什么。

林峰看到这一幕,感到十分好奇。

这时,坦克又向林峰发出了低沉的象鸣,用长长的鼻子触碰了那些芭蕉。林峰小心翼翼地走到坦克身边,这才领悟到坦克这是要邀请他享受美食。

林峰知道这是短鼻子家族在向他表达感激之情。他配合着象群,自己先拿了个芭蕉,剥下金黄色的果皮,愉快地吃起来。接着,他又摘了几个芭蕉,分发给短鼻子家族,亚洲象们低鸣着,卷曲着鼻子把林峰递过来的芭蕉送到了张开的大嘴中。

林峰和短鼻子家族近距离接触的场面，深深震撼了母亲和伊莎，也震撼着倚象谷寨子所有村民。

说起来，林峰和短鼻子家族的奇遇，还真是"不打不相识"。他怎么也不明白，自己怎么就糊里糊涂地和这群大家伙有了不解之缘。

显然，林峰与短鼻子家族已经建立起了深厚的情感，他好像逐渐听懂了它们的象语，熟知了它们的生活习性：它们高兴时，会摇动耳朵，伸展鼻子，并张开嘴巴；不安时，它们会皱起鼻头，立起耳朵，并紧张地四处张望。短鼻子家族通过不同的声音和肢体语言来表达它们的情绪和意图。例如，低沉的"轰隆"声表示它们感到不安或受到威胁，而高昂的"嘟嘟"声表示它们正在警告其他的亚洲象；放低的头部表示顺从或尊敬，而高昂的头部表示自信或攻击性。

### 可疑之人

秋茶和山货全部售罄。

趁着现在难得的清闲时光，林峰觉得自己应该去夹象沟一趟。

林峰要去夹象沟的动机：一来是在解救坦克时，短鼻子家族对他表达感恩的场景令他久久不能忘怀。二来是林峰想验证一下，除了对亚洲象施与恩惠之时，它们当下知道感恩，回到在亚洲象传统的栖息地后，他是否还会受到短鼻子家族的礼待。

现在的林峰，迫切希望能够和短鼻子家族再次亲密互动。

在一个秋高气爽的日子，林峰再次进入倚象谷。

这次进山，林峰仔细地欣赏倚象谷的景色。秋季，天空的颜色发生了微妙的变化，从夏天的深蓝转变为一种更加明亮、

## 第十章
### 和谐之境的闯入者

更加透彻的蓝。阳光在疏散的云层间照射,整个倚象谷闪烁出独特的光彩。树木开始逐渐变换着它们的装束,叶子从绿色转为黄色、橙色和红色,就像是被画笔不小心涂满了色彩。这些树木的叶子在雨林的深处,与常年绿色的植被形成鲜明的对比,为这片世界增添了一种绚烂而又宁静的美。

这个季节,动物们的活动也变得更加活跃。扁尾巴鼠在树梢间欢快地跳跃,享受秋光;鸟类在林间穿行,寻找最后的食物;青竹标蛇在落叶中忙碌,准备冬眠。

尽管天气正在逐渐转凉,但倚象谷却生机勃勃。

林峰刚潜入夹象沟腹地,就听到了远处传来的象鸣声,感觉象群的情绪似乎有些高涨。林峰开始仔细地观察周围的环境,希望能从中发现一些线索。

突然,林峰看到了从密林间闪出来的仔仔,正一蹦一跳地朝着他的方向奔跑过来。仔仔看起来非常兴奋,不时地用它那可爱的小鼻子朝着林峰挥舞。

林峰心里泛起一股热流,他知道仔仔是在欢迎他的到来,他开始尝试与仔仔进行交流。林峰慢慢地接近仔仔,轻轻地抚摸着它的鼻子,试图理解它刚才的情感表达。仔仔开始用它的鼻子勾住林峰的胳膊,仿佛在向他表达一种喜悦之情。

林峰逐渐明白了,原来仔仔是想要带他去一个地方。仔仔带着林峰穿过了一片茂密的树林,来到了一个开阔的地方。在这里,林峰看到了一个令人惊叹的场景。短鼻子家族正围聚在一起,不再发出嘶吼,而是正在用它们的长鼻子朝向林峰挥舞。

林峰感到非常好奇,他开始尝试与短鼻子家族成员进行交流。大象们似乎非常高兴能够在这里遇到林峰,它们纷纷向他点头致意,并用长鼻子指着远方。他逐渐明白了,原来大象们是在邀约他一块儿去往那个地方。

林峰感到十分惊喜,他知道短鼻子家族已经完全接纳了他,于是他跟着短鼻子家族往前行进,经过了一大段灌木密布的大象通道,直到曼干河边。

这是一片水势平缓的深潭,和曼干河一直给人以湍急的形象大相径庭。林峰觉得面前这个平缓而清澈的深潭似曾相识,仔细一想才恍然大悟,原来这里就是当初他和依香、伊莎遭遇象群后落荒而逃时跌入的那个深水潭。

短鼻子家族异常兴奋地纷纷向深潭中奔去,象群的到来惊飞了一群群山雀,可还是有几只身披灰白羽装、勇敢的牛背鹭,从高高的树冠上俯冲下来,歇息在大象们棕色的脊背上。

虽然短鼻子家族进入了深潭里,但是它们和牛背鹭相处得很融洽,牛背鹭在这些大象的脊背上仔细搜寻着寄生虫,大象们则把光光的脊背露出水面,让牛背鹭安全地停留在上面。

短鼻子家族在水中嬉戏着,它们用长鼻子溅起水花,发出欢快的低吼声。仔仔和囡囡玩得不亦乐乎,它们在水中翻滚,用鼻子喷水,看起来非常快乐。

林峰非常兴奋,他脱掉鞋子和袜子,卷起裤脚,踏入水中,和象群混在一起。象群撩起的水花溅在林峰的脸上和身上,让他感到无比愉悦。短鼻子家族似乎非常欢迎林峰的到来,它们慢慢地游了过来,把他围在中间。

林峰与短鼻子家族一起在水中嬉戏,坦克用长鼻子溅起水花,并将长鼻子中的水喷向林峰。家族的部分成员也陆续用长鼻子朝向林峰喷水,行为显得非常亲密。

此时,水中的林峰,只顾得上与喷水的亚洲象互动,不承想自己的屁股竟被温暖厚实的物体托起来,他的整个身体离开

## 第十章
### 和谐之境的闯入者

了水面。原来是调皮的仔仔用身体把林峰一直推向了深水区，然后高高抛起，让林峰跌入水面。显然，仔仔用恶作剧表达着对林峰的喜爱。

就这样，林峰与短鼻子家族在水中嬉戏着，亚洲象们欢快地摇摆着长鼻子，此起彼伏地喷洒着水，密林中的水雾被洒下来的阳光穿透，最终幻化成一条色彩斑斓的彩虹。

林峰与短鼻子家族尽情地享受着这难得的和谐时光。

然而，这欢快的氛围并没有持续太久。当林峰离开清澈的深潭，告别短鼻子家族，踏上大象通道打算返回家时，他突然觉察到不远处的密林中突现一丝异样——树丛中有山雀惊飞起来。

林峰的心一下子提了起来，他小心翼翼地靠近那处可疑的区域，并悄悄地探头观察。这一看，让林峰倒吸了一口凉气。一群可疑的人正悄然潜入倚象谷，他们穿着深色的衣服，头上还戴着帽子，显然是刻意避免被人发现。

林峰立刻意识到，这些人并不属于倚象谷边缘的三个村寨，他们的到来可能会给这片宁静的雨林带来未知的威胁。

林峰的心跳加速，他必须采取行动。

林峰决定悄悄地跟踪这些可疑的人，看看他们究竟有什么目的。他谨慎地隐藏了自己的行踪，尽量不发出任何声音，以免被那些人发现。

随着时间的推移，林峰发现这些人的目标似乎是热带雨林中的某个地方，他们一路上不断地向四周张望，显得十分警惕。林峰意识到，这群人是有计划地潜入，他必须尽快通知驻守本县的森林武警，共同阻止这个潜在的危机。

林峰继续追踪这些可疑的人，直到找到了他们的藏身之处。

这是一个较为开阔的区域，周围环绕着高大的树木为他们提供了很好的掩护。

林峰悄悄地接近，试图观察他们的行动。然而，就在这时，那些可疑的人还是发现了尾随而来的林峰。

林峰感觉到了危险的气息，他立刻转身逃跑，尽量在密集的热带雨林中寻找藏身之处。背后追赶的脚步声越来越近，林峰的心跳如鼓点急捶，他知道自己已经陷入了极度的危险之中。

林峰在倚象谷中穿梭着，试图找到一条安全的路，前方的灌木越来越密布，四周的古木似乎在向他逼近。林峰的心跳再次加速，但他努力保持冷静，思考着如何才能摆脱这些可疑的人。

就在林峰感到无助的时候，一群亚洲象突然出现在他的面前，正是刚才与林峰在水中嬉戏的短鼻子家族，它们看上去十分生气，显然已经察觉到了闯入者的存在。

林峰瞬间明白了短鼻子家族的意图，他迅速爬上了一棵古树，以便更好地观察接下来的动向。只见短鼻子家族聚集在一起，组成一个庞大的队伍，它们挥舞着鼻子，发出低沉的吼声，显然是在警告那些不合时宜的闯入者。

林峰看到那些闯入者被大象们吓住了，他们纷纷逃离了现场，很快就消失在了倚象谷的深处。林峰松了一口气，他从古树上快速滑落下来。

林峰一时想不明白，这些可疑的外来者到底是什么人，他们潜入倚象谷到底要干什么。

**我要报警**

直觉告诉林峰，今天在夹象沟腹地遇到的那些人，实在令

## 第十章
### 和谐之境的闯入者

人生疑。为什么他们的行踪显得如此鬼祟，还要对他进行穷追猛赶？

追赶林峰的那些人，动作敏捷，做事干净利落，感觉是一群训练有素之人。一串疑问在林峰的脑海盘旋：这些人是不是盗猎者？他们到倚象谷，是不是专干盗猎的勾当？他们想要盗猎什么动物？

这里的动植物繁多，倚象谷所处的区域，加上整个西双版纳傣族自治州、普洱市、临沧市所辖的森林，是中国西南部最为重要的绿色生态屏障。

那些进入倚象谷的外地人到底要干什么？

那些可疑的人既然为了盗猎野生动物铤而走险，那么他们被短鼻子家族吓退就是一个幌子。这个幌子就是做给他看的，好让他认为他们已经逃离夹象沟。事实上，这些可疑之人肯定会杀一个回马枪！

林峰这样一想，更觉得倚象谷里处处危机四伏，他得尽快走出森林回到村委会打电话，向驻守县城的森林武警报警。

主意打定，林峰快速地穿行在走出森林的山径上。说是山径，其实在密密麻麻的灌木丛中，林莽间根本没有路，林峰一直都是凭着直觉在走。此时的倚象谷，依然呈现出一片生机勃勃的瑰丽景象，阳光透过茂密的树叶，洒在藤蔓上，形成一幅幅诡异的图画。

林峰穿行在树林间，犹如一只自由奔跑的猎豹，他的眼睛扫过森林的每一个角落，边跑边警惕着那些可疑的人。

林峰行进得很快，在下午4点的时候，他气喘吁吁地奔进村委会，顾不上喝口水，就跟林东说要打电话。"哥，快把座机电话的锁打开，我要报警！"

那时，手机刚刚兴起，座机电话还是重要的通信工具，为防止有人私自打电话，村委会的座机电话是经常需要上锁的。

看见身上带着残枝落叶的林峰急奔进来，林东一头雾水，不解地道："林峰，你这又是咋啦，是着火了还是死人了？要报什么警，说得好吓人！"

林峰还是一个劲地嚷道："哥呀，你赶快开锁，我这不是打私人电话，真是报警来了。"

林东知道林峰不是图公家便宜的人，就从腰间解下钥匙，打开了座机电话盒盖。林峰抄起座机电话，又问林东道："哥，森林武警的电话是多少？我是真要报警！"

林东听到林峰要向驻地森林武警报警，一听就慌了，他连忙阻止林峰道："你怎么可以直接给森林武警报警呢？那可是部队呀，我们得向公安这边报警！"

林峰不置可否地道："这事非同小可，赶紧报警吧！"

林东有些愠怒地怼林峰："林峰，你火急火燎的，你倒是告诉我呀，到底怎么了，出什么事了？"

林峰久久问不出森林武警的报警电话，只好回林东道："我在夹象沟腹地发现了五六个可疑的外地人，他们穿的服装和我们本地人不一样，我怀疑他们是一群盗猎者。"

林东疑惑地道："盗猎者？他们大白天就进入森林，天下哪有这样明目张胆的盗猎者？"

林峰肯定地说："这些人发现了我，他们不顾死活地追上来了，幸好我爬到了古树的树冠上，他们才没有找到我，后来他们碰上了亚洲象，被象群吓跑了。"

林东大概听清楚了事情的子丑寅卯，心里紧绷的弦终于放下了，笑呵呵地对林东道："林峰，也许他们是来我们倚象谷考察的外地人。即便不是来考察的人,而是像你讲的一样,是来盗猎的,可他们都被亚洲象吓跑了,那还有什么报警的意义?"

林峰摇摇头道:"哥啊,事情没有这样简单吧,其实这些人的身份并不难核实,如果他们是来倚象谷考察的人,那么他们肯定会到政府相关部门备案,还会有政府相关部门的人陪同进山。"林峰一脸严峻,说出自己的疑惑:"可是,如果他们是通过备案进来考察的人,为什么他们看到我会如此紧张,拼命地追赶我,有这样的必要吗?"

林峰继续道:"如果他们是盗猎者,他们故意装作被象群吓退的样子,其实就是虚晃一枪,真正的犯罪行为还在后头。"

林峰的分析有理有据,竟然把林东怼得哑口无言,林东快快道:"可是不能直接向森林武警报警!我这就以倚象谷村委会的名义向景诺乡派出所、县公安局报警,至于是否出动森林武警,县里自会定夺!"

林峰一直盯着林东打电话报警,直到林东把情况一五一十地对公安讲了,他才一声不吭地往村委会外面走去。

林峰并没有回家,他直接走到村委会外围的一间小卖铺,采购了一些准备进山过夜的用品和食品,包括一套棉袄、一支射程很远且很亮的手电筒、一些饼干,还有几个打火机。

在夜幕降临之际,林峰已经爬到了那棵高高的古树的树冠上,他藏在树冠的密叶间,从这里可以对整个夹象沟的情况一目了然,也可以清楚地看到树下的一切,而树下的人和动物却无法发现他。

尽管夹象沟腹地层林结构复杂,从热带雨林的最高层到湿气很重的地面,少说也覆盖着3~4层的植被,但在漆黑的夜里,夹象沟腹地某处的亮光,还是可以若隐若现地穿透这些层层叠叠的枝丫缝隙。

林峰觉得这里就是今晚最佳的侦察点,他倒是想看看那些可疑的闯入者,到底要干什么见不得人勾当。林峰悄无声息地等候在高高的树冠上,他的这次潜入,竟然连警惕性非常高的短鼻子家族都没有发觉。

黑暗很快就笼罩了下来,仿佛就像灶窝膛黑黑的锅底一样,扣住了整个倚象谷。不一会儿,细碎的月光洒在林峰隐藏的古树上,空气中弥漫着泥土的气息。

林峰静静地躲在枝叶密布的树冠上,静静地观察着树下的动静。

时间过得异常缓慢,林峰不由得对自己今晚的行动产生了怀疑,今晚自己难不成就得在这棵古老的大树上挨冻受饿并孤独惊恐地过一夜吗?那些可疑的人,是不是真如白天看到的一样,早就吓破了胆子,不再返回了?

林峰正在暗忖中,远处传来了窸窸窣窣的脚步声,还不时有猎灯的亮光透过来。显然,那些盗猎分子朝着林峰隐藏的这棵古树的方向走来了。

亮光下,林峰发现这些人穿着黑色的衣服,行为鬼鬼祟祟,手中提着一些神秘的装备,似乎在策划着什么阴谋。

林峰感到一股不安的气息,他紧紧地握住树枝,凝神倾听,听到了这些人低声的交谈,他们的口吻和眼神都透露着残忍和冷酷。

**绝妙点子**

古树所处的位置就是短鼻子家族午休的场所,而此时的短鼻子家族肯定在古树周围几公里外的大象通道上觅食。

## 第十章
### 和谐之境的闯入者

林峰深信能在这里碰上这些可疑的盗猎者并非偶然,他们深入倚象谷显然是经过周密计划的,绝大多数的盗猎者都是冲着亚洲象来的。

确切来讲,盗猎者是冲着亚洲象昂贵的象牙和象皮来的。

因为和短鼻子家族在倚象谷的不期而遇,让林峰觉得他这辈子是不可能回避亚洲象这个客观的存在了,所以他除了积极和短鼻子家族亲密互动,还抽空购买和阅读了大量介绍亚洲象的书籍。

在林峰的阅读记忆中,曾有这样的记载——近年来,亚洲象盗猎现象一度非常严重。主要是由于象牙制品的需求不断增长,尤其是在亚洲地区,象牙被视为一种奢侈品和工艺品的原材料,价格不断攀升,吸引了大量的偷猎者。

在亚洲象主要分布的一些国家,如印度、斯里兰卡和泰国等,偷猎者经常在保护区及其附近袭击亚洲象,导致亚洲象的数量大幅减少。

为了遏制这种趋势,许多国家采取了加强执法、建立自然保护区、推广反盗猎宣传等措施。此外,一些国际组织也积极参与亚洲象的保护工作,推动公众对亚洲象保护的认识和关注。

随着时间的推移,亚洲象盗猎现象在一定程度上得到了控制。一些国家的政府加大了对象牙制品的监管和限制,国际社会也加大了对非法贸易的打击力度。然而,亚洲象仍然面临着许多威胁,如栖息地破坏、气候变化等,需要各国政府和社会各界共同努力来保护。亚洲象的数量在过去四十年里减少了百分之五十以上,如今中国西南部热带雨林中仅存100多头野生亚洲象。

此时树下那些可疑的人已经燃起了熊熊篝火。在这个阴冷而黑暗的夜晚，那些人围坐在篝火旁，低声密谋着他们的计划，他们对倚象谷觊觎已久，他们深知所在的这片丛林就是亚洲象的栖息地。

火光跃动，林峰逐渐看清了树下的人群。那个留着一脸络腮胡的盗猎者，显然是他们的头头，他低声对其他人说："我们这次跨境过来，大家觉得成果很丰硕，什么蜥蜴、熊掌、熊胆我们猎获了不少，但是我要告诉你们，这些猎获所得都是小意思，我真正想要的是这个大家伙！"只见络腮胡手里握着一把精致的小斧头，在一块木板上雕刻出一头亚洲象的形状。

"我们要在这片丛林中找到白天碰见的象群，然后用铜炮枪射杀它们，把象牙和象皮卖给买家赚大钱。"其他人听得眼睛发亮，纷纷表示赞同。

"尽管我们白天的侦查行动被人撞见了，不过并不影响我们今晚的行动，因为那个傻瓜肯定认为我们已经撤退了，哈哈！"络腮胡一脸得意的神情，令林峰恨得牙痒痒，尤其是自己还被骂为"傻瓜"，更是让他气结。

盗猎者们开始讨论如何找到象群，用什么方法最有效，以及如何避免被发现。其中一个人建议，只管尾随亚洲象的足印，这样可以更快地穿越丛林并找到它们；另一个人则认为，大可不必大费周章地在深夜尾随亚洲象，而是采取守株待兔的办法，在这里静候亚洲象返回，待明天中午亚洲象午休的时候，对象群进行射杀，做到出其不意、攻其不备。但是，他的这个建议马上被络腮胡给否了："你傻啊，大白天围攻象群，就算不被亚洲象踩了，也得让中国人给围了，他们动用武警搜山，那些警犬可是穷追不舍啊，可以把活人撕成碎片。"

最终，络腮胡还是决定采用第一个建议，即尾随大象的足

## 第十章 和谐之境的闯入者

印,伺机猎杀亚洲象。

盗猎者们开始做起了准备工作,有的换装备,有的往枪管子里面充火药和铁砂子。做完这些,他们才四处散开,寻找亚洲象的足印和粪便。搜寻了一大阵子,他们这才尾随着大象足印往曼干河方向出发。

树上的林峰十分清楚短鼻子家族的行进路线,他觉得自己可以另选一条近道赶超过去,先找到短鼻子家族。不过,找到短鼻子家族又能怎么样呢?还不是不能阻止这些丧心病狂的盗猎者对它们的猎杀!林峰一时没了主意,他显得很沮丧。

林峰转念一想,虽然自己暂时并没有更好的办法来阻止盗猎者,但是他可以尽快地赶到短鼻子家族的身边。

这些尾随大象足印摸索前行的盗猎者做足了功课,他们每穿越一个山梁,就选择在地势的最高处,用红外望远镜搜索象群。络腮胡盘算着,一旦发现亚洲象,就用铜炮枪射杀它们。铜炮枪在膛内火药的大推力下,可以一枪射出数十颗铁砂子,尤其是那颗直径达一厘米的大独子(大铁砂)最为致命!同时,盗猎者们还准备了一些麻醉药,以防止猎物逃脱。

盗猎者将猎杀点选择在密林深处,倚象谷边缘的村民是不会听到他们猎杀亚洲象的枪声的。一旦得手,他们就会快速地剥了象皮,锯了象牙,然后再穿越漫漫密林,沿着熟悉的山径翻越国境。

络腮胡认为这绝对是一个缜密的盗猎计划。当然,络腮胡深知,要顺利实施计划并不容易,因为这片丛林里还是隐藏着许多未知的危险。

他们的行踪吓到了一只贸然闯入的猴子,猴子发出刺耳的叫声,试图警告盗猎者。猴子的尖叫声惊得树懒、扁尾巴鼠、白颊长臂猿、犀鸟、白鹇四散奔逃。

不一会儿,络腮胡从红外望远镜中发现了短鼻子家族,他兴奋地喊道:"弟兄们,大家快来看,我们的目标就在眼前!"

盗猎者们纷纷走近络腮胡,依次从他的手中接过红外望远镜,朝远方黑沉沉的森林看去,嘴里发出赞叹的惊呼声。在红外热成像下,短鼻子家族仿佛是一个安静的移动岛屿,它们在森林中悄然前行,如同在黑暗中闪烁着生命的光芒。

不过,盗猎者们的兴奋并没有持续多久,他们发现那些硕大的大象足印突然消失不见了。络腮胡惊现一丝恐慌,他实在搞不明白,一直清晰可见的大象足印,为什么会凭空消失不见呢?没有大象足印的指引,盗猎者们一时抓瞎,不要说用红外望远镜发现象群,就是在这片暗黑的森林中迷路,也是完全可能的。

大象足印的消失是赶在前面的林峰所为。

林峰熟知短鼻子家族常走的通道,他抄近路走在接近象群的山径上,心里一直在思考着如何才能阻止盗猎者猎杀短鼻子家族,把盗猎者甩得远远的。

在丛林中独行的林峰很快找到了短鼻子家族觅食时留下的巨大足印和冒着热气的粪便,他环顾四周,看到了地上厚厚的腐叶。突然,他灵光一现,脑海里浮现出一个绝妙的点子。

林峰迅速上前,用腐叶将大象的足印和粪便一一遮盖,他小心翼翼地掩盖着每一处痕迹,并把覆盖范围扩大到周围很大一片林莽。

完成之后,林峰抬头看向影影绰绰的倚象谷,眼中闪烁着决然的光芒,他深吸一口气,然后沿着一条蜿蜒的小路,向着短鼻子家族觅食的方向走去。

# 第十章
## 和谐之境的闯入者

络腮胡带领着盗猎队伍停滞在林峰掩盖大象足印的地方,疑惑地望着这片腐叶,不知该如何继续往前追踪亚洲象。

而在两个山梁之外的前方,林峰悄然前行,虽然他的步伐沉重,但是却充满了坚定的信念。林峰知道,自己在为亚洲象的安全而努力,他的每一个步伐都在朝着这个目标而迈进。

**束手就擒**

在赶往短鼻子家族觅食的大象通道上,林峰的脑海里又闪现出第二个绝妙的点子,这个点子可以说是第一个点子(用腐叶覆盖大象的足印和粪便)的延展。

林峰得想尽办法带短鼻子家族到曼干河附近的沟谷里藏身,因为那条沟谷的四周有隆起的山坳隔阻,盗猎者用红外望远镜可以看到森林中穿行的亚洲象的红外热成像,却无法穿透厚厚的土层看到短鼻子家族的藏身之处。

不过,短鼻子家族是否愿意配合林峰带领它们安全转移,这是林峰无法预估到的。

林峰费了很大的劲,终于到达倚象谷的一个洼地上,他老远就听见了短鼻子家族觅食时弄出的动静。

林峰觉得脚踝上痒痒的,还有着隐隐约约渗入皮肉的疼痛,他伸手往脚踝上摸去,却碰到了一些滑溜溜的东西粘在他的脚踝上。林峰借助洒向洼地的月光,这才发现原来他的脚踝周围爬满了密密麻麻的旱地蚂蟥,双臂上也有多处被剑草划伤的口子,伤口还往外渗出血来。

顾不上这些,林峰一直朝着面前的目标——那些在洼地中觅食的短鼻子家族走去,他的步伐沉稳而坚定,犹如凝固的夜色。

惨淡月光下的林峰，皮肤黝黑，犹如被岁月打磨过的硬木，充满了沉甸甸的岁月感和力量感；眼睛犹如暗夜中的猎豹，闪烁着冷冽的光芒；他的身影在倚象谷的深处，显得孤独而挺拔。

林峰用强光电筒往影影绰绰的短鼻子家族照去，还向它们打起了招呼："老伙计们，我来啦！"

电筒光在夜风中跳动，投射出怪异的影子，照亮了周围的一切。

林峰深深地吸了一口气，那是雨林的气息，充满了湿润的泥土香和生命的野性。这一刻，林峰就是倚象谷的守护者。

林峰来到了短鼻子家族的身边，他静静地观察着这些温顺而敏感的生命。短鼻子已经感觉到了林峰的存在，它抬起头，用那双深邃的目光看着他。仔仔从暗黑的林莽深处低吼着奔向林峰，坦克还有短鼻子家族的其他成员也纷纷应和着发出了一声声低鸣。

林峰与短鼻子家族瞬间建立了某种神秘的联系，那是生命与生命之间的心灵交流。

林峰举起电筒，在空中挥舞。短鼻子家族似乎理解了他的意思，开始慢慢地向他聚拢过来。

林峰挥舞着电筒，慢慢地朝着沟谷的方向走动，象群紧随其后。在夜色中，人和象群以一种奇妙的节奏向沟谷进发。风在林峰的耳边呼啸，仿佛只是一瞬间，倚象谷洼地的夜晚又恢复了一片寂静。

到达沟谷中，短鼻子家族欢快的嘶吼声打破了夜的宁静，林峰站在沟谷的边缘，看着短鼻子家族在愉快地嬉戏，他的脸上露出了满足的微笑。

林峰实在没有想到，这次转移象群竟然会如此顺利，今晚

## 第十章
### 和谐之境的闯入者

发生的一切，就像放映了一场电影，而自己如同参与演出了这部奇幻片。不过，林峰更为自己骄傲，他完成了护佑生命的使命，保护了这片热带雨林里的主角——短鼻子家族。

另一边，距离沟谷两个山梁之外的倚象谷某处，黑暗如同墨汁般浸染了热带雨林，星星在天空中闪烁着微弱的光芒，仿佛在嘲笑这暗夜中的盗猎者。

以络腮胡为首的这群盗猎者，由5人组成，他们分工明确、各司其职，都是经验丰富的盗猎高手。然而，就在今晚，他们携带的武器和装备却成了他们的累赘，他们在这片黑暗的森林中彻底迷路了。

令络腮胡更为恼火的是，他从红外望远镜看到了一个诡异的现象：象群中突然多出了一个人来，这个人似乎和象群很熟悉，人和象群显得非常亲密和谐。更令他目瞪口呆的是，那个人仿佛牵引着整个象群在走，象群们移动得井然有序，慢慢地朝着西南方向行进着。不一会儿，人和象群就在红外望远镜中消失不见了。络腮胡举着红外望远镜，再也搜不到他们今晚的目标猎物了。"真是见鬼了！"络腮胡怒骂了一句，他像泄了气的皮球，沮丧极了。

盗猎者们的麻烦接踵而来，原本清晰可见的大象足印突然消失殆尽，他们措手不及。没有了大象足印指引的雨林深处，一切看起来都那么相似，每条小径都有许多分支，每片树林都长得一模一样。

盗猎者们一直在雨林中转圈，试图找到他们留下的线索，但是无济于事。盗猎者们疲惫不堪，却不敢休息。他们知道，在这黑暗的倚象谷中，有许多野兽在夜晚出没，而他们，是比这些野兽更弱小的猎物。

每一次山风吹过树林，盗猎者们都紧张地举起武器；每一声野兽的嚎叫，都让他们心跳加速。他们的衣服被荆棘和树枝撕破，他们的皮肤被蚊虫咬得红肿不堪。这样大费周章地瞎转悠，早已令这些掠夺者的肚子咕咕叫了起来，但他们都太害怕了，根本不敢去寻找食物。

夜晚的倚象谷是如此的恐怖和森冷。

盗猎者们试图找到一个可以躲避的地方，但无论他们走到哪里，迎接他们的都是同样的黑暗和冷意。络腮胡开始大声咒骂，开始后悔踏入这片热带雨林。一切都已经太晚了，盗猎者们已经被这片黑暗的森林吞噬，成了它的猎物。他们已经彻底迷失了方向，而且他们的粮食和水源都所剩无几。

领头的络腮胡，名叫夸哈勒，是缅甸人，曾经在军队中服役，精通汉语，但后来因违反军纪而被开除。现在夸哈勒感到了前所未有的恐惧，他不知道自己是否能够摆脱这次困境。

突然，远处传来了枪声。

夸哈勒一行人顿时紧张起来，他们意识到自己已经被包围了。盗猎者们迅速地躲藏在树干的后面，小心翼翼地探出头来。

一群武警官兵迅速靠近，他们的眼神坚定，步伐沉稳。领头的是一位名叫李队的武警指挥官，他手持扩音器，高声喊道："夸哈勒，你们已经被包围了！放下武器，出来投降！"

夸哈勒心中一紧，他知道自己作为热带雨林恶贯满盈的惯犯已经没有退路了，便悄悄地从背包里拿出一把短管猎枪，准备做最后的抵抗。

夸哈勒的举动被一旁的武警官兵察觉了。李队见状，他果断沉声喝道："狙击手，瞄准那个拿枪的夸哈勒！"

刹那间，夸哈勒感到自己的心脏停止了跳动，狙击手的枪口慢慢地对准了自己,自知生命已经走到了尽头。夸哈勒的心中充满了绝望和悔恨,他意识到自己已经走投无路,无法再逃脱了。

夸哈勒默默地放下手中的武器,走出了藏身的地方。李队见状,迅速地向夸哈勒靠近,抓住他的肩膀说:"夸哈勒,我这次不会再让你逃脱了,你已经被捕了。"

夸哈勒苦笑着点了点头,知道自己作为热带雨林猎杀王的"神话"破灭了,他迷茫地看向李队,接连抛出几个问题:"你们是怎么找到我们的?还有,那些大象的足印为什么会突然消失?是什么人牵引着象群在热带雨林里有序转移?"

李队斩钉截铁地对夸哈勒道:"你的这些疑问,我们会在审讯室一一给你解答的。"

**武警造访**

疲惫不堪的林峰终于在第二天的深夜回到家里。

林峰担心着短鼻子家族的安危,所以就一直在沟谷里陪着短鼻子家族。尽管那群盗猎分子在当天深夜就被森林武警一网打尽,当时林峰还听到了一声枪响,但林峰并不知道盗猎团伙已经落网。

就这样,林峰一步不离地守候着短鼻子家族,他带去的食物早就吃完了,后来他只好用古树上的野果充饥。幸好倚象谷里到处都是这种可以充饥的果子,对于林峰解决果腹问题,并非难事。

随着时间的推移,林峰一直没有等到那些盗猎者前来,他紧绷的心弦慢慢松弛下来。就这样从夜晚挨到了天亮,又从白天挨到了夜幕降临,林峰觉得短鼻子家族面临的危险似乎已经解除,他才离开了象群,往倚象谷外围的家赶去。

林峰拖着疲惫的身躯,满身污垢,步履蹒跚地从倚象谷中走了出来。他的衣服被撕破了,布满了一道道口子;衣袖和裤脚上沾满了泥土和枯叶,脏兮兮的;脸上划破了好几道口子,血液已经凝固在伤口周围;头发则乱糟糟的,就像是一堆枯草在风中凌乱;那双锐利如鹰的眼睛,虽然布满了疲惫和劳累,但却闪烁着一股坚毅的光芒。

消失了两天两夜的林峰突然出现在院场,让母亲和伊莎喜极而泣。母亲紧紧地抱住林峰,不断地摩挲着他的脸,仿佛林峰刚刚从战场上归来一样。而伊莎则是愣了一下,然后忽然大叫一声,扑到林峰的怀里,不断地吻着他的脖子和脸。她的眼泪不断地流下来,但她的表情却是充满了喜悦和兴奋。

林峰则是感到十分的幸福和满足。他知道,他的母亲和妻子一直在牵挂着他,担心着他;一直在祈祷他能平安归来。现在,他终于回来了,虽然身上满是伤痕和疲惫,但心中却充满了爱的暖流。

林峰对母亲和伊莎讲了他这两天两夜在倚象谷的经历,讲了他如何到村委会报警,讲了报警后又潜入森林和盗猎分子斗智斗勇的经过。

林峰的讲述让家里的两个女人听得一惊一乍的,一直揪着心。母亲嗔怪林峰道:"儿子啊,你现在已经当父亲了,你怎么能去冒这么大的险呢?"

面对母亲的斥责,林峰自知理亏,半天回答不上来。母亲继续数落着林峰:"那些盗猎分子手里握有武器,而且残忍得很,你这样一个手无寸铁的人,你去逞什么能,去充什么英雄?"

林峰欲言又止。母亲还是不依不饶:"儿子啊,你现在是我

## 第十章
## 和谐之境的闯入者

们一家的指望,万一你要是出个什么三长两短,我和伊莎母女可怎么活呀?!"

伊莎一直默默地听着婆婆对丈夫的数落,本来她也想说几句责备的话,可她认为她想责怪林峰的话都被婆婆讲了。所以,伊莎尽管心里有着担惊受怕后的委屈,却不再言语了。伊莎默默地走进厨房给林峰做吃的,她觉得自己给丈夫做一顿热乎乎的饭菜,才能消弭自己内心的委屈。

林峰一直默默地倾听着母亲的训斥,母亲的话虽然是责备之意,可在他听来,却是世间最温暖、最动听的肺腑之言。最后,母亲决绝地说道:"今后,我不允许你再瞎胡闹下去了,不许你再去招惹那些大家伙!"

一直默默倾听的林峰却冒出了这样一句话:"妈啊,其实我和亚洲象打交道,也是想让它们和我们人类和谐生存下去,既有我们吃的,也得有它们吃的!"

母亲不置可否:"你说得轻巧,管好我们一家吃饱肚子就够你折腾的了,你还有精力去管亚洲象?"

林峰觉得在亚洲象这事上,他和母亲实在谈不拢,有时候甚至觉得谈不拢的何止自己的母亲,伊莎她也未必懂得他的心思。

母亲回屋躺下了,林峰顾不上洗漱,就走到卧室看女儿林伊儿。睡梦中的女儿甜甜地笑着,一双粉嘟嘟的小手露在被子外面,林峰轻轻地把女儿的小手放回被子内。

一阵困意袭来,林峰躺在女儿林伊儿的旁边睡着了。

伊莎做好饭菜,走进卧室准备喊林峰吃饭,却发现林峰已经沉沉睡去。她心疼地看着沉睡的林峰,眼眶溢满了泪水。

通过对盗猎团伙的审讯,头目夸哈勒果然是个恶贯满盈的家伙。

中国和缅甸、老挝边境一线拥有丰富的热带森林资源和野生动物资源。而位于中国和老挝边境的倚象谷自然地理环境优越、资源丰富，区内栖息着80多头珍稀亚洲象，接近中国亚洲象总量的百分之四十，被称为"亚洲象的故乡""野生动物的乐园"。另外，这里还有印度野牛、黑熊、鼷鹿、巨蜥、白鹇等多种国家一级、二级保护野生动物。

在森林武警抓获夸哈勒盗猎团伙后，从他们随身携带的物品中，发现了被猎杀的黑熊是国家二级保护动物，被收缴的巨蜥是国家一级保护动物，还有其他很多野生动物的器官。森林武警收缴的武器有铜炮枪3支、部分火药和铁砂子。

其实，夸哈勒在中国乃至东南亚国家，有很多案底。近几年，在中国境内外发生的多起猎杀野生动物的重特大案件，都和夸哈勒脱不了干系。

夸哈勒盗猎团伙犯非法猎捕、杀害珍贵和濒危野生动物罪，走私珍贵动物、珍贵动物制品罪，非法持有枪支罪等数种罪行终被坐实。

无疑，打掉夸哈勒盗猎团伙是驻守县城森林武警近年来最有威慑力的一次行动，也是地方公安接警后转驻地部队打下的一场漂亮战役。

当时，李队他们接到县公安局转过来的案件线索后，立即深入倚象谷。在夹象沟腹地，武警官兵用红外望远镜很快就锁定了夸哈勒盗猎团伙的红外热成像，然后顺利地找到了犯罪嫌疑人。

"那些大象的足印为什么会突然消失？是什么人牵引着象群在热带雨林里有序转移？"这几个问题，在李队的心里成了一个

# 第十章
## 和谐之境的闯入者

大大的疑团,排解不开。

李队通过层层询问,这才从倚象谷村委会主任林东那里知道,这起盗猎案件的报案者是倚象谷的村民林峰。李队当时就觉得,这是报案人在暗中协助他们,才让这伙盗猎分子迷失了方向,乖乖束手就擒。

李队一行很快驾驶着军用吉普车来到了倚象谷村委会,指名要见报警人。

看到面前站姿笔直且着一身戎装的李队一行,林东有些紧张:"首长,你好,林峰是我的堂弟,是他找到我报的警,不过你们可能搞错了,我们是向公安报警的。"

李队微笑着对林东说道:"林主任,你就叫我李队长好了,我并非什么首长,我们这次下来就是想了解你堂弟林峰的一些情况。"

地处僻静一隅的倚象谷寨子,第一次有军用吉普车和武警造访,这让没有见过多少世面的林东局促不安。林东暗忖道,这个林峰,难道犯什么事了?

少顷,李队威风凛凛地对林东道:"林主任,走吧,带我们去找林峰!"

**表彰大会**

军用吉普车驶入林峰的茶叶加工厂,透过车窗玻璃,车上所有人都看到了正在茶叶加工厂鼓捣着机械的林峰。林东指着厂子里忙碌着的林峰,对李队介绍:"李队长,他就是林峰!"

此时的林峰已经看见了停在茶叶加工厂停车场上的军用吉普车,看到了打开车门走下车的几名武警战士和自己的堂哥林东。

林峰突然惊觉,这辆军用吉普车和武警战士的到来,可能和盗猎团伙以及短鼻子家族有关，于是他放下手中的活计出来相迎。

李队大踏步地走向林峰，稍息立正，向林峰行了个标准的军礼。礼毕，李队微笑着伸出双手和林峰相握，诚恳地说道："林峰同志，我们这次是向你道谢来了，非常感谢你在这次打击盗猎团伙中所做的工作。"

林峰知道李队一行是为打击盗猎团伙的事而来，他坦然地说道："这没什么，因为倚象谷里的亚洲象是我的朋友，我的朋友遇到危险，我当然不能袖手旁观哪。"

听到林峰直抒胸臆的大实话，李队很高兴。一直为林峰捏了一把汗的林东，现在才明白李队一行的来意，他们并非来找林峰的麻烦，而是登门道谢来了，一切都变成了皆大欢喜。

林峰带着李队一行走进自家院落，院落里的景象让李队赞叹不已。

在伊莎的打理下，林峰家的砖木结构房舍仿佛是自然的一部分，显得舒适而精致。房舍的外观绿意盎然，充满了热带雨林的韵味。房舍的内部设计独具匠心，木制的家具，柔软的布艺，温暖的灯光，每一个细节都流露出宁静和温馨，让人感到十分和谐。

李队不由得感叹道："等我解甲归田，我也想拥有这样的一间田园房舍！"

李队的感叹引起众人的一片笑声，气氛瞬间变得轻松而随意。

看见伊莎忙碌地给众人沏茶，李队又夸上了，说伊莎真是一个美丽贤惠而且很会打理家务的好女人。李队的夸赞令伊莎有些羞涩。

# 第十章
## 和谐之境的闯入者

一壶甘洌的普洱茶喝完，李队才不紧不慢地开口讲话："林峰同志，我们这次来找你，除了感谢你，还有几个问题想向你讨教！"

见李队如此客气，林峰谦逊道："李队长，讨教不敢当，有什么问题你直接问我就好了，我知道的一定会毫无隐瞒地告诉你。"

李队点点头，开始问林峰道："那些大象的足印，为什么会突然消失呢？"

林峰如实回答："被我抹去了。"

李队不解："抹去？你是如何抹去的？"

林峰轻描淡写地回答："这非常简单嘛，倚象谷密林下到处都是厚厚的腐叶，用腐叶把大象的足印遮盖起来不就行了。"

李队还是不太明白，继续追问："这么多的亚洲象在密林中穿行，到处都是亚洲象的足印，要把这么多的大象足印一个不漏地覆盖掉，你是怎么做到的？"

林峰还是一脸淡然，轻松地回答："我知道这群亚洲象行走的路线，先分辨出它们的足印，再按照它们的行走线路对大象的足印逐一进行覆盖就可以了。"顿了顿，林峰又补充道，"在那样茂密的森林里，只要把大象的足印覆盖到一百米左右的距离即可，盗猎者们找不到大象的足印，就很容易偏离方向，像进入迷宫一样瞎转悠。"

李队看向林峰，钦佩地点着头，第一个疑问终于化解了，李队又问了第二个问题："林峰同志，你和这群常年栖息在倚象谷的亚洲象似乎很亲近，为了避免盗猎团伙的靠近，是你在牵引着象群转移的吗？"

林峰点点头，承认："是的，是我在指挥着象群转移的。"

李队百思不得其解:"你为什么要这样做?你觉得把象群牵引到什么地方才算安全?"

林峰如实回答:"我是这样考虑的,那些盗猎者已经被我安排进入了倚象谷的迷魂阵,他们注定得在那儿瞎转悠。这个时候,我就有充足的时间把亚洲象牵引到红外望远镜看不透的地方,就是那个四周有着凸起山坳的沟谷。"

李队觉得还有着最后一点疑问没有解开,又问:"你是如何做到能够让这群亚洲象听你的指挥,顺服地跟随你转移?"

对这个问题,林峰觉得不太好确定,也不太好回答,他还是直说道:"李队长,我也没有把握能做到的,也许是这群亚洲象感受到了我平时对它们的好,它们终究选择信任了我吧!"

林峰最后这句听起来有着敷衍意味的回答,却赢得了李队的掌声。李队边鼓掌边意味深长地道:"非常好,它们终究会明白绝大多数人类对它们的善意的!"

李队一行和林峰、林东握手告别,驾车离开。

一周后,林峰被通知去县政府大会堂参加打击盗猎行动表彰大会。

林峰身戴大红花坐在观众席第一排的正中,主席台上齐刷刷地坐满了县政府和驻地部队的领导。已升任县长的岩丙涛和李队就坐在主席台的中央。

今天,林峰这位来自倚象谷的农民汉子,成了众人目光的焦点。他的面容坚毅而深邃,长期在热带雨林中生活,他身上留下了深深的热带雨林印记。

突然,悠扬的军乐声响起,大会堂的入口处几位武警战士迈开正步走了进来,为首的战士手里拿着的荣誉证书在灯光下闪闪发光。

# 第十章
## 和谐之境的闯入者

主席台上,首先由驻地部队李队宣读对林峰的表彰决定。林峰的事迹,尤其是他和盗猎分子斗智斗勇的经过,令参加表彰大会的人员赞叹不已。

最后,激动人心的时刻终于到了。只见县长岩丙涛在主席台上站了起来,他的声音浑厚有力,回荡在整个会场:"同志们,今天我们聚集在这里,是为了表彰在打击盗猎团伙大案中做出了突出贡献的林峰同志。"

岩丙涛县长的话如同鼓点,激起了与会者心中的热情。

林峰在礼仪小姐的引导下走上主席台,岩丙涛和李队互相谦让着从主席台起身,走向林峰。岩丙涛从武警战士手中拿过那本金色的荣誉证书,向着林峰走了过去,微笑着将荣誉证书颁给了林峰。岩丙涛、李队和林峰依次握手,两位领导还把林峰邀到他们中间,照相留念。电视台和报社的记者蜂拥而上,对着台上的三人一阵猛拍。

那一刻,整个会场爆发出雷鸣般的掌声和欢呼声。

林峰的眼眶微微湿润,他在心里默默地对自己说:"我所做的这一切都是为了倚象谷,为了那些无辜的亚洲象。"

表彰大会结束了,林峰正准备离开会场,却被岩丙涛的秘书叫住了。

> 林峰作为一名亚洲象监测员,既要保护更多的人免遭因人象冲突而造成的伤亡,更要唤醒人们对野生动物保护的良知。

## 第十一章 亚洲象监测员

### 亚洲象监测员就是看象人

林峰被岩丙涛的秘书带到了县长办公室后,秘书很快就出去了,屋内只剩下林峰和在办公桌上看文件的县长岩丙涛两人。

林峰局促不安地坐在客座沙发上,他不经意间瞅向岩丙涛,当上县长的岩丙涛比原先威严了不少,当然他的两鬓也开始变得斑白。不过,从岩丙涛瘦削的脸庞上,林峰还是联想到了依香的容貌。

算起来,林峰和依香已经彻底分开了好多年。这些年间,依香肯定顺利地读完了大学,肯定已经分配了工作,甚至有可能已经结婚生子了。当然,这对于一直梦想着走出倚象谷的依香来说,是再自然不过的事情。

不容林峰更加深入地遐想,岩丙涛端着陶瓷茶缸走近林峰，给林峰倒了一杯甘洌的茶水。岩丙涛没有了以前看见林峰时的尴尬，现在的他一脸笑意地对林峰热络上了。

"林峰啊，先前你拒绝了我让你到景诺乡供销社当工人的提议，原来你这是要一辈子在倚象谷和那些亚洲象为伍了。"

看到岩丙涛已经放下了对自己的芥蒂，林峰一下子就变得释然了，他对面前这位一县之长突然增加了好感，也觉得岩丙涛的确是一个值得自己尊重的长辈。

林峰端起茶杯呷了一口茶水，对岩丙涛诚恳地说道："岩县长，非常感谢你过去对我的帮助，只是我辜负了你的期望！"

岩丙涛对林峰说上了掏心窝的话："林峰，这不怪你，我相信你的能力，只要是金子，在哪里都会发光。你是一个有文化、有头脑又勤劳的人，这才几年的时间，你就在倚象谷一带开始崭露头角，把小日子过得有滋有味的！"

岩丙涛的话让林峰有些感动，确切地说，还让他有了向面前这位长辈倾诉的冲动。林峰差点就向岩丙涛问了有关依香的近况，此时岩丙涛的秘书刚好迎进来一位中年男子。

中年男子对岩丙涛热络地说道："岩县长好！"

岩丙涛摆摆手示意中年男子坐下，秘书给中年男子倒了一杯茶水，还给林峰添了水，就走开了。岩丙涛坐在主位上，对林峰和中年男子分别介绍着对方："林峰，这位是林业局刀局长。""刀局长，这位是倚象谷寨子的林峰。"

林峰和刀局长互相点了点头，算是彼此认识了。见今天约见的人都到齐了，岩丙涛这才切入正题："二位，今天我约你们到办公室来，是想和你们谈谈亚洲象的事。"

岩丙涛看向刀局长说道："刀局长，近年来亚洲象对我们县造成了重大的人员和财产损失，这方面的情况请你给我们谈一谈。"

刀局长沉吟片刻,稍微整理了一下思路,就深恶痛绝地谈开了:"我们县亚洲象伤人事件造成的损失情况是复杂的,不同地区的村民所遭受的损失程度和类型都有所不同。一方面,亚洲象造成了村民重大财产损失。例如,亚洲象进入村子,破坏房屋、庄稼和电力设施等,给当地村民的生产和生活带来了很大的影响,造成了不同程度的经济损失。另一方面,亚洲象的袭击也造成了一些人员伤亡。亚洲象在袭击村庄时,有时会攻击和伤害到村民,给当地居民的生命安全带来了威胁,造成了不同程度的精神压力和经济损失。具体的损失金额要根据各乡镇政府和保险公司测算后进行评估。"

刀局长用一句结论性的话对他的发言做了总结:"总之,近几年我们县受亚洲象影响并造成损失的情况越来越严重了,老百姓苦不堪言哪。"

岩丙涛神情严峻,眉头拧得老紧,反问刀局长:"那依你看,应该采取什么样的措施才能解决目前的象灾问题。"

刀局长一时语塞,他心想,这亚洲象又不听人使唤,如何杜绝它们袭扰人和庄稼地,自己并没有什么拿得出手的办法和措施。

岩丙涛看着刀局长,对这位局长的反应感到非常失望,他的脸色愈发显得阴沉。尽管心中极度不快,但岩丙涛还是强压住怒火没有发作。

岩丙涛满怀期望地看向林峰征询:"林峰,你经常和亚洲象打交道,请谈谈你的看法。"

林峰觉得应该把自己和短鼻子家族打交道的感触,还有对亚洲象袭扰村庄引发的思考讲出来,他诚心希望政府能够采取

# 第十一章
## 亚洲象监测员

一些措施,最大程度地杜绝人员伤亡。

面对县长和县林业局局长,林峰娓娓道来:"为了减轻亚洲象对当地村民的影响,政府和相关部门应该设立亚洲象监测员。"

"亚洲象监测员是干什么的?"岩丙涛和刀局长不约而同地问道。

林峰向两位领导看了一眼,回答:"亚洲象对中国境内村民的影响是复杂的,需要政府、社会和当地居民共同努力,采取有效的措施来减少冲突和损失,实现野生动物与人类的和谐共存。"

岩丙涛若有所思,他用恳切的目光看向林峰:"请你讲明白一些。"

林峰侃侃而谈:"政府设立基层亚洲象监测员的初衷是为了保护人象安全,减少大象伤人事件的发生。随着亚洲象种群数量的增加和活动范围的扩大,人与象之间的冲突也日益加剧。大象伤人事件不仅给人们带来了生命和财产的损失,也影响了大象的生存和保护。因此,设立基层亚洲象监测员是为了加强亚洲象的保护和管理,促进人与自然和谐共存。"

刀局长显然是个急性子,他听林峰一直在设立亚洲象监测员的重要性上绕了半天,便打断林峰道:"哎呀,你这绕了半天,也没讲清楚这亚洲象监测员的职责和任务,他们到底要发挥什么样的作用?"

林峰接着陈述:"基层亚洲象监测员的任务是负责监测象群踪迹,提供预警信息,以保障村民安全。他们要对亚洲象的行为、活动范围和栖息地进行实时监测,并通过手机及时向当地居民发出警报,避免人与象的冲突。"

林峰喝了口茶水，继续介绍："通过设立基层亚洲象监测员，可以更好地了解亚洲象的生活习性和活动规律，为保护和管理提供科学依据。同时，监测员的工作也有助于提高公众对野生动物保护的意识，促进人与自然的和谐发展。"

这下，岩丙涛和刀局长都听明白了林峰的话中之意，知道了亚洲象监测员在防止人象冲突中可以发挥很大的作用。岩丙涛又有问题问林峰："那你认为全县该设立多少亚洲象监测员？"

林峰略微想了想，回答："最好是一村一员，监测任务重的村，可以根据情况设立两名监测员。"

岩丙涛叹了口气，郁闷道："我们地方财政本来就穷，现在这笔开支又无法避免了，亚洲象监测员说白了就是看象人，他们不但要盯住亚洲象，还得把亚洲象的行踪告诉附近的村民，也只有这样的法子，才能尽可能地减少人员伤亡了。"

岩丙涛对刀局长愤愤道："你们林业部门就按照林峰给出的建议，尽快拿出方案！"

当着一个倚象谷村民的面，刀局长只好怏怏告退。见刀局长离开了，岩丙涛笑吟吟地对林峰道："林峰，这个亚洲象监测员，你就在倚象谷带头干起来，亚洲象监测员的报酬很低，就权当是政府给你补助的一点误工费吧，可是这个工作的意义非凡啊！"

此时的林峰，突然就有些犹豫了，自己这茶叶加工和收购山货的生意正干得有起色，去当倚象谷亚洲象监测员，这不是耽误工夫吗？

**爸爸是大英雄，爸爸真棒**

林峰把担任倚象谷亚洲象监测员的决定告诉母亲和伊莎时，

## 第十一章
### 亚洲象监测员

遭到了她俩的反对。

"儿子,你这是怎么啦,咋整天就想着那群野蛮的亚洲象?"母亲觉得林峰整天就想着与象群为伍,简直不可理喻。伊莎也不同意林峰去当亚洲象监测员,她反对的理由是亚洲象监测员这个工作过于危险,希望林峰一心一意干好茶叶加工和收购山货的生意,这才是一份更安稳的工作。

林峰觉得一时无法说服母亲和伊莎,只好搬出岩丙涛来,他对母亲和伊莎说:"妈啊、伊莎,县政府决定在全县设立亚洲象监测员,是下了决心的。岩县长非常希望我能够担任倚象谷亚洲象监测员,他还要求我把这个亚洲象监测员的工作干好,给全县树立榜样。"

母亲怼上了林峰:"管他什么县长,还是市长、省长,他岩丙涛叫你干这个亚洲象监测员你就干吗?当初他叫你去当景诺乡供销社工人,你还不是没有听他的,你不是说过已经和依香彻底分开了,不再去沾惹岩丙涛一家。"

林峰觉得,母亲把自己担任亚洲象监测员和依香一家扯上关系,简直有些过分。但林峰还是冷静的,说这话的可是和他相依为命的母亲,他心平气和地解释:"妈,这亚洲象监测员可是吃苦又危险的活,我去干这个工作可并没有沾人家什么光。"

母亲还是反对的话语:"那亚洲象又不是农家牛圈里养的牛,它们是些蛮横无比的大家伙,你怎么指挥得动它们?"

林峰走近母亲,握住母亲的手道:"妈啊,我们亚洲象监测员不是要去指挥那些大家伙,而是负责监测它们的踪迹。换句话说,就是及时发现亚洲象在什么地方出现,去了什么地方,然后把它们的行踪通过手机发给全体村民,让广大村民走路、干活、串门的时候尽量避开象群,从而最大限度地减少人象冲突。"

母亲知道反正说不过儿子，委屈又担忧地蹲下并抽泣起来："儿子啊，你难道忘了你爹是怎样死的吗？你还要执拗地去当什么亚洲象监测员，我们家可不能再出什么事了！"

林峰和伊莎扶起母亲，伊莎拿出手帕为婆婆擦拭眼泪，林峰心情沉郁地说道："妈啊，我爹的惨死，我不能忘也不敢忘啊！可是你们知道吗，正因为我爹被亚洲象活活踩死了，所以我才更要和那些蛮横无理的大家伙打交道。"

林峰说话的口气透露着坚毅和决绝："我爹的死，对于我们这个家庭的每一个人来说，太过残忍，太过残酷。就拿我来讲，因为我爹的惨死，让我失去了上大学的机会，更意味着我已经失去了一切！"

虽然林峰说的最后一句是大实话，可是也让伊莎躺枪了，伊莎眼角一酸，泪水就溢满了双眼。林峰不管不顾，毅然决然地说出了他之所以选择担任倚象谷亚洲象监测员的理由："我希望我爹林大汉，是我们倚象谷周边村寨最后一个被亚洲象踩死的人，我希望我担任亚洲象监测员的工作，可以避免更多的悲剧发生，让子孙后代能够不为亚洲象所累，顺利圆梦！"

此时的母亲和伊莎，尽管对林峰担任亚洲象监测员还是持反对的态度，却再也找不出反驳的话来了。看到母亲和伊莎不再作声，林峰反而转过来安慰她们："妈啊、伊莎，我知道你们担心我，但这是我的心愿。我爱我爹，所以我不想让更多的家庭因亚洲象而受到伤害。"林峰的声音有些颤抖，但他的眼神执着而坚定："而且，这样我就有机会去保护亚洲象，阻止它们群体性灭绝，这是我们热带雨林人的责任。"

母亲默默地看着林峰，叹了口气，然后摇了摇头。林峰转头看向伊莎，他的眼神中充满了期待和愧疚，说道："今后，我们家的茶叶加工和收购山货，你得多辛苦啦。"

伊莎看着林峰，眼中的疑虑逐渐消失，取而代之的是理解与信任，她喃喃道："你的梦想在，你的灵魂就在，我支持你！"

林峰的眼眶湿润了，他深深地吸了口气，然后向母亲和妻子鞠了一躬。"谢谢你们的理解和支持。"林峰挺直腰板，望向窗外的热带雨林，他知道，他的亚洲象监测员的生涯就要开始了。林峰知道自己的决定可能会带来困难和挑战，但他同样深信，如果他不去做这件事，那他回到倚象谷后才萌芽的另一个梦想，又要夭折了。

在温暖的灯光下，一个幼小的身影坐在写字台旁，聚精会神地翻阅着一本绘本，她就是林峰的女儿林伊儿，一脸的认真和执着。

林峰站在林伊儿的卧室门口，静静地看着女儿，心中涌起一股柔情蜜意。林伊儿轻轻合上书，那份专注的神情如同一只灵敏的小白鹇鸟，在暖暖的灯光下显得格外宁静。

此时的林伊儿，大大的眼睛对着书本出神，还用稚嫩的声音唱起了一首童谣：

> 大象长长的鼻子，摇啊摇啊；
> 大象大大的眼睛，看啊看啊；
> 大象沉重的步伐，走啊走啊；
> 大象你是我的朋友，永远到永远啊！

那童谣如同天籁，让这个普通的夜晚充满了深深的祝福和期待。天籁般的歌声渐渐消失在空气中，却深深地烙在了林峰的心中。林峰的眼眶湿润了,那是感动,是激励,更是承诺。

站在门口的林峰还是被林伊儿发现了,女儿欢呼雀跃地扑进林峰的怀抱,林峰就势抱起女儿,逗乐道:"宝贝,刚才你在唱什么歌呢,太好听了,你真是一只会唱歌的漂亮的小白鹇鸟。"

林伊儿咯咯笑着:"妈妈是大白鹇鸟,我是小白鹇鸟,我们家有两只白鹇鸟。"

林伊儿天真可爱的样子让林峰乐不可支,他附和道:"对,对,对,我们家宝贝说得对,我们家有两只漂亮的白鹇鸟。"

林峰走近女儿的写字台,知道刚才女儿看的是自己买回来的绘本《大象历险记》,他明知故问:"宝贝,你刚才在看什么书呢?"

林伊儿走近写字台,拿起绘本,饶有兴味地介绍:"大象家族真可爱,可是象仔仔好可怜哪,掉进了水坑,幸好被人类的英雄救上来了。"

林峰对女儿真诚地说:"宝贝,爸爸明天就是一名亚洲象监测员了,以后爸爸就是专门去救落水象仔仔的那个英雄。"

林伊儿突然开心地奔向林峰,嘴里兴奋地喊道:"爸爸是大英雄,爸爸真棒!"

女儿的称赞着实令林峰一阵感动。林峰觉得,爱护野生动物的理念已经在女儿幼小的心灵里扎下了根。

林峰有理由相信,今后的自己,在亚洲象监测员的生涯中,既要保护更多的人免遭因人象冲突而造成的伤亡,更要唤醒人们对野生动物保护的良知。

# 第十一章
## 亚洲象监测员

**这样的培训班真是太棒了**

从今天开始,林峰就要去参加县林业局组织的亚洲象监测员培训班。

一大早,林峰站在茶叶加工厂外面,他的眼前是一片茂密的热带雨林,这里注定将成为他未来的新天地。林峰深深地吸了一口气,迎面而来的都是热带雨林的气息,湿润而又充满生命力。他的心在跳跃,那是期待、兴奋,还有那么一点紧张。

林峰开着面包车出发了,穿过密密麻麻的热带雨林,不久就来到了位于密林深处的县热带雨林监测站。这个监测站位于一片开阔的空地上,矗立着一座高耸的瞭望塔,塔内的观测室里有各种设备,相机、望远镜、笔记本等摆满了长桌。

一进入这里,林峰就感受到了一种紧张而严肃的气氛。全县参加培训的人员都到齐了,培训班可以提前开课。

专家们给学员们讲解了亚洲象的生活习性、行为特点,以及如何有效地进行监测和防范。虽然林峰是个接触过亚洲象的雨林汉子,但是他知道自己和这些专家比起来,对热带雨林的了解还是太少。他认真地听,认真地记,每一个知识点都让他感到新奇且珍贵。

中午,大家在塔下的阴凉处享用午餐,几道热腾腾的本地菜肴摆在桌上,虽然饭菜简单,但是都是林峰最爱吃的。他一个人坐在角落里,慢慢地咀嚼着食物,眼睛却始终没有离开过瞭望塔。

下午的课程是实际操作环节,林峰和其他学员一起走进热带雨林,按照授课专家的指示进行操作。林峰学习用相机拍摄亚洲象,用望远镜观察象群的行为,记录下每一个关键的信息。

虽然动作略显生疏，但是林峰的认真和专注还是得到了专家们的认可。

傍晚时分，培训结束。

晚上是难得的开心时刻，县林业局野生动物保护科的工作人员特意为学员举办了一场别开生面的篝火晚会。月光洒落在茂密的树梢上，形成一道道微弱的光束，穿透密密麻麻的树叶，赋予这片黑暗的雨林一种神秘而又富有生命力的氛围。

在一块空地的中央，一个巨大的篝火正在熊熊燃烧。火光跳跃，照亮了周围的一切。热浪从火堆中升腾，与周围的空气交织，形成了一道道迷人的热气流。这些热气流随着火焰的舞动，时而上升，时而俯冲，仿佛在跟周围的树木和藤蔓一同跳舞。

学员们围着篝火坐着，他们的脸庞在火光中显得生动而鲜明。有的人在热烈地交谈，笑声和歌声不断从人群中传出，与周围的虫鸣声和风声交织在一起。林峰则在默默地享受着这个独特的时刻，看着火光在他们脸上跳动，陷入了沉思。

在篝火的旁边，几位学员正在用竹制乐器演奏着热烈奔放的边地音乐，他们的打击乐器发出响亮的节奏，吸引了许多人的注意。

人们开始随着音乐的节奏摇摆，有的人甚至自发地跳起了舞，他们的舞步与音乐完美地融合在一起，形成了一幅生动的画面。

第二天，学员们坐上中巴车来到了西双版纳傣族自治州，参观了亚洲象救护与繁育中心。这是一个充满神奇和使命感的地方，人们在这里救助受伤或迷途的亚洲象，并对其进行护理和观察，同时也在为帮助这个珍稀物种繁衍而努力。

## 第十一章 亚洲象监测员

学员们穿过茂密的热带雨林廊道，来到了隐藏在密林深处的亚洲象救护与繁育中心。在这里，林峰看到了许多可爱的亚洲象宝宝，它们在工作人员的照料下茁壮成长。林峰被这些可爱的象宝宝所吸引，不停地拍照，记录下它们可爱的瞬间。林峰还看到了许多治疗设备，如药浴池、红外线治疗仪等。工作人员向大家介绍了亚洲象常见的疾病及其治疗方法，林峰认真地听着，并记录下来。

接下来，培训班又转移到位于西双版纳傣族自治州的景洪市。学员们在这里接受了一项重要的培训课程——了解象文化。

林峰和其他学员们被带到了一个特殊的教室，那里有各种与象有关的文化元素，如象形文字、象牙雕刻和传统绘画。讲师向学员们介绍了象在亚洲文化中的重要地位。象被视为力量、智慧和吉祥的象征，因此在许多神话、传说和民间故事中都有出现。同时，象也是许多宗教仪式和庆典中不可或缺的角色。

在课程中，林峰还学习了如何正确地与亚洲象进行交流和互动，明白和了解象的语言和行为方式对于与它们建立良好的关系至关重要。他认真聆听，并思考着尝试用新的知识和技巧与亚洲象进行沟通。

除了学习理论知识，林峰和学员们还参与了一些实践训练。如学习如何安全地接近亚洲象、如何观察和记录它们的行为，以及如何应对不同的情况。林峰非常重视这次难得的培训机会，他深知这些技能对于监测亚洲象的工作至关重要。

林峰长这么大，还是第一次来到这座神奇美丽的边地小城——西双版纳傣族自治州首府所在地景洪市。

课余，林峰和几位要好的学员一起走上景洪市的街头。

西双版纳傣族自治州是云南省的一个民族聚居区，这里有许多以大象为象征的文化现象,景洪市的大街小巷,象文化符号无处不在。人们认为,大象拥有智慧、力量和吉祥的象征意义,因此在庆祝重要事件和节日时,常常会以大象为主题。

西双版纳傣族自治州的象文化也表现在艺术形式和手工艺方面。当地的手工艺人还会制作大象形状的饰品,如项链、手链和耳环等。大象在当地的宗教仪式和庆典中也扮演着重要的角色。例如,在傣族的泼水节中,进行祭祀和祈福时,大象会被当作神兽。

为期一周的培训很快就结束了,林峰感到非常兴奋和自豪。结业典礼上,县林业局刀局长还专门到培训班作了热情洋溢的致辞。

林峰和所有参训学员们一致认为:"这样的培训班真是太棒了!"

现在的林峰,已经完全明白了亚洲象监测员的责任和使命,也更加深入地了解到亚洲象的生活习性和保护亚洲象的重要性。他暗下决心,一定要成为一名优秀的亚洲象监测员,为保护这个珍稀物种贡献自己的力量。

**让村里的广播热闹起来**

清晨,第一缕阳光穿过茂密的树荫,照在林峰矫健的身躯上。今天,林峰第一次以倚象谷亚洲象监测员的身份,准备深入倚象谷履行职责。

为了让林峰更好地开展工作,伊莎给林峰购买了一个大容积的双肩包。

林峰收拾好行囊,带上县林业局下发的手机、望远镜和记录本,告别母亲、伊莎和林伊儿后就上路了。

## 第十一章
### 亚洲象监测员

林峰走到芒果林前面的山坳,碰上了黑三,此时黑三正在山坳悠闲地吸着草烟。黑三看到林峰走来,急忙招呼林峰到自己身边,好奇地问:"林峰,听说你今后要专门监测大象了?"

林峰点点头,微笑着回答:"是的,叔,我现在的工作就是记录大象的踪迹和行为,保护村民们的出行安全。"

黑三听后一愣,然后笑了起来:"哎呀,这工作可真是悠闲啊,坐在树下看着大象,就像我现在放牛一样,隔着山梁盯着牛群就行。"

林峰也笑了:"呵呵,我的工作看起来轻松,但实际上需要很多耐心和技巧,其实也蛮危险的。"

黑三认可地点点头:"是啊,大象可是既聪明又蛮横的动物,监测它们可不容易啊。"

林峰点头道:"是的,大象非常聪明。有时候,我需要观察它们的行为,找出它们的需求和问题,这需要很多时间和精力。"

黑三有些不解:"不过,你为什么选择做这个工作呢?是不是看大象的工作工资很高呢?"

林峰知道黑三对亚洲象监测员这个职务充满了误解,只好实话实说:"黑三叔,你误会了,我们这个亚洲象监测员的工作可是没有工资的。"

黑三更加不相信,连连摇头道:"林峰啊,叔从小就看着你长大的,你可是个诚实的山里娃呀,怎么今天对你叔也撒上谎了?"

林峰笑吟吟地看着黑三道:"叔,我真没有骗你啊,我们真的没有工资,县上规定给我们一点点误工费补助。"

黑三又问:"哦,真没有工资吗?这么说,误工费补助应该很高啰。"

林峰摇摇头回道："也不高，这么跟你说吧，我们倚象谷的村民出去做泥瓦工，一天还有五六十元钱的工钱，我们出去盯一天大象的补助还没有泥瓦工一天的工钱高。"

林峰又补充了一句："而且误工费也不是天天有，亚洲象不来骚扰村寨和庄稼地的时节，我们就不用天天盯住它们，所以那些日子我们就没有误工费了。"

黑三感慨道："才这么一点误工费，那还不如在家把你的生意好好做起来。林峰啊，你就不怕耽误你的茶叶加工和收购山货的生意吗？"

林峰沉默了一下，有些自嘲地道："叔，如果光算经济账，那我肯定是亏大了，可是我这个人就喜欢整天往林子里钻。"

黑三听了，猛吸了一口草烟，抬起头来的一刹那，浓烈的烟雾从鼻孔里喷出来，他又说："我还是觉得你这个工作很奇怪。你想啊，你得一直盯着大象，记录它们的行为，还没有多少收入，这得多无聊啊。"

林峰微笑着说："叔，你说得对，有时候确实很无聊。但是，每当我看到一头头大象安全地生活在属于它的群体中，或者看到我的工作帮助了倚象谷三个村寨的村民不再受到亚洲象的攻击，我就觉得一切都值得了。"

黑三听了，叹了口气："唉，我还是不懂你的热情。不过，想起你父亲的遭遇，我好像又懂得了你的选择。"

林峰微笑着道："叔，谢谢你的理解和支持，我会继续努力，以后你就按照我给大家的预警信息选择好你每天的放牛地点，尽量避开亚洲象。"

黑三尴尬地回道："你能够盯着这些接近村寨的亚洲象，这

## 第十一章
亚洲象监测员

肯定是再好不过了,可是我没有手机,你用手机发出来的信息我可收不到啊。"

黑三的一句大实话惊醒了林峰这个"梦中人",林峰这才意识到,倚象谷周边的村民还没有普及手机。

林峰摸摸头,对着黑三笑道:"叔,你不说我倒还把这茬给忘了,你们做活计的人是发生人象冲突的高危人群,说什么都不能把你们给落下了。"

林峰突然就泄气了,他暗忖道,这些没有手机的庄稼人,可怎么办呢?黑三见状,忙给林峰支招道:"侄,其实你不必非要拿手机发信息给大家,我们村委会不是有广播吗,以前广播天天播,热闹着哩,现在广播停播了,今后你只要把那些大象的动向,用手机编成短信发给林东,让他及时在村委会的广播上播报不就解了。"

林峰一拍大腿,恍然大悟道:"好,叔啊,你这个办法好啊,我看就这么办,我咋没想到呢,看来这姜还是老的辣呀!"

不过,黑三对林峰提出了一个小小的要求:"侄,你告诉林东,就说村委会的广播站除了及时播报亚洲象的动向,希望在每天晚饭时间再播放些我们本地的山歌调,让村里的气氛热闹起来,我们也跟着乐一乐。"

林峰点头应允。

和黑三分开后,林峰第一时间就给林东打了电话,他对林东讲了要在村委会广播上及时播报亚洲象动向的请求,在目前手机并不普及的实际情况下,林东实在找不出拒绝的理由。可是对于每天晚饭时间播放山歌调的要求,林东回答得有些敷衍。

穿越密密麻麻的树林,林峰来到了短鼻子家族传统的栖息地,可是他并没有发现那群熟悉的短鼻子家族。林峰知道,每年的这个时候，因为倚象谷的外围没有可食的热带水果，所以短鼻子家族就跨过夹象沟分水岭，进入景洪地界了。

远远地，林峰还是看到了一群陌生的亚洲象，它们悠然自得地在森林中漫步，时而用长长的鼻子拨弄着树叶，时而欢快地奔跑。林峰小心地接近它们，观察它们的行为，并记录下来。

突然，一头年轻的雄性亚洲象似乎对林峰的存在感到不安，开始朝他冲来。林峰的心跳加速，但他保持镇定，迅速躲到一棵大树的后面。雄性亚洲象在大树面前停了下来，用鼻子嗅了嗅空气，然后转身离去。

林峰松了一口气，这次和陌生象群的遭遇提醒了他，与这些庞大而敏感的动物相处，需要极高的专业素养和耐心。

林峰找到了一片相对开阔的区域，这里的地面散布着大象的粪便和脱落的象皮屑。他仔细地观察这些痕迹，记录下亚洲象的饮食偏好、活动范围等信息。做完这些，林峰确定了倚象谷这群亚洲象的数量，这才折返。

刚走出森林，林峰发现手机有了信号，他赶紧编了一条手机短信——

各位村民：

在倚象谷夹象沟腹地发现5头亚洲象，正往景洪地界方向转移，目前对村民的生产生活无影响，今天白天到晚上大家可安全出行。

今后有象群走出森林，我们会及时在广播里播报，请大家注意收听！

林峰仔细阅读了几遍即将发出的短信，直到确认把该讲的事情都讲清楚了，这才使劲按了发送键。

林峰还没走到芒果林附近的山坳，就听见村委会的大喇叭响了起来，广播里播报了林峰发给林东的手机短信内容，而且还连播了三遍。

亚洲象预警信息播放完毕，大喇叭上果然播放出抑扬顿挫的山歌调来。第一首山歌调是这样的——

> 布谷叫到三月三
> 活计正忙花正香
> 花香等着蜜蜂酿
> 世人勤奋谷满仓

林峰第一次觉得，以前不屑于听的倚象谷山歌调婉转而悠扬，充满着浓烈的生活气息，十分耐听。

**飞出山坳的小白鹇鸟**

时间如白驹过隙，转眼间林峰的女儿林伊儿快满七岁了，已经到了上小学的年纪啦。

林伊儿如同热带雨林深处的精灵。因为她的家，就在这片充满神秘色彩的热带雨林中，这里有四季如春的温暖，有无数鲜活的生命，有浓密的绿色植被，还有她那充满激情的梦想。

林伊儿从小就对唱歌跳舞有着独特的热爱，这得益于母亲伊莎从小对她的言传身教。每当林伊儿那清脆的歌声在雨林中回荡，优雅的身姿在村民聚会的场所翩翩起舞时，人们都忍不住惊叹，赞誉她为热带雨林中的白鹇鸟。

白鹇鸟是热带雨林中最优雅、最自由的生物，它们展翅高飞，尽享自由之乐，它们优雅的舞姿，是大自然的馈赠。

林伊儿就是这样的白鹇鸟，她在歌声和舞蹈中找到了自我，找到了快乐。林伊儿的歌声如同白鹇鸟清脆的鸣叫声，唤醒了沉睡的原始林莽。在林伊儿的歌声中，热带雨林仿佛有了生命，每一片叶子都在轻轻摇曳，每一朵花都在轻轻绽放。林伊儿的舞蹈，如同飞翔的白鹇鸟，让人们看到了自由的力量，看到了生命的激情。

随着时间的流逝，林伊儿无忧无虑地一天天长大。

倚象谷橡胶种植基地的橡胶树开始投产开割，有不少外地的人员涌入，倚象谷徒增不少人气。这几年对于林峰的家而言，同样有着不少的变化。

伊莎已经完全接手了林峰的茶叶加工和收购山货的生意，还学会了开车，她时常一个人驾驶着面包车往县城送货。林峰却成了妥妥的看象人，不进山的日子，他就帮伊莎打下手。林峰和伊莎在生意场上的角色，倒置了过来。

因为经常要深入倚象谷，林峰深知森林防火的重要性，所以他在不知不觉中把烟给戒了。

看着孙女一天天长大，林峰母亲又惦记上了抱孙子一事。林峰母亲时常对儿子和儿媳旁敲侧击，说孙女都快要读书了，这家里马上就要冷清了，这让她有点不自在，她已经习惯了家里有孩子闹腾的气氛。

伊老赫还是独自住在翁基哈尼山寨，见女儿和女婿一直对生二胎没有进展，耐不住的他也经常往女儿家跑。

伊老赫希望林峰和伊莎尽快再生一个伢约（男孩）或伢咪（女孩），他的理由是——既然国家政策允许，你们就不能把国家给的指标白白浪费了。

## 第十一章 亚洲象监测员

其实，两位老人并不知道，林峰和伊莎在林伊儿出生时，就已经达成了不再生二胎这个共识。对两位老人催生的迫切愿望，林峰和伊莎就采取"工作忙，没有时间备孕"这些牵强的理由来进行敷衍。

眼看女儿林伊儿到了上小学的年龄，林峰就和伊莎商量，把女儿送到县城直属小学寄宿读书。不久，林峰打听到了县城直属小学开学的日子，他和伊莎早早做好了女儿去县城读书的准备工作，比如购置书包、作业本、被褥等学习和生活用品。

林伊儿开学的时间很快就到了。

清晨，阳光透过窗户洒进了砖木小院，鸡鸣犬吠，营造出一片生机勃勃的乡村画卷。林峰和伊莎早早地起床，忙碌着为女儿林伊儿收拾去县城读小学的行李。

林伊儿虽然年纪小，却透着一股子灵气，水汪汪的大眼睛闪烁着对未来的憧憬和好奇。她知道这是一个全新的开始，离开熟悉的倚象谷，去一个陌生的地方求学，不禁让她既兴奋又紧张。

林峰把一包鼓鼓囊囊的行李扛在肩上，那是他亲自为女儿准备的，里面装满了各种学习和生活用品，还有那本翻得掉了封面的《大象历险记》。伊莎则细心地给女儿梳好辫子，穿上干净整洁的新衣裳，一脸的不舍与祝福交织在一起。

林伊儿背着小书包，对奶奶和外公告别，然后踏着欢快的脚步，朝茶叶加工厂停车场走去。

阳光照耀在林伊儿红扑扑的小脸上，洒下一片金色的希望。她知道，这是一段新的旅程，是梦想启航的地方。

面包车驶出倚象谷，林伊儿望着路边熟悉的景色，心中充满了感慨。她想念倚象谷的田野、溪流和那些陪伴她长大的小伙伴，但同时也充满对未来的期待和对未知世界的好奇。

　　林伊儿深知父母的心意与期望，她暗暗发誓，在这个全新的环境中，一定要努力学习，不辜负父母的期望。

　　而这一刻，倚象谷小女孩林伊儿的故事，才刚刚开始……

如何让亚洲象和人类的生存条件都得到满足，这个就是问题的关键！程非来到倚象谷，就是要寻求到人象和谐相处的答案。

## 第十二章 程非的使命

### 考察队雨林遇险

夏季的倚象谷显得更加狂野而热烈，大量的植物生长，各种动物活动频繁，构成了一幅生动的自然图景。

今天的倚象谷迎来了国家林业局（今国家林业和草原局）亚洲象研究员程非及其团队一行5人。

程非皮肤白皙，中等身材，今年刚满三十五岁，今天他着一身户外装扮，显得十分干练。这位来自首都北京，毕业于西北农林大学的高才生，似乎和亚洲象有着不解之缘，他非常热衷于野生亚洲象的研究。

程非有很多关于亚洲象研究的论文发表在《中国林业》杂志，在业界享有很高的声誉，因此他被国家林业局派驻到云南省林业局（今云南省林业和草原局），从事亚洲象的考察和研究工作。

一大早，程非及其团队一行5人在县林业局野生动物保护科工作人员的陪同下，往倚象谷出发了。

程非这次带领的这支亚洲象种群考察队（简称考察队），是有着明确的工作任务的，这支考察队研究的工作内容涉及多个方面——

一是考察并研究亚洲象的行为习惯，包括它们的睡眠和休息习惯、活动规律以及食物选择等，这有助于更好地理解亚洲象的生活习性，为后续亚洲象的保护和管理提供科学依据。

二是考察并关注亚洲象的食性，包括它们主要的食物来源，如植物的种类和比例，以及它们在食物选择上的偏好和变化，这有助于了解亚洲象的生态需求，并对其栖息地进行合理的保护和管理。

三是考察并探究亚洲象的遗传多样性，包括亚洲象种群内的遗传差异和种群间的遗传分化，这有助于了解亚洲象的种群结构和演化历程。

四是考察并研究亚洲象的栖息地，包括它们生活的环境、栖息地的质量以及它们与其他生物的相互关系等，这有助于了解亚洲象的生活环境，为亚洲象的保护和管理提供科学依据。

五是考察队还会关注人象冲突的问题，研究人和亚洲象之间的互动和冲突，寻找缓解人象冲突的方法和策略，这有助于理解人类活动对亚洲象的影响，为人象和谐共存提供解决方案。

考察队一行人行进在倚象谷中，这片茂密的绿色如同一道天然的屏障，遮蔽了天空。

一行人历时三个多小时，终于走进了雨林深处，经过仔细探寻，在确定没有亚洲象群停留的前提下，考察队员分散在夹象沟腹地对亚洲象传统栖息地的植被进行采样。

热带雨林的天气,翻脸比翻书还快,来时还是艳阳高照,此时却刮起了凛冽的山风,紧接着就下起了暴雨。一时间,高高的树冠上响起暴雨冲刷密叶而产生的"哒哒"声,密叶承接不了如此瓢泼大雨,厚积的雨水又往地面倾倒下来。清凉的雨水和温润的雨林温度交融,整片林莽随即升腾起一阵阵迷蒙的山雾。

狂怒的暴雨使得天气阴沉,能见度极低,这让分散在倚象谷的考察队员一下子失去了判断力和方向感。

程非开始意识到情况的严峻性,他赶紧掏出手机,准备通知同事们不要继续移动,保持原地待命,等暴雨停歇后再认准特定的地标汇合。

可是程非没法用手机拨打电话,因为这片森林里根本就没有手机信号,更加糟糕的是,程非发现随身携带的指南针一直摇摆不停,好像受到了什么干扰。

程非只好凭着自己的直觉移动,试图拉近和同伴们的距离,可是令他不知所措的是,他认为正确的移动方向,却距离同事们越来越远。

在倚象谷的深处,暴雨丝毫没有停歇的意思,一片阴暗的景象笼罩着茫茫森林,无尽的雨水敲打着密密麻麻的植被,使得原本就复杂的地形更加难以辨认。

程非在雨中艰难前行,他的衣服已经被雨水打湿,黏黏糊糊地贴在皮肤上。他手里握着指南针,眼神紧张地扫视着周围的环境。然而,指南针在磁场的干扰下显得毫无用处,程非开始自我怀疑,无法确定自己是否在朝着正确的方向前进。

周围的树木和藤蔓在风雨中摇曳,发出诡异的声音。程非能感觉到背后凉飕飕的，仿佛有什么东西在跟踪着他，他不禁加快了步伐，试图摆脱这种恐惧感。

突然，脚下一空，程非惊恐地坠落了下去。

等到程非回过神来，发现自己已经掉入了一个废弃的陷阱里。这个陷阱深达数米，周围一片黑暗，只有少许的光线透过陷阱口的缝隙洒下来。

程非尝试往陷阱的边缘爬出去，可无论怎么努力都无济于事，他顿感浑身疼痛，尤其是脚踝处，一股剧烈的疼痛感让他几乎无法呼吸。他低头一看，发现右脚踝被一个兽夹夹住了。这个兽夹是非法盗猎者用来捕捉野猪等大型动物的，现在却无情地夹住了程非的脚踝。程非感到一阵绝望，知道自己已经陷入了绝境，他的身体开始颤抖，恐惧和疼痛交织在一起，让他无法冷静思考。他开始大声呼救，但是没有任何回应，他只能听到自己的呼吸声和心跳声，他感到无比的孤独和无助。

程非的衣服已经被雨水裹挟着冷汗打湿了，身体不断地颤抖着，他的喉咙开始发干，嘴唇也变得干裂。他开始用手摸索周围的环境，试图找到一些有用的物品。他摸到了一个干枯的木棍，试图用木棍撬开兽夹，但是木棍轻轻一掰就断了，他的自救并没有成功。程非又摸到了一个尖锐的铁器，他试图割断兽夹，但是兽夹太坚固了，还是没有成功。

程非的心情变得越来越绝望，也为自己的错误行为感到懊悔，他意识到自己太大意，没有注意到这个陷阱，也没有带上足够的食物和水。

程非的喉咙越来越干，身体也越来越疲惫，他的心在狂跳，一种深深的绝望涌上心头。

程非知道自己已经迷失在这片可怖的热带雨林中，而生存的机会正在逐渐减少。在这个与世隔绝的地方，他开始感到一种恐怖的孤独感从心底泛起。

程非一度想象着自己在这个迷失的地方度过余生，成为这个热带雨林的一部分，这种想法让他感到一种无法承受的恐惧。

正当程非陷入绝望的时候，林峰走进了这片林莽。今天林峰也到夹象沟腹地追踪亚洲象踪迹，在暴雨的肆虐中碰巧经过这片密林。

一直在寻找亚洲象足印的林峰，发现了密密匝匝的腐叶中有着一个明显豁开的口子，他觉得有些异样，就走了过去一探究竟，没想到却发现了落入陷阱的程非。

当林峰发现奄奄一息的程非时，心里一惊，但很快恢复了镇定。他立即用砍刀砍倒了一些杂木树枝，往陷阱里搭了一个简易木梯，经过一番折腾，程非终于爬出深深的陷阱。林峰再用砍刀撬开了死死夹住程非右脚踝的兽夹，迅速地帮他处理了伤口，将程非从死亡的边缘拉了回来。

林峰背着程非很快找到了来时的山径，走了一大段路程，才陆续和分散的同事们会合，大家在暴雨中艰难地把程非背出了倚象谷。

这一次林峰和程非的意外结识，似乎是命运的安排。从此，林峰和程非两个人的命运都和倚象谷热带雨林产生了交集。

**看对眼的两对夫妇**

县医院，一间洁白的病房里，程非安静地躺在病床上。

程非不幸跌入陷阱，不仅右脚踝被兽夹伤到，那尖锐的铁齿，把白皙的皮肉咬成了敞开的伤口，而且在跌落的过程中，伤到了脊骨，身体的活动受到限制。

送到县医院后，医生立即对程非进行了清创缝合手术。考虑到程非是被锈迹斑斑的兽夹伤到，医生还给他打了一剂破伤风抗体疫苗，最后才送到病房治疗。医生每天给程非进行输液治疗、伤口换药，对脊骨进行保守性康复理疗，他的身体处于快速恢复中。

躺在病床上的程非，脸色苍白，整个人看起来还是有些虚弱。

程非受伤后，他的爱人黎小暖特意请了假，从北京乘飞机紧急赶了过来，整日整夜地在病房陪护着他，这倒让平时聚少离多的两人有了难得的相聚时光。

程非随手拿起一本被岁月磨砺得有些破旧的书籍，自顾自地看了起来，那是一本有关亚洲象的资料书。清晨的阳光透过洁白的窗帘，洒在程非的身上，他的影子在墙上伸展，就像一片独特的亚洲象轮廓。

黎小暖给程非买了早点，程非尝了一口，觉得嘴里淡淡的，对眼前的早餐食之无味，尝了几口便放下了。黎小暖深知程非不是挑食的人，现在看到他什么都吃不下，她倍感心疼。

此时，病房门"吱呀"一声打开了，只见林峰提着叠在一起的几个饭盒，笑呵呵地走进病房，后面跟着伊莎。

林峰走近，把几个饭盒子一一打开，对程非说道："程老师，我们从今天开始就不吃那些素米粉了，今后天天给你送大红菌煲土鸡，还有我们这里最传统的手工米线。这个大红菌可是我们倚象谷的山珍，对身体可补着哩。"

黎小暖有些不好意思地站起身让座，林峰冲她摆摆手。程非感激地道："林峰啊，这怎么好意思呢，从倚象谷到县城那么远的距离，太麻烦你了！"

## 第十二章
### 程非的使命

林峰轻描淡写地说道:"程老师啊,我们当然不能天天给你送呢,那些亚洲象,我得一刻不离地盯着它们。还有我家伊莎,她的生意也没法耽搁。不过,这次我们把倚象谷的大红菌和土鸡带来了,就放在医院附近的米线店里。我们和老板说好了,天天给你们煮大红菌土鸡米线,不用你们去取,我已经交代他们每天早上准时送过来!"

程非看向黎小暖,有些动情地对她介绍道:"小暖,这位就是我常向你提起的林峰,他是倚象谷亚洲象监测员,就是我跟你讲的那位在热带雨林中救了我的好心人。"

黎小暖感激地看向林峰,接着就对着林峰鞠了一躬,眼泪也就下来了。黎小暖带着哭腔说:"林先生,真是谢谢你啦,如果没有你及时出手相救,那我们家程非,可就……"

面对突如其来的致谢,林峰一时不知所措,还是伊莎帮林峰解了围,只见她笑吟吟地说道:"程老师,无论怎么说你都脱险了,这是最好的啦。"

林峰缓过神来了,他突然想起一句本地的谚语,微笑着道:"良心好的人,好比田螺,心里装的都是别人!程老师就是这个'良心好的田螺',他心里装的全是亚洲象。"

程非被眼前这个魁梧的雨林汉子逗乐了,由衷地夸赞林峰:"这样的田螺可不单我一个,你林峰又何尝不是呢,你的心里更是装满了亚洲象。"

程非心情大好,食欲也跟着好起来了,他拿起林峰带来的大红菌土鸡米线,大快朵颐起来。

程非、黎小暖的内心不约而同地生发出对林峰和伊莎这户雨林人家的信赖。

人的情感就是这样一种奇妙的东西,在对的时间遇上对的人，这样的情景不仅仅只适用于爱情，其实对于家庭之间的友谊，又何尝不是这样。

就这样，一对来自倚象谷的农民夫妇和另一对来自北京的知识分子夫妇，在边陲小城的医院病房里，相互产生了相见恨晚的感觉。两个家庭的邂逅，就如同那盛开在古茶园中的洁白茶花，美丽而自然。

在程非和黎小暖看来，林峰和伊莎有着雨林人家特有的朴实和率真。

在程非的眼中，林峰这个来自热带雨林的汉子，身穿一件手工编织的土布衬衫，显得朴素而自然，他的皮肤被阳光晒得黝黑，他的双眼却犹如夜空中最亮的星星，闪烁着智慧的光芒。

而伊莎同样给黎小暖留下了深刻的印象。黎小暖觉得伊莎全身洋溢着一种来自热带雨林的野性美，她的双眼如同星辰，皮肤如同麦色，虽然身穿一件简单的长裙，却无法掩盖她那健康、壮美的身材。

而程非和黎小暖一家，也给林峰和伊莎带来了一种有别于热带雨林的生活气息，他们的谈吐中充满着被渊博知识武装起来的自信，让林峰和伊莎产生了景仰之情。

程非，这个来自大城市的男子，皮肤白皙，双眼深邃而明亮。黎小暖，是一个美丽而优雅的女子，她的双眼如同秋水，皮肤如同羊脂玉，她身穿一件华丽的连衣裙，裙摆随着她的步伐轻轻飘动。她的头发卷曲而蓬松，如同时尚杂志上的模特。

就这样，两家人变得热络起来，好像是久别重逢的兄弟姐妹。

转眼间，半个月的时间很快就过去了，程非的身体完全康

# 第十二章
## 程非的使命

复了,现在他又有了满血复活的感觉。黎小暖的假期快到了,可程非还有很多研究工作得继续推进,两个人又面临着分别,黎小暖的眼神里有着一抹淡淡的哀愁。

林峰和伊莎商量好,在黎小暖离开前,特地邀请他们夫妇俩到倚象谷家里做客。程非和黎小暖自然是非常乐意地接受了邀请。

他们乘坐着伊莎驾驶的面包车,渐渐没入热带雨林。黎小暖坐在副驾座上,兴奋地一路不停地对伊莎问这问那。对黎小暖来说,这里的一切都让她感觉到很新鲜。黎小暖惊叹于这片茂密的森林,对林峰和伊莎一家的生活方式充满了好奇和敬意。而和林峰并排坐在后座的程非,对倚象谷里的一切不再陌生,他和林峰交谈的重点,聚焦在倚象谷的亚洲象上。

黎小暖和程非看到林峰和伊莎的家建在一棵高大的古树旁,房舍四周被绿色的植被包围着,两人还兴致勃勃地参观了茶叶加工厂。

林峰家的房舍惊艳到了程非和黎小暖。这个砖木结构的家看起来简单而舒适,没有大城市里的奢华和繁复,家里的陈设都是手工制作的,从家具到生活用品,都充满了原始和自然的气息。

晚餐是林峰母亲和伊莎亲手烹制的传统热带雨林菜肴。婆媳俩用自己种植的有机食材,烹制出一道道美味的佳肴。程非和黎小暖品尝着这些菜肴,对林峰母亲和伊莎的烹饪技艺赞不绝口。

晚餐后,夜幕降临,倚象谷的夜晚别有一番风味。

程非和黎小暖坐在古树下的摇椅上,仰望星空,聆听昆虫的鸣叫声。

黎小暖感谢林峰和伊莎给她带来的一次难忘的体验。她感叹这片土地的神奇，让她的心灵得到了彻底的放松，更是对林峰和伊莎的勤劳、热情和友善感动。

夜深了，火塘里的火还在燃着。

黎小暖突然对程非说道："程非，我看倚象谷就是你搞好亚洲象种群研究工作的最佳选址。"

程非点点头表示赞同："小暖，你说得对，每年进出倚象谷的亚洲象那么多，足够我研究的了。"

黎小暖若有所思地看向林峰和伊莎，真诚地说道："林峰，程非的团队很快就要离开这里回北京了，以后就只有程非一个人留在云南了。"

黎小暖欲言又止，林峰对黎小暖鼓励道："黎老师，你但说无妨，我和伊莎都是直性子，你有什么要求就提出来吧。"

黎小暖终于下定决心，把她的想法说出来了："程非是搞亚洲象种群研究的，而你是倚象谷亚洲象监测员，其实你们俩的工作，严格来说是串在一块儿的。我的意思是，我想把程非交给你，以后他就在你的陪同下开展他的工作，这样对于先前单打独斗的你们，今后彼此都好有个照应。"

听着黎小暖的话，林峰和伊莎会心一笑。林峰真诚地对程非和黎小暖说道："这可太好了，只要程老师愿意在我们倚象谷搞亚洲象种群研究，我们一定保护好他的安全。"

程非非常开心，抬起茶杯和林峰碰了一下。黎小暖见林峰和伊莎愉快地答应她的请求，又客气地冲林峰和伊莎鞠了一躬。

第二天，伊莎驾驶着面包车把黎小暖夫妇送到50公里外的机场，在机场黎小暖和程非依依不舍地辞别。

回到县城宾馆，林峰和伊莎把程非的行李搬上面包车，载着程非返回倚象谷家中。

程非在倚象谷开始了他的亚洲象研究之旅。

**融入雨林生活的第一关**

程非住进了林峰家那栋砖木房舍的二楼。

林峰和伊莎特意为程非铺设了一床的新被褥,这套新被褥的床单和被面印着亚洲象和森林的图案,彰显出主人的细心。

收拾完毕,林峰和伊莎把程非大包小包的行李搬到房间,程非跟随他们上到二楼。

程非很喜欢这个精致的阁楼,他兴奋地走到窗边,推开木窗,一片生机盎然的热带雨林景象映入眼帘,呈现在程非眼前的是一个浓密的绿色世界,层层叠叠的山峦、密密匝匝的森林在夕阳的照射下闪烁着翡翠般的光泽。

程非郑重地看向林峰和伊莎,感激道:"林峰、伊莎,你们真是太客气了,谢谢你们!"

林峰真诚地说:"程老师,别客气,黎老师都把你交给我们了,现在我们就是一家人啦,希望你在倚象谷工作和生活得开心。"

林峰和程非两人正客气间,楼下来了很多人,叽叽喳喳的喧闹声传来。程非一怔,有些纳闷地问林峰:"这么多村民来你家干什么?"

林峰摊开双手,微笑着回答:"他们都是倚象谷寨子的村民代表,大伙听说我们倚象谷有一位从首都北京来的大象专家,所以都赶来了。"

程非有些感慨,心想我这工作都没开展,却得到了村民们这么大阵仗的欢迎。这倚象谷到底是一个什么样的寨子,这里的村民又是一群什么样的人？

程非讷讷地问林峰："这么多乡亲们，你说我该怎样面对？"

林峰不假思索地回道："程老师，我们这里的村民朴实着哩，你和他们只管喝酒就行了，只要他们喝高兴了，也就接纳你啦。"

交朋友，建立信任靠喝酒，这在程非的记忆中，仿佛还是一种对云南边地民族的传闻，没想到今天还真的碰上了。

程非突然就紧张起来，脸色变得煞白，他马上对林峰说道："林峰啊，这么多人，这酒叫我怎么喝？愁死我了。"

林峰欲擒故纵地对程非道："程老师，你这个来自北方的汉子，在喝酒这事上，可不能认怂啊。"

此前一直不讲话，只顾认真铺床的伊莎，被眼前两个男人的对话逗笑了，咯咯笑着数落林峰："林峰，看你把程老师吓得，你把他吓跑了，我们怎么向黎老师交代呢？"

林峰不再拿程非打趣，对他鼓劲道："程老师，你是研究亚洲象的，所以今后免不了要和生活在倚象谷的村民打交道，今晚这顿酒啊，可是你融入倚象谷生活的第一关！"

程非突然对刚才自己表现出来的窘态有些不好意思，但还是充满了怯意地说道："好吧，那我只好入乡随俗喽。"

这时，楼下传来林东的声音："林峰、伊莎，快把程老师请下来，开席啦！"

众人纷纷入席。

原来，今天林峰家之所以有这么多人，是林东特意安排的。

程非住进了林峰家，但程非毕竟是国家林业局的研究员，县里从县长岩丙涛到林业局刀局长，甚至乡村领导都不敢怠慢程非。

## 第十二章
### 程非的使命

本来，县里是要派出专人专班陪同程非进行亚洲象研究的，可他们的方案都被程非否了。程非认为，迎来送往那么多人，对亚洲象种群研究工作一点帮助都没有，反而碍手碍脚，阻碍工作进展。程非需要的是一个安静无干扰的工作环境，所以就一个人到倚象谷来了。

最后，通过层层指示，最后还是落实到村委会这一级，林东这个村委会主任对程非的进驻倍感压力。所以，今天这顿欢迎晚宴，林东早早就派人来到了林峰家，和林峰母亲一起准备了这顿丰盛的晚餐。

林峰家的院场里满满摆了四桌，程非被林东邀约到主桌就座，林东和林峰一左一右把程非夹在中央。

作为倚象谷的主要饮品，自家酿制的自烤酒成了村民向客人敬献的最好礼物。一个年长的村民代表端着一只精致的木碗，走到程非面前，脸上洋溢着热情和敬意。"这是我自己酿制的酒，是我们倚象谷寨子最好的东西。"长者操着浓厚的方言，向程非解释道。

程非有些惊讶，接过木碗，浅浅地品尝了一口，酒的香味在口中弥漫，混合着多种热带水果的甜香和醇厚的感觉，程非的脸上露出了松弛的微笑。

"这酒真的非常好喝，谢谢你们的招待。"程非感谢道。

渐渐地，更多的村民加入了敬酒的队伍中。他们依次向程非敬酒，与他分享自家酿制的自烤酒。程非在他们的热情中，感受到了热带雨林人家的独特文化和习俗。

饭桌上摆满了水果和烤肉，还有许多别具一格的凉拌菜，每一道菜都充满了乡土气息，独具风味。在敬酒的过程中，林东、林峰不时给程非夹菜，林峰好意地提醒程非，空腹喝酒伤胃又易醉。

程非在不经意中喝了好多酒，他发现了一个倚象谷寨子敬酒的习俗——来敬酒的人必须把自己杯中或碗中的酒喝完。对被敬酒的人的要求则要宽松得多，小酌一口也可，喝完也行。

随着夜幕的降临，村民代表都向程非敬了酒，林东、林峰也陪着程非喝了不少酒。

林东觉得，今晚他有必要在这样的场合，对程非在倚象谷进行亚洲象种群研究的工作做一些铺垫性的动员。林东给程非和自己的酒杯斟满了酒，示意程非也站起来，林东看向互相敬酒而显得喧闹的人群，清了清嗓子，随后大声说道："各位村民代表，请大家静一静！"看到林东邀约着那位从北京来的大象研究专家有话要讲，喧闹的人群一下就安静了。

林东举起酒杯，他的目光先看向程非，然后又看向村民代表们，这才开口说道："各位村民代表，很高兴我们倚象谷寨子迎来了来自首都北京的国家林业局的亚洲象研究员程非老师。今后的一段时间，程非老师将住在我们寨子，对进出倚象谷的亚洲象进行研究。这次程老师的到来，将全面了解倚象谷亚洲象的生活习性、生存状态。当然，还有我们倚象谷三个寨子的损失情况，都是他今后要了解的内容。所以，请各位村民代表，把我们程老师到倚象谷的来意告诉你们的家人，请大家配合好程老师的研究工作！"

林东把开场白讲完后，剩下的时间就留给了程非。

显然，今天的程非喝了不少酒，但他对自己的酒量有着清醒的认知。程非觉得今天自己喝的酒对于他这个东北人来讲，距离醉还有一定的差距。

程非带着浓烈东北口音的普通话侃侃而谈：

# 第十二章
## 程非的使命

"亲爱的村民们,大家好!我们正在开展一项关于亚洲象种群研究的工作,这项研究对于我们了解亚洲象的生活习性、种群动态以及保护亚洲象等方面都具有重要的意义。我们希望得到大家的支持和配合,让这项研究工作得以顺利地进行。

"首先,我们需要大家提供一些关于亚洲象出现的情况,包括出现的时间、地点、数量、行为等情况,这些信息可以帮助我们更好地了解亚洲象的种群分布和生活习性,为我们的保护工作提供科学依据。

"其次,我们需要在倚象谷设立观察站,对亚洲象进行观察和记录。我们需要大家在观察站的周围保持安静,避免干扰亚洲象的正常生活。我们设立的观察站会尽可能选择对大家的生产和生活影响较小的地点。

"最后,我们希望得到大家的宣传和推广,让更多的人了解这项研究工作的重要性和意义。我们也会针对大家的损失情况,找出解决的办法和措施,找出一条人象和谐的生存之道。只有我们共同努力,才能够让亚洲象得到更好地保护,让我们的生态环境更加美好。谢谢大家!"

程非说完,他的酒兴一下子就上来了,他索性提着一壶酒,给那些村民代表挨个敬酒。场院里满满当当坐满的四桌人,程非硬是一人一杯,一个不漏!

夜已经深了,篝火还在院场的中央燃烧着。在火光中,林东、林峰一家人、村民代表与程非一起载歌载舞,倚象谷寨子的村民用独特的雨林仪式欢迎程非的到来。

夹杂在跳舞人群中的程非,很快就跟上了舞蹈的节奏。

### 濒危物种亚洲象

程非在倚象谷喝的第一顿酒，给倚象谷寨子的村民留下了深刻的印象。村民们都知道了这个文绉绉的程老师并非只是一个书呆子，他同样有着热带雨林男人一样不拘小节的豪放。

倚象谷寨子的村民对程非的评价：程老师是一个会喝酒的男人！

会喝酒的男人！这是一句充满赞誉的话，话中之意是这个男人性格豪爽，有趣又容易相处。

还有一点也同样重要，程非喝酒那晚表现出来的不分老幼尊卑一视同仁的态度，令村民们感觉这个来自北京的大象研究专家，骨子里没有一丝一毫的清高和狂傲，浑身透出一股谦逊和平易近人的真诚。

性格相投和人品得到认同，注定程非很容易取得村民们的信任，他今后的工作也就容易得到村民们的支持。

现在的倚象谷还处于青黄不接的时期，庄稼地里没有成熟的热带水果和粮食作物，短鼻子家族和其他亚洲象群是不会走出倚象谷到外围觅食的。所以这几天，林峰并没有带着程非到倚象谷的深处，而是带着他在倚象谷边缘的三个寨子转悠，让程非熟悉三个寨子的环境和庄稼地块。

虽然没能进入倚象谷的深处，但是程非依然觉得林峰的考察线路安排得非常合理。程非在笔记本上认真记录了每一块庄稼地种植的粮食作物或经济作物的品种，以及它们的收获期，还记录了哪些地块上种植的庄稼曾经遭受过亚洲象的掠夺。

林峰还带着程非进村入户，拜访了那些遭受过亚洲象闯入或受到亚洲象袭击的住户。程非觉得用文字描述得不清楚的地

# 第十二章
## 程非的使命

方，还特意在笔记本上画出界线分明的示意图。

村民们对程非已经完全接纳了，他们时常会选在傍晚时分，带着自烤酒到林峰家来，他们自然是找程非和林峰喝酒聊天的。

每当这个时候，伊莎就会下到厨房，给喝酒的男人们炒上几个下酒菜。比如，黄牛干巴、晾干的大红菌、土鸡蛋等。程非、林峰和村民们就着酒劲聊着家常，这个时候，程非总是把村民们漫无边际的家常话，拉回到亚洲象这个话题上。

从村民们漫无边际的闲聊中，林峰粗略地梳理了西双版纳傣族自治州、普洱市、临沧市三个州（市）亚洲象活动的主要通道。他分析，在这三个州（市）中，亚洲象按照长期觅食形成的记忆，即可食性植物开枝散叶的自然更迭，形成了亚洲象活动的三条大通道。第一条是西双版纳傣族自治州勐海县至普洱市澜沧县至临沧市南滚河自然保护区。第二条是西双版纳傣族自治州景洪市至普洱市思茅区至普洱市宁洱哈尼族彝族自治县。第三条是西双版纳傣族自治州勐腊县至普洱市江城哈尼族彝族自治县至普洱市宁洱哈尼族彝族自治县。

亚洲象以家族为单位，原则上一直按照这三条大通道，周而复始地一路"逛吃"。而林峰家所处的倚象谷，就属于中国境内的亚洲象活动第二条大通道上的一环。短鼻子家族是第二条大通道上多个亚洲象群中的一个家族。

林峰的分析得到了程非的认同。

自小生活在倚象谷的村民们也从程非的讲述中，第一次知道了亚洲象这个庞然大物，从数十万头的庞大数量锐减到现在濒临灭绝的残酷现实。

程非向村民们娓娓道来——

在世界历史上，亚洲象曾经的分布区域很广，西至叙利亚、伊朗的底格里斯河和幼发拉底河的两河流域,东至中国的黄河以东,南至印度次大陆和印度尼西亚南部都有亚洲象的存在。

随着气候的变化和人口的增加,原本亚洲象适宜的栖息环境大面积消失,导致亚洲象的分布区域和种群数量都急剧减少。如今的亚洲象在世界的许多区域都只剩下零星的分布,在西亚以及印度尼西亚、中国的大部分地区,亚洲象已绝迹。

在地质史时期,中国曾经广泛地分布着多种象类,主要有原齿象、猛犸象、剑菱齿象、古剑齿象、古菱齿象、三棱齿象、乳齿象等多种科属。但是随着环境的变化和人类的扩散,以上的长鼻目类群都已经灭绝了,最后分布在中国境内的就是目前的象属——亚洲象。

亚洲象也曾经广泛分布于我国,分布的范围从北至黄河流域,但在历史上亚洲象的分布区域处于不断向南退缩的过程中。

3000年前(黄河流域)——2000年前(淮河流域)——1000年前(长江流域)——明清时期(珠江流域)——近代(云贵高原)退居。到目前为止,亚洲象仅分布于中国云南省西双版纳傣族自治州、普洱市、临沧市等地区,分布范围和数量十分有限。

亚洲象作为体型庞大的陆生动物,适应范围较广,但实际上本身又受到一些限制,历史分布变化受到气候和环境变化的影响确实较大。

亚洲象庞大的体型和家族群体的生活方式使得它们在野外少有天敌,人类的发展壮大以及对环境的影响加大可能是亚洲象种群数量和分布范围退缩的最主要原因。

云南省南部山多树大,农田较少,仍然保留有未开发的原始森林。这里气候温润,为亚洲象提供了适宜生存的空间和充

# 第十二章
### 程非的使命

足的食物。

直到今天,云南省南部的西双版纳傣族自治州、普洱市、临沧市等地区依然分布着较为完整的热带雨林和季雨林,且河流、谷地众多,气候温暖湿润,成为中国境内目前亚洲象的主要分布区。

目前,亚洲象的数量仅为200头左右,栖息地不足及破碎化、人象冲突加剧等问题仍比较突出,亚洲象及栖息地的保护工作依旧任重道远。

程非的讲述让村民们听得一愣一愣的,村民们感慨道,看上去蛮横无理、抢人吃食的亚洲象,原来是这么"悲催"的一群生物。

程非呷了一口酒,继续道:"大家可能不知道,亚洲象对生态系统的影响是非常重要的,它们可以帮助维持森林的平衡,促进植物的繁衍。同时,亚洲象也是传统文化的一部分,它们是我们这个地球上不可替代的宝贵财富。"

最后,程非用一段慷慨激昂的话,结束了大家的闲聊,他语气恳切地说:"所以我认为,亚洲象是地球上珍贵的生物,也是我们生态系统的重要组成部分。然而,由于各种原因,亚洲象的数量正在快速减少,它们的生存环境也遭受了很大的威胁。"

林峰也动情地说道:"然而,现实情况是,由于非法猎杀、森林砍伐和栖息地丧失等人为因素,亚洲象正面临着极大的危险。如果不采取行动,我们可能会失去这个美丽的动物。"

程非对林峰的补充很满意,向他竖起了大拇指。可还是有一个村民提出了质疑:"程老师,通过你的讲解,我们现在已经知道了亚洲象是值得保护的珍稀动物,可是你们不能光为了保护亚洲象，而忽视了我们农民的利益，亚洲象吃了我们的庄稼，那我们靠什么生存？"

程非向提问的村民点了点头，说道："这位老乡的问题提得好，这是一个不能回避的问题，说白了，人象冲突就是人类和亚洲象为了各自的生存条件而产生的争夺。"

程非顿了顿，神情变得严肃而专注："如何让亚洲象和人类的生存条件都得到满足，这个就是问题的关键！我来到倚象谷，就是要寻求到人象和谐相处的答案。"

身为亚洲象监测员的林峰，却在今晚林伊儿大放异彩的舞台上缺席了。

## 第十三章　雨林和学校的距离

### 第一次参加女儿的家长会

程非在倚象谷的亚洲象种群研究工作推进得非常顺利。

现在，程非在倚象谷的三个亚洲象观察站也建起来了，分别设在倚象谷周边的三个村寨，即倚象谷寨子、翁基哈尼山寨和曼朋傣寨。

因为林峰得天天盯着靠近倚象谷周边三个寨子的亚洲象群，所以他没法每次都陪同程非深入热带雨林进行远程考察研究。程非只好向县林业局刀局长申请下派陪同人员，县林业局给他增派了四个年轻的助手。

一大早，林峰就进入了夹象沟腹地，然后沿着倚象谷的大象通道巡视了一圈。在确保短鼻子家族和其他亚洲象群不在倚象谷活动的情况下，林峰这才准备去县城参加女儿林伊儿的家长会。

林峰从倚象谷回到家时已经是下午3点多,他估计开车到县城应该要一个小时。这样的话,他可以在下午5点准时参加女儿的家长会。

林峰进洗漱间洗了一把脸,又进卧室换了一身干净的衣服,这才走向茶叶加工厂停车场,正巧碰上了正在摊晾茶叶的伊莎。

伊莎看看手机,对林峰催促道:"林峰啊,你就知道整天泡在森林里,现在还在家里磨蹭着,女儿的家长会你可别误点了。"

林峰边走边对伊莎说:"怎么可能误点嘛!这不还早着哩。"

伊莎嗔笑道:"我们家宝贝都上五年级了,这可是你第一次去参加她的家长会呢。"

林峰有些不好意思地辩解道:"伊莎啊,你可别哪壶不开提哪壶,你知道的,我得天天盯着那些大家伙,幸好今天它们没来倚象谷做客,所以这个家长会,我今天还非去不可呢!"

林峰启动面包车,沿着平缓的柏油路向着县城驶去。

一进入县城直属小学的校园,林峰就被这里独特的校园文化吸引住了。林峰觉得,这里关于亚洲象的文化氛围非常浓郁,校园里随处可见亚洲象的图案和标志,学生们穿着印有亚洲象的校服,教室的墙壁上也贴着亚洲象的图片和保护亚洲象的宣传标语。

学校里有一座亚洲象主题的博物馆,里面展示着各种关于亚洲象的展品,如亚洲象的骨骼、牙齿、皮毛等,还有学生们亲手制作的亚洲象手工品。在博物馆里,学生们可以了解到亚洲象的生活习性、生态环境和保护意义等信息。学校里还有一个亚洲象主题的生态园区,里面有模拟亚洲象生活环境的草地、森林和河流,学生们可以在这里观察亚洲象的生活状态,了解

## 第十三章 雨林和学校的距离

它们的行为习惯和生态环境。

除了这些,学校还会定期举办以保护亚洲象为主题的校园文化周活动,如亚洲象主题的绘画比赛、手工制作比赛、演讲比赛等,这些活动不仅让学生们了解亚洲象的文化,还激发了他们的创造力和想象力。

林峰在校园里参观了一圈,看看时间快到下午5点了,这才往林伊儿所在的班级走去。

林伊儿看到父亲出现在家长会的现场,显得非常高兴。林伊儿长得俏皮可爱,随着年龄的增长,她变得越来越漂亮。她的眼睛如同璀璨的星星,闪烁着智慧的光芒,皮肤白皙如玉,红唇如花瓣,笑声如银铃般清脆动人。

老师们对家长的安排体现了贴心和周到,让每个学生和自己的家长坐在一起。林伊儿紧紧地挨着父亲坐着,她像大人一样问了家里的一些近况,她把妈妈、奶奶还有外公的情况一个不漏地询问了一遍。

下午5点,家长会正式召开。

林伊儿的班主任是位娟秀的女老师,她向家长们说明了家长会的主要议题。只听班主任热情洋溢地说道:"各位家长,今天召集大家来开这个家长会,是因为学校即将开展以保护亚洲象为主题的校园文化周活动,所以有些工作希望得到家长们的理解和支持。"

这个有关保护亚洲象的话题,引起了林峰的极大兴趣。

接着,班主任讲了举办以亚洲象为主题的校园文化周活动的目的和意义。开展以保护亚洲象为主题的校园文化周活动,有助于提高小学生的环境保护意识和动物保护意识,引导小学生热爱自然、关爱生命,促进跨文化交流,丰富校园文化活动。

接下来,班主任就给家长们安排任务,希望家长们督促好自己的孩子完成一篇以保护亚洲象为主题的作文,还说孩子们写的作文是要参加比赛的,获奖作品将张贴在校园的文化墙上。

班主任还在家长会上宣布了一件事,她说:"通过层层筛选,我们班文艺委员林伊儿同学演唱的童谣《大象的秘密》,将参加学校校园文化周闭幕式晚会的演出。"

班主任最后强调:"各位家长,林伊儿同学演唱的《大象的秘密》,是我们班唯一入选闭幕式晚会的节目,更是被校领导重点关注的节目之一,希望林伊儿同学好好准备,为我们的班级争光。"

家长们纷纷看向林伊儿和林峰,随即爆发出热烈的掌声。这一刻,林峰觉得女儿为他长脸了,他倍感骄傲和自豪。

家长会很快就结束了,家长和自己的孩子告别后,纷纷散去。这时,班主任却叫住了林伊儿:"林伊儿同学,请带你的爸爸到我办公室吧,我想和他谈谈!"

林峰一愣,还是被林伊儿缠着胳膊带到了班主任的办公室,班主任招呼林峰坐下,对林峰微微一笑道:"林爸爸,想不想听你女儿唱歌?"

对于班主任的问话,林峰有些诧异,怔怔地点头表示默许。

只见班主任拿着一把吉他,弹奏起美妙的音乐。林伊儿和着班主任的伴奏,唱起了那首林峰曾经听过的天籁般的童谣:

> 大象长长的鼻子,摇啊摇啊;
> 大象大大的眼睛,看啊看啊;
> 大象沉重的步伐,走啊走啊;
> 大象你是我的朋友,永远到永远啊!

# 第十三章
## 雨林和学校的距离

林伊儿的歌声纯净而优美,宛如山间溪流的潺潺细语,又像清晨鸟儿的欢快鸣唱。她的歌声充满了感情和生命力,仿佛在向人们传递着一种美好的情感,让人们感受到音乐的力量和美好。

林伊儿唱完,班主任开口说道:"林爸爸,你的女儿唱得非常不错,她真的很有音乐天赋。"

林峰听到班主任对林伊儿的夸奖,感到非常高兴,他抚摸着林伊儿的头,微笑着对班主任说:"是吗?那太好了,我们会好好培养她的。"

班主任点了点头,接着说:"林伊儿在音乐上的表现非常出色,她对音乐的节奏和旋律把握得很好,而且她还有很好的肢体协调能力,如果好好培养,将来一定会有很好的发展。"

林峰听了班主任的话,感到非常欣慰。

林伊儿把父亲送到校门口,充满期待地对林峰说:"爸,下周五的晚上,就是我们学校校园文化周闭幕式晚会了,你可得来给我加油啊!"

林峰不假思索地向女儿保证:"爸爸一定来看你的演出,宝贝加油!"

林峰驾车返回倚象谷寨子,一路都在回味着班主任对女儿的夸赞,他开心得嘴都合不拢了。

**被短鼻子家族惦记的西瓜地**

时间过得真快,明天就是林伊儿参加县城直属小学校园文化周闭幕式晚会演出的日子。

这几天,程非带着县林业局增派给他的四位年轻的助手,去探寻中国境内的第二条亚洲象传统通道了。

程非他们考察的起始点，就是西双版纳自治州景洪市勐养自然保护区，然后途经倚象谷，最后的落脚点为普洱市宁洱哈尼族彝族自治县勐先镇。程非一行这次的考察之旅，少说也得需要半个月的时间。

按照常规，出山巡视的日子，林峰总是起得很早。今天也不例外，天刚放亮，远山还有些迷蒙，林峰就换好进山的一身行头，出了门。

虽然林峰当了几年的亚洲象监测员，但是他的行头并没有太大的改变，还是一套军绿色迷彩服和双肩包。最近林峰增配了一把锋利的长刀，在荆棘丛生的热带雨林，他得有一把长刀清除脚下的阻碍之物。

林峰走着走着，就来到了黑三家的西瓜地，他老远就看到西瓜地里有两个黑影在蠕动。仔细一瞅，原来是黑三叔和他老婆在地里翻弄着那些快要成熟的西瓜。

林峰冲黑三开起了玩笑："叔，婶，你们早啊，我这起大早的人这回可是碰上了没睡觉的你们俩老！"

黑三喜滋滋地对林峰道："侄，你还别说，自从你当上这个亚洲象监测员后，那些大象来我们寨子的次数明显减少了，你这是对它们使了什么绝招？"

林峰对黑三谦逊道："叔啊，如果我会使绝招就太好了，这样的话，我们倚象谷就可以毫无顾忌地种庄稼了，那些挂满枝头的热带水果啊，想想都香！"

林峰话锋一转，有些担心地对黑三说："叔啊，你知道的，现在我们倚象谷寨子的多数人都去种茶叶了，那些热带水果都没人敢种了，像你这样种西瓜的，我们寨子可就独一户啦。"

林峰又说道："因为大家都不种热带水果了，那些亚洲象自

## 第十三章
### 雨林和学校的距离

知没有什么可吃的,所以它们来的次数自然就少了。"

黑三和他老婆赞同地点点头,黑三带着侥幸的口气说道:"我家的西瓜快成熟了,希望今年那些亚洲象不要再来祸害我的瓜地了,也让我能够卖点西瓜贴补家用。"

林峰安慰黑三道:"叔啊,今年我也希望你的西瓜能有个好收成!"

林峰说完,加快脚步往倚象谷走去。

林峰这一次终于在夹象沟腹地碰上了久违的短鼻子家族。好久不见短鼻子家族,林峰觉得还是小心为妙,所以他就悄悄爬上古树,远距离观察它们。

虽然见到了这群老朋友,不过林峰还是纳闷地想,短鼻子家族已经离开倚象谷快三个月了,此时并不在它们往年返回的时间点上,它们这是要干什么?

林峰蹲在粗大的树枝上,小心翼翼地观察着短鼻子家族,尽量不发出任何声响。

短鼻子家族正在享受着清晨的阳光,大口咀嚼着青草和树叶。在一块向阳的坡地上,仔仔和囡囡正在玩耍,互相追逐着。林峰清点了一遍,族长短鼻子雌象,还有象王坦克,其他家族成员一个不漏,都齐了。

不过林峰发现那头叫"黑团"的母象行动迟缓,仔细一看,让他发现了端倪。黑团的肚子比起其他大象要鼓胀得多,它的下体还流出黏黏糊糊的东西。林峰恍然大悟,原来黑团怀孕了,近期它就有可能生崽。

林峰拿出望远镜,仔细观察着黑团的脸庞。林峰看到黑团的眼神中充满了怀孕期的倦怠,同时也有着即将当母亲的慈爱,他感到自己仿佛能够读懂黑团的内心世界。

突然,林峰听到一阵响亮的嘶吼声,他立刻警惕起来,四处张望。

林峰发现这声嘶鸣是短鼻子雌象发出的,他感觉到短鼻子家族似乎被某种使命召唤,或者说它们正在有计划地赶往下一站。林峰的好奇心一下子就上来了,他决定神不知鬼不觉地尾随在短鼻子家族的后面,看看它们到底要去哪里。

这次短鼻子家族挺进的速度很快,它们不再眷顾倚象谷里平时喜食的植物枝叶,却沿着大象通道行进着。很明显,短鼻子家族走的大象通道,一直通往倚象谷外围的村寨。

林峰顿时慌神了,他得赶快把亚洲象正在走出森林的消息告诉林东,好让村委会广播通知广大村民。可此时,这片原始林莽里并没有手机信号,林峰只好另寻一条山径,快速奔跑起来。他要赶在短鼻子家族走出森林前,找到有手机信号的地方,以最快的速度给林东发出预警信息。很快,林峰就在倚象谷边缘的一个山梁上,发现有了手机信号,他马上给林东编发了一条预警信息。

不一会儿,远方的村委会上空就传来了广播的声音,广播里告诫村民们,目前正有一群亚洲象即将走出森林,往倚象谷寨子的庄稼地靠近,请村民们尽快离开危险地点,避免发生人象冲突。

林峰听到广播里已经播报了亚洲象预警信息,这才如释重负地再次返回森林中,他还想着能够近距离观察短鼻子家族的动向。

尽管短鼻子家族中有因怀孕而行走缓慢的黑团,但亚洲象在不觅食的时候,行进的速度较平时还是快了许多。短鼻子家族很快就走出了森林,径直朝着黑三家的西瓜地走去。

## 第十三章
雨林和学校的距离

现在,林峰终于明白了,短鼻子家族在大象通道里对平时喜爱之物不理不睬,原来是一直惦记着黑三家甜脆而多汁的大西瓜。他不禁感慨,在这么多以茶叶为主的种植地块中,就只有这么一小块西瓜地,还是被短鼻子家族惦记上了。

林峰在惋惜黑三一家损失惨重的同时,又因短鼻子家族对庄稼地上种植的热带水果有着如此超强的记忆力而表示惊叹。

林峰又向林东编发了一条亚洲象进入庄稼地后的动态预警信息。

西瓜地正对着左边的山坳,右边是林峰家的芒果林,此时山坳传来黑三两口子的痛骂声和撕心裂肺的哭声。

短鼻子家族不管不顾地大快朵颐着。

此时的林峰,已经从隐蔽的森林中走了出来,他试图慢慢靠近短鼻子家族。

仔仔先发现了林峰,它发出一声低鸣,摇动着耳朵,伸展鼻子,还张开了嘴巴。仔仔的姿态明白无误地表达着对林峰的欢迎。

坦克远远地冲林峰嘶吼了一声,然后自顾自地挑拣起一个大西瓜,在伸屈自如的长鼻子帮助下,"嘎嘣"一声就把那个大西瓜吞下了肚子。

而短鼻子雌象对林峰的靠近显得很警惕,它突然发出一声长长的嘶鸣,竖起耳朵,做出要攻击的架势。

林峰不由得纳闷,今天的短鼻子雌象这是怎么啦,这翻脸比翻书还快。他只得快快地离开象群,采取远观来监测短鼻子家族接下来的动向。

还不到一袋烟的工夫,黑三家的10亩西瓜地就被短鼻子家族搅得不成样子了,即将成熟的西瓜全部被大象们横扫一空,地上一片狼藉。更为气人的是，饱餐一顿的短鼻子家族，还走到黑三灌溉用的水池旁，把长长的鼻子伸到水池里，互相嬉闹着喷水。这里就是之前坦克掉进去的那个水池，短鼻子家族显然吸取了坦克掉入水池的教训，无论大象小象，都很好地规避了水池潜在的危险。

短鼻子家族吃饱了，闹够了，就在黑三的西瓜地里躺下不走了。

**大放异彩的林伊儿**

10亩地的面积尽管不算大，但滚圆的西瓜密密匝匝地簇拥着生长，短鼻子家族吃得肚子圆滚滚的。也许是吃饱喝足了，短鼻子家族在黑三的西瓜地里终于安静下来了。

象群安静了，可作为亚洲象监测员的林峰却不敢怠慢，他一直在山坳蹲守着。其间，伊莎从家里给林峰带来了毯子，这一夜，林峰在山坳上半躺着观察短鼻子家族的一举一动。

一夜平安无事。

惨败的月光慢慢从倚象谷寨子的上空散开，天色渐渐明亮起来，随即太阳也从东边丛林里赤红着脸庞渐渐升起，新的一天开始啦。

安静了一晚的短鼻子家族开始蠢蠢欲动，待在家里不敢出门的倚象谷村民，隐约听到了几声从黑三的西瓜地里传来的嘶吼。那声音，让人心生寒意。

这个季节，除了那块小小的西瓜地，庄稼地里实在没有什么可供大象食用的热带水果。

突然，一声尖叫划破寂静的山野。人们惊恐地奔向声音发出的方向，只见短鼻子家族正在西瓜地里集结队伍朝着倚象谷

## 第十三章
### 雨林和学校的距离

寨子走来了。

看到气势汹汹的亚洲象向村寨奔来,早有防备的村民们还是从自己的家屋走了出来,一些年轻人爬上了寨子中央的几棵古榕树上。林东和林峰呼唤着已经爬上古榕树的年轻人给还没有攀爬到树上的妇女、老人和儿童搭把手。

林东看见村民们都上了树,这才跟着也爬上树。林峰深知自己是一名亚洲象监测员,所以他并没有跟着众人爬上古榕树。林峰母亲和伊莎在树上紧张地盯着林峰,担心极了。林峰退到自家屋顶,他对自家房屋的坚固性有足够的自信。

短鼻子家族的身影在绿荫下的村舍中若隐若现,它们用长鼻破坏一切能够触及的物体。

村民们惊慌失措,静悄悄攀附在古榕树上,屏住了呼吸。

短鼻子家族对村舍里晾晒的一切可食之物,一律不放过,笋干、桃干,还有石斛花,在灵活的鼻子帮助下,所有的食物统统进了它们的大肚子。

然而,象群似乎并不满足于这些战利品,它们开始瞄准酿酒的人家,掀开这些人家的大竹篓,闻着扑鼻的酒香,尽情地享用着经过酒曲发酵后酿过酒的苞谷渣。短鼻子家族显然并不知道这种"酒饭果"的威力,它们只顾填饱自己的大肚子,却不知道这些美味的食物会让它们酒醉。

一会儿,小公象仔仔就变得晕乎乎的,走路的姿势摇摆起来了。紧接着,又有几头亚洲象变得晕乎乎的了。

"这些大象酒醉了!"

"对,真醉了!"

"才吃这么点'酒饭果'就醉了,这大东西的酒量太小了,还赶不上我。"

在树上紧张得大气不敢喘的村民们开始拿树下醉酒的亚洲象开涮起来。大象们的表现逗得树上的村民忍俊不禁，可他们又不敢大声笑出来，忍又忍不住。

看着醉酒的短鼻子家族成员越来越多，林峰开始担忧起来，醉酒的亚洲象虽然失去了攻击人群的战斗力，但它们醉酒后不会马上离开，没醉酒的亚洲象对人类始终是一种致命的威胁。

林峰到厨房拿了几袋盐巴，又到地里挖了足足有三口袋的白萝卜，回到院场，用菜刀把那些白萝卜胡乱砍成几截，然后撒上些盐巴，最后才猫着腰慢慢地靠近象群。

林峰吆喝一声，把掺过盐巴的白萝卜撒在地上，此举吸引了短鼻子雌象的注意。短鼻子雌象朝着林峰嘶鸣一声，开始过来食用林峰撒下的咸味白萝卜。

对于短鼻子家族来说，林峰投下的咸味白萝卜可是有着致命的诱惑力，更何况它们已经三个多月没吃过咸味白萝卜了。

看到短鼻子家族被自己投下的咸味白萝卜诱惑到了，林峰大受鼓舞，他小跑着在寨子外围的斜坡上撒了一路的咸味白萝卜。

短鼻子雌象一路低吼着尾随林峰而去。慢慢地，其他家族成员也被食物所吸引，开始跟随林峰离开了寨子。最搞笑的是那几头醉酒的亚洲象，走路的步态东倒西歪的，平时粗壮有力的象脚显得绵软无力。就这样，林峰把短鼻子家族带离了寨子。

虽然短鼻子家族没入森林，但是林峰深知它们并不会走远，短鼻子家族对倚象谷寨子村民的威胁也并没有解除，他只好抓心挠肝地蹲守在倚象谷的边缘。

县城直属小学。

夜幕降临，全校瞩目的校园文化周闭幕式晚会正如火如荼

## 第十三章
雨林和学校的距离

地进行。

一位名叫"林伊儿"的女孩走上舞台,她的眼睛亮如星辰,脸上还带着一些羞涩和紧张。她站在舞台的中央,小小的身体在灯光下显得格外孤独和无助。

林伊儿一直没有看到父亲在观众席中出现。

熟悉的伴奏音乐响起,林伊儿张开口,当她唱出第一个音符的时候,整个剧场瞬间被她的声音所淹没。

林伊儿演唱的是那首脍炙人口的童谣《大象的秘密》,她的声音甜美而纯净,如同清晨的阳光洒在大地上。随着歌声的起伏,观众们仿佛可以看到大象在森林中悠然自得地漫步,或者在河边痛痛快快地洗澡。

林伊儿的歌声充满了感情和力量,每一个音符都充满了生命的律动。当她唱到大象如何用鼻子喷水洗澡时,观众们都笑了起来,仿佛看到了大象那可爱又滑稽的样子。

当林伊儿唱到"大象你是我的朋友,永远到永远啊"时,整个剧场瞬间陷入了寂静,观众们仿佛感受到了林伊儿内心的世界,也感受到了她与大象之间的特殊联系。演唱结束时,整个剧场爆发出了雷鸣般的掌声。观众们站起来,为林伊儿的表演喝彩,她的歌声让所有人都感到震撼和感动。

林伊儿站在那里,脸红扑扑的,眼中闪烁着泪光。她用歌声展现了大象的魅力,也让更多的人了解到了保护野生动物的重要性。可是,身为亚洲象监测员的林峰,却在今晚林伊儿大放异彩的舞台上缺席了。

在观众们的欢呼声和掌声中,林伊儿走下了舞台。

林伊儿原本灿烂的笑容在这一刻变得暗淡无光,眼中闪烁着的希望之光也瞬间熄灭,她以为自己的父亲会来看她的演出,会看到她在舞台上的闪耀，会为她感到骄傲。可是，父亲一直没有来。

　　林伊儿的眼泪在眼眶中打转，她强忍着不让泪水流下来，心中充满了失落和沮丧。

如果政府给予合理的补助或补偿，我们可以对亚洲象做些退让，甚至可以拿出我们的一部分土地，种上它们喜欢吃的植物。

## 第十四章 问计于民

**程非向村民约酒**

半个月后，一脸倦容的程非回来了。

程非回到倚象谷寨子时已是黄昏时分，他正好赶上了林峰一家吃晚饭的时间。

林峰一家人看到程非回来了，显得非常高兴。伊莎给程非舀了一大碗米饭，林峰给程非斟满了一杯酒，林峰母亲进厨房炒了一盘下酒的黄牛干巴。

程非边扒拉着米饭边赞不绝口道："在外风餐露宿了半个月，无时不在回味秀芝阿姨给我做的香喷喷的饭菜啊。"

林峰母亲一脸慈祥地看着程非，笑眯了眼睛："小程老师啊，那你今晚就多吃点吧！"

林峰母亲一边说着话，一边用筷子给程非夹了一些黄牛干巴。程非狼吞虎咽地吃掉了3碗米饭，但他却推掉了林峰给他斟满的那杯酒:"林峰,今天我太困了,这杯酒先不喝了,我得补觉去啰。"

程非说完就进洗漱间洗澡去了,他很快洗好澡,就上了二楼自己的住处。一会儿的工夫,楼下的林峰、伊莎和林峰母亲就听到程非发出均匀的鼾声。程非显然是累坏了。

林峰一家人相视而笑,大家都对工作上很拼的程非表达着赞赏。林峰这才想起,这次程非率领的考察队中还有县林业局增派的四个年轻的助手,他们今天怎么没有一同返回呢?

第二天清晨,天刚蒙蒙亮,林峰就起来了,他照旧整理着进山的行头。林峰换好衣服刚要出发,身后传来程非的声音:"林峰,别急着走嘛,等等我,今天我跟你一块儿进山。"

林峰转身,看到昨天回来时显得有些狼狈的程非,此时却精神抖擞、"满血复活"地站在他的身后。林峰觉得程非还没有完全恢复体力,半个月的长途跋涉,穿越高山密林、河流沟谷是最耗费体力的。他对程非拒绝道:"程老师啊,今天你还是休息吧,你要跟我进山,我们不赶这一天。"

程非笑吟吟地说:"林峰,我们哥俩分开半个月的时间了,我有着很多话想对你说,今天我们就边走边聊吧。"

林峰拗不过程非,只好答应带他进山。程非显得很开心,随即也换了一套进山的行头。路上,程非简要地和林峰讲了这次外出考察的一些见闻。对此次亚洲象传统通道的深入考察之旅,程非感到非常骄傲和满意,他觉得这是一次非常具有价值的田野考察。

程非还对林峰说:"这是一次历经千辛万苦的长途跋涉,我们基本摸清了中国境内亚洲象传统通道的基本情况,知道了对亚洲象生存造成危机的成因,找到了问题的关键,对我们下一步制定和出台政策措施非常有利。"

林峰专注地看向程非，欣喜地点点头。程非深有感触地接着说道："这次对大象通道的考察，之所以能够顺利进行，非常感谢县林业局给我增派的那四个年轻人，没有他们的帮助，我是不可能完成考察任务的。"

程非提到了那四个年轻人，林峰这才追问道："昨天他们怎么没跟你一块儿回来？"

程非呵呵笑道："我近期的考察任务基本大功告成，所以我索性给他们放了一周的假，让他们休息几天，他们肯定也累坏了。"

程非给下属放假休息，自己却接着工作，林峰再次对程非的敬业精神肃然起敬。聊着聊着，不知不觉中两人走进了夹象沟腹地，夹象沟一派寂然，没有听到亚洲象的任何动静。

林峰带着程非在夹象沟绕了一圈，最后两人走到一个腐叶遍地的地方，他俏皮地问程非："程老师，知道这个地方吗？"

程非摇摇头，林峰开玩笑道："程老师，这就是你大难不死，必有后福的地方。"

程非这才想起，这里就是当时自己掉入陷阱的地方，当时孤立无助的情景，想想都令程非后怕。没有看见深深的陷阱，程非不解地问道："那深深的陷阱呢？"

林峰回道："那些陷阱留着迟早是个祸患，总是会伤害到人和野兽的，早先被我填平了。"

程非看着面前密密匝匝的腐叶，深有感触地道："这些表面上看似平静安稳的地方，却危机四伏，危险无处不在啊！"

程非的目光看向莽莽苍苍的林莽，又似有所指道："就像这倚象谷，无论从哪个角度看，都是郁郁葱葱、蓬勃生长的一派绿色，可是在这些绿意盎然的热带雨林中，内里的层林结构却暗藏玄机。"

程非对热带雨林的理性解读，林峰总是仔细地聆听着，他珍惜每一次和程非进山考察的机会，因为这对于他这个没有多少知识储备的基层亚洲象监测员来讲，无疑是一次极佳的学习和提升的机会。

林峰和程非一直在夹象沟腹地漫游，两人并没有遇上亚洲象。

程非走到一棵枯萎的藤蔓前，驻足观察了好大一会儿，最后才对林峰娓娓道来："过去我们对热带雨林的森林火灾实施严格控制，自然林窗逐步消失，影响了森林中的草本与藤本植物的有机更替，这就导致亚洲象偏好的竹林、竹阔混交林、灌丛和草地植被面积不断缩小，亚洲象的食物量减少了，就导致其适宜栖息地的退化或消失。"

顿了顿，程非恰逢其时地对林峰提了一个问题："林峰，你是否知道我刚才讲的问题，对于亚洲象来讲意味着什么吗？"

林峰回答道："意味着亚洲象群在它们传统的栖息地里，觅食将更加困难，它们的生存危机愈发加剧。"

程非眉头紧锁，他的担忧溢于言表："随着封山禁猎高压政策的推出，亚洲象的种群数量保持稳中有升，而热带雨林作为它们的传统栖息地，却越来越不能满足它们赖以生存的食物需求。"

林峰对程非说出了自己的理解："程老师，我明白了，为什么现在越来越多的亚洲象走出森林，到老百姓的庄稼地里争夺水果和粮食，主要是因为它们在森林里已经吃不饱了。"

程非赞许地看向林峰，表示支持他的看法。程非又对林峰

## 第十四章
问计于民

说:"林峰,我看今天亚洲象已经到景洪地界觅食去了,省了今天你对它们的盯梢,干脆我们哥俩再到倚象谷边缘转转。"

程非又带着林峰走进倚象谷橡胶种植基地,他们没有走进基地办公室,更没有和基地负责人打招呼,而是围着密密匝匝的橡胶林转悠起来。

渐渐地,太阳已经西沉,从橡胶种植基地看向倚象谷寨子,夕阳的余晖令村寨披上了一层层轻柔的面纱。

程非决定结束今天的考察,他和林峰两人对着橡胶种植基地的方向站定。程非对林峰问道:"林峰,今天的考察,你看出什么名堂没有?"

林峰略一思索,回答道:"程老师,你是不是想说,人类对自然界的过度开发,不断蚕食着热带雨林的面积。"

程非点点头:"你这个理解也对,自从1956年建立第一个国营橡胶园以来,这里一直是中国最大的天然橡胶种植区,随着包括橡胶林、茶林等经济林的不断扩张,热带季雨林、山地雨林及亚热带常绿阔叶林等天然林面积锐减。"

程非继续说道:"随着人工经济林种植面积的日益扩大,人工橡胶林这种'绿色沙漠'给热带雨林生态系统带来较大的生态风险。随着人工橡胶林及其他农业生产活动空间不断扩大,原有的热带雨林森林生态系统逐渐萎缩,且整体呈现碎片化趋势。原来连片的热带雨林逐步被农田、城镇等其他生态系统所包围,变成一个个彼此割裂的生态孤岛,严重阻碍了原有热带雨林间正常的物种迁移和种群间的基因流动,进而影响热带雨林生态系统的生物多样性。"

程非不愧是来自国家林业局的亚洲象研究员,他对热带雨林现状的分析颇有见地。林峰对程非有理有据地分析,佩服得五体投地。

林峰郁郁地问道:"程老师,那你说说,如何破解当前的困局?"

程非不假思索地冲口而出:"我也不知道,林峰啊,我们回家吧,你约几位村民过来,今晚我和他们好好喝几盅。"

林峰觉得这事有些蹊跷,虽然他知道程非的酒量大,但是程非和村民约酒自然有着他的打算。林峰暗忖道,难不成程非这是要问计于民间?

**今天这顿酒,我又赚到了**

夜幕降临,一些喜欢喝酒的村民陆陆续续来到林峰家,程非和他们一一拥抱,村民们显然对程非的这个亲昵动作还不太适应,紧张而局促地配合着。

倚象谷的夜总是来得比较晚,夕阳早就消失在西边的天际,黑夜才姗姗来迟。

这里常年气候炎热,白天的烈日炙烤得人们实在受不了,农户干活就避开烈日当顶的正午,所以他们总是收工得很晚。

程非知道还有很多喜好喝酒的村民没来,他也不急,招呼着先来的村民在院场里玩起了扑克牌"斗地主"的游戏。在朋友聚会或家庭团聚时,变着花样玩扑克牌、喝酒,是倚象谷寨子约定俗成的一项特别有趣的活动,不仅增加了互动性,还让大家有机会在轻松的氛围中增进友谊。

林峰一直在厨房里帮着伊莎打下手,此时他端着一锅热气腾腾的黄牛肉汤走到"斗地主"游戏的现场,又从锅里舀了一大碗黄牛肉给参加喝酒游戏的人们当下酒菜。

林峰被程非和村民们邀约着加入了游戏,没有多大工夫,满满的一壶自烤酒就被游戏参与者喝光了。

这时候,程非提议换一种喝法,只听程非安排道:"乡亲们,我宣布——热闹刺激的环节现在结束,下面改喝座杯。"

喝座杯的意思是平均每人倒一杯,然后大家围坐在一块儿,边喝酒边聊天。林峰知道,程非这样做的目的,是想和大家掏心窝子,说些心里话了。

林峰给大家各倒了一杯酒,然后先作了铺垫性的暖场:"大家不要光顾着喝酒,这碗里的黄牛肉也请动筷尝尝,这喝酒啊,总得吃些食物垫肚子。"

大家纷纷动筷,说着些对伊莎厨艺的赞美之词。

程非见时机已到,就试探性地点出了今天的话题,他说:"乡亲们,我有个问题想问大家,为什么最近几年亚洲象特别喜欢往我们的庄稼地跑,来偷食我们种出来的东西?"

一个有些口吃的村民抢先回答:"说明……我们种植的东西……它们爱吃。"

另一个村民明显不同意,回怼说:"你这不是废话吗,我们种了这么多年的庄稼,为什么亚洲象以前不来我们的庄稼地,难道它们那时不爱吃,而是到了现在才爱吃?"

被怼的村民,有些不服气地道:"那你……说嘛,为什么……亚洲象现在总……总往我们的庄稼地跑?"

怼人的村民轻蔑地回道:"这不是和尚头上的虱子——明摆的嘛!亚洲象的数量增加了,倚象谷里的食物自然不够它们吃了。"

很多村民都赞成"亚洲象的数量增加了"的说法,纷纷点头。程非因势利导道:"对,对,对,大家的分析很对,从我这段时间进行的考察来看,亚洲象的数量的确有增长,但并非增长得那么快,它们增长的数量就是稳中有升。那为什么最近几年亚洲象动辄跑到我们的庄稼地呢?其中最根本的原因,是森林里它们喜食的植物数量减少了。它们在森林里没有吃的,或者说它们在森林里根本就吃不饱,所以它们跑到我们的庄稼地来抢食,庄稼地里可是有着它们最喜欢吃的热带水果和粮食。"

这时就有村民对程非的话提出了反驳:"程老师,这不对呀,这么一个偌大的倚象谷,怎么就没有亚洲象吃的呢?"

程非不但不恼,反而夸赞这位持反对意见的村民:"这位老乡的问题提得好,在回答你这个问题之前,我也问你一个问题,现在你们进倚象谷挖山竹笋、摘树头菜、削棕树花、砍野芭蕉的时候,是否发现这些过去轻而易举就容易得手的食材,现在是不是越来越少了?"

村民们你看看我,我看看你,心里都暗忖道,这些植物的数量还真是越来越少了。大家看向程非,点点头表示赞同他的说法。

程非又着重强调了倚象谷里亚洲象食物减少的事实,他说:"这些山竹笋、树头菜、棕树花、野芭蕉,是不是亚洲象最喜欢吃的食物?"

村民们再一次点头表示认同。程非接着问道:"既然我们现在知道了亚洲象走出森林到我们的庄稼地觅食的原因,那么请大家发表意见,如何解决亚洲象在森林里吃不饱的问题。"

村民们一下子语塞了。

林峰沉吟片刻,向程非说出了他思索良久的一些看法,只听林峰郑重地说道:"程老师,要把满足亚洲象生存条件这个问题和同时满足人类生存条件这个问题一并考虑,两者同等重要,两者均不可偏废!"

## 第十四章
### 问计于民

程非觉得林峰看问题总有自己独特的见解,他饶有兴致地看向林峰,微笑着鼓励道:"林峰,请发表你的高见。"

林峰在脑海中稍微整理了一下思路,这才娓娓道来:"我的想法是,一方面,要改善亚洲象的生存条件,可以在它们传统栖息地里补植补种亚洲象喜食植物,改善热带雨林内部的层林结构。另一方面,人类要对亚洲象做一些力所能及的退让,具体来讲,就是要腾出一些种植地块作为亚洲象的食源地。"

林峰话还没说完,就有几位村民想反驳,可他们的话还没有出口,就被程非比手势止住了。

林峰继续发表着他的看法:"当然,刚才提到的人类要对亚洲象做一些力所能及的退让,在这个问题上,就涉及我今天想讲的另一个方面。这就是,同时要改善好与亚洲象相生相伴的人类生存条件。那么,具体要如何改善呢?比如,人类在自己的土地上为亚洲象提供了食源地,理应得到政府的合理补助。还有一点也是至关重要的,就是亚洲象进入庄稼地闯祸后造成的损失,也应该得到政府合理的赔偿。"

村民们耐着性子把林峰的想法听完了,也明白了他的话中之意,此时再没有人提出反驳的意见来。有几位村民纷纷附和林峰道:"对啊,如果政府给予合理的补助或补偿,我们可以对亚洲象做些退让,甚至可以拿出我们的一部分土地,种上它们喜欢吃的植物。""如果这样,我们可以把这些亚洲象当祖宗一样供起来。"村民们愉快地表达着自己的态度。

程非狠劲地点点头,向林峰和村民们伸出了右手大拇指,肯定道:"林峰,今天你讲的这些保护亚洲象的思路,对我的启发很大。乡亲们对保护亚洲象的理解和支持,更是令人感动,今天这顿酒,我又赚到了,来吧,大家干杯!"

寂静的山寨里，传出一声声酒杯碰撞的脆响。

## 亚洲象也会"送祝米"

程非和村民喝酒的后遗症，不仅仅是第二天起来头晕沉沉这么简单，程非还有着无比的兴奋和激动，因为他和村民喝酒聊天中知道了村民对待亚洲象的态度。

林峰给出的答案，就是基于亚洲象和人类生存条件两者之间的平衡，而且这个创新性很强的方案，很符合村民们的利益，老百姓是支持的。

过去，保护亚洲象政策的出台，主要考虑的是亚洲象，而忽略了人类利益的保障。程非深知，林峰给出的方案只是一个解决问题的大方向，制定保护亚洲象系列政策措施的工作任重而道远。

有些政策措施的出台，地方政府就可以做到，而有些体制性、机制性的保障，则需要省级甚至国家层面来进行制度性的设计。程非暗忖道，自己作为国家林业局派驻云南的亚洲象研究员，必然是合理制定保护亚洲象系列政策措施的不二人选。

程非觉得，应该把最近对亚洲象种群考察研究的情况向县政府作一个通报，好让岩丙涛县长等县领导对辖区亚洲象的生存现状有一些基本的了解。

一大早，程非就拉着林峰说要去一趟县政府找县长岩丙涛。可程非的激动劲刚上来，就被林峰给沉沉地压住了。林峰对程非说道："程老师，我知道你要去找县长的用意，但这几天我俩是绝不能离开倚象谷的。"

程非不解地问道："为什么不能？那些亚洲象这段时间都没出现在倚象谷中，你就不用对它们进行盯梢了，这不是我俩到

## 第十四章
问计于民

县城难得的机会吗?"

林峰沉吟片刻,对程非道:"我估摸着,短鼻子家族中的雌象黑团就快要生崽了,短鼻子家族肯定会带着黑团回夹象沟腹地生崽的。"

得知短鼻子家族的成员就要生崽了,程非又兴奋上了,他对着林峰大声喊起来:"林峰,这可太好了,这亚洲象家族添丁,不光是它们大象家族的喜事,也是我们这些亚洲象保护工作者的大喜事。"

林峰笑着反问程非道:"那今天不去县政府找岩丙涛县长了?"

程非轻轻捶了林峰一拳,嗔怪道:"你就取笑我吧,反正今天我俩的目标——夹象沟,我们去当'接生婆'!"

林峰冷静道:"黑团快到生产期了,这个我是敢肯定的,至于黑团回不回夹象沟生崽,我不敢打包票。"

程非不耐烦地催促道:"哎呀,快走吧,黑团回不回夹象沟生崽,这是它们短鼻子家族的家事,我们权当它回来生不就完了。"

林峰和程非马上换了进山的行头,急火火地往夹象沟出发了。

夹象沟腹地。正午的阳光透过茂密的树林,照亮了幽静的森林。在这片广阔的热带雨林中,高大的树木层峦叠翠,鸟儿的鸣叫声在空气中回荡。

果然短鼻子家族回来了,它们巨大的身躯在丛林中显得格外显眼。此时短鼻子特别留意着森林中任何微小的变化。象王坦克警觉地扫视着四周,它的象牙如同两把锋利的刀,斜斜地指向天空。

整个象群都沉浸在正午的宁静中,但坦克的内心却异常警惕。突然,坦克的耳朵动了动,它用力摇动着头,象鼻在空中舞动,它似乎察觉到了什么,整个短鼻子家族都开始变得紧张起来。

短鼻子紧紧地护住黑团,大象们挤成一圈,形成了一道坚实的防线。坦克沿着一条蜿蜒的小径向前探寻,鼻子在地上嗅了嗅,它突然停下了脚步,望向远方。

在远处的丛林中,有两个黑色的身影正在移动。

坦克立刻警觉起来,它扬起鼻子,大声地嘶吼着。象群迅速集结,它们紧紧地靠在一起,面对着那两个黑色的身影。

短鼻子家族真的回到了夹象沟,还真让林峰蒙对了。程非在林峰的帮助下,迅速地攀爬上那棵古树,林峰却尝试着接近短鼻子家族。

坦克站在队伍的最前面,它的耳朵向后平贴,显示出了它的决心,它紧闭着眼睛,集中精神,聆听着周围的每一个声音。

黑色的身影越来越近,短鼻子家族成员开始感到不安,但坦克却显得异常镇定,它发出一声低沉的嘶吼,让整个象群保持安静。

最终,那两个黑色的身影出现在象群的视线中。短鼻子家族发现的这两个黑色的身影,原来是它们的人类朋友林峰和另一个不认识的人,不过短鼻子和坦克的眼中还是闪过一丝疑惑和警惕。

林峰向象群靠近了几步,然后停了下来。林峰发现黑团正在痛苦地站在象群中间,他觉得此时和短鼻子家族打招呼并非最佳时机,所以就带着程非快速地攀爬到古树上。

林峰和程非在古树枝丫上,紧张地盯着树下准备生崽的黑

## 第十四章
问计于民

团。这棵古树下的开阔地带，就是平时短鼻子家族的午休场所，只见黑团步履蹒跚，艰难地离开象群的包围圈走向这里。黑团的腹部鼓得像一座小山，显然已经到了即将分娩的时刻。其他短鼻子家族成员都小心翼翼地绕开她，仿佛能感受到它正在经历的痛苦。

终于，黑团颤颤悠悠地走到了这个它再熟悉不过的休憩场所，它静静地站立，身体微微颤抖，似乎在用力地承受着即将到来的阵痛。

树上的林峰和程非充满了紧张和期待。

突然，一声哀鸣从黑团的口中传出，震动了整个林莽。黑团的身体开始剧烈地抖动，仿佛正在经历一场生死挣扎，所有的力量似乎都集中在了它的腹部，一阵阵强烈地收缩在它的身体上显现出来。

此时，其他的大象都紧张地观望着，空气中充满了期待和敬畏。

终于，在黑团的身后，一个柔软的生物缓缓地滑落到地上，那是刚刚出生的小象。它的身体还湿漉漉的，软弱无力，但它已经迫不及待地想要探索这个全新的世界。黑团轻轻地舔了舔小象的头部，似乎在给它最温暖的安慰。小象的鼻子轻轻地动了动，然后它开始用尽全力向母亲的身体靠拢，似乎想要感受母亲身上的温暖和安全感。

整个短鼻子家族都陷入了狂喜之中，短鼻子、坦克、仔仔、囡囡等所有短鼻子家族成员发出低沉的欢呼声，以庆祝新生命的到来。黑团用鼻子紧紧地拥抱着刚出生的小象，仿佛想把所有的爱都注入它的身体。

程非激动得热泪盈眶。他深信，在这个充满生机的原始林莽上，新生命的诞生将带来更多的希望和力量，推动整个生态系统持续运转。

其实，更加震撼人心的场面还在后面，这是程非和林峰实在无法想象的。黑团的眼神中始终充满了疲惫和喜悦。小象则用嫩红的舌头紧裹着黑团的乳头，吮吸着，豁开的嘴唇喛喛着，畅快地把生命中的第一口甘甜的乳汁吞咽下去。黑团静静地享受着这个瞬间，它的身体散发着母爱的光芒。

突然，一阵亚洲象的喧嚣声打破了森林的宁静，只见一群群亚洲象从四面八方涌来，它们用长鼻子摇动着树枝和树叶，仿佛在为新生命的诞生欢呼雀跃。

这些亚洲象有的来自附近的象群家族，有的来自更远的象群家族，它们都赶来参加这场盛大的庆典。

大象们纷纷接近黑团和刚出生的小象，它们用鼻子轻轻地抚摸着小象的身体，传递着最美好的祝福。小象也开始加入这个欢乐的派对，它用鼻子蹭着周围的亚洲象，感受着这个大家庭的温暖和爱意。新生命的诞生为整个族群带来了希望和力量，它们共同庆祝这个重要的时刻。整个场景充满了喜悦和欢乐，展示了亚洲象之间的紧密联系和团结精神。

林峰突然想起，倚象谷寨子有人家生孩子，周围的人家都会赶去送礼祝贺，这个习俗称为"送祝米"。

想不到，亚洲象生崽也有它们的同类跑来"送祝米"。

这种来自自然界的野生亚洲象的温馨场面，就在林峰和程非的眼前上演着，令人十分感叹。自然界中生命的奇迹和母爱的伟大，让人们更加敬畏和珍惜生命。

## 第十四章
### 问计于民

**人象和谐的契机**

傍晚,林峰和程非吃过晚饭,两人坐在院场喝茶,程非的心情还处于看到黑团生崽的亢奋之中,他激情难抑地说道:"原来亚洲象产崽,还有这么多象群赶来祝贺,太让人匪夷所思了,平时也见不到这么多的亚洲象啊,它们到底是从哪里冒出来的?"

林峰也觉得非常惊奇,赞叹道:"是呀,平时亚洲象以家族为群体生活,它们都有着各自的势力范围,就因为亚洲象种群里一个小生命的诞生,它们竟然可以打破家族'画地为牢'的观念,从四面八方赶来祝贺,这的确太让人感动了。"

程非感慨道:"看到如此震撼人心的温情一幕,我更加坚定我所从事的亚洲象保护工作,是多么值得自己为其倾尽一生心力!"

林峰点点头表示认同,程非真诚地对林峰说:"林峰,今天我们哥俩好好捋一捋,那天你所讲的话中之意,今天我们就把它具体化,让那些建议性的对策变得更加具有可行性。"

林峰高兴地答应了,他分析道:"那我们就先从满足亚洲象生存条件这个方面开始,然后换位思考,再看看满足人类生存条件方面的对策,最后找到两者的共同点。"

程非微微一笑,对林峰的思路给予了肯定:"你这样的思考方式非常好,就是从一个事物的两个方面来进行深入探讨,总会找到其中的契合点的。"

得到了程非的肯定,林峰对自己的想法更有信心了,他口气舒缓地说道:"我认为,对于保障亚洲象生存条件方面,粗略来讲,就是建立亚洲象自然保护区、建设热带雨林生物走廊、充分发挥亚洲象繁育基地的救助和繁育功能,以及建设亚洲象食物源基地。"

程非饶有兴味地听着,边听边频频点头。林峰又讲道:"还有一点相当关键,因为我们国家的亚洲象栖息地和东南亚一些国家紧密相连,亚洲象在我国和相邻国家之间进出自由,我国和相邻国家之间需要同步推进亚洲象跨境保护。"

林峰一口气讲了很多观点,说完他还是征询程非道:"程老师,我就是从大的概念上进行了一些思考,具体要如何变得更加具备可操作性,这个还得你这个亚洲象研究员来进行周密的安排。"

程非非常认可林峰刚才提出来的观点,他赞赏道:"林峰啊,你这几年担任亚洲象监测员这个工作真没有白干,你的建议对亚洲象的保护具有跨时代的意义。"

程非的夸赞令林峰变得有些局促不安。程非继续道:"好吧,林峰,我现在将沿着你的思路往下走,既然你让我把你的建议变得具备可操作性,那我也讲讲我的见解。"

程非认为,建设亚洲象自然保护区的工作千头万绪,包括很多具体的工作需要推进。具体来讲,就是保护和恢复亚洲象的栖息地、加强对亚洲象的保护和管理、加强宣传和教育、加强国际合作和交流等,以实现对亚洲象的有效保护和管理。

而在热带雨林生物走廊的建设上,程非觉得应该从以下几个方面入手——

首先,建立生物多样性廊道。这将连接各个自然保护区,形成一个大而连贯的生态区域,有助于生物多样性的保护和野生动植物种群间的基因交流。

其次,促进大型野生动物种群的恢复和发展。热带雨林生物走廊可以促进大型野生动物种群的恢复和发展，这有助于保护热带雨林生物多样性。

最后，增加生态旅游机会。热带雨林生物走廊的建设也可以提供新的生态旅游机会，使当地经济得以发展。

程非同时也对充分发挥亚洲象繁育基地的救助和繁育功能，提出了具体的措施。他认为，第一，要通过引进先进的繁育技术和管理经验，提高繁育成功率，促进亚洲象种群数量的增加。同时，要注意避免近亲繁殖，保持种群的健康和遗传多样性。

第二，要加强伤病残亚洲象的救助和康复，建立完善的救助和康复体系，对受伤或患病亚洲象进行及时救助和治疗，帮助其恢复健康后再放归自然。要注意避免人为干扰，保证野生亚洲象的生活环境和生态平衡。

所谓的亚洲象食物源基地建设，就是要在亚洲象分布的区域，选择适宜的地点建设"大象食堂"，如种植亚洲象喜食的芭蕉、玉米等植物，为亚洲象提供充足的食物来源。

程非特别强调，在亚洲象食物源基地的建设上，通过观察和监测亚洲象的饮食习惯和需求，确定食物源基地的种类和数量，确保亚洲象能够得到充足的食物。这不仅能为亚洲象提供充足的食物，减少人类活动对它们生活的影响，还能促进亚洲象的保护和生态平衡。

程非给出的操作性方案，无论是建设亚洲象自然保护区、建设热带雨林生物廊道、充分发挥亚洲象救助和繁育功能，还是亚洲象食物源基地的建设，都强调了加强与周边国家合作的重要性。

因为亚洲象分布区域涉及多个国家，要加强与周边国家的合作，才能从本质上保护亚洲象，促进种群的跨境迁移和交流。

程非给出的操作性方案近乎完美，林峰感觉程非这个国家林业局亚洲象研究员的名头果然货真价实。

程非讲完，笑吟吟地对林峰说道："我们探讨了满足亚洲象生存条件的具体路径，那么下面该谈谈如何满足人类生存条件这个问题了。"

林峰沉吟片刻，开口道："其实，这个问题要说简单也简单，要说复杂可还真复杂。"

程非不解道："此话怎讲？"

林峰较真地说道："无论是建设亚洲象自然保护区还是建设热带雨林生物廊道，尤其是建设亚洲象食物源基地，这还是我之前讲过的那句话，都是人类对亚洲象进行的退让。那么，人类退让后种不了的庄稼地，或者人类为亚洲象种上它们喜欢吃的食物，这些损失就需要得到政府的合理补偿。当然，具体采取什么样的补偿方式和补偿额度，这个还得进行合理的测算和科学的评估。"

程非很认可林峰的见解，他点头道："林峰，今天我们哥俩探讨的话题，对形成我们国家保护亚洲象的政策文件，我已经有眉目了。不过，有些涉及国家和省级的宏观调控，多数措施还得靠地方政府来执行和宣传推广。"

对于程非说的最后一句有些模棱两可的话，林峰有些不解地看向程非，程非补充道："你们基层亚洲象监测员每天几十元的误工费补助，始终没能纳入地方财政预算，这肯定影响到多数亚洲象监测员的积极性。"

林峰点点头，说道："是啊，这么点误工费补贴，还没有那些打短工的工时费高，而且有时候还几个月都领不到，是该纳入地方财政预算的大盘子了。"

# 第十四章
## 问计于民

程非意味深长地向林峰支招道:"林峰,看来你还得当一当政协委员或人大代表什么的,这样有些事情你才说得上话。"

林峰摆摆手,不置可否地回绝道:"别,别,别,我可不想当官。"

程非哈哈笑起来,打趣道:"林峰,政协委员或人大代表哪是什么官,但是如果你能成为其中的一员,你就可以为保护亚洲象使上更大的劲了。"

林峰体会着程非的话中之意,心里琢磨道:"看来这政协委员或人大代表,我还真得找机会当当!"

> 在保护亚洲象系列政策措施中,地方政府并非旁观者或陪跑者,而是应该负有主体责任的当事方。

## 第十五章 地方政府并非陪跑者

**给岩县长来一次"现身说法"**

这天一大早,林东火急火燎地来到林峰家,他看到林峰正准备着进山的行头。

程非还没有起床,昨晚他又在自己的住处工作到快大亮了。这几天,程非不再跟着林峰进山,因为他有很多材料需要整理,也正在紧锣密鼓地撰写着《中国云南亚洲象生存状况考察报告》。

林东把林峰堵在院场里,急火火地对林峰说:"林峰,今天你就不要进山了,你和程老师都得待在家里。"

林峰不解道:"哥,出了什么大事,为什么要待在家里?"

林东解释道:"岩丙涛县长中午要到我们倚象谷寨子考察调研,指名要见程老师和你。"

## 第十五章
### 地方政府并非陪跑者

林峰点点头,"哦"了一声还是准备进山。林东再次叫住了他:"林峰,你没听到我刚才讲的话吗?"

林峰看向急躁的林东,笑道:"不急,不急,岩县长他们中午才来,我得先去倚象谷看看亚洲象的动静,村民们还等着听广播上的预警信息呢,他们如果听不到村委会广播里的预警信息,就不敢出门了。"

林东觉得林峰说得在理,估摸着林峰中午也可以赶回来,就任由林峰进山去了。林东就坐在林峰家院场里等着,岩丙涛县长要来倚象谷寨子调研考察一事,他一定得给程非通知到位。

这时,伊莎走出里屋,看到林东坐在院场靠椅上,就和林东问了声好,还沏了壶茶给林东。林峰母亲也起来了,林东连忙站起来和她打招呼:"婶,你咋不多睡会,起这么早干吗?"

林峰母亲指着二楼比了个"嘘"的手势,对林东轻声说道:"小点声,凌晨2点我起来小解,还看见小程老师屋头亮着灯,他肯定又通宵工作了。"

接着林峰母亲笑呵呵地回答林东:"我现在身体硬朗着呢,睡眠也好,每晚睡六个小时,足够了。这林峰天天只知道看那几头大象,这家里什么活都帮不上了,我得帮伊莎干点活。"

林东打了个哈欠,他知道程非一时半会是起不来了,但又得把岩丙涛县长要来考察调研的事通知到位,所以只好耐着性子在林峰家坐等。其间他收到了林峰发给他的预警信息,林峰在信息里告知林东,倚象谷里没看到亚洲象群。林东马上安排村广播员播报今天的亚洲象预警信息,又焦躁地等着程非起床。

正午时分,林峰风尘仆仆地从倚象谷回来了,程非也终于打开了二楼住处的窗帘。

这时,伊莎过来喊大家吃饭,趁着吃饭的时间,林东向程非说了岩丙涛县长要来倚象谷寨子考察调研的事。程非知道岩县长要来,显得很高兴,他看向林峰道:"林峰,今天岩县长要来倚象谷寨子考察调研,这太好了,那我们就跟岩县长来一次'现身说法'吧。"

林峰当然知道程非的用意,马上会意一笑。

很快,岩丙涛县长一行的车队浩浩荡荡地开进了倚象谷寨子,最后停在茶叶加工厂停车场。林峰、程非和林东走到岩县长乘坐的车面前,岩丙涛下车后紧紧地握住程非的手,忙不迭地说着客套话:"程老师,辛苦啦,辛苦啦,我早就该过来看你了,哎,这不是杂务缠身嘛!"

岩丙涛接着又向程非介绍从后面几辆车上走下来的领导。"这位是县人大的高主任。"程非迎上前去,和这位魁梧的中年男子握手。"你好,你好。"中年男子一脸谦卑。

岩丙涛继续介绍:"这位是县政协的黄主席。"那位中年妇女走过来和程非他们一一握手。一行人中还有县林业局刀局长和县政府办公室的随行人员。

双方握手寒暄完毕,岩丙涛抬高声音对着众人道:"各位静一静,今天我们县政府、人大、政协的一把手和相关职能部门的负责人都来到了倚象谷寨子。主要目的是来看看驻守在基层开展野生亚洲象种群研究的专家程非老师,来听一听程老师对亚洲象生存现状的分析和对解决对策的思考。"

一提到工作,程非马上就进入了状态,此时的他向岩丙涛提出一个要求:"岩县长,我看这样吧,在座谈交流之前,我还是想请各位领导跟着我和林峰,到倚象谷的边缘转一转,让大家对亚洲象这个棘手的大家伙有一个感性的认识,然后我们再坐下来交流怎么样?"

## 第十五章
地方政府并非陪跑者

岩丙涛同意了程非的建议，他肯定道："程老师，你这个提议很好，那我们就先摆事实，然后再讲道理，那我们现在就出发吧。"

程非看向林峰道："林峰，今天你就给领导们当好这个向导。"

林峰点点头，笑吟吟地对岩丙涛一行说道："各位领导，请跟我来吧。"

一行人热热闹闹地跟着林峰和程非走在山径上，一会儿，就到了山坳。林峰介绍："各位领导，此时我们站在这里，可以看到倚象谷边缘的三个寨子，即谷底是曼朋傣寨，中间是倚象谷寨子，最上面是翁基哈尼山寨。从这里，既可以看清倚象谷边缘三个寨子的模样，还可以看到三个寨子所有的村民种植的庄稼地块。"

林峰的右手指着前方，继续道："下面，我就向各位领导介绍一下这三个寨子遭受损失的情况。谷底的曼朋傣寨，村民们大多种植橡胶树，他们有自己的橡胶林，橡胶是他们的主要经济来源，所以损失问题并不是太突出。上面的翁基哈尼山寨，他们有老祖宗留给他们的千年古茶园，他们的经济收入主要来源于茶叶，所以损失对他们的影响也不太明显。不过，说曼朋傣寨和翁基哈尼山寨遭受的损失小并不准确，因为野生亚洲象时常在橡胶林和茶林出没，同样影响到村民不能及时对橡胶和茶叶进行采收，间接造成的损失也不可估量。"

林峰介绍了一番，还没有就此打住的意思："最惨的莫过于倚象谷寨子了，我们寨子既没有橡胶林，也没有茶园，村民们的主要经济来源靠种植热带水果。在倚象谷寨子，无论什么品种的热带水果都种得出来，可是村民们种出来的水果一个子都收不到,因为每到热带水果快成熟的时候就被亚洲象抢收了。"

林峰指着对面的庄稼地,继续向领导们介绍:"对面那块芒果林就是我父亲当年为了供我上大学种下的,尽管我家的芒果林年年都结出硕大饱满的金芒,但是我到现在却连金芒是什么味道都还不知道哩。"

林峰自嘲的口吻里透出一股无奈,令听者动容。他又接着介绍:"那片西瓜地,是我们寨子黑三种的,黑三一直是我们这里公认的种瓜能手和养牛行家,可是最近几年,黑三的西瓜是年年种,年年绝收。所以不得已,我才建议倚象谷村委会进行产业结构调整,把果蔬产业改为茶产业,大家看到的就是我们产业结构调整后,最近几年开垦种植茶树的茶园。"

岩丙涛一行随着林峰的介绍,纷纷看向那片绿意盎然的茶园。

漫山遍野的茶树宛如翡翠镶嵌在大地之中。茶园中,采茶女的身影在绿叶间穿梭,她们的手指熟练地在茶树尖上跳动,犹如在弹奏一曲优美的乐章。茶香四溢,让人心旷神怡,仿佛能感受到大自然的宁静与和谐。

不过,眼前生机勃勃的茶园并没有让岩丙涛觉得欣然,此时的他,神色严峻,一言不发。林峰和程非继续带着岩丙涛一行到经济林种植基地转了一圈。一直神情严峻的岩丙涛这时终于发话了,他纳闷地问程非道:"程老师,你们今天带我们来看这个经济林种植基地,难道它们有什么玄机吗?"

程非点点头,回答道:"当然有,不过我们还是回到村委会坐下来慢慢聊吧。"

# 第十五章
## 地方政府并非陪跑者

### 地方政府的责任

岩丙涛一行在林峰、程非和林东的陪同下,回到倚象谷村委会召开座谈会。

大家在村委会简易会议室的木凳上坐定,岩丙涛坦诚地说道:"同志们,今天这个保护亚洲象的专题考察调研,大家走也走了,听也听了,看也看了,下面就请程非同志,对我县亚洲象生存现状的分析和对解决对策作情况通报。"

众人掌声响起。程非略微整理了一下思路,开口说道:"我们中国境内亚洲象的生存现状,用一句话来形容,就是不容乐观!具体表现:一是种群数量增长。近年来,亚洲象种群数量不断增长,从20世纪90年代的100多头增长到现在的200头左右。二是栖息地环境缩减。随着人类活动的不断扩大,亚洲象的栖息地环境逐渐缩减,给其生存和繁衍带来威胁。三是食物资源不足。亚洲象主要食物是竹子、草、树叶等,但随着人类不断开发利用森林资源,亚洲象的食物来源逐渐减少,对亚洲象的生存造成威胁。四是人象冲突加剧。随着亚洲象种群数量的增长,其活动范围也逐渐扩大,亚洲象与人类的生存空间产生冲突,导致人员伤亡和经济损失。"

岩丙涛沉声道:"程老师,那么你给出的解决对策是什么?"

程非胸有成竹地娓娓道来:"我给出的我们国家在保护亚洲象这个问题上的解决对策有五点。一是保护栖息地。通过建立自然保护区、生物廊道等措施,保护和恢复亚洲象的栖息地,为其提供足够的生存空间。二是监测种群动态。通过开展野外调查、监测等活动,了解亚洲象种群数量和分布情况,及时掌握其生存状态。三是提高公众保护意识。通过宣传教育、科普活动等方式，提高公众对亚洲象的保护意识，减少对野生动物的伤害。四是推广生态旅游。通过开展生态旅游活动，引导游客了解亚洲象的生活习性，观赏其自然生活状态，促进对亚洲象的保护。五是加强国际合作。加强与周边国家在野生动物保护方面的合作，共同保护亚洲象等濒危野生动物，维护生物多样性。"

岩丙涛对程非的观点既表示赞同，又存有一些质疑，等程非通报完毕，他就发问："程老师，你刚才提到的解决对策中，我看很多方面是省级甚至国家级层面的制度设计，似乎和我们地方政府的关系不大。"

岩丙涛此言一出，程非就毫不客气地怼上了："岩县长，在保护亚洲象系列政策措施中，地方政府并非旁观者或陪跑者，而是应该负有主体责任的当事方。"

岩丙涛郁闷道："请程老师讲得具体一些。"

程非点点头，他凌厉的目光向与会者扫了一圈，耐心地说道："我们地方政府切不可把什么问题和困难都上交给国家，在我们辖区范围内的事，我们自己也应该积极为国家担当和分忧。比如，亚洲象监测员的误工费补助，20世纪90年代他们的补助还略低于农民外出打零工的工钱。现在已经是21世纪初期，亚洲象监测员的误工费补助虽然有所提高，但是和农民打零工一天的工钱比还是低一些。"

程非语气强硬地继续说道："尤其需要引起各位领导高度重视的是，现在我们县广大亚洲象监测员的误工费补助，目前还是林业部门用国家项目经费在列支，并没有纳入当地财政预算。"

县林业局刀局长出面辩解道："程老师，你言重了，甭管用

## 第十五章
### 地方政府并非陪跑者

什么经费来列支亚洲象监测员的误工费,我们可没有让亚洲象监测员们吃亏。"

程非正色道:"刀局长,此言差矣,你敢说我们县亚洲象监测员的误工费都及时发放到位了吗?"

其实,和林峰无话不谈的程非,早就知道林峰他们这些亚洲象监测员的误工费经常不能按时发放到位。刀局长一时不敢正视程非的问题,他知道自己的那点小伎俩早被程非识破了。

程非乘胜追击,他不依不饶地问:"岩县长,我想问你一句,自从我们县设立了亚洲象监测员,辖区内还发生过人象冲突事件吗?"

岩丙涛肯定地表示没有。程非拍手道:"既然设立亚洲象监测员以来,我们县再没有发生过人象冲突事件,那就说明我们设立亚洲象监测员的作用已经凸显出来了。没有了人象冲突,证明我们地方政府切实为人民做了一件功德无量的大好事。不过,这个为人民做的大好事,却是我们广大的亚洲象监测员冒着生命危险拼来的结果。我希望从今天开始,要把他们的报酬切切实实纳入地方财政预算。"

程非的话说得实在不留情面,这让岩丙涛窘迫了半天,他无力地辩解:"对于亚洲象监测员的报酬,我们一定会再研究。当然,之前制定这样的补助方案,也是因为我们地方财政太穷了,我们这里地处边疆,经济发展滞后,这个报酬问题我们一定认真加以解决。"

程非还是不依不饶:"当然,在建设自然保护区、建设生物廊道这些方面,我会建议省级甚至国家相关部门出台相应的实施方案,因为这关系到亚洲象栖息地所在州(市)协作并建的问题。但是,对于在亚洲象栖息地补植补种大象喜食植物,在热带雨林辖区村寨推广和应用沼气节能灶，杜绝村民因为烧柴而对森林肆意砍伐，开展替代种植工作，将基层亚洲象监测员的待遇纳入财政补助，在大象通道建设亚洲象食物源基地（即'大象食堂'）等方面，你们地方政府可以大有可为，也必能大有作为！"

程非的责问，一发不可收，毫不客气地直击要害，让岩丙涛很没有面子。最后，程非又抛出一个不容岩丙涛回避的问题："亚洲象袭扰村庄，造成人员或财产损失，你们地方政府又该如何应对？"

这时，一言不发的林峰怯怯地说道："村民的利益无小事，地方政府固然要照顾到这些，但是亚洲象造成的损失注定是巨大的，地方政府也有难处。"

众人惊诧地看向林峰，林峰解释："我提议，地方政府是否可以支出一点经费，为广大村民购买野生动物肇事公众责任保险，今后野生动物给村民造成的损失就由保险公司来承担赔付。"

岩丙涛暗忖道，程非的责问过于直率，这当然是因为程非这个人的个性使然，他对程非的责问不但不恼，反而对这个敬业的专家非常钦佩。他对林峰的建议也表示赞同，他的确是一个当地难得一遇的智慧型人才。

岩丙涛冷静地听着，一直到会场不再有人发言，这才总结："今天程老师给我们在座的每一位上了一堂振聋发聩的生态课，我在此表态，程老师讲的每一项措施，还有林峰关于政府购买野生动物肇事公众责任保险的建议，请县政府办公室会同相关部门尽快研究，一事一议，狠抓落实。我在程老师和林峰发言的基础上，再安排两项工作：一是请林业部门尽快落实亚洲象栖息地补植补种大象喜食植物工作,二是请乡镇人民政府尽快做好替代种植工作。"

这个座谈会开得很务实。散会了,程非逮住县政协黄主席,向她推荐了林峰,程非语气恳切地说道:"黄主席,今后一段时间,保护亚洲象将是我们县很重要的工作之一,我非常希望县政协多关注这一个全新的履职领域。专业人做专业事,你们的政协委员中,理应有像林峰这样勤勤恳恳的亚洲象监测员加入其中,并发出这个群体的声音。"

通过一整天的考察调研,特立独行的林峰给黄主席留下了深刻的印象。黄主席对程非回应道:"回去后,我们会开会讨论,你的建议我们也会充分考虑的。"

岩丙涛一行的车队离开了倚象谷寨子。

程非自豪地认为,他已经出色地完成了在倚象谷的阶段性工作,到了他呈交《中国云南亚洲象生存状况考察报告》的时候了。

**亚洲象栖息地恢复项目**

程非返回北京了。

用程非的话讲,他这是短暂的离开,因为他是亚洲象研究员,这就决定他这辈子和中国西南部热带雨林,还有这里的人们有着不解之缘。

林峰的工作和生活一切照旧。

半年之后。

林峰明显感觉到,程非在岩丙涛县长一行来倚象谷寨子考察调研时召开的座谈会上的工作通报,尤其是程非对地方政府提出的几点要求,已经被采纳了。

林峰他们这些亚洲象监测员的报酬纳入了财政预算，并比原来提高了不少，这就意味着亚洲象监测员的补助能够及时发放到位。其他方面，县政府出台了辖区亚洲象栖息地恢复项目的政策文件，县林业局等相关政府职能部门也制定出台了相应的配套措施文件。

这天中午，林峰照例进山巡视完毕，他并没有在倚象谷里发现亚洲象群，就放心地回家了，途中恰巧经过那片倚象谷外围的经济林。

林峰老远就看到了砍伐经济林的一群工人，他们分散在经济林种植区的几个山梁上，用锋利的电锯快速地伐着笔直的树木。按说，现在还不到这片经济林的砍伐期，老板提早安排工人进山砍伐，证明县里已经启动了"替代种植"这个亚洲象栖息地恢复项目。

林峰继续走着，突然被一个五大三粗的男子拦住了道路，只听这个男子气冲冲地对林峰吼道："林峰啊，你可真不厚道，你当你的亚洲象监测员，我种我的树，我们井水不犯河水，可你在背后却给我捅刀子。"

林峰看着面前这个怒目圆睁的男子，觉得有些面熟，却又一下子没有想起来，他只好打起了圆场："这位大哥，想必你是误会了，替代种植项目是县政府做出的决策。"

男子口气很大，直接就吼上了："怎么会误会你，这替代种植的馊主意，还不是你整天带着那位遍山瞎转悠的北京来的什么大象专家，给岩县长出的！"

林峰这才明白男子的身份，听他的口气，他应该是这片经济林的老板。林峰觉得有必要和他讲些亚洲象栖息地恢复的重要性，不料这位男子又怼上他了："林峰啊，你连我都不认识了,你真是个过河拆桥的家伙。"

林峰只好向男子表示歉意:"真是抱歉了,让我想想吧。"林峰绞尽脑汁地想,突然惊呼道:"哦,哦,你是宋彪,宋老板!当年可真的感激你出手相助,帮我垫上了乡农村信用社的贷款。"

林峰突然想起了当年宋彪曾经介绍过自己,说自己做点木材小买卖什么的。没想到,宋彪的木材小买卖竟然是这么大一片经济林,少说也得近千亩。

林峰纳闷道:"宋老板,我天天往倚象谷跑,怎么一次都没在这里碰上你?"

虽然宋彪盛气凌人,但还是回答了林峰的疑问:"树苗种下地,根本不用管理,不到砍伐期,我来这里干什么?"

看着一脸盛怒的宋彪,林峰不知要如何接话,宋彪还是不依不饶,他愤愤地对林峰说:"我这些树木还没到砍伐期就得伐了,你知道这次我的损失有多少吗?"

林峰摇摇头,他是真不知道。宋彪痛惜地嚷道:"我这次至少损失了100万元,你可把我坑苦了。"

林峰走近宋彪,拍着他的肩头说:"宋老板,这次是用中药材重楼替代经济林,尽管你现在损失了100万元,可是你想过吗?中药材可是我们热带雨林的黄金产品,几年后你可以把损失的100万元成倍地赚回来。"

宋彪余怒未消,说道:"我是个没文化的粗人,我当然知道种植中药材赚钱,但是中药材替代种植项目这么复杂的事,要准备那么多项目材料,你叫我咋弄?"

林峰现在终于弄清了宋彪的困境,这才诚恳地对他说:"宋老板,你当初可是帮过我的,我知道你是个实诚人,今后你这准备项目材料的事，就让我来帮你吧！"

　　林峰说得真诚，让宋彪有着一瞬间的恍惚，其实在宋彪的盘算中，他对种植中药材是非常看好的，只是那些项目材料让他犯难了。宋彪一改刚才的愠怒，连忙握住林峰的双手道："那太好了，林峰，我知道你当年可是县城高中的高才生，你墨水喝得多，那以后我这中药材替代种植的项目材料，就交给你啦。"

　　宋彪怕林峰变卦，又强调了一句："你放心，我会付钱给你的。"

　　林峰知道宋彪误会了他的意思，随即摆摆手道："宋老板，这给钱就见外了，当初你真金白银拿出2万元借给我还贷，也没收我一分一厘的利息，我也是个懂得感恩的人！"

　　这下，宋彪是彻底释然了，林峰就邀他到家里吃饭喝酒，宋彪呵呵笑着道："林峰啊，我们正在赶工期呢，不然的话，我肯定会去你家好好喝一顿，我们哥俩多少年没有见面啦。"

　　林峰笑道："那好着哩，今后你需要什么就尽管上我家来找我。还有，我家的自烤酒呀，管醉！"

　　两人开心地打趣着，笑声回荡在树林间。

　　接下来的日子里，林峰和伊莎还随同其他村民，进入到倚象谷的深处，进行大象喜食植物的补植补种工作。当然，村民进山一般都是在亚洲象群离开倚象谷的情况下。

　　一大早村民们便开始了他们忙碌的一天，他们身着深色的衣服，脚穿胶鞋，背篓里装满了大象喜食植物的种子。

　　在林峰的带路下，他们沿着森林中亚洲象的传统通道前行，这片森林是他们的家园，也是大象们的乐园。村民们知道，大象是这片森林的重要组成部分，他们的生活与大象息息相关。

为了保护这个美好的生态系统，村民们非常理解政府的决定——发动村民义务出工，进行大象喜食植物的补植补种工作。他们更加坚信，待到今天补植补种的植物渐次长高，亚洲象在森林里吃饱了肚子，那么自己种的庄稼地就会多一份收入的保障。

补植补种工作继续进行，村民们的动作虽然不够熟练，但人人都充满了热情和决心。

当天空被染成一片金黄色，村民们结束了一天的劳作。伊莎看着自己种植的植物，心中充满了满足和喜悦。她知道，这些植物将在未来为亚洲象们提供上好的食物，为这片热带雨林带来更多的生命力。

### "典型引路"是个什么法宝

曼朋傣寨、倚象谷寨子还有翁基哈尼山寨镶嵌在翠绿静谧的倚象谷外围。

三个寨子的农户们过去一直依赖木柴作为主要的燃料，因此对热带雨林造成了不小的破坏。对于高大的用材林，政府有着严格的管控措施，而对于低矮的灌木，因为它们不能作为用材林，所以政府在管理上就显得宽松很多。

长期以来，在热带雨林的农村住户以砍伐低矮灌木作为生火煮饭的燃料。据不完全统计，热带雨林人家每户一年的木柴用量在2吨左右。倚象谷边缘的三个寨子，共有住户1000余户，所有住户每年的木柴用量就达2000多吨。仅三个寨子每年就要耗费这么多的木柴，那整个县的农村住户又得砍伐多少灌木作为燃料之用。而且，年年要砍伐这么多灌木，何时才是尽头？

这些被作为燃料的灌木，很大一部分是亚洲象喜食植物。

因此，在保护亚洲象系列政策措施中，解决农村住户的燃料问题，就显得刻不容缓了。之前程非提交给县政府的反馈意见中，也重点提到——地方政府要切实解决好辖区因农村烧柴造成对热带雨林啃噬的问题。

幸好，这一切在一年后的秋天发生了改变。

县林业局节能办公室工作组（简称工作组）工作人员走进了倚象谷三个村寨，向村民们推广了一种新的能源——沼气节能灶。倚象谷亚洲象监测员林峰，以及林东等村干部都参与了这个声势浩大的节能改造工作。

工作组首先在倚象谷寨子召开村民大会，可任凭工作组的工作人员磨破了嘴皮子，倚象谷的村民们对沼气节能灶改造项目还是充满了误解和疑虑。即使住户建设沼气节能灶的费用全部由政府买单，但是同意改造的住户也依然寥寥无几。

倚象谷寨子的黑三就是其中的典型代表。黑三觉得自己用了几十年的柴火灶，做出来的饭菜味道更香。对于政府推广的沼气节能灶，黑三觉得那是城里人的玩意儿，根本不适合农村生活。他振振有词道，沼气是人和畜生粪便堆积产生的，那味儿做出来的饭菜，能吃吗？

还没等宣布散会，村民们就纷纷散去，都表示出对沼气节能灶的抵触情绪。

林峰得知这个情况后，他直接就去村委会找到了工作组的陈组长。此时的陈组长，因为在倚象谷推广沼气节能改造工作受挫，正挺着一张苦瓜脸，坐在村委会办公室里生闷气。

林峰走到缺乏农村工作经验的年轻的陈组长面前，对他建议道："陈组长，在农村开展工作，一定要记得'典型引路'这四个字。"

## 第十五章
### 地方政府并非陪跑者

亚洲象监测员的直接管理部门就是县林业局,所以陈组长认识林峰,也知道林峰是全县最出色的亚洲象监测员之一。陈组长一改刚才的黑脸,问道:"林哥,你给我说说,'典型引路'是个什么法宝?"

林峰微笑着道:"你们先把我家的沼气节能灶建起来,剩下的,我帮你搞定!"

陈组长觉得此时的林峰,就是他的救命稻草,他甚至觉得,在倚象谷一带,没有什么事是林峰搞不定的。于是,陈组长就让安装师傅去到了林峰家,林东赶紧组织了一些村民过来围观,其中就有持反对意见的黑三。

安装师傅带着几个年轻的助手,来到了林峰家。他们先对林峰家的厨房进行了勘察,然后根据实际情况设计出了安装方案。

在征得林峰的同意后,他们开始着手准备材料,搭起了灶台。安装过程中,安装师傅细心地向村民讲解了如何使用沼气节能灶,并且强调了安全使用的重要性。

村民们围在一旁,认真地听讲,并不时地提出问题。安装师傅现身说法,给村民们讲解沼气节能灶的好处,他先是从理论上给村民们讲解了沼气节能灶的工作原理,告诉村民这种灶具不仅可以减少对环境的影响,而且今后大家再也不用到山上砍柴,背柴可是农村最繁重的体力活之一。

然而,黑三还是不买账,他觉得这种灶具很危险,万一漏气怎么办?而且,他也担心这种灶具做出来的饭菜味道不如传统灶具。

林峰意识到黑三的疑虑,于是他决定亲自示范一下如何使用沼气节能灶。

林峰先用传统柴火灶烧了一锅水，又用沼气节能灶烧了一锅同样的水，然后请黑三品尝。伊莎更是用不同的灶，煎炸了两盘黄牛干巴给现场的村民品尝。结果发现，用沼气节能灶烧的水和煎炸的黄牛干巴，和用传统柴火灶具做出来的味道没有任何区别。

接着，安装师傅又给村民们演示了沼气节能灶的其他优点。比如，这种灶具的温度控制比传统灶具更加精准，可以减少能源的浪费。他还说，沼气是一种可再生的能源，可以在农村广泛使用。

经过安装师傅的耐心解释和演示，黑三也品尝了使用两种不同的灶具烧出来的水和煎炸的黄牛干巴，他终于明白了沼气节能灶的好处，表示愿意试用，也愿意向其他村民宣传。

通过这次经历，陈组长意识到，要想推广沼气节能灶，不能一味地强制村民使用，而应该通过耐心讲解、示范等方式，让村民真正理解这种新技术的优点，从而自愿接受。他对林峰"典型引路"的工作方法非常叹服。

在后来的日子里，林峰带着陈组长一行开展了一系列的宣传工作，包括举办讲座、发放宣传资料、展示实物等。林峰把自己家安装的沼气节能灶作为倚象谷三个寨子村民们的体验点，让广大的村民亲自试用他家的沼气节能灶，从中感受它的妙处。

在这个过程中，村民们逐渐改变了对沼气节能灶的看法。他们发现，这种新灶具不仅安全可靠，而且还能为他们节省能源和开支。更重要的是，村民们的生活质量也得到了提高，不用柴火的厨房，变得更加干净整洁了。

随着时间的推移，越来越多的村民开始使用沼气节能灶。倚象谷边缘三个偏远的寨子，逐渐摆脱了煮饭靠烧柴的困境，变得更加宜居。

陈组长在林峰的帮助下，在倚象谷寨子推广沼气节能灶改造工作大获成功，不断有其他村甚至其他乡镇的干部和项目工作队来倚象谷寨子学习取经。

倚象谷寨子接着又要实施亚洲象安全防护工程。

亚洲象安全防护工程，顾名思义，就是要在象群稳定分布区域周边村寨及主要交通道路安装太阳能灯，便于群众及时发现亚洲象，撤离到安全的避象场所。还要在象群集中分布和活动频繁区的周边村寨建立脉冲电子围栏，使村寨成为安全的避象场所。

在具体的实施过程中，曼朋傣寨、翁基哈尼山寨由于住户密集，脉冲电子围栏非常容易搭建，只要把所有住户团团围住架设即可。而对于住户相对分散的倚象谷寨子来讲，安装太阳能灯没有什么难度，而搭建脉冲电子围栏，就不太容易了。

曼朋傣寨、翁基哈尼山寨的安防工程，仅用了两个月就全部竣工并投入使用了。而倚象谷寨子的脉冲电子围栏，却连设计方案都没有出来。

一个绝妙的想法在林峰的脑海中一闪而过——何不用饲养蜜蜂的方法,来阻止亚洲象袭扰村寨。

## 第十六章 雨林自然密码

**亚洲象对蜜蜂有着天生的恐惧**

倚象谷寨子脉冲电子围栏的建设陷入停滞。

究其原因,主要是倚象谷寨子除了中心区平坦地段那些世居住户密集,外围还住着一些从外地迁入的住户。整个倚象谷寨子的住户分散居住,中心区很容易铺设脉冲电子围栏,而零散分布在中心区外围的住户就无法纳入其中。如果要把所有的住户一并纳入脉冲电子围栏,整个脉冲电子围栏工程就会增加巨大的投入,现实的投入和预算就会出现较大的资金缺口。

林峰和林东在倚象谷寨子转悠,林峰得以第一次审视着这个自己从小长大的地方,对倚象谷寨子有了一种既熟悉又陌生的复杂感情。

在热带气息浓郁的雨林边缘,稀疏的倚象谷寨

## 第十六章
### 雨林自然密码

子悄然躺卧在绿色的环抱中。远远看去，倚象谷寨子的民居仿佛就是散落的星星，疏疏落落，各自在丛林的深处寻得自己的栖息之地。这里的民居由许多的单门小户组成，房舍都是用思茅松和青瓦搭建的，极富自然韵味。青苔安静地生长在屋顶的边缘，给这个独特的村寨增添了一丝湿润和宁静。

走入寨子，蜿蜒的小径像一条迷宫的通道，穿梭在房舍和茶园之间。寨子中央的那十几株古榕，倔强地伸向天空，进一步佐证着倚象谷寨子村民的生活方式和热带雨林同频共振。在这里，林峰还看到，有人在茶园中采茶，有人在溪边洗衣，有人在竹林里编竹筐，还有人坐在自家门口，静静地享受着夕阳的余晖。

林峰不禁生发出许多感慨。他暗忖道，尽管村民们居住分散，但他们都是同一个寨子的人，有着相同的语言、信仰和习俗，对这片热带雨林有着无比的热爱和尊重。

林峰知道，这片热带雨林就是所有倚象谷寨子村民的生命之源，是他们生活的基石。乡亲们也在用自己的方式，守护着这片热带雨林，守护着自己的家园。

尽管倚象谷寨子看起来有些散漫和随意，但每一个角落都充满了生活的气息。这里充满了人与自然和谐共生的画面，让人感到宁静和温暖。镶嵌在绿色森林中的倚象谷寨子的民居，就像一颗颗珍珠，静静地卧在绿色的地毯上，闪烁着生活的光芒。

林峰从悠长的思绪中回到现实，他对林东郁郁地说道："哥，我们寨子看上去是如此的清幽，它属于倚象谷不可分割的一部分，这脉冲电子围栏一拉，这种美好的感觉恐怕就要被破坏了。"

林东摊开双手，无奈地道："林峰啊，在人身安全面前，美感不堪一击。"

林东又叹了口气："可是我们倚象谷寨子，目前竟然连生存都无法保障。"

林峰对林东的话不敢苟同，他呵呵笑道："哥啊，其实现实并非你想得这样悲观，只要我把亚洲象监测员的工作做实了，亚洲象一出森林，我们寨子的所有村民有的是时间转移到古榕上。"

林东信任地看向本家这个堂兄弟，他觉得林峰似乎找到了解决的办法，便怂恿林峰道："林峰，快谈谈你的想法。"

没想到林峰却轻描淡写地说道："既然建设脉冲电子围栏的资金缺口大，那么我们村的脉冲电子围栏，我想还是暂且不建了。"

林峰说完就大踏步地走了，留下林东在原地呆愣着。林东郁闷地嘀咕："你说得倒是轻巧，这不建脉冲电子围栏，我可如何向上级交代。"

第二天早上，林峰在倚象谷开始了他的例行巡视任务。

林峰身处这个再熟悉不过的生机勃勃的世界里，身边是潮湿的土壤、鲜艳的热带植物，以及远处野兽不时发出的叫声。他独自一人，仿佛融入了这片茂密、独特的热带雨林中。

林峰通过望远镜观察着远处，突然，他发现了那些偌大的移动影像，那些在远方移动的家伙果然是亚洲象群，但却不是短鼻子家族。他的心跳瞬间加速，他感觉到这个象群有些陌生，肯定是第一次来到夹象沟。

这是倚象谷珍贵的时刻，林峰务必要尽可能地收集更多关于这群亚洲象的信息。他开始跟踪亚洲象群，尽量保持安静，

## 第十六章
### 雨林自然密码

以免惊扰到它们，林峰沿着亚洲象群留下的痕迹，尾随着它们穿过茂密的树林，跨过曼干河。

当然，这次只是林峰日复一日工作的日常，他无数次穿行在这片浓密的热带雨林中，仿佛是在一场寻宝游戏中寻找着答案。

林峰在倚象谷里跟踪亚洲象并非一帆风顺。有时，林峰会遇到阻碍，如陡峭的山坡、湍急的河流，甚至是突如其来的暴雨，但林峰从未退缩，他深知这些困难都是他履行工作职责必须面对的现实。

随着时间的推移，林峰与这群亚洲象的距离越来越近，他能清晰地听到它们的呼吸声，看到它们身上的纹理，甚至能感受到它们眼中的情绪。在这个过程中，林峰逐渐摸清了这群亚洲象群的行进路线，他记录下了它们的行动轨迹。

最后，林峰成功地跟踪这群亚洲象来到了它们位于普洱市宁洱哈尼族彝族自治县勐先镇的栖息地。

林峰在不远处观察着它们，记录下这个珍贵的时刻。他知道，他的工作已经完成了一半，接下来，他需要将这个信息带回去，为保护这群亚洲象群的行动提供宝贵的依据。

林峰正准备沿着这群亚洲象刚才走过的通道返回时，他的头顶却响起了"嗡嗡"的声音。

林峰目光敏锐地观察着周围的环境，他在密林中注意着每一个细节——树枝上的鸟巢、地面上的兽径，还有那些遥不可及的古树树冠。

经过一段时间的仔细搜寻，林峰终于寻到了嗡鸣声的来处。他站在一棵古树下，抬头仰望，只见那个巨大的蜂巢在阳光的照耀下闪闪发光。

林峰深吸一口气，开始准备摘取蜂巢所需的工具。随即，林峰轻车熟路地攀爬到蜂巢所处的古树枝丫上，虽然双手被蜜蜂蜇了好几次，但是他仍然坚持着。最终，他用烟熏的办法成功地驱离了守巢的工蜂，摘下了那个巨大的蜂巢。

林峰的动作迅速而灵敏，在烟火的熏燎中，失去家园的工蜂把全部的怒气发泄在了那群无辜的亚洲象上。

在工蜂进攻亚洲象的过程中，林峰意外地发现了一个令人震惊的事实——亚洲象对蜜蜂有着天生的恐惧。他注意到，在蜜蜂出现的时候，亚洲象会立刻逃跑，甚至不敢靠近。

这个发现让林峰陷入了沉思。

林峰这次跟踪这群亚洲象，不仅带回了古树上的蜂巢，还发现了亚洲象惧怕蜜蜂的秘密。他不禁感慨道，自然界中充满了许多的未知和神奇，需要人类不断地去探索、去发现。

突然，一个绝妙的想法在林峰的脑海中一闪而过——何不用饲养蜜蜂的方法，来阻止亚洲象袭扰村寨。既然倚象谷寨子实施不了脉冲电子围栏工程，那就开创性地实施"饲养蜜蜂自然安全防护工程"。

林峰为自己能够想出这个"饲养蜜蜂自然安全防护工程"欣喜不已。

### 又多了一份"甜蜜的收入"

林峰找到林东，把他谋划已久的"饲养蜜蜂自然安全防护工程"告诉了他。不过，林峰的这个"饲养蜜蜂自然安全防护工程"，还是遭到了林东的质疑。林东疑惑地问林峰："你就确信这个蜜蜂能够阻止亚洲象进入村寨？"

林峰自信地点头道："前不久我到倚象谷追踪亚洲象群，亲眼看见了亚洲象面对蜜蜂的尴尬，原来这些小东西竟然是体形硕大的亚洲象的天敌。"

林东也觉得蜜蜂追着亚洲象蜇的场面非常奇特，他惊叹道："自然界就是如此奇妙，这真是一物降一物，每一类物种都有着自己的长处和弱点，没想到这亚洲象也不例外。"

林峰看到林东感慨上了，就追问道："哥，这么说你同意我这个'饲养蜜蜂自然安全防护工程'了？"

林东还是有些担忧，又问林峰道："林峰，这饲养蜜蜂阻止亚洲象进入村寨的办法，真的能行吗？我一个村委会主任做出的决策，可不能儿戏啊！如果到时候，家家户户都把蜜蜂饲养起来了，却对亚洲象起不到吓阻的作用，那这事不就搞砸了，今后村民们谁还会听我的话？"

林峰现在终于明白了，原来林东之所以举棋不定，原来是怕事情搞砸了影响到他这个村委会主任的威望。于是，林峰对林东改换了一种说法："哥，我们实施这个'饲养蜜蜂自然安全防护工程'的事我俩知道就行。我去各家各户做饲养蜜蜂宣传动员工作时，我就对大家说，我们寨子要发展养蜂产业，今后大家的蜂蜜就卖给我，我林峰负责帮他们销售。"

林东这才明白林峰的良苦用心，他对面前这个总是有着无限妙计的堂弟肃然起敬，佩服地看向林峰，夸赞道："林峰，真有你小子的，你这个主意真是绝妙啊，即使饲养蜜蜂阻止不了亚洲象，但是却为我们倚象谷寨子发展了养蜂产业，我们的乡亲们又多了一份收入。"

林峰自信满满道："哥，我觉得你该往最佳的好处去想，要是我们倚象谷寨子饲养蜜蜂，既能阻止亚洲象进入村寨，又为村民增加了收入，那岂不是一举两得了。"

林东向林峰竖起了右手大拇指:"林峰,你这个一箭双雕的妙计,哥支持你,这养蜂产业,你就放心大胆地带领乡亲们干吧。"

…………

倚象谷寨子里,林峰正在全力推广一种新的防象策略——饲养蜜蜂。他甚至觉得,现在的自己不再只是个孤独的看象人,而是一座连接村民与倚象谷的桥梁。

在一个充斥着鸟鸣虫喧的清晨,林峰早早地起床,准备去寨子中心发动村民们一起饲养蜜蜂。

林峰脸上晒得黝黑,眼角的细纹如同山间的溪流,流淌在古铜色的脸庞上。现在的林峰,快年满四十岁啦。

林峰很快走到寨子中心,他看见村民们正在院场里忙碌着,有的在晒毛茶,有的在晒笋干。他站在古榕下,沉默了一会儿,然后扬起手,大声说道:"乡亲们,我有一样新的东西想介绍给大家。"

人群渐渐安静下来,林峰看着他们的脸,心中充满了期待和紧张。林峰深吸一口气,然后继续说:"我想跟大家说的是在我们寨子发展养蜂产业。"

林峰话音一落,村民们马上就向他围拢过来了,他们信任林峰和伊莎两口子,都知道林峰一家都是讲信用的实诚人。

人群越聚越多,林峰继续道:"我天天往倚象谷跑,看到森林里全年都盛开着五颜六色的鲜花,所以说我们倚象谷寨子一年四季都适合饲养蜜蜂,不用我多讲,大家都知道蜂蜜一直是我们这里的紧俏货。"

黑三此时也夹杂在人群中,他总是倚象谷村民中持怀疑态度的第一人。此时,黑三又质疑上了:"侄,我们当然知道乡街子上蜂蜜紧俏得很，可是我们所有人都去'伺候'这蜜蜂了，这蜂蜜不就'烂大街'了，到时候我们卖给谁？"

林峰耐心地对黑三说："叔啊，这养蜂这么省心的事，咋还用上'伺候'这个词了，它们自己去采花蜜，又不用你来给它喂食，你只要把几个蜂桶留置在房前屋后便可。还有，如果大家担心蜂蜜卖不出去了，那你们把自家养的蜂蜜交给我，我帮你们卖给县土特产公司不就好了。"

此时，林峰对村民们绝口不提饲养蜂蜜阻止亚洲象进入村寨的用意，却着重强调了发展养蜂产业能给大家带来新的收入。林峰看到村民们渐渐表露出兴趣，心中充满了希望，他信心满满地对村民们说道："只要我们齐心协力，就能让我们寨子的生活变得更加美好，让我们一起发展养蜂产业吧！"

人群中爆发出了欢呼声，他们开始讨论这个新的想法，脸上充满了兴奋和期待。

林峰倚靠着古榕树，微笑着看向村民们，心中浮想联翩。他知道，这是一个新的开始，一个新的机会。

说干就干，在一个天色晴朗的正午，林峰带着蜂箱进入了倚象谷深处，费了好大的劲，终于找到了一个空旷的地方，把蜂箱摆放好，随即拿出一些花粉和糖水，引诱蜜蜂前来。

不久之后，蜜蜂们开始围绕着蜂箱飞舞，它们被花粉和糖水的香气所吸引。林峰耐心地等待着，直到蜜蜂们进入蜂箱，他轻轻地盖上蜂箱的盖子，防止蜜蜂飞出。

林峰带着盛着蜜蜂的蜂箱回到倚象谷寨子，他开始向村民们展示了如何打开蜂箱，如何饲养蜜蜂，如何观察蜜蜂的生活习性。林峰还教他们如何制作蜂蜡，如何让蜜蜂保持安静。村民们都非常认真地学习着，并开始尝试着操作。

在林峰的带动下，倚象谷寨子的养蜂产业正式启动了。所有的村民充分利用自家房前屋后的闲地，建立了自己的养蜂场。三个月后，林峰和部分村民就开始采集蜂蜜了。

自此，村民们的生活变得更加丰富多彩，倚象谷寨子也变得更加蜜香四溢。

在养蜂的过程中，村民们还学会了许多有趣的小妙招。林峰的老岳父伊老赫，毫不吝啬地拿出了他尘封多年的蜂蜜祖传单方。倚象谷寨子的村民们这才发现原来蜂蜜还能够配合其他药物治疗一些疾病。比如，口腔溃疡和轻微的感冒。他们还知道蜜蜂能够分泌出一种特殊的液体，这种液体可以用来制作美容护肤品，让皮肤变得更加光滑细腻。

倚象谷寨子的养蜂事业不断发展壮大，成了倚象谷边缘寨子一道亮丽的风景线。村民们享受着养蜂的乐趣，同时也利用这个产业创造着美好的未来。

黑三这个总是疑心不断的老农，在卖出第一瓶蜂蜜后，由衷地夸赞起林峰来："林峰这小子，有能耐着哩，他让我们寨子又多了一份'甜蜜的收入'。"

不过，林峰这个"饲养蜜蜂自然安全防护工程"，到底对阻止亚洲象进入村寨适用与否，目前并没有得到实践的检验。

**勇猛的蜜蜂"特工队"**

林东因为倚象谷寨子的亚洲象安全防护工程脉冲电子围栏建设迟滞，被乡长批评了。林东对实施的项目推进不力，乡长只好把自己的副手秦副乡长给派下来了。

一大早，秦副乡长就乘车来到了倚象谷村委会，他的脑子里空空的，感到一片茫然。这位秦副乡长是最近才从县直属部

## 第十六章
### 雨林自然密码

门下派到乡上任职的年轻干部,他对乡辖区的情况并不熟悉。

林东向秦副乡长汇报工作,说明了亚洲象安全防护工程推不动的原因。比如,村民居住分散、项目资金缺口巨大等。

看到林东的汇报没有什么新意,秦副乡长眉头拧得老紧,他有些不耐烦地打断林东的话:"林主任,你们村的亚洲象监测员林峰去哪了,我想和他谈谈。"

林东如实回答道:"秦副,现在这个时间段,估计林峰还在倚象谷里面紧盯着那些走出森林的亚洲象群。"

秦副乡长"哦"了一声,就让林东带着他到倚象谷寨子转悠。林东只好硬着头皮带着秦副乡长往倚象谷寨子的外围转圈,他侥幸地想着,也许转一圈后这个秦副乡长就会理解项目推不进的原因了。

林东一边带着秦副乡长在山径上转悠,一边给林峰打电话。林峰显然还在倚象谷里面,因为他的手机一直没能拨通。

秦副乡长边走边对家家户户设置的蜂桶发出质疑,他责问林东道:"林主任,你看你们都干了些什么?你们村实施的亚洲象安全防护工程,安装这么多太阳能路灯,就是给家家户户饲养的这些蜜蜂照明用的吗?"

林东一时语塞,不知要怎样回答眼前这个不接地气的副乡长提出的问题。窘迫间,林东的手机却突然不合时宜地响了起来。

林东一看,电话是林峰打来的,林峰在电话里火急火燎地说道:"哥,快安排村委会广播员通知全体村民,四大一小共5头亚洲象,现在就快要走出森林了,请倚象谷寨子的所有村民做好防范。"

林东对秦副乡长抱歉地尴笑了一声,就急火火地打电话到村委会,安排广播员尽快播报亚洲象预警信息。少顷,村委会的广播果然播报了亚洲象即将走出森林的消息。

此时,一直显得空寂的倚象谷寨子有了人声的喧嚣。不一会儿,十几株古榕树下就挤满了村民,他们做好了随时上树避象的准备。

看着挤在一块儿略显惊慌的村民,秦副乡长对林东挖苦上了:"你看,你看,如果你们倚象谷寨子把脉冲电子围栏安装好了,村民们就不用这么慌忙地往树上爬了,这跟猴子上树有啥区别。"

作为副乡长的秦某,竟然对农村工作如此陌生,如此不接地气,还把村民上树避象形容成猴子上树,于是林东不客气地就怼上了:"秦副乡长,从你到我们倚象谷寨子那时起,我一直对你是尊重的,我向你反映的工作困难也是客观存在的,我们寨子的村民不得已上树避象,虽然有些狼狈但却是非常有效的措施。"

秦副乡长怔怔地看着林东,他实在想不到这个村委会主任竟然会怼他。林东又说道:"这么跟你讲实话吧,今天我还巴不得这群亚洲象真正进入我们倚象谷寨子,这样就可以检验我们村亚洲象监测员林峰创新推行的'饲养蜜蜂自然安全防护工程'的效果了。"

秦副乡长脸色铁青,不以为然道:"你真是瞎胡闹,什么'饲养蜜蜂自然安全防护工程',我今天倒要看看你们到底能弄出什么名堂?"

这时,林峰又给林东打来了电话:"哥,快通知村民们上树吧,这群亚洲象真的朝着寨子来了。"

林东看着盛气凌人的秦副乡长,故意抬高声音对着手机道:

## 第十六章
### 雨林自然密码

"林峰，我这就安排乡亲们上树避象，不过这一次，我们的'饲养蜜蜂自然安全防护工程'可要放大招啦。"

电话那头的林峰，信心满满地道："那当然啦，这个是绝对没有问题的，本来也不用安排乡亲们上树避象的，可是这毕竟是第一次验证我们的'饲养蜜蜂自然安全防护工程'，只好让乡亲们上树观看表演啰。"

林东马上又打电话给村广播员安排预警播报，村委会的大喇叭再次播报了最新的亚洲象预警信息。知道亚洲象马上就要进寨子了，村民们突然紧张起来，互相搀扶着爬到了高高的古榕枝丫上。

秦副乡长之前听说过亚洲象袭扰村寨致人死伤的事件，倚象谷寨子突然弥漫起亚洲象来袭前的紧张气氛，令他有些慌神。林东故意拿话绕他："秦副，不用怕，你就和我一块儿在这里恭迎亚洲象进寨吧。"

秦副乡长狠狠白了林东一眼，可心里升腾的恐惧还是让他做出了识时务者为俊杰的选择，他口气缓和着自嘲地央求林东："林主任，你还是安排我上树吧，我也当一回猴子啰。"

林东招呼先前爬上古榕树的后生们，把秦副乡长拽上了古榕树。

林峰气喘吁吁地赶到林东的身边，对林东道："哥，走，去我家屋顶，我们哥俩今天就好好看看我们布下的大网是如何抵御这些大家伙的。"

林东随着林峰移步到不远处的林峰家屋顶，从这里可以很清楚地观察到亚洲象是如何进入寨子的。

亚洲象的动静果然很大，还离得老远就打破了倚象谷寨子的宁静。5头亚洲象出现在寨子的边缘，它们显然不是短鼻子家族的成员。这些庞然大物对寨子里晾晒的笋干产生了浓厚的兴趣，它们开始向倚象谷寨子步步逼近。在古榕上的村民们担心不已，他们知道亚洲象的狠劲，知道它们的破坏力。

然而，就在这危急的时刻，站在自家屋顶上的林峰，冷静地看着这群不速之客，嘴角微微上扬。

林峰吹起一支独特的蜂笛，笛声宛如召唤精灵的魔法，蜜蜂们纷纷飞舞起来，形成了一道密集的蜂网。

林峰刚才吹奏的蜂笛，对这群小生命下达了指令，让它们严阵以待，守护倚象谷寨子的安宁。

亚洲象们毫无察觉，它们昂首阔步，向着寨子逼近。古榕树上的村民们紧张地屏住呼吸，唯恐它们肆意破坏家园。

就在这时，蜜蜂们如同勇敢的战士，向亚洲象发起了猛烈的攻击。象群顿时惊恐万分，它们的长鼻挥舞着，却无法击退这群小小的敌人。蜜蜂们如同坚毅顽强的士兵，即使被大象击中，也会继续发动攻击。亚洲象的耳后跟上、长鼻子上，很快就布满了大大小小的包，它们痛苦地尖叫着，步伐开始慌乱。这些密密麻麻的蜜蜂"特工队"让大象们望而却步，不得不退却。

此时，古榕树上的村民们欢呼起来，他们用口哨和欢呼声庆祝这场意外的胜利。

"原来，林峰叫我们大家饲养蜜蜂，不仅让我们获得了可观的收入，还阻止了大象对寨子的袭扰。"

"林峰啊，我们真是服了你啦！"

"林峰就是我们倚象谷寨子的大能人哩。"

古榕树上的伊莎和林峰母亲听到乡亲们对林峰的夸赞，不由得会心一笑。

# 第十六章
## 雨林自然密码

秦副乡长被眼前的场面惊到了,他不得不叹服——倚象谷寨子这个"饲养蜜蜂自然安全防护工程"果然"生猛"!

亚洲象在倚象谷寨子被蜜蜂击退的消息迅速传遍了全县,这个原本平静的寨子一下子变得热闹起来。当然,林东也为自己洗白了亚洲象安全防护工程推进不力的"罪责"。

很多游客纷纷慕名而来,都想来见证这个奇迹般的防护工程。这样一来,倚象谷寨子的蜂蜜更是供不应求。

看着伊莎那忙碌而满足的身影,林峰心中不禁泛起丝丝愧意。他郁郁地想,伊莎的茶叶生意,自己同样缺席了太多。

## 第十七章 在理想和现实之间

### 我必须当上这个政协委员

倚象谷的早晨,如同一幅神秘而绚烂的画卷。

当晨曦微露,天边泛起一抹粉红,千年的古榕树在晨光中苏醒,它们巨大的身躯在阳光下更显得庄重而古老。

寨子的上空飘起淡淡的炊烟,伴随着各种原始的木质香味和雨林特有的湿润气息。

儿童们在屋外的小道上欢笑玩耍,男人们在田间地里埋头干活,妇女们则忙着准备一天的饭菜。

那熟悉的村寨生活,仿佛与世隔绝,宁静而和谐,仿佛这个早晨,就是大自然的一首诗。

一辆公务车停在茶叶加工厂停车场上,从车上走下来几位穿着得体的男女,早已等候在林峰家的林东快步走上前相迎。

# 第十七章
## 在理想和现实之间

一行人与林东互相作了自我介绍，算是彼此认识了。这几位工作人员分别来自县委组织部、统战部和县政协办公室，他们这次组成考察组来到倚象谷寨子的任务，主要是对县政协委员候选人林峰进行上门考察。

林东满脸歉意地道："各位领导，你们来早啦，因为林峰同志是我们村的亚洲象监测员，他每天必须起早进山，去观察那些在森林里游逛的亚洲象。如果森林里面的亚洲象不出来捣蛋，林峰才会放心地返回寨子，不过等他返回时肯定到中午了。"

考察组表示理解，这亚洲象监测员的工作确实辛苦，大家等到林峰返回是应该的。

考察组其中一位女干部建议林东，那他们就先去一些村民家拜访，听取村民们对林峰的评价。林东点点头，刚要带他们离开，却见伊莎快步走出茶叶加工厂，热情地招呼着大伙："各位领导，别忙着走啊，我已经备好茶了，大家快进来喝杯茶再忙工作也不迟啊，我还有话想和领导们说呢。"

看着眼前这位质朴、大气的伊莎和飘荡着春茶清香的茶叶加工厂，考察组一行人好奇地走进厂子参观。

其实，还没下车，考察组就被倚象谷寨子别样的风情吸引住，这个寨子看上去并不显眼，但却散发着一种古朴而充满生活气息的美。而眼前这座茶叶加工厂，仿佛就是热带雨林的一部分，被翠绿的树荫和斑驳的石头所围绕。

一进入厂区，就能感受到一种别致的宁静与和谐。阳光透过树叶的缝隙洒在青石板路上，将茶叶的清香和木质设施的古老气息烘托得更加明显。

身着传统民族服饰的工人们，熟练地在各种制茶机械设备之间穿梭往来。他们的脸上洋溢着深深的热情和专注，一举手一投足都充满了对制茶工艺的敬仰和尊重。

在巨大的炒茶锅中，新鲜的茶叶在热力的作用下，慢慢弯曲起来，颜色也慢慢由翠绿变成金黄，那独特的香气，如同春日的暖风，在厂区里弥漫开来，让人心旷神怡。

工人们根据茶叶的形状和色泽，不断地调整火力的大小和翻炒的频率，全神贯注地呵护着每一片茶叶。压饼、装箱、打包，每一道工序都进行得有条不紊。

整个场景显得忙碌而充实，但在这个过程中，却没有任何的喧闹和急躁。工人们沉稳有序的工作状态，以及那对茶叶品质的执着追求，使得这个热带雨林中的茶叶加工厂显得更加别致和独特。人与自然、人与工艺构成了一幅生动而美丽的画卷。

参观完茶叶加工厂车间，考察组在伊莎的引导下移步到品茗区，这里显现给大家的又是另一番情景。

这是一个别致的茶室，外观古朴，门上挂着一个墨色的匾额，上面用篆书写着"茶语轩"三个字，透露着淡淡的雅致。一进门便是一个古朴的红木茶台，茶台上铺着一块简洁的茶席，茶席上摆着一套古朴的紫砂壶茶具。茶台一侧，一个陶瓷茶炉正冒着淡淡的热气，那是女主人伊莎的最爱，每天都得用它来烹制一壶茶汤。

此刻的伊莎安静地坐在茶台前，她的身影在柔和的灯光下显得那么优雅。她细心地挑选着茶叶，那是春天的新叶，散发着淡淡的清香。她将茶叶轻轻投入紫砂壶中，然后小心翼翼地用热水冲洗后，沥干再注入热水。随着时间的推移，紫砂壶中开始弥漫出淡淡的茶香，那种香气宛如山间的清风吹过，带走了尘世的疲惫，留下的只有宁静与和谐。

伊莎的每一个动作都显得那么优雅，那么有节奏感，仿佛

## 第十七章
### 在理想和现实之间

是在跳一场无声的舞蹈。当茶香四溢时,她将茶倒入杯中,那杯中的茶水碧绿如玉,散发出一种诱人的气息。

考察组的成员纷纷端茶品茗,那茶水在他们的舌尖上跳跃,那是大自然的馈赠。

品茗过后,伊莎却一改泡茶时的镇静和温婉,她的脸上浮现一抹淡淡的忧愁。而她随口而出的一席话,更让考察组和林东始料不及,只听她冷静地说道:"大家都看到了,我们家林峰整天只知道和那些亚洲象群打交道,他这个亚洲象监测员的工作不但辛苦,还连累到我们全家,我可不同意他再去当什么政协委员了。"

考察组的成员都怔怔地看向伊莎,林东不解地问道:"弟妹,你可别阻拦我兄弟啊,这政协委员可不是什么人都当得了呢,那可是一个人的政治荣誉啊。"

伊莎的脸上现出一丝忧伤,她郁郁地说道:"现在,我家茶叶加工厂的规模壮大起来了,每天都需要大量的人手,可是林峰呢,干着这个报酬低又危险的工作,还把他的时间全部搭进去了,而我这里请工人每天却要开支出去几百元哩。"

通过刚才的考察,考察组的成员都知道林峰家的茶叶加工生意做得很大,对于这样一个把生意做得顺风顺水的家庭来讲,林峰不顾生意去当亚洲象监测员无疑是非常不划算的。

考察组的成员和林东对伊莎的话感同身受。最后,还是林东出面劝解道:"弟妹,我们这里先别下结论,当不当政协委员,我看就等考察组走访后由组织决定吧。"

随后,林东带着考察组随机走访了几户人家,令考察组大感意外的是,在伊莎眼里整日泡在森林里不着家的林峰,村民们竟然对他好评如潮。

林峰回到家里,一脸愁容的伊莎告诉林峰,县上派来考察他当县政协委员的考察组已经来过家里了。伊莎振振有词地对林峰道:"可是,我已向考察组表态,我不同意你参选县政协委员。"

这个县政协委员还没当上,就被伊莎给否了,这让林峰大为恼火,他平生第一次斥责伊莎道:"伊莎,你为什么没得到我的同意,就擅作主张呢,我可是一直都想当这个县政协委员哩。"

林峰明白,他的决定将会打破这个家庭的平静,但他还是决定要走上这条挑战重重的道路。林峰发起火来把伊莎吓愣了,她委屈地蹲在地上抽泣着。

"我必须争取当上这个县政协委员。"林峰的声音坚定而低沉,犹如远山的回响。

"你当这个亚洲象监测员就顾不上家了,还要当什么政协委员,你真要对这个家不管不顾吗?"伊莎的眼中满是不解,更有着一肚子的委屈。林峰看着伊莎,眼神深邃如同黑夜中的星辰。

"伊莎,你知道吗?我想为保护亚洲象做更多的事情。"林峰搂着伊莎厚实的臂膀,向她喃喃道。林峰细数着近年来亚洲象面临的各种威胁,他讲述着人们为了追求经济利益而疏忽保护大象的重要性。

林峰的言辞激烈而诚恳,每个字都犹如一颗种子,种在了伊莎的心中。伊莎静静地听着,她看着林峰,心中涌起一种从未有过的敬仰。伊莎明白,她的男人已经决定要为保护亚洲象付出他的一切了。伊莎的心中有一丝疼痛,但更多的是坚定和骄傲。林峰看着伊莎,眼眶中闪烁着泪光。

现在伊莎终于明白了,林峰力争要当这个县政协委员,其

# 第十七章
## 在理想和现实之间

实就是为了在政治协商会议这个大平台上,发挥出更大的力量。她暗忖道,她的男人是在用自己一生的精力去保护那些他所钟爱的生命。她决定支持林峰,决定站在他的身边,一起为保护亚洲象付出努力。

不久之后,林峰以县政协委员的身份出席了县政协会议。在这次会上,林峰针对保护亚洲象的举措,提交了两份政协提案。一份是《亚洲象搞"破坏",公众责任保险来赔偿》,另外一份是《开设"大象食堂",让"人象关系"更和谐》。

**相爱却生活在各自世界中的两口子**

时间如白驹过隙,倚象谷发生了许多变化。

尤其是伊莎,一年前承包了翁基哈尼山寨村集体所有的50亩古茶园,承包期为三十年。有了古茶园加持的茶叶加工厂,打破了一直向茶农收茶的局限,伊莎在茶叶经营上展现出了超出常人的悟性。她接手翁基哈尼山寨村集体古茶园才过去短短一年的时间,翁基古树茶的新叶价由原来的每公斤15元,见风涨似的蹿到了每公斤20多元。

伊莎觉得,收取古树茶新叶赚的都是小钱,她敏锐地捕捉到,制作精良的古树茶不仅具备收藏价值,通过自然发酵后品饮价值愈发彰显。伊莎这个倚象谷的典型女子,是闻着普洱茶的清香长大的,她对普洱茶的品质和价值有着非一般山寨女子可以比拟的敏锐。

伊莎还在县城热闹地段的步行街租了一间老旧的门面,这个门面看上去并不显眼,可是经过伊莎的一番收拾,一间别具一格的普洱茶店,惊艳到了周末从县城四面八方涌入步行街的人们。

这家名为"雨林茶语"的茶店，就像一座隐藏在都市中的绿色岛屿，让人瞬间感受到清凉的绿意和宁静。茶店门面的设计巧妙地融入了热带雨林的植被和瀑布等元素，仿佛是一道缩小的雨林景观。门口的两侧有两棵仿真的古茶树，青翠欲滴的叶子和栩栩如生的小瀑布，让人仿佛能听到阵阵蝉鸣和鸟叫。木质的门扉上镶嵌着精美的铜质花纹，古朴典雅，透出一股普洱茶的沉香。

一进入茶店，一股沁人心脾的茶香扑面而来，瞬间将人们从热闹的都市带到静谧的雨林。店内装饰简洁而精致，藤制的家具、复古的挂钟和古朴的陶器，都和普洱茶的原始风味相得益彰。透过巨大的落地玻璃窗，可以看见热带雨林的壁画和普洱茶园的缩影，让人仿佛置身于绿色的世界中。

茶店的服务员都是经过专业茶艺培训的靓丽姑娘，她们熟练而优雅地为进入茶店的客人们泡制普洱茶，每一个动作都透露出对茶艺的热爱和对普洱茶的敬仰。喜好喝茶的客人们，静静地品味着一杯杯蒸腾着雾气的普洱茶，感受它的醇厚和历史的沉淀。

因为在县城开了茶店，所以伊莎往县城跑的时间就多了，她一个人两头跑，既要照看好家里的茶叶加工厂，还要打理县城茶店的生意。

进城的时间多了，伊莎换了一辆崭新的皮卡车，她和就读于县城高中的女儿林伊儿见面的时间变得频繁了许多。

各种各样的音乐培训伴随着林伊儿的成长过程，所以她每个寒暑假在倚象谷家里待的时间很短。伊莎时常感慨道，自从林伊儿读小学一年级开始，到现在已经是高三了，这时间过得快如闪电，她觉得自己还没来得及对女儿宠爱够，这小姑娘就

## 第十七章
### 在理想和现实之间

见风涨似的蹿高了。

伊莎面前的林伊儿,身着淡雅的校服,雪白的衬衫领口微敞,显现出纤细的脖颈和美丽的锁骨。她有着一头乌黑如瀑的秀发,轻柔地在肩膀上跳跃。她的眼睛像明亮的星星一样灵动,面庞清秀,像一块光滑的玉石,散发出温润的光芒。那双白皙而修长的腿,如同森林中白鹇鸟的双腿,充满着灵动和生命力。

林伊儿总是选择周末来到"雨林茶语"茶店,因为作为住校生的她,也只有周末的闲暇时间属于自己。

没有野象出没的时候,林峰就会随着伊莎一块儿来到县城"雨林茶语"茶店和林伊儿相见,当然林峰和林伊儿相见的机会总是少之又少。

在"雨林茶语"茶店,林伊儿总是喜欢给茶店里的客人们唱歌。林伊儿的声音如清泉般甜美,每次听到她的歌声,都会让人感到一种宁静与平和。她的笑容则像是春日的阳光,暖洋洋地照在伊莎的心上,让伊莎感到无比的舒适和安宁。

看着面前这位总是绽放出耀眼光彩、浑身散发着文艺气息的女儿,伊莎时常感伤地想起她和林峰那位久未谋面的同学依香,严格来说,是林峰的初恋女友依香。自己这个女儿的性格怎么和依香这么相像,难道女儿也是一个注定要在外面闯荡干大事的人吗?

在广袤的倚象谷中,有一个孤独而执着前行的身影。

林峰的生活简单而平凡,他的世界却广大而复杂,他长年累月在森林中泡着,这里是他的舞台,也是他的工作场所。

林峰每天清晨醒来,带着只有森林和动物才能带给他的那一份宁静与和谐,穿梭于深谷密林之间。他的皮肤被阳光晒得黝黑,而手指则被岁月磨得愈发粗糙,他的眼睛像森林里的猫头鹰一样，十分敏锐，眼神中充满了警惕。

除了监测亚洲象，现在的林峰还有另一项重要的职责——野生动物肇事公众责任保险定损工作，这同样是一项艰巨而重要的任务。这个工作，就是之前林峰和程非探讨的"满足人类的生存条件"。

林峰经常要深入到因象群袭击造成损失的住户，义务为保险公司做理赔前的定损工作。那些遭受象群袭击的住户，房屋破损，作物被毁，村民们总是希望林峰的定损能够尽量为他们挽回损失。

然而，面对定损工作中不可避免地碰上亚洲象，甚至与之对峙的危险，林峰并不惧怕，总是以温和的态度，专业的知识，仔细地评估每一处损失。他的定损工作，既要让老百姓满意，又要符合保险公司理赔标准。

林峰总是用他那双粗糙而有力的手举起损坏的物品或庄稼，细心地观察，准确地评估。他的双眼深邃而明亮，心中满载他对工作的热爱和对村民的承诺。

就这样，林峰整日穿梭在倚象谷和村寨之间，他对自己的工作总是乐此不疲。

林峰和伊莎的爱情，就像倚象谷中的两棵树，各自扎根在自己的领地，虽然距离遥远，却依然相互守望，他们虽然不能时时刻刻相依相伴，但是他们的心却始终紧紧相连。

每个清晨，当第一缕阳光洒在倚象谷之上，林峰便起身，背着双肩包，进入森林，去寻找那些亚洲象的踪迹。林峰的脚步像猫一样轻盈，他的眼神像鹰一样犀利。

而伊莎则是在林峰离开家后才醒来，她面对的是整个办公桌上繁杂的茶叶购销合同和账目，她的手指在电脑键盘上飞快

## 第十七章 在理想和现实之间

地敲击，就像一位女战士在战场上驰骋。

每个黄昏，当太阳渐渐落下，林峰会带着一天的观察成果回到家中，生起篝火，煮一壶伊莎亲手炒制的好茶。

林峰母亲、伊老赫都是将要迈入七十岁的老人了，伊老赫的晚年生活已经融入林峰家的节奏。随着孙女林伊儿渐渐长大，林峰母亲深知这辈子抱孙子的愿望已经成为不能实现的夙愿。

既然抱不了孙子，那就任由他们去，热带雨林老人的心胸是豁达敞亮的，尽管心里有着些许的遗憾，但也会随着时间的流逝而渐渐释怀。

林峰一家总是在一种其乐融融的气氛中吃着晚餐，伊莎也会在这个时候停下工作，端起林峰为她沏好的茶，静静地品味。

林峰和伊莎的爱情，简单但充满了滋味。他们就是这样一对相爱却各自生活在自己世界中的两口子。虽然他们的生活方式迥然不同，但是他们却用爱情将这两种生活完美地融合在一起。

他们的感情就像雨林的雾气，看似缥缈却又真实存在；更像那缕茶香，飘散在空气中，让人沉醉。

**再次见到"小眼镜"肖老师**

最近，倚象谷里并没有亚洲象活动的迹象。

下午3点，女儿所在的县城高中要召开家长会，林伊儿在电话中对母亲伊莎说，这可是我高中生涯的最后一次家长会了，希望爸爸妈妈都能准时来参加。

林峰自知平时天天往雨林里跑，对女儿的成长过程一直缺席过多，所以今天他就坐着伊莎的皮卡车，早早来到了县城步行街上的"雨林茶语"茶店。

林峰跟随伊莎走进"雨林茶语"茶店,在这个人头攒动的步行街,这间茶店就如同一个独一无二的绿洲,为疲惫的人们提供了一处世外桃源。

　　店内的氛围宁静而雅致,透过透明的玻璃窗,暖黄色的光线宛如萤火虫的光芒,温暖而柔和。伊莎的稳重给人一种莫名的安心感,她的热情服务和专业知识使得每一位进店的客人都非常满意。

　　翁基古树茶是"雨林茶语"茶店的招牌,这些来自热带雨林古茶园的茶叶,经过岁月的沉淀和精心的制作,散发出独特的香气。当开水涌入,茶叶在瓷器中翻飞,那淡淡的香气就像一个个精灵在空气中跳跃,诱人沉醉。

　　林峰看着面前络绎不绝的客人,心中无比欣慰,他实在没有想到伊莎的生意竟如此红火,看着伊莎那忙碌的身影,林峰心中不禁泛起丝丝愧意。他郁郁地想,伊莎的茶叶生意,自己同样缺席了太多。

　　下午2点半,林峰和伊莎带着一颗激动又紧张的心,终于回到了这个阔别已久的母校。

　　那熟悉的校门,那塑胶跑道和姹紫嫣红的学校花园,都在两人的心中激荡出深深的涟漪。多年前的时光和记忆,就像泛滥的洪水,一下子就涌入了林峰内心深藏已久的角落。

　　阳光照耀着校园,古老的银杏树依旧屹立,见证着一届又一届的学子来来去去。

　　林峰和伊莎漫步在校园的小道上,感叹万分。这里的一草一木,都是他们青春的记忆,是他们曾经的梦想。

　　走进教学楼,那熟悉的铃声、整洁的走廊,还有那些忙碌的学生,都让他们感到亲切。而那些教室里面的教具,又让他

## 第十七章
### 在理想和现实之间

们感到陌生,教室里的黑板已经不见了,换上了科技感十足的电子屏,所以也就没有了粉笔和黑板擦这些他们记忆中的教具。

家长会准时开始,林峰、伊莎和女儿并排坐着,看着眼前那一张张陌生的面孔,他们感慨万分。

林伊儿因为自己的爸爸能够出席今天的家长会,感到无比的幸福。林峰看着开心的女儿,他有着一瞬间的恍惚,他暗忖道,这时间过得可真快,那个曾经的小女孩已经长成大姑娘了。

更让林峰惊讶的是,女儿的班主任竟然是他们当年的班主任——"小眼镜"肖老师。曾经貌美高冷的肖老师,如今已被岁月磨砺得两鬓如霜,但肖老师执着坚毅的眼中,那份对教育的热爱和对学生的关心,却依然如故。

只听肖老师在讲台上动情地讲道:"尊敬的家长们,大家好!在这个关键的时刻,我想与大家分享一些激励我们所有人为高考全力以赴的内心话。高考,是人生中的一场重大考试。它对于每一位同学都至关重要,也是我们为他们倾注了无数心血的成果。

"作为班主任,我一直努力为同学们营造一个良好的学习环境,提供及时有效的辅导,目的就是为了帮助大家在高考中取得优异的成绩。

"眼看着高考的脚步越来越近,我相信同学们已经感受到了越来越大的压力。在这个阶段,家长们需要鼓励他们,为他们注入信心,让他们以平常心面对这场考试。

"而各位家长也需要调整好自己的心态,给予孩子们最大的支持和鼓励。为此,我希望通过这次家长会,达到以下两个目标:一方面,鼓励孩子们勇敢面对高考,充分展示自己三年来的学习成果;另一方面,帮助家长们更好地理解孩子们的处境,共同为他们的高考助力。

"高考是人生中的一道重要关卡,但并非唯一的选择!我们要始终坚信:高考只是人生中的一小部分,并不是全部,无论结果如何都不应该轻视自己;高考并不是唯一的途径,只要他们敢于面对并努力奋斗,未来仍然充满无限可能;适当地表扬和鼓励孩子,让他们知道自己的努力和进步都被大家看在眼里,支持他们在高考中取得更好的成绩。

"最后,我想说,作为班主任,我深知高考的重要性,也理解大家的压力,我会始终与孩子们并肩作战,陪伴他们度过这段艰难的时光。让我们一起为孩子们的高考努力,为他们加油打气,相信他们的未来一定会更加美好,谢谢大家!"

肖老师在家长会上对家长和孩子们的动员讲话,比起多年前对林峰和伊莎讲的,更加煽情,口气舒缓而真诚,令在场的家长们有一种热泪盈眶的感觉。

家长会散后,林峰和伊莎告别住校的女儿,他们准备返回倚象谷家中。此时,林峰的身后传来了肖老师热切的声音:"林峰,是你吗?你就是林伊儿的父亲吧?"

林峰和伊莎转身,两人看到肖老师正快步向他们走来,肖老师端详着林峰,点点头脱口而出:"嗯,你就是林峰,我一直记得的,当年你可是我们学校的优秀生。"

知道自己被曾经的班主任一直记着,林峰顿时不好意思起来,同时他的内心也有一丝不安泛起。

肖老师脸色严峻地看向林峰道:"林峰,你女儿林伊儿都快高中毕业了,在我的印象中,你可是第一次参加女儿的家长会啊。"

见林峰有些窘迫,伊莎就对肖老师解释,说他是一名亚洲

# 第十七章
## 在理想和现实之间

象监测员,为避免人象冲突可得天天盯着那些调皮捣蛋的亚洲象,实在无法抽身。

肖老师对林峰和伊莎感叹道:"看到你和伊莎生活得这么幸福,我也就放心了,就像今天我讲的一样,高考虽然是人生中一道很重要的关卡,但并非人生的唯一选择!"

林峰和伊莎频频点头。

接着,肖老师对林伊儿的歌唱天赋赞不绝口,那激动的神情让林峰和伊莎备感骄傲。不过,肖老师也提到了林伊儿的文化课成绩,显然她对林伊儿的文化课成绩并不满意,那份担忧深深地烙印在她的脸上。

最后,肖老师带来了有关依香的消息:"还记得我们班那位依香同学吗?她现在在昆明成立了自己的旅游公司,听说发展得非常好!"

肖老师似乎忘记了依香是林峰高中时的初恋女友,或者因为年代太久远了,她压根就不记得林峰和依香的往事,所以现在肖老师在林峰和伊莎面前提到依香,并非故意,而是一种对有出息学生的骄傲表达。

依香,她是一直属于外面世界的人,还真干成了大事。林峰不觉在心里感叹道。

不过,肖老师提到的依香,却在林峰和伊莎平静的内心搅起了阵阵涟漪。

林峰欣慰地想,假以时日,智商很高的亚洲象就会逐渐熟知这条人类为它们开辟的新通道,它们的活动空间将变得越来越广阔。

## 第十八章 "大象食堂"

**大象新通道**

又到了一年一度高考放榜的日子。

林伊儿的高考结果,果然如肖老师担忧的那样,她这次并没有考上心心念念的上海音乐学院,而是被自己填报的第三志愿云南艺术学院录取了。

知道这个结果,林峰和伊莎还是非常欣慰的,他们觉得虽然女儿在唱歌上天赋异禀,但是文化课却是女儿的硬伤,所以这个录取结果并不意外。还有就是,作为父母的他们没有圆的大学梦,终于在女儿的身上圆梦了。

伴随着一路鲜花和掌声长大的林伊儿,对这样的结果并不接受。林伊儿自小没有受过任何的打击,她天生就有着一种源自骨子里的清高和自负。现在林伊儿的心理落差很大。

# 第十八章
## "大象食堂"

林伊儿天天躲在自己的房间里以泪洗面，伊莎换着法子给她做好吃的，可她就是掉进自己的内心"魔窟"里出不来了。

这天下午，林伊儿黯然神伤地走出了家屋，她来到山坳，她的眼前是连绵起伏的群山，壮丽而巍峨，仿佛诉说着无尽的沧桑与挫折。林伊儿觉得自己这次高考的结果，就如这远山之上的乌云，黑压压的一片，将她的希望与未来遮蔽。

林峰结束每天例行的巡山工作，在暮色苍茫中，他走近被山风吹拂而长发凌乱飘散的女儿。

林峰的高中生涯，因家庭变故而无奈地放弃了上大学的梦想，选择了返乡务农。但是，他的心中始终留有一份对知识的渴望，对大学的渴望，所以女儿因高考失利而产生的失落情绪，林峰能够感同身受。

女儿林伊儿，是林峰心中的宝贝，是他宠溺的小白鹇鸟，更是他的希望。林峰深知，女儿拥有非常难得的音乐天赋，所以才会对上海音乐学院这座殿堂充满了深入骨髓的憧憬，他必须与女儿进行一次深入的交谈。

林峰温柔地看着女儿，温和地说："宝贝，没能考上上海音乐学院，并非到了世界末日。你知道吗？人生就像这条山径，有时候会有一些坎坷。就拿我来说，上大学可是我青年时期最大的梦想和追求，可是因为你爷爷在一次意外的人象冲突中不幸遇难，所以我不得不放弃自己的理想，回到了倚象谷家中。"

林峰越讲越动情，他语气低沉地对林伊儿说道："你说我甘心回来倚象谷吗，我甘心当一辈子的农民吗？而且，在我们那个时代，一旦考上大学或中专，国家就包分配工作了，我大学一毕业就可以拿工资了。但是，你爷爷的过早离世，加上那时候你奶奶又常年生病，我知道自己已经失去了上大学的一切可能！正是因为这些经历，我和你妈妈更加地努力，我们坚信只有把命运掌握在自己的手中，我们就能够在倚象谷这个偏僻的农村，把日子尽可能地过好。"

林峰读高中时的优异表现，时常被肖老师在林伊儿的班上提起。可以说，父亲就是林伊儿心目中最骄傲的存在。

林峰又指着远处的茶园，继续说道："你看，那些农民每天都在辛勤劳作，他们的生活并不轻松。但是，他们依然热爱这片土地，热爱他们的生活。因为他们知道，只有通过努力，才能收获美好的生活。"

林伊儿听着父亲的话，心中的阴霾逐渐散去。她明白了，人生并不是一帆风顺的，而是充满了曲折和挑战，只有勇敢地面对困难，才能实现自己的梦想。

林伊儿看着父亲那双充满期待的眼睛，坚定地说道："爸爸，我明白了。我要去云南艺术学院读书，继续追求我的音乐梦想。"

林峰的眼中闪过一丝欣慰的光芒，他紧握着女儿的手，微笑着说道："宝贝，你长大了，你懂得了人生的真谛。记住，无论遇到什么困难，都要勇敢地面对。我相信你，你一定能实现自己的梦想。"

夕阳的余晖洒在他们身上，给这对父女披上了一层金色的光辉。父女俩在山坳相视而笑，那一刻，他们的心灵深处都充满了对未来的期待。

林峰用他不堪回首的往事，成功地说服了女儿。他终于让女儿明白，即使生活中有许多挫折和困难，也要勇敢地去面对。因为只有这样，才能实现自己的梦想。

一周后，伊莎驾驶着皮卡车把女儿送到了云南艺术学院。而林峰，还是因为他是一个彻头彻尾的看象人，遗憾没能同行。

# 第十八章
## "大象食堂"

林伊儿和伊莎前脚刚走，程非这后脚就来到了倚象谷。两个老朋友好久不见，林峰对程非怪罪上了："程老师，你可不厚道啊，虽然你在电话上告诉过我，说你一直在我们云南进行亚洲象研究，可为什么你就不来我们倚象谷呢？"

程非辩解道："林峰啊，这亚洲象可不仅仅是你们倚象谷这里有啊，在西双版纳傣族自治州、普洱市，甚至临沧市的很多地方都有着它们的踪迹，我的目光要盯的地方可比倚象谷大多了。"

程非诡秘地看向林峰道："不过，我这次可是带着另外一项重大的考察任务回来的。"

林峰好奇地问道："程老师，你这次又要考察什么？"

程非故作生气道："林峰啊，你今晚就让我们好好吃饭，至于工作嘛，明天我们在山径上边走边聊吧。"

程非说完，迫不及待地把酒杯往嘴巴里一递，"嗞吧"一声，嗑了一大口酒。"

林峰母亲从厨房里端出几盘下酒菜，那盘诱人的黄牛干巴还在"滋滋"地冒着油气。伊老赫笑眯着眼睛陪坐着，听林峰和程非闲聊。程非和林峰这两个旧友一直交谈到很晚才各自上床歇息。

第二天清早，程非被林峰创新实施的"饲养蜜蜂自然安全防护工程"震惊到了。程非的面前是一个由无数个圆形蜂箱组成的阵列，宛如古老的象群在林间游荡。阳光照射在蜂箱上，反射出金黄的光芒，仿佛是蜜蜂的吟唱，唤醒了沉睡的村庄。

程非看着这新的"守护者"，脸上露出了由衷的喜悦和期待。林峰的这项工程，旨在以蜜蜂为媒介，阻止亚洲象对村寨的袭扰。

在自然界中，蜜蜂是亚洲象的天敌之一，大象对蜜蜂的恐惧深入骨髓。然而，林峰的计划并非简单地利用这种恐惧，而是通过饲养蜜蜂，为村寨建立起一道自然、和平的防线。这道防线的作用非常显著，每当亚洲象接近村寨时，蜜蜂们便会在空中形成一道"蜂墙"，阻止亚洲象的进攻。而当亚洲象远离村寨时，蜜蜂们又会在林间飘荡，不辞辛劳地酿制花蜜，仿佛是大自然的旋律，为这个宁静的村寨增添了几分神秘的色彩。

程非看到这一切，不禁对林峰的智慧和毅力给予了高度赞赏。他认为，这不仅仅是一项大胆的创新，更是对人与自然和谐共生的深刻诠释。

程非默默地站在那里，看着眼前飘荡的蜜蜂和安静的寨子，心中充满了敬仰和期待。"林峰的这项工程将改变我们对亚洲象研究的认知。"程非低声自语，他的眼神中闪烁着兴奋和欣慰的光芒。

接下来，程非和林峰走进宋彪那个中药材种植基地。两人刚到中药材种植园边缘，宋彪就微笑着走过来相迎，林峰给宋彪介绍了程非。程非满意地对宋彪说："宋老板，非常感谢你能够为亚洲象的生存，退让自己的林地。"

宋彪点点头，感激之情溢于言表："我还要感谢林峰，感谢国家实施了这个替代种植项目，这个项目不但让我赚到了大钱，更让我为保护亚洲象出了力。"

程非赞赏地点点头。

在宋彪的带路下，程非和林峰在中药材种植基地绕了一圈。此时，程非指着中药材种植基地中间那条狭长的玉米地问道："宋老板，你现在这个中药材种植基地全部都种上了重楼，为什么要留下中间这块延伸至倚象谷边缘的玉米地？"

# 第十八章
## "大象食堂"

宋彪实话实说:"我也不知道啊,我的项目规划书都是林峰帮我做的,他咋说我咋做!"

林峰解释道:"程老师,我是这样想的,亚洲象进入中药材种植基地虽然不吃重楼枝叶,却把重楼根茎踩坏了,所以干脆留出中间地块种植些亚洲象喜食的玉米。这块狭长的玉米地两头和倚象谷相接,这样的话,那些贪吃的亚洲象进入玉米地后,就不会再对重楼地进行踩踏了,对重楼的破坏就避免啰。而且,我建议宋老板种植的玉米品种,可是一年四季都适合在我们这块土地生长成熟的小花糯玉米,这种玉米甜糯可口,更是亚洲象们喜爱的食材。"

程非再次对林峰表现出惊讶的表情,不住地点头认可。

告别宋彪,两人继续前行,从林峰家的芒果林横跨过去,就到了黑三家的西瓜地。程非站定,指着远方莽莽苍苍的林莽对林峰道:"林峰,今天我们走的路线,就是即将开辟的一条人工大象通道——沿宋彪的中药材基地可以连接倚象谷,通过你家的芒果林,过黑三叔家的西瓜地,就可以连接到对面宁洱哈尼族彝族自治县勐先镇地界的原始林莽。"

程非兴奋地规划着前景:"我们在这条新通道上建设'大象食堂',即种上亚洲象喜食的小花糯玉米,那么我们又为亚洲象开辟了一条新的生存通道啦。"

林峰郁郁地想,这条大象通道固然重要,但要把自己家的芒果林变为种植小花糯玉米的"大象食堂",难不成还要把多年前父亲种下的芒果树给砍掉?

### 芒果林情结

一大早,程非就被县林业局的公务车接走了,他这次是去参加县政府举办的亚洲象食源地建设项目论证会。

林峰一个人行进在通往倚象谷的山径上,经过山坳时,他的目光在对面自家的芒果林里游移着。

这片芒果林,虽然生长了二十多年的时间,却只有少数几株长得枝繁叶茂,多数植株因为常年遭受亚洲象的摧残,长势参差不齐。尽管如此,一点也不影响每棵树上每年都能结出肉质鲜嫩、金黄饱满的金芒。

这片芒果林年年结金芒,林峰家年年绝收,每年的芒果成熟季,短鼻子家族或其他亚洲象群准时到达芒果林,对硕大的金芒"照单全收"。

不过,林峰却乐此不疲地管理着这片芒果林,母亲和伊莎觉得林峰对芒果林的精心管护简直不可理喻。她们认为,林峰这种明知一个金芒都不得采收,却要对芒果林投入巨大精力进行管护的行为,纯属瞎耽误工夫。

此时,林峰的心情如同那蔓延在芒果林间的晨雾一样,有些迷离和不确定。眼前的这片芒果林,曾经是他的父亲林大汉为了供他上大学而种下的,每一棵都寄托着父亲对他的期望和爱。

父亲林大汉早已离开了林峰和母亲,但林峰觉得,父亲一直把对这个家的责任和爱,深深地凝聚在那些金黄饱满的果实里。然而,这一切即将被"大象食堂"的建设需求所打破。

芒果林,这个父亲用倔强的生命和辛勤汗水浇灌出来的希望之地,这个他付出青春年华的地方,如今却因为"大象食堂"的建设需要,面临被砍伐的厄运。

林峰抬起头,透过芒果林的缝隙,他仿佛已经看到了那些绵延生长的玉米的影子。这些玉米的存在,仿佛是一个巨大的

## 第十八章
## "大象食堂"

阴影，取代了父亲种下的这片芒果林。林峰实在无法想象，这片郁郁葱葱的芒果林，将会在何时变成一片玉米地。

现在的林峰，对这片芒果林的情感是复杂的。这些树上结的金芒年年都会被亚洲象横扫一空，说明芒果林已经成为亚洲象群最喜欢光顾的觅食场所。短鼻子家族或其他亚洲象群，在这片芒果林里自由穿行，短鼻子吃着父亲种下的芒果，眼睛微微眯开，仿佛对当年自己犯下的"错事"虔诚地忏悔。

这片芒果林也是林峰在倚象谷不甘沉沦、励志奋起的见证。因为家庭的牵绊，林峰最后不得不选择放弃学业，担起养家糊口的重任。其间，他对这片芒果林不敢有丝毫的懈怠，一直小心呵护、精心管理着。现在，面对即将砍伐的芒果林，林峰感到一种无法言喻的失落。

林峰知道，这片芒果林就是自己的命运，是他坚守倚象谷的见证。建设"大象食堂"真有必要砍掉这片芒果林吗？他要放弃这个充满回忆和故事的地方吗？

林峰满腹心事地走进了倚象谷，开始了他每天例行的工作。

县政府会议室。

程非把一幅倚象谷边缘的缩略图投放到会议室大屏上，开始了他的项目陈述："同志们，大家看到的这张图，是倚象谷边缘的缩略图。在这里，老百姓的庄稼地与茂密的热带雨林交织在一起，形成了一幅天地间的奇妙画卷。然而，这幅画卷却暗藏着危机，这里是亚洲象的家园，但也是它们与人类生活空间的交汇点。"

程非继续陈述道："为了解决这个难题，国家林业局扶持地方政府实施一项大胆的计划——在老百姓的庄稼地里建设亚洲象食源地，俗称'大象食堂'。"

在庄严肃穆的会议室里,程非的眼神坚定、炯炯有神,他手中挥舞着一支红色电子笔,笔尖在大幅缩略图上勾画出一片广阔的区域。那是一片位于倚象谷边缘的山地,老百姓的庄稼地里种满了绿油油的中药材和经济林果。

然而,这片丰饶的土地对亚洲象来说,却是一个危机四伏的美食天堂。程非的语调严肃而充满激情:"'大象食堂'不仅是为了解决人与象的冲突,更是为了保护亚洲象的生态环境。"

程非的手指在缩略图上划过,犹如军事家在讲解战术。与会者聚精会神地聆听着程非的讲述,程非讲的每一个字,每一句话,都在空气中激荡出强烈的情感。

"'大象食堂'?"有不少与会者发出质疑的声音。

"'大象食堂'将成为大象和人类共享的避风港。"程非解释道。他的声音沉稳而有力,"在'大象食堂'内,我们将种植大象喜食的植物,如甘蔗、玉米等。这样,当大象感到饥饿时,它们就可以到食堂来觅食。我们将在'大象食堂'内设置水源,供大象在炎热的夏日里清凉消暑。"

然而,这并非简单地喂食大象,程非的设计中还融入了更为人性化的元素。程非的陈述充满了对大象生活的理解和关爱,对于这个计划,程非不仅提出了理论,还准备好了实施方案。

程非接下来详细地解释了如何建设"大象食堂"、如何选择和种植植物、如何预防和处理突发情况等一系列问题。程非的陈述清晰明了,每一个细节都考虑得很周到。现在,问题的焦点集中在实施项目农户的补助标准上。

这次,程非对于实施亚洲象食源地建设即"大象食堂"项目,带来了真金白银的补贴。按照每亩庄稼地产出的价值,会议很快就对实施"大象食堂"项目的农户统一了补助标准。程

# 第十八章
## "大象食堂"

非提出的项目计划得到了县里的支持,也得到了其他与会者的认可,并决定在倚象谷试点实施"大象食堂"项目。

然而,程非并未因此松懈下来。他知道,这只是漫长的亚洲象保护之路的开始。为了确保"大象食堂"项目的成功,还需要更多的科研力量、资金和人员的支持。但程非坚信,只要地方政府积极参与,"大象食堂"一定能为亚洲象打造一个美好的家园。

程非在傍晚时分回到倚象谷寨子,他兴冲冲地把即将在倚象谷试点实施"大象食堂"项目的消息告诉了林峰。

芒果林最终还是面临着被砍伐的结局,林峰顿时显得心情糟透了。

林峰一闪而过的情绪变化还是被程非敏锐地捕捉到了,他有些不解地问林峰:"林峰,你这是怎么啦?我看你对倚象谷试点建设'大象食堂',好像不太'感冒'嘛!"

在程非这样一个率直的东北人面前,林峰觉得对他没有什么可以隐瞒的,于是郁郁地说道:"程老师,我们倚象谷寨子能试点实施'大象食堂'项目,探索一条让亚洲象生存条件彻底改善的路子,这是大好事哩。不过,我就是舍不得我家的芒果林,那可是我父亲多年前就栽下的,我把父亲栽下的芒果林砍掉,我的心情能好受吗?"

程非不解道:"林峰,事实上,你对芒果林的精心管护,并没有换来你该得到的收成。"

林峰喃喃道:"尽管如此,可我还是舍不得把父亲栽下的芒果林砍了,也许里面隐藏着父亲和我之间的一种深厚情感吧。"

程非理解地点点头道:"林峰,我理解你的心情,你的确是一个有血有肉的雨林汉子。"

不过，程非话锋一转，对林峰严肃道："林峰，我们这次实施'大象食堂'项目，给实施项目的农户提供的补助资金，可是按照玉米或甘蔗的产出价值作为标准的，并没有制定像芒果等经济林果那么高的补助标准。"

林峰毫不犹豫地说出了自己的盘算："程老师，我看这样吧，我这芒果林就不砍了，我家实施的'大象食堂'项目还是种金芒给亚洲象食用，你们按照种植玉米的补助标准给我家进行补助就行。"

程非沉吟片刻，无奈地说道："林峰啊，这金芒可是亚洲象最爱吃的食物了，你精心管护芒果林，却拿着种植玉米这么低的补助标准，你这不是亏大了。"

林峰呵呵笑道："程老师，无所谓亏不亏，因为自从我父亲栽下这片芒果林到现在，我们一家人还不知道自己种出来的金芒是什么味道哩。"

程非拍了拍林峰的肩头，善解人意地说道："既然这样，那我们的芒果林就让它留着，你就一直在倚象谷守着这片芒果林吧。"

**这回我的庄稼地终于有收入了**

这次来到倚象谷寨子，程非给林峰带来了许多关于亚洲象保护的政策新动向。

闲聊中，程非告诉林峰，他这次来到云南，有很多的亚洲象保护措施需要推进实施，当然有的政策措施还在考察研究阶段。

程非充分肯定了林峰在倚象谷寨子创新推行的"饲养蜜蜂自然安全防护工程"，他认为这充分利用自然规律的防象举措，为他的亚洲象研究工作拓宽了思路。程非还说，这次除了在西双版纳傣族自治州、普洱市和临沧市等亚洲象传统栖息地周边村寨实施"大象食堂"项目，还要对亚洲象国家公园建设进行可行性考察和调研。

亚洲象国家公园，这个陌生的名称林峰还是第一次听到，他忙不迭地央求程非给他作进一步的阐述。在程非的愿景中，他对创建亚洲象国家公园早已有了大概的构想。

程非充满信心地说："创建亚洲象国家公园是保护亚洲象的一大有力抓手。在亚洲象保护中创新探索一条更加适合亚洲象生存与繁衍的保护途径，通过科学规划和建设，满足亚洲象的生存需求，能有效促进亚洲象与人和谐发展。"

程非自信地讲解道，在云南省建立亚洲象国家公园，可以为濒临灭绝的亚洲象提供适宜性高的安全栖息场所。还要联合周边国家建立跨境联合保护长效机制，建立跨行政区、跨部门联动的监测预警机制、应急救援机制和缓解措施落实机制，协同推动亚洲象保护工作；切实建立健全实时预警监测和防控机制，切实保护人民群众生命财产安全；全面深入开展形式多样的亚洲象防范知识宣传，降低人象冲突发生概率；加强亚洲象基础研究，为缓解人象冲突提供技术支持和决策依据；设立亚洲象肇事专项补偿基金，提高亚洲象肇事补偿标准，构建人象和谐生态家园。

程非对建设亚洲象国家公园的艰巨性有着清醒的认识："亚洲象需要的不仅仅是森林，还有食物、水源、隐蔽场所，亚洲象不仅食量大而且很聪明，针对这些特征，我们要研究制定相应的保护策略，所以我们必须要推动亚洲象国家公园的体制机制建设。但是其中涉及方方面面的困难，有些是国内政策上的壁垒，有些是国际层面协同机制的空白，有些是各级政府对待经济利益的态度。"

程非自豪地讲述着，通过建设亚洲象国家公园，让我们对亚洲象的保护做到举国关注，让保护亚洲象的理念深入人心。亚洲象国家公园构想的提出，是对亚洲象这个跨境物种全方位保护的根本性措施，更是中国政府为世界贡献的"生物多样性保护的范本"。

林峰感慨道，像程非这样的亚洲象研究专家，为了每一项亚洲象保护政策措施的出台而下沉一线，长年累月深入森林开展考察研究，实在令人钦佩。

林峰觉得，自从自己担任亚洲象监测员以来，他感知到整个亚洲象保护措施在不断完善，他的工作方式也发生了一些细微的改变。比如，在过去手机不普及的年代，林峰发出的亚洲象预警信息都是发给林东，再由林东安排村广播员进行广播播报。

随着智能手机的全民普及，林峰每天的亚洲象预警信息再也不必通过村委会的广播站播报了，而是直接发在了村民微信群里。这样，村民们可以在第一时间就知道了倚象谷亚洲象活动的轨迹，可以及早地安排好自己的生产和生活。

程非注定无法在倚象谷长待，当他看到"大象食堂"项目在倚象谷顺利落地，就赶往了其他地方，继续开展他的亚洲象研究工作去了。

黄昏时分，林峰和黑三在山坳蹲着，两人都看向对面自家的庄稼地。黑三喜滋滋地对林峰道："侄，这回我的庄稼地终于有收入了。"

林峰点点头，逗乐道："哈哈，三叔，这回你的身份可是大转变了。"

黑三不解道:"我就一个倚象谷的老农民,还能变成什么?"

林峰呵呵笑着说:"三叔,你有了两个转变,第一个转变是,你以前是种西瓜的'瓜爷',现在可是种小花糯玉米的'花爷'啊。"

黑三知道林峰这是在故意拿他取乐,不但不恼,反而蛮有兴趣地问林峰:"那另一个转变呢?"

林峰笑道:"以前你是放牛倌,现在你可以蹲在这里,看那些大象是如何进入你的庄稼地来吃玉米的,现在的你,和我一样都是看象人。"

黑三嘿嘿笑着,那掉了牙齿的嘴巴瘪瘪地一张一合,今天的他看上去心情蛮不错的。此时的黑三,冲林峰开玩笑道:"侄,还有两个转变你没有说到呢。"

林峰不解,也没想到这个平时不苟言笑的黑三,今天竟然也开起了玩笑。黑三直白地说:"这第一个转变,过去我一直希望我的西瓜地里不要进亚洲象,现在却希望那些大东西进我的玉米地。"

林峰认可地点点头,问道:"三叔,那你要补充的第二个转变呢,说来听听。"

黑三说:"这第二个转变,不是明摆着的吗?过去种西瓜年年绝收,今后我们种玉米可是年年有补偿金领哩。"

林峰拉着黑三的手也很开心,他动情地说道:"三叔,这就对了,只要我们配合好政府的决策,既为政府分了忧,又为保护亚洲象出了力,这多好啊!"

两人愉快地聊着天,不过黑三看着林峰的芒果林,还是有着疑问:"侄,我知道你和那个大象专家程非相处得很好,可我还是纳闷，你家的芒果林怎么就不给按照金芒的价格来进行补偿呢？"

黑三还不客气地对程非做出评价："我看这程非就是个'白眼狼'！"

林峰呵呵笑着为程非辩解："叔，你误会程老师了，是我要求政府按照补助玉米地的标准进行补偿的。"

黑三觉得林峰简直是傻透了，他为林峰打抱不平道："这不公平嘛，这金芒可比小花糯玉米金贵多了。"

林峰不置可否道："我倒没觉得损失了什么，我也和你一样哩，过去年年绝收的金芒，今后都要进账啦。"

这黑三还是有些意不平地道："这个程非，怎么也得给你补到金芒的水平嘛！"

林峰却笑眯眯地对黑三道："正因为程老师没有给我补到金芒的标准，我们俩这才是真正的好朋友呢。"

林峰的回答令黑三一脸蒙。

…………

在灼热的阳光下，一片静谧的倚象谷中，突然传来了一阵低沉而又悠扬的声响。这一次走出倚象谷的亚洲象群是短鼻子家族，它们犹如古老史诗中的神灵，从幽深的森林中漫步而出。

当然，短鼻子家族甚至任何一群亚洲象群走出倚象谷，村民们都提早收到了林峰发在微信群里的预警信息。

短鼻子家族不断地发展壮大着，从林峰第一次见到它们时候的11头，到现在已经15头了，其繁衍速度的确令人兴奋。

短鼻子家族在短鼻子雌象的带路下，沿着一条曲折的小径，悠然走向了宋彪的中药材种植基地。中药材种植基地中央狭长的玉米地，仿佛是上天赐予亚洲象的美食，等待着短鼻子家族

## 第十八章
## "大象食堂"

的到来。

短鼻子家族一路"逛吃",长长的象鼻如同灵活的筷子,精确地选取着玉米秆上的美味。热带雨林的潮气与阳光的炙热缠绕在象群的周围,令这片玉米地交织成一幅灵动的画面。

短鼻子家族经过林峰家的芒果林,只见它们用长鼻子将那金黄的芒果灵巧地摘下,瞬息之间,硕果累累的芒果林只剩下空空的枝头。

短鼻子家族饱食一顿后,便在午后的阳光下返回了森林,安静地休息,为接下来的活动储备能量。

下午3点,短鼻子家族如同守时的值班员,准时从森林中走出。它们沿着那条人工开辟的大象通道,快速通过已经被它们扫荡一空的中药种植基地、玉米地和芒果林,走向了黑三家的玉米地。

短鼻子家族被那甜糯可口的小花糯玉米吸引,风卷残云似的将黑三种的小花糯玉米一扫而空。

这些"大象食堂",是亚洲象群在这片土地上的乐园。它们在这里"逛吃",这里为它们提供了丰富的食材,而它们也为这片土地赋予了生机与活力。

直到这些应季的食材被吃光,短鼻子家族才心满意足地离开,走向了对面那片属于宁洱哈尼族彝族自治县地界的原始密林。它们的背影在夕阳的映照下,显得既庞大又神秘,仿佛是自然界中无法抗拒的力量,静静地走向前方苍茫的森林。

林峰欣慰地想,假以时日,高智商的亚洲象就会逐渐熟知这条人类为它们开辟的新通道,它们的活动空间将变得越来越广阔。

> 如果以绿孔雀和亚洲象为亮点,在滇云绿孔雀旅游集团有限公司的大旗下,今后的业务板块必将全面开花。

## 第十九章 孔雀飞来

**依香回来了**

时间快速地推进到2018年的3月。

云南省省会昆明。

这座城市犹如一颗璀璨的绿宝石,日夜绽放着它独特的光芒。高耸的大厦如同巨人在阳光下挺立,玻璃窗反射着天空的蓝,像是一面面明亮的镜子,映照出城市的繁华与活力。

滇云绿孔雀旅游集团有限公司如一颗璀璨的明珠,巍然屹立在碧波万顷的滇池之畔。

滇云绿孔雀旅游集团有限公司的总裁办公室,如同一颗被精心雕琢的宝石,充满了独特的气息和个性。

一走进总裁办公室,就会被那巧妙融合了现代设计与传统艺术的装饰风格所吸引。这里的办公桌是由

## 第十九章
## 孔雀飞来

一块巨大的红木制成的,办公区域最显眼的装饰是一幅巨大的倚象谷绝版木刻版画,这幅作品是普洱绝版木刻大师贺老师亲手绘制的,将倚象谷的壮丽风光和原始林莽的神秘描绘得淋漓尽致。这幅绝版木刻版画不仅是装饰,更是一种精神象征,代表了滇云绿孔雀旅游集团有限公司对自然的尊崇和对美的追求。

室内的空气弥漫着淡淡的茶香,这是滇云绿孔雀旅游集团有限公司总裁依香最钟爱的普洱茶的味道。这个味道在这个空间中慢慢渗透,仿佛一种无声的语言,它告诉来访者们,这是一个有着独特韵味和个性的地方。

尽管依香已经四十多岁了,但她依然保持着妖娆的身材,留着一头飘逸顺滑的长发,那双灵动的眼眸,宛如秋夜的星空,深邃而明亮。

依香的手中握着一本《云南画报》,里面有一篇图文并茂的文章是专门介绍亚洲象保护措施的,里面专门介绍了倚象谷亚洲象监测员林峰创新性实施的"饲养蜜蜂自然安全防护工程",还用了大篇幅的图文介绍了倚象谷瑰丽的自然景观。

看到倚象谷,看到林峰的这一刻,依香的心中泛起了一丝涟漪。依香知道,自己虽然离开家乡二十多年了,但她的心,并未真正离开了倚象谷。

阔别已久的家乡,那片绿意盎然的土地,如诗如画,无论何时何地,都令她魂牵梦萦。因为,那里有着依香儿时的欢笑,青春的梦想,失落的情感。而现在,依香即将踏上那片土地,去寻找新的机遇,去开启新的篇章。

依香有些按捺不住地吩咐道:"都准备好了吗?出发吧!"

一声令下,一行人便簇拥着她走出了办公室。

昆明的初春有着凛冽的风,疾风扬起了依香的长发,阳光洒在她的脸上,她的步伐坚定有力,她的心早已向着那个充满绿意和希望的未来迈进。

依香的心中充满了期待和激动,就像那昆明长虫山初升的朝阳,即将照亮那片绿意盎然的土地。

依香的专职司机载着她和干练的助手陈娟在磨思高速公路上疾驰。依香无暇顾及车窗外一闪而过的山水景致,往事历历浮上心头。她清楚地记得,倚象谷缥缈的云雾,她、林峰和伊莎三人逃避野象追击时跌落的深潭,深邃岩洞中度过的恐惧之夜。

依香还想到了在县城高中和林峰相处的快乐时光,想到了林峰放弃高考的落魄,想到了林峰写来的那封分手信……所有过去和家乡的人、事有关的记忆,此刻却在依香的脑海中活泛起来。

依香也想起了上大学后自己所走过的路,别人觉得自己走的是一条光鲜的大道,却并非懂得自己付出的艰辛和汗水。那时候,迈向大学校园的依香,犹如一只初试飞翔的鸟儿,怀着对未知的憧憬和既兴奋又失落的矛盾心情。然而,无论距离有多远,依香的心始终牵挂着那个曾经陪伴她,如今却独自留在倚象谷的林峰。

那是一种深深的如海潮般的思念。

依香时常会在寂静的夜晚,聆听远方的风声,想象林峰是否也在同样的月光下,对着昆明的方向,唱着那首只有他们两人知道的歌。她还会在灯火辉煌的图书馆里,对着书本发呆,思绪万千,耳畔仿佛回响着林峰那低沉的读书声。

然而,就在那无尽的思念中,依香渐渐发现,林峰一直没给她回信,而她的心,也如同一叶扁舟在茫茫的大海中漂荡,

## 第十九章
## 孔雀飞来

瞬间找不到方向。那种浑浑噩噩的思念，如同浓雾一般，将她的心遮住，让依香无法看清前方的路。

直到一天，一封来自倚象谷的信件终于到达了她的手中。依香颤抖着打开信封，而信的内容却如同一道惊雷，将她瞬间从浑浑噩噩的思念中唤醒。

林峰的分手信，每一个字都如同一把锋利的刀，刺入她的心。

依香突然发现，曾经如此熟悉的名字——林峰，还有处处让着她的伊莎，此刻却变得如此陌生；曾经如此坚定的承诺，此刻却如同破碎的泡沫，消散在空气中。

依香感到万念俱灰，仿佛整个世界都在瞬间坍塌，她的心，如同被巨浪吞噬的小船，摇摇欲坠。不过，就在那最黑暗的时刻，依香突然明白了，她必须自己站起来，面对这个世界的不确定性。

依香知道，只有自己才能走出这片浑浑噩噩的黑暗。她决定接受这个现实，接受这个突如其来的打击。

依香的心如同被风雨洗礼后的星辰，虽然暗淡却闪烁着更坚定的光芒。她开始了自我救赎的旅程，用书籍填补内心的空虚，用知识作为前行的力量。她开始反思这段感情的得失，逐渐明白林峰并不是她的最终归宿，而是她人生的一道风景。

在大学生活中，依香找到了新的目标和方向。她投入学术研究中，找到了那份属于自己的热情和追求。尽管过程中有许多困难和挫折，但依香都一一克服了。

每当疲惫的时候，依香就会想起林峰的话，那段曾经让她振奋的话："你将来是一定要在外面干大事的人。"

这段经历让依香懂得了成长的意义。虽然失去了林峰，但她找到了自我。在大学生活中，依香学会了如何独立生活，如何独立思考。

大学毕业后，依香被分配到了省某单位工作，也有了一段并不如意的短暂婚姻。依香的前途一片光明，如天之骄子般地闪耀在人群之中。然而，就在这个时候，她却选择下海，成立了滇云绿孔雀旅游集团有限公司。几年过去了，滇云绿孔雀旅游集团有限公司像一只展翅高飞的孔雀，一路跃升，成为旅游行业的翘楚。

就在这个繁华世界的顶端，依香的心却被一种说不清、道不明的情结所牵引，那是一种对家乡的深深眷恋。

那个名叫倚象谷的地方，那里的热带雨林，令依香的心一直在那里流连忘返。那里的野生大红菌，清澈的曼干河，那里的一切都深深地刻在她的心中，仿佛成为她生命中的一部分，不断在她的梦中出现，挥之不去。

车子缓缓驶出收费站，依香看到了县城里熟悉的亚洲象地标建筑，她突然惊觉自己已经回到了这个阔别已久的家乡。

依香一下子慌神了，她要如何面对倚象谷，如何面对林峰和伊莎？

**"人象和谐"的跨国合作机制**

这几天，林峰和程非一同参加在西双版纳傣族自治州举办的澜湄流域亚洲象合作保护周系列活动（简称澜湄周活动）。

澜沧江和湄公河一水二名，是中国与中南半岛上的一条重要跨国河流。该河发源于中国青藏高原，源头在中国青海玉树境内，在中国境内称为澜沧江。经云南出境后被下游国家称作湄公河，依次流经缅甸、老挝、泰国、柬埔寨和越南五个国家，

## 第十九章
## 孔雀飞来

澜沧江—湄公河干流全长4880公里,流域面积80多万平方公里,流域内生活有3亿多民众。

澜湄六国山水相连,人文相通,传统睦邻友好深厚,安全与发展利益紧密攸关。

2016年3月23日,澜沧江—湄公河合作(简称澜湄合作)首次领导人会议在中国海南三亚举行,中国领导人和柬埔寨、老挝、缅甸、泰国、越南领导人共同宣布启动这一新型合作机制。

2018年1月10日,澜湄合作第二次领导人会议在柬埔寨金边举行,六国领导人一致同意将每年的3月23日确定为澜湄周。

在举办澜湄周活动的7天里,澜湄六国的政府官员和工作人员将开展系列活动,总结澜湄六国亚洲象合作保护的成效,并分别介绍澜湄六国亚洲象保护的现状、特点及经验。

林峰既是亚洲象监测员,又是县政协委员,代表着中国亚洲象保护政策措施实施地的基层民意,所以他得以参加这次国际性盛会。尽管是政府安排出席的会议,但林峰还是把倚象谷巡象任务交给了邻村的亚洲象监测员,因为他深知,对倚象谷村民的亚洲象监测可是一天都不能耽搁的。

林峰主要参加澜湄六国亚洲象保护经验交流会(简称经验交流会),他将在经验交流会上分享"饲养蜜蜂自然安全防护工程"案例。而作为国家林业和草原局亚洲象研究员的程非,则是中国政府组织参会的高级代表团成员之一,他要参加多场国家间的多边和双边会谈,就亚洲象的跨境保护寻找到一条国家间合作的路径。

在澜湄周活动现场,林峰见到了程非的爱人黎小暖,她也是这次参加澜湄周活动的高级代表团成员之一。这次,黎小暖从北京飞过来,程非则是从某地的热带雨林坐车赶来参会的。

在经验交流会上,林峰认真聆听着各国代表的发言。他发现,尽管每个国家对亚洲象的保护措施不尽相同,但都体现了澜湄六国促进人象和谐的国家共识。

澜湄六国因国家制度的不同,对亚洲象的保护存在一些差异。有些国家建立了大象保护区,为大象提供安全的栖息地;有些国家禁止猎杀大象,非法猎杀和贩卖大象是违法的;还有些国家采取措施来管理野象,包括在野外为它们提供食物和水源,防止它们破坏人类社区;等等。很多东南亚国家实施公众教育计划,旨在提高公众对大象保护的认识和意识。

林峰在经验交流会上,除了分享他实施的"饲养蜜蜂自然安全防护工程"案例,还分享了自己如何走上亚洲象监测员这条道路的。他的故事,就像是一个励志的传说,展现在大家面前,让人无法不被其吸引。各国代表们纷纷表达了对林峰的敬佩,对他实施"饲养蜜蜂自然安全防护工程"的赞赏。他们的赞誉,如同澜沧江的滔滔流水一般,充满了热情和活力。

林峰站在那里,他的心中充满了感激和自豪。他知道,自己的经验和故事,也将在未来的日子里,激励更多的人去探索、去创新,为保护自然环境和生物多样性贡献自己的力量。

程非这边的高层磋商,更是捷报频传,澜湄六国达成了一揽子亚洲象跨界保护合作框架。

为期7天的澜湄周活动很快结束了,林峰、程非和黎小暖三人这才有了难得的相聚时刻。林峰从程非和黎小暖愉快的交谈中,这才惊讶地发现,原来我国政府在亚洲象跨境保护方面,投入了巨大的精力。

近年来,通过友好协商,澜湄六国建立了良好的亚洲象保护合作机制。就拿林峰所在的倚象谷这条亚洲象传统通道所经地来讲,中国和老挝的亚洲象跨境保护,已经结出了丰硕的成果。

中国的野生亚洲象分布区是世界亚洲象分布的北部边缘,部分亚洲象种群活动于中国、老挝边境,与邻国共有。

为保护和恢复中国的亚洲象种群,保护生物多样性,早在2006年,中国西双版纳国家级自然保护区就开始与老挝相关部门协商合作建立生物多样性跨境联合保护区域。

经过十多年的努力,中国云南省西双版纳傣族自治州与老挝北部三省(南塔省、丰沙里省、乌多姆塞省)签订了合作协议,先后建立了中国尚勇—老挝南木哈联合保护区域、中国勐腊—老挝丰沙里联合保护区域、中国西双版纳磨憨—老挝南塔磨丁联合保护区域、中国西双版纳磨憨—老挝乌多姆赛联合保护区域、中国西双版纳勐腊—老挝丰沙里联合保护区域。中老共建的五个联合保护区域总面积近133平方公里,成为独具特色的跨境生态保护新亮点。可以说,中老双方共同推进亚洲象及其栖息地的保护,取得了明显的成效。

自联合保护区域建立以来,中老双方不断完善交流机制,进一步拓展了合作范围。比如,积极开展建立中老边民交流互访机制、项目工作人员能力建设、村寨社会经济情况调查、生物多样性本底调查、联合监测巡护、项目宣传推广和举办边民保护意识提高培训班七个方面的项目合作。

此外,在亚洲象跨境保护方面,中国政府和缅甸、越南、泰国、柬埔寨都有很好的跨境协作。黎小暖对各国保护亚洲象的协作,做出了极高的评价:"作为全球生物多样性富集区,澜湄六国在亚洲象研究与保护、生物多样性监测、跨境保护地与生物廊道建设等领域有着十分丰富的合作前景。跨境联合保护不仅是澜湄六国保护亚洲象和生物多样性、改善生态系统服务、促进可持续经济发展的需要,还是打造亚洲命运共同体、促进'一带一路'建设的重要抓手。"

**久别重逢非少年**

依香回到县城后,她和她的专职司机以及助手陈娟住进了县城里最豪华的酒店象王庄。

依香的爸爸岩丙涛,已从县委书记的岗位退休,返回倚象谷边缘的曼朋傣寨长期居住了。

滇云绿孔雀旅游集团有限公司总裁依香回乡考察投资的消息,被商业悟性极高的陈娟透露了出去,一时间引起了县政府领导的高度关注。

第二天一大早,依香早早就起来了,她推开位于酒店18层套房的门窗,从这个地方看出去,狭小灵秀的县城一览无余。这座县城还是以前的轮廓,因为四周围拢的山峰决定了小城无法向远方无边际地扩展,所以县城的发展只好寄望于建筑群的高度上,钢筋水泥建筑取代了20世纪随处可见的低矮砖木楼房。

依香洗漱完毕,简略地化了个淡妆,就走出了套房,她乘着电梯下楼,准备一个人到这座久违的县城四处走走。

电梯门在一层打开,依香刚走出电梯,就有几位身穿白衬衫、黑裤子的人微笑着走向她,领头的一位中年男士介绍道:"依总,你好,我是我们县招商局的局长秦凯。"

秦凯又转向一位中年女士介绍道:"这位是我们县政府分管招商引资工作的杜副县长。"

看到家乡的地方领导早早地来到酒店等候,依香有些不好

## 第十九章
### 孔雀飞来

意思地表达着歉意:"真不好意思,应当我去拜访各位领导,反而让你们找来了,实在是失礼了。"

杜副县长热络地拉住依香的双手,说道:"你们这些优秀的企业家来到我们这里,让我们这块土地重新焕发出熠熠光辉,当然是我们主动上门做好服务。"

依香微笑着随杜副县长坐到大堂沙发上,酒店的服务员随即给她们端上几杯热气腾腾的普洱熟茶。

依香对杜副县长一行真诚地说道:"杜副县长,你们大可不必这么客气,怎么说我也是从我们县倚象谷走出去的一名傣族女子,我回来转转,就权当自己回家看望父母了。"

杜副县长点头道:"对,对,对,依总说得对极了,说明你的心中有着浓烈的对家乡的爱和眷顾,你的心肠就跟我们老书记一样好啊。"

当然,依香肯定知道杜副县长说的老书记,就是自己的爸爸岩丙涛。依香也确信自己的爸爸是一名地方上的良官,但杜副县长总是讲着客套话,令依香听着实在觉得不怎么踏实。

依香不再磨蹭,索性对他们表了态:"杜副县长,秦局长,我是从这里走出去的,我当然愿意回到自己的家乡做点事,这个家乡情怀不用大家多讲我肯定是有的。"

依香顿了顿,接着一脸严肃地说道:"当然了,我还是一名企业家,具体我们要在这里投资什么项目,我们肯定会在合法合规的前提下,在商言商为企业的发展做出利益最大化的选择。"

这时,依香的助理陈娟慌忙跑出电梯,看着依总早已和地方领导坐在一起谈事,态度诚恳地对依香道歉道:"依总,不好意思,我来晚了。"

依香冲陈娟摆摆手,开玩笑道:"小娟,这本来还很早嘛,也没到平时的上班时间,今早我压根就不想叫你起来,想不到你却盯上我了,我回到阔别已久的家乡,你总得允许我有点私人时间吧。"

依香的话一下子化解了陈娟的尴尬,又让刚才沉闷的谈话氛围轻松了一些,大家都不由自主地笑起来。秦凯就势接话道:"依总真是一个亲切的人,对待自己的员工就像自己的兄弟姐妹一样。"

依香温和地道:"我是做旅游企业的,我坚信亲和力是我们旅游行业的生存之道。"

杜副县长点点头,微笑着看向依香,也亮明了他们的来意:"依总,要不大家约定一个时间聚在一块儿,我们把政府的招商引资项目向你详细陈述一下。"

依香不紧不慢地回答:"杜县长,这个不忙,秦局长把招商引资项目计划书给陈助理就好了,我们会进行认真研判的,至于最后决定投什么项目,再议不迟。"

听到依香有些慢条斯理的回答,让杜副县长有些尴尬,不过她很快就镇静下来,恳切地对依香道:"对,对,对,依总所言极是,这投资的事,我们先考察,再坐下议。不过,依总要去什么地方考察,我可要自告奋勇地当你的向导啰。"

没想到,杜副县长这句热络的话,又被依香给拒绝了,依香微笑着对她说:"杜副县长,谢谢你的好意,不过你要陪着我考察这事,还真不用,我都二十多年没有回来家乡了,我得先一个人自己走走看看,去见见我的父母,去见见我的老师和同学。"

话已至此,杜副县长一行只好告辞。看见杜副县长一行走远，依香这才俏皮地对陈娟说道："小娟，我终于回到阔别二十多年的家乡了，你得容我消失几天哪。在我消失的日子里，你得把县招商局的招商引资项目计划书吃透，把我们适合投资的项目认真梳理出来。"陈娟应诺着，返回了酒店房间。

依香一个人走出酒店，在街道里漫不经心地转悠着。凭着依稀的记忆，依香还是走进了那条喧闹而又怀旧的步行街。

街道两旁，高挂的灯笼在微风中轻轻摇曳，像是从远古走来的红衣使者的挂饰。金灿灿的阳光下，各种小摊贩的叫卖声此起彼伏，像交响乐般和谐。而那些穿梭在人群中的行人，他们的脸上写满了兴奋和好奇。有孩子们在气球贩卖处围观的喜悦，有情侣们手牵手在街头漫步的甜蜜，也有老人们在树荫下谈笑风生的安详。最后，依香的目光被那间古朴典雅的"雨林茶语"茶店所吸引。

当依香踏入"雨林茶语"茶店的一刹那，她与伊莎的视线在静谧的茶店空间中交汇。她们彼此凝视着，那份久违的情感在空气中涌动。依香看到了伊莎那双明亮而深邃的目光，仿佛时光倒流，回到了她们青涩的年华。

"依香，这么多年不见，你是从哪里冒出来的？"伊莎微笑着说道，她的声音依旧那么温柔而亲切。

"真的是你吗，依香？"伊莎走近了依香，仔细打量着她，虽然岁月的痕迹在依香的脸上留下了印记，但那份坚韧和从容不迫的气质却始终如一。

依香和伊莎坐在茶店里的一角，开始了久违的对话。伊莎谈论着倚象谷的生活，谈论着她的茶叶生意，讲述着自己如何用心经营，如何理解普洱茶的价值。依香聆听着，感叹着伊莎的变化，她已经不再是那个总是慢半拍的少女，而是一个充满智慧和魅力的女性。

在对话中,依香和伊莎互相理解着对方,她们的心被这份深厚的友谊牵动着。她们分享着彼此的故事,同时也收获了对生活的体悟。

喝茶间,她们的笑声和谈话声交织在一起,仿佛形成了一首美妙的乐章。依香坦诚地说道:"你知道吗,伊莎,我一直都很羡慕你们,能够留在家乡,过着平静的生活。"

伊莎回应道:"其实我一直觉得,每个人的生活都有自己的精彩。我羡慕你能够在外面的世界闯荡,拥有自己的事业。"

依香深深地感叹道:"可我发现,无论是在家乡还是在外面的世界,只要心中有爱、有牵挂,就能找到属于自己的幸福。"

伊莎理解地点了点头:"是的,无论我们身在何处,最重要的就是心中的那份牵挂和爱。"

她们继续畅谈着,依香尽情感受着这份久违的友谊。在茶香中,她们体会到了时间的流转和不变的情感。而伊莎则以普洱茶为媒介,传递着她对生活的热爱和对家乡的眷恋。

依香既兴奋又感伤地感慨道:"伊莎,看得出来,你和林峰在倚象谷过得很幸福!"

伊莎幸福地点点头。依香又疑惑地问道:"伊莎,那林峰呢,他在哪里?"

此时的伊莎,毫不介意依香打听林峰的消息,如实回答道:"林峰啊,可是一辈子就想着在倚象谷当一名看象人,整天在森林里泡着。"

依香纳闷道,林峰怎么就甘心一辈子沉沦在倚象谷呢?

## 第十九章
## 孔雀飞来

**和美丽的孔雀不期而遇**

伊莎驾驶着皮卡车,载着依香往倚象谷疾驰而去。

看着平坦开阔的柏油路一直向雨林深处延伸,坐在副驾座上的依香不禁感慨万千。依香的兴奋之情溢于言表,她开心地对伊莎说:"都变了,一切都变了,那个我小时候的家乡景象,一去不复返啦。"

伊莎是这里一切变化的见证者和经历者,她平静如水地说道:"依香啊,时代在进步,我们可得跟上时代的脚步啊。特别是最近几年,这倚象谷还得到了国家脱贫攻坚相关政策的扶持,现在已步入乡村振兴阶段,我们家乡的变化用翻天覆地来形容一点也不为过。"

两个女人开心地聊着家乡的变化。此时的依香,还是想到了当年的自己离开家乡到县城读书的情景。那时的简易公路坑坑洼洼,雨天一身泥,晴天尘土落满全身,更是让依香留下了难以磨灭的印象。

沿着蜿蜒伸展的乡间公路,穿过碧绿的茶山、橡胶林和田野,一个山清水秀、风景秀丽的村庄展现在依香的眼前。曼朋傣寨,这个过去贫穷闭塞的村寨,如今以崭新的姿态喜迎着八方来客。

依香母亲自豪地对依香说道:"以前跟随你爸住在县城,一直觉得城里人住得干净,现在是城里人羡慕我们村里人过得舒坦,居住环境宽敞、安静、空气好,生活也方便。"

依香对父亲岩丙涛回归乡间的退休生活很认可,她甚至有些羡慕父亲现在悠闲健康的生活状态。

退休后的岩丙涛,如一只归巢的鸟儿,安详地回到了他深爱的曼朋傣寨。每天早晨,他会在第一缕阳光的照耀下,沿着河边开始晨练。然后他会回到自己的小屋,独自享受一份清淡的早餐。傍晚时分,岩丙涛会在河边吹奏他那心爱的葫芦丝,葫芦丝的声音在晚风中飘荡,让整个曼朋傣寨都充满了幸福的旋律。

不过,岩丙涛还是对女儿依香短暂的婚姻颇有微词,现在看到女儿回来了,他的催婚论调又上来了:"我和你妈什么都好,可是你啊,总不能单身过一辈子吧,没有后代,你赚那么多钱有什么用?"

在这个问题上,依香总是避重就轻地和父亲说:"没事,我一个人不是过得好好的吗?再说,我的公司马上就要回来我们县城拓展业务了,我不是还有你们两老陪着吗?"

伊莎安慰岩丙涛道:"叔啊,依香的总公司虽说在省城昆明,可她今后还要在我们这儿开展业务呢。再说了,现在这交通也发展得很快,昆明到思茅、景洪都有直达航线,昆磨高速早已通车。不久的将来,中老铁路也要开通了,依香回家的路就更近更快啦。"

伊莎陪着依香在曼朋傣寨住了两天,第三天一大早,两人才往倚象谷寨子出发。当然,林峰早就知道依香回来了,因为这几天,伊莎一直陪着依香。

几年前,当林峰听到肖老师告知他和伊莎关于依香的消息时,林峰的内心的确有了一丝悸动的感觉,可是随着时间的推移,他内心的悸动渐渐平息。

林峰已经被热带雨林的生活和经年累月的工作,磨砺掉了那份青年时代他和依香共同拥有的初恋的情感。现在他对依香的感觉,只剩下那份同学的情谊和兄妹般的亲情。

## 第十九章
## 孔雀飞来

皮卡车穿过一片浓荫，透过车窗玻璃，依香看见清晨的阳光暖暖地洒向青葱的茶园，一幢幢造型独特、崭新的房舍点缀在青山绿水之间。倚象谷寨子的变化再次惊艳到了依香。

伊莎还骄傲地告诉依香，现在的翁基古树茶已经成为云南古树茶中的"头牌"，凭着古树茶的品牌效应，现在倚象谷寨子和翁基哈尼山寨都在大力发展生态放养茶叶种植、加工和销售。"雨林茶语"品牌的普洱茶和"雨林蜜语"品牌的蜂蜜，已经远销广州、上海乃至东南亚国家的部分城市。

现在宽带网络、家电、摩托车已进入村民家家户户，多数家庭拥有了汽车。

依香深切地感受到，现在的倚象谷寨子环境优美、乡风文明。蓝天白云下，苍翠欲滴的古茶园，白墙灰瓦的农家小屋，串点成线的环村道路。"茶在寨中生，人在茶园住"的美好画卷呈现在世人面前。

皮卡车稳稳地停住，伊莎和依香走下车来，依香看见了那个熟悉又陌生的男人。

林峰黑了，也瘦了。

看着林峰，依香心中五味杂陈，千言万语涌上心头，却不知道该从何说起。林峰看着依香，眼中闪烁着光芒，他朝她微笑着说："依香，回来了。"

那个熟悉的微笑，那个熟悉的声音，让依香的眼泪差点涌出眼眶。

"回来了，林峰。"依香轻轻地说，心中却充满了深深的感怀。他们彼此看着对方，仿佛在互相诉说着过去的故事。

虽然他们的生活已经有了各自的轨迹，但是依香对林峰那份深深的情感似乎并没有改变。不过，依香还是发现，现在的自己对林峰却有了一种坦荡、释然的感觉。

依香见到了林峰母亲和伊莎父亲伊老赫，依香的突然出现还是让两位老人感怀不已。

依香参观了被伊莎打理得井井有条的茶叶加工厂，察看了倚象谷寨子的养蜂场，她对林峰和伊莎的幸福生活非常羡慕。

林峰有着每天的例行巡象工作，他不能在家里久留，就对依香告辞，准备往倚象谷出发。不过，此时的依香，对林峰提了一个要求："林峰，你今天就带着伊莎和我进山吧，我已经20多年没到过倚象谷啦。"

依香的提议得到了伊莎的支持："好啊，好啊，虽然我天天住在倚象谷寨子，可是也有几年没到森林里啦。"

林峰只好带着依香和伊莎出发，走在那条通往倚象谷熟悉而又陌生的山径上，仿佛又回到了他们三人的少年时光。

依香和伊莎还是跟在林峰后面，叽叽喳喳地聊着一些开心的往事，林峰在前面默默地带路。不过，和少年时期那次遇上了亚洲象后玩命奔逃不同，这次却什么也没碰上，一切都显得风平浪静，畅行无阻。

中午时分，三人沿着森林返回，可当他们快要走到一条清澈的小溪时，前面传来一阵"噶""噶""噶"的叫声。这种奇怪的声音是一只只孔雀发出的，它们从繁密的丛林中翩翩而出，羽毛闪耀着炫目的蓝绿色光芒，仿佛从天堂飘落的色彩。

三人只好闪退到不远处的一棵古树后面，惊讶地看向这群不期而遇的美丽天使。这群孔雀轻盈地在溪边漫步，时而低头轻啄溪水，时而高傲地扬起头颅，炫耀那如彩虹般绚烂的尾羽。

领头的是一只雄壮的雄孔雀，尾羽上的眼状斑纹光彩夺目，像是一位身披星辰的将军，威武而尊贵。

雄孔雀开始轻舞，那些看似柔软无力的步伐，却在阳光的照射下宛如精灵般的灵动。其他孔雀也纷纷加入，它们的舞蹈仿佛是一场视觉的盛宴，那如丝绸般的羽毛在阳光下闪烁着迷人的光芒，它们那灵动的眼神中充满了自信与骄傲。

躲在古树后的林峰、依香和伊莎被这美丽的景象吸引，他们瞪大了眼睛，生怕错过任何一个瞬间，仿佛被带入了一个充满了色彩、活力和生机的神秘仙境。

林峰感慨道，我这天天泡在倚象谷的人，还是第一次看见这些美丽的孔雀。依香看着眼前翩翩起舞的孔雀，她的内心无比激动，陷入了遐思。

**我是县政协委员，必须实话实说**

又是一个晴朗的正午。

象王庄酒店。

依香和陈娟坐在套房的沙发上，两人要对来到县里的考察投资意向做一个梳理。别看陈娟是一个年纪轻轻、其貌不扬的小姑娘，可她却有着和她这个年龄和外貌不相匹配的对商业的缜密思考和洞察能力。因此，依香对陈娟是非常器重的。

两人还没开始谈论关于在县里投资的话题，依香就把这次回到家乡倚象谷的见闻对陈娟讲了。依香抑制不住内心的高兴，对陈娟说："小娟，我这次在倚象谷的一条小溪边和一群美丽的绿孔雀不期而遇了。"

陈娟兴奋得鼓起了掌，开心地说道："天哪，这可太神奇了！依总，说明我们这次回家乡投资，前景一片大好啊。"

依香认可地点点头，情难自抑地回道："我一直在回忆着那些美丽的孔雀翩翩起舞的样子，它们和我这个阔别家乡已久的傣家女子不期而遇,说明它们对我的归来表示热烈的欢迎哩。"

陈娟认真地听着依香的讲述,她对依总的奇遇浮想联翩,仿佛也沉浸在绿孔雀翩翩起舞的意境中,于是喃喃地说道:"依总,那群孔雀独特的舞姿,那华丽的羽毛,就是你的家乡在对你这个在外打拼多年的傣家女子的召唤。"

依香认可地点点头,激动地说道:"而且,这个家乡的使者绿孔雀,与我们的公司名称——滇云绿孔雀旅游集团有限公司完美地契合,你不觉得很奇幻吗?"

依香脑海中认真梳理着回到家乡后看到的一切,家乡的确发生了翻天覆地的变化。不过,此时的依香,却郁郁地感伤道:"小娟,我们这次回到家乡,让我了却了多年的心愿,过去我为了公司的发展倾注了自己所有的时间和精力,却忽略了家乡的亲人和朋友,想想这些,我觉得自己是多么的自私。"

陈娟安慰道:"依总,你的努力和付出,不但我们整个公司的员工看到了,我相信家乡的亲人和朋友们,都会理解你的。因为现在的你,已经有能力将公司强大的资源,助力家乡进入发展的快车道!"

陈娟的一席话,让依香倍感慰藉,她自信满满地对陈娟道:"小娟,所以我认为,我们今后在家乡设立一个分公司,就如同用一把金钥匙开启了倚象谷的大门。"

依香凭着多年在外打拼而历练出来的敏锐的商业触觉,通过这次对倚象谷的考察之旅,她立即察觉到在家乡投资兴办旅游产业的商机。

依香对陈娟分析道:"这里不仅有美丽的绿孔雀,还有亚洲象这个珍稀物种,生态旅游的潜力无限。而且,随着中老铁路的开通,交通将变得前所未有的便捷。如果以绿孔雀和亚洲象为亮点,在滇云绿孔雀旅游集团有限公司的旗下,今后的业务板块必将全面开花。而在倚象谷开设森林酒店无疑将成为一个耀眼的爆点。"

依香对未来充满了遐想:"想象一下,在倚象谷的边缘,亚洲象和绿孔雀出没的地方,一座融入自然景观的酒店静静矗立,它将如何吸引全世界的目光。"

陈娟的确是个悟性很高的女孩,依香话音刚落,她就马上知道自己接下来该怎么做了,她向依香表态道:"依总,我会尽快拿出投资项目可行性报告,等你过目后就提交给县招商局。"

陈娟马上回到了自己房间,紧锣密鼓地开始了投资项目可行性报告的撰写工作。依香可等不及了,她要立即就这个在家乡的投资项目,同县政府的人进行一次面谈。

依香坚信,家乡自然资源禀赋与她的这个投资项目具备非常高的契合度,她的投资项目一定能够打动这位分管招商引资工作的县领导,为自己的公司和家乡带来更多的发展机会。

依香和杜副县长两人很快就在县政府办公室见面了。杜副县长听了依香的想法后,眼中闪烁出明亮的光芒,她深深地被这个有着家乡情结的依香的决心所打动。

杜副县长明白,这是一个对家乡、对县里都有益的投资项目,于是她当场给依香吃了个定心丸,当即拍板道:"依总,你的这个投资计划我完全支持,我们会全力配合你!"

不过杜副县长接下来的一句话,还是让依香听起来有些不太踏实,杜副县长对依香幽幽地说道:"依总,在你这个投资项目立项启动前,按照惯例,我们还得召开一个由相关部门负责人和有关人员参加的倚象谷森林酒店项目听证会,这是必须走的一个程序。"

依香当然深知县政府在投资项目立项上的谨慎,她虽然有些担心,但还是宽心地想到,如果这个投资项目成了,对家乡的经济贡献将是无可估量的,理应获得支持,就逐渐放下心来。

接下来的日子,依香觉得时间过得非常缓慢,她着急上火地等待着项目听证会的召开。

一个星期后的某天下午,依香终于等来了县政府的人给她打来的电话。县政府的人在电话里告诉依香,明天上午9点在县政府三楼召开项目听证会,请依总准备好明天的项目陈述。

和县政府的人通完电话,依香开心地拨通了伊莎的手机,她把县政府明天要为她召开项目听证会的消息告诉了伊莎。伊莎为依香的项目取得进展感到非常开心。

第二天上午9点,县政府三楼会议室。

在满室静谧的项目听证会上,滇云绿孔雀旅游集团有限公司总裁依香,身着一套绿色的傣装,如一只优雅的孔雀,正细致入微进行项目陈述。

依香将视线投向了会议大屏幕,屏幕上呈现出瑰丽的倚象谷风光,她开口就动情地讲道:"大家看到的倚象谷,就是我的家乡,这里有我童年的故事,也有我心中酝酿已久的蓝图。"

依香描述了自己如何回归故土,今后将在倚象谷边缘,建设一座宏伟的森林酒店。她用富有感染力的语言,描绘了一幅生态旅游的美丽画卷,那将是一座人与自然和谐共生的殿堂,也是一处世界级的旅游胜地。

参加听证会的相关部门负责人被依香的陈述打动,他们颔首赞许,眼中闪烁着期待的光芒。

然而,在众人的一致好评中,依香的目光却定格在一个小小的角落。那里坐着的是她昔日的恋人,也是倚象谷亚洲象监

## 第十九章
## 孔雀飞来

测员、县政协委员林峰。

林峰沉默如山,对于依香的陈述,他只是摇头,用冷峻的目光与她对视。林峰并非不理解依香的心愿,只是他清楚,在倚象谷建设森林酒店,无异于在亚洲象的栖息地上投下一颗炸弹。

依香对投资项目陈述完毕,接着就进入与会人员发表意见的环节。几乎所有的与会人员都对依香的项目陈述给予了肯定支持的意见。

轮到林峰发言了,众人齐刷刷地看向林峰。依香也用恳切的目光看向林峰,她迫切希望得到林峰的肯定意见。不过,林峰的发言却与依香的期望背道而驰,只听林峰痛苦地说:"今天的我,是以县政协委员的身份来参加这个听证会的,如果一定要我发表意见,那我只能说——在倚象谷边缘建设森林酒店,而且选址刚好处于我们新开辟的大象通道的正中,这个森林酒店的建设,将极大地撕裂倚象谷亚洲象栖息地的完整性。"

听完林峰的发言后,听证会当即陷入了僵局。依香听到林峰完全和自己相悖的发言,她从心底陡然升腾起一股透骨的寒意。林峰与之对立的观点如一场没有硝烟的战争的敌方火力,让在场的所有人都捏了一把冷汗。最后,听证会以一个无法定论的结果收场。

听证会结束后,依香颓然无力地跌坐在会议室的座椅上,林峰的话语在她耳边回荡,他的反对意见令依香久久无法平静。

林峰怏怏地走近依香,像做错事的孩子,局促不安地解释:"依香,也许你并不知道,你要建森林酒店的选址,刚好位于亚洲象的一条新通道上。我是县政协委员,必须实话实说!"

依香无力地冲林峰摆摆手,愠怒地吼道:"别说了,你走吧!"林峰只好郁郁地走开。

**你就是我一直要找的那个人**

依香还是决定在家乡开设自己的分公司。

至于森林酒店的建设,依香确信她这个投资项目一定会让县里的决策者无法拒绝。因为,县财政困难是摆在每一位家乡地方领导面前无法回避的事实。

这个县拥有得天独厚的热带雨林资源,大力兴办工业显然不是这里的最佳选项,所以依香笃定县里对她的投资项目,没有拒绝的理由。

依香对看准的商机,从来都是快速布局的,她的分公司在短短一个月之内就筹办起来了。依香从总公司派来了一位副总,下来担任分公司的执行总经理。自己则与陈娟和专职司机一块儿返回了昆明。

听证会后,林峰回到步行街的"雨林茶语"茶店,他在第一时间就告诉了伊莎听证会的情况,他坦诚地对伊莎讲了自己对依香的森林酒店项目发表了反对意见。

伊莎顿时傻眼了,她对林峰的做法简直不敢相信,她没好气地冲林峰吼起来:"林峰,过分了啊,你知道依香回来我们这里投资旅游产业,对县里、对乡里、对我们村寨能够带来多大的实惠吗?"

林峰眉头紧锁,抿着嘴唇,低声道:"你说的我当然知道,可是依香的公司建设森林酒店的选址可是一条新开辟的亚洲象通道,一旦森林酒店开工建设,就切断了这条亚洲象觅食的新通道。"

伊莎有些不可置信地看向林峰,摇摇头道:"林峰,我说句心里话,你这辈子就只知道和那群亚洲象打交道,这世间的事,

## 第十九章
### 孔雀飞来

除了天大地大，就是你的亚洲象大，而家里的事、朋友和同学的事，你什么都不关心！"

今天伊莎发这么大的火，在林峰的印象中还是头一次。显然，林峰反对依香建设森林酒店这件事，让伊莎非常生气。伊莎依然对林峰不依不饶："林峰，你反对的可是依香投资的项目，依香她是什么人，她可是我们俩的同学，是你高中时候的'老感情'啊！"

伊莎说完这句话，就憋屈地蹲下恸哭起来。伊莎把自己最不愿意提到的林峰和依香过去的那层恋人关系都抬出来了，足以说明她对林峰反对依香建设森林酒店的愤怒。

林峰只好怯怯地对伊莎说："伊莎，你误会我了，我这是对事不对人，把依香换成是你，我也是要反对的。"

伊莎不再搭话，自顾自伤心地哭着。林峰只好一个人坐班车返回了倚象谷，因为他的巡象工作，可是一天都耽误不起。

看到林峰走了，悲愤的伊莎渐渐平复了情绪，她觉得应该给依香打个电话，无论怎么样她也得替林峰给依香道一声歉。可是，不论伊莎怎么拨打依香的手机，依香的手机都"嘟嘟"地占着线。伊莎明白，依香把她的手机号码拉黑了。伊莎痛苦地闭上了眼睛，大滴大滴的眼泪再次夺眶而出。

县政府这边。

杜副县长召集了县招商局秦局长和县文化和旅游局宋局长，三人聚在一块儿商量着如何让依香进一步完善倚象谷森林酒店项目，争取能顺利通过第二次听证会。

…………

依香这个商界公认的女强人，此刻却独自坐在喧嚣都市的深夜里。

当依香在听证会上听到林峰对森林酒店发表反对意见的那一刻,她的整个世界在那一瞬间彻底崩塌。那份失落和挫败感,如同倚象谷迷蒙的山雾,将她紧紧包裹。

依香步入"暗夜之息"酒吧,一家位于繁华都市的心脏地带,以钢铁水泥为肌理、霓虹灯为灵魂的酒吧。

虽然依香的步伐依旧坚定,但是她的眼神中已经透露出一丝迷惘和疲倦。独坐在吧台前,依香将自己的情绪掩藏在深色的墨镜之后,酒吧的灯光将她的皮肤映照得更加苍白,犹如月光下的瓷器。她的手指在吧台上轻轻敲击,那是一种无序的旋律,宛如她的心情。

值班的酒保显然是个有着丰富经验的人,他默默地为依香调了一杯烈酒,没有过多的言语,只是轻放在她的面前。那是一种浓烈的液体,可以暂时让依香忘却世间的烦恼。

依香摘下墨镜,凝视着那杯酒,她举起酒杯,让烈酒灼烧她的喉咙,那种辛辣的感觉如同针尖般刺激着她的神经,每一次吞咽都像是将自己回到家乡的挫败和失望埋葬在心底。

酒吧的舞台上,一名女歌手站在舞台中央,她身上穿的不是华丽的舞台服装,而是一种低调内敛、独具热带雨林风情的长裙。

这个歌手就是林伊儿,一个有着明亮的眼神和圆润的歌喉的女孩。只见白色的裙摆随着她的步伐轻轻摆动,仿佛是热带雨林的树叶在风中摇曳。

林伊儿拿起手中的琴弓,拉动小提琴,音符如同热带雨林的清晨雾气,缓缓在酒吧内弥漫。她放下小提琴,开口轻吟,婉转而深情地向大家诉说着热带雨林的美丽和神秘。

旋律越来越快,越来越热烈,如同热带雨林的热情和生命

## 第十九章
### 孔雀飞来

力。林伊儿的嗓音深情而富有感染力,仿佛能将人们的灵魂带入那片神秘的热带雨林。

酒吧内的灯光变得暗淡,只有一束聚光打在林伊儿的身上,使她看起来更加耀眼。

众人仿佛被林伊儿的音乐所吸引,被她的情感所感染,为她的歌声所沉醉,为她的旋律所打动。一些人甚至开始随着音乐摇摆,而更多的人则是闭上眼睛,仿佛在心中描绘出那片遥远的热带雨林。

当林伊儿演唱结束时,酒馆里爆发出雷鸣般的掌声和欢呼声。

林伊儿微笑着向观众们鞠躬,然后安静地走下舞台,回到了位于角落里的座位。她低头浅笑,安静地喝了一口酒,仿佛刚才的一切只是过眼云烟。然而,只有那些被她的音乐打动的人,才能真正理解她内心的热烈与执着。

原来,林伊儿自从云南艺术学院毕业后一直未能在省城昆明谋得一份体制内的演唱工作,仿佛是命运和她这个清高自负的女孩开了一个玩笑。

林伊儿并不愿意就这样回到自己的家乡,那个位于倚象谷边缘的静谧村寨,那里虽然有她深深的眷恋,但无法满足她对未来的憧憬和追求。于是,林伊儿选择了来这家酒吧驻唱,尽管收入微薄,但她用歌声与世界对话,用音乐照亮自己的道路。

每个寂寥的夜晚,林伊儿的歌声总会飘荡在酒吧的每个角落,如同一阵热带雨林的微风,带着丝丝凉意和独特的韵味。

此刻,依香被林伊儿的歌声深深吸引,那歌声似乎触动了她内心深处的某种东西。依香感到一种强烈的共鸣,这女孩唱出了她的心声,让她有种未曾有过的安慰与释放。

看到林伊儿走下了舞台,静静地坐到一边喝酒,依香立即走向林伊儿,微笑着说:"你的歌声真是令人陶醉,我一直在寻找一个能够为我的分公司带来新的生机的人,我想,你就是我一直要找的那个人。"

林伊儿有些惊讶地看着依香,不确定这个看起来严肃而冷酷的女人是什么意思。不过,当依香提出邀请她加入分公司,担任演出部经理兼主唱时,林伊儿震惊的同时也感到了无比的欣喜。

林伊儿一直梦想着有一天能在更大的舞台上唱歌,而眼前这个机会似乎就是她一直期待的。于是,她毫不犹豫地接受了依香的邀请,决定在这个新的舞台上展现自己的才华。

林伊儿微笑着对依香说:"我很高兴能有机会在你的团队中工作。"

依香点点头,赞赏地对林伊儿说道:"我相信我们可以一起创造一些特别美好的东西。"

依香看着林伊儿的眼睛,她觉得面前的林伊儿非常亲切,顿生好感。

**签约仪式**

昆明,滇池岸边。

阳光透过落地窗洒在装修豪华的会议中心,熠熠生辉。

滇云绿孔雀旅游集团有限公司与县政府的旅游投资项目签约会即将在这里举行。

现场人头攒动,宾客们穿着各式各样的礼服,穿梭在装饰精美的大厅中,人声鼎沸,气氛热烈。在众人瞩目的焦点下,滇云绿孔雀旅游集团有限公司总裁依香率领一众管理人员穿着

## 第十九章
## 孔雀飞来

深色西装，稳步走向嘉宾席。

在签约之前，依香代表滇云绿孔雀旅游集团有限公司作了热情洋溢的欢迎辞。

依香致辞完毕，主持人宣布进入投资项目详情介绍环节。

滇云绿孔雀旅游集团有限公司副总经理、县分公司执行总经理韩总神采奕奕地走上台来。韩总打开会议大屏，边展示边讲解着即将在倚象谷边缘的三个寨子，即曼朋傣寨、倚象谷寨子和翁基哈尼山寨建设的热带雨林风情园。

韩总介绍道，这个热带雨林风情园不仅将拥有倚象谷的自然景观，还将在其中融入丰富的地域文化元素。人们将在这里感受到热带雨林的神秘魅力，将领略到滇云地区的独特人文风情。此外，还将有一系列文创产品在园内销售，让游客在游玩的过程中，可以购买自己喜欢的特色手工艺品和纪念品。

韩总指着根据倚象谷外围三个寨子原貌做出来的效果图，热情洋溢地介绍道——

热带雨林风情园，是一处被热带植物覆盖的世外桃源，是自然界为人类精心雕琢的瑰宝。

一进入这片浓密的绿海，你便能感受到那与众不同的宁静与神秘。这里的空气是温暖的，充满了土壤、落叶和热带花朵的馥郁气息，那是你无法在别的地方找到的特殊香气，它令人沉醉。这种独特的气息，就像热带雨林的一个标签，让你可以在万千风情的园艺中轻松地辨认出它的独特风格。

漫步在蜿蜒的小径上，两旁是高耸入云的热带乔木，这些树冠如同一把把巨大的绿色伞，遮住阳光的炽热。不时会有藤蔓从树上垂下，闪烁着晶莹的露珠，为你的旅程增添了一份清凉。脚下是湿滑的落叶和枯枝，这让你在每一次行走时都需小心翼翼，同时也在悄然提醒你，这里是生机勃勃的热带雨林，是大自然的领地。周围有各种奇妙的声音，那是属于热带雨林的独特音乐。有虫鸣，有鸟叫，有象鸣，有蜜蜂飞舞的嗡嗡声。这些声音交织在一起，构成了大自然的交响乐，让人沉醉其中。

转过一个弯，你会被眼前的景象所震撼。那是一条瀑布，水从高处倾泻而下，溅起一片水雾。瀑布两侧是层层叠叠的岩石，长满了青苔和蕨类植物。阳光穿过飘落的水雾，形成了一道美丽的彩虹，仿佛是自然界的魔法。

最后，韩总总结道："这个热带雨林风情园，将以其独特的风格，让人感受到了大自然的神秘与美丽。"

韩总在与会人员热烈的掌声中，春风得意地走下讲台。

依香站起来，顺势补充道："各位领导，大家看了如此美妙的景致，是不是都对这个热带雨林风情园充满了向往。"

依香顿了顿，又说道："然而，这是远远不够的，要想让这个热带雨林风情园真正地别具一格，我们还需要一台压轴好戏——《雨林印象》，这是我们为每一位来到园区的游客们准备的一场精彩的大型情景舞蹈诗表演。这部舞蹈诗将把热带雨林的美丽风光和滇云地区的多彩人文风情完美地结合在一起，为游客们带来一场视觉和心灵的盛宴。"

依香补充到此，她把话筒递给了主持人，主持人用圆润的嗓音邀请林伊儿上台，清新可人的林伊儿款款走上讲台，向大家娓娓介绍——

这部名为《雨林印象》的大型情景舞蹈诗，以热带雨林的生态系统为背景，巧妙地融合了自然、文化和艺术，将带给观众一种前所未有的观演体验。

《雨林印象》共分为五个板块，分别为"生命的呼唤""神

第十九章 孔雀飞来

秘的雨林""生命的繁衍""雨林的衰落""雨林的未来"。每个板块都以独特的艺术风格呈现,共同组成了这部宏大的实景舞蹈诗。

"生命的呼唤"是开场板块,它以雨林中最具代表性的动物——亚洲象的视角,引领观众进入这个神奇的世界。在舞台中央,一只可爱的小象四处跳跃,引领象群在雨林中寻找食物。通过这个板块,观众们将感受到雨林无限的生机。

"神秘的雨林"则揭示了热带雨林的神秘面纱。在这个板块中,舞台被布置成了一片密密麻麻的热带植物,各种奇特的昆虫和鸟类在植物间穿梭。通过灯光和音乐的控制,观众们仿佛置身于一个充满未知的神秘世界。

"生命的繁衍"是全剧的高潮部分。在这个板块中,舞台上的热带植物瞬间开花结果,模拟生命的繁衍过程。同时,配上激动人心的音乐和灯光效果,观众们仿佛感受到了生命的力量和美丽。

"雨林的衰落"则呈现了人类活动对热带雨林造成的破坏。在这个板块中,舞台上的热带植物被砍伐,昆虫、鸟类和亚洲象失去了家园。通过这个板块,观众们将深刻认识到人类活动对自然环境的影响。

最后是"雨林的未来",这个板块以环保为主题,展现人类如何保护和恢复雨林生态。在这个板块中,舞台上的热带植物重新生长,各种生物重回家园。通过这个板块,观众们将感受到保护环境的紧迫性和重要性。

林伊儿最后总结道:"《雨林印象》将以其独特的艺术风格和丰富的视觉效果,让观众们深入了解了热带雨林的生态系统,同时也传达了保护环境、关爱自然的深刻寓意。这部大型舞蹈诗不仅是一场视觉盛宴,更是一堂生动的环保教育课。"

签约仪式正式开始。

礼仪小姐引导着依香和杜副县长走到签约台前,在众人瞩目下,两人紧握着签字笔,在合同上慎重地签下自己的名字。摄像师迅速按下快门,记录下这珍贵的一刻。

**政协委员履职培训**

程非再次来到倚象谷林峰家。程非的到来,让情绪低落的林峰一下子开心起来。

程非见过林峰母亲和伊莎父亲伊老赫后,就拉着林峰让他带自己到新开辟的大象通道上看看。两人走到山坳,林峰指着正在地里忙活着的黑三叔两口子,对程非说道:"程老师,因为有了政府的合理补偿,现在黑三叔在'大象食堂'干活可欢实了,那块刚刚被亚洲象吃过的玉米地,他现在又带着老婆过来种植新一季的小花糯玉米啦。"

程非满意地点头道:"那可太好了,估计亚洲象群已经快熟悉这条新开辟的觅食通道了,今后它们一定会沿着这条通道走向更为广阔的森林。"

林峰认可地点点头道:"它们现在就已经熟悉这条通道了,最近可是有不少的亚洲象群从倚象谷走出来,然后通过这条新通道,走向宁洱哈尼族彝族自治县勐先镇广阔的森林之中。等那边的食物吃完了,这边又成熟了,它们又可以折返回来啦,如此周而复始,现在的它们可是一点都不愁吃的了。"

程非微笑着,开心地对林峰说道:"这太好了,林峰,说明我们过去的工作,并非徒劳无功啊。"

两人开心地交流着,不过林峰脸上透露着的一丝隐忧还是

## 第十九章
## 孔雀飞来

被程非觉察到了:"林峰,咋了,出什么事了,和我弟妹吵架了?"

林峰无奈,只好把依香返乡投资旅游产业的事,向程非和盘托出。

林峰有些沉重地看向程非:"这次依香把森林酒店的选址,放在了我们新开辟的大象通道上,所以我就在倚象谷森林酒店项目听证会上,以政协委员的身份发表了反对意见。"

程非支持林峰道:"林峰,你做得很对啊,那为什么你还要烦恼呢?"

林峰郁郁地道:"我这次可是捅了马蜂窝了,不仅依香对我怀恨在心,就连伊莎,也觉得我做得实在太过分了,她坚决和依香站在了一边。"

程非沉思良久,对林峰道:"其实,依香回到家乡投资旅游产业,本来是一件大好事,从她的投资项目来看,的确是极具前景的。"

看到程非对依香赞赏有加,林峰不禁纳闷道:"程老师,你怎么也对依香说上肯定的话了?"

程非微笑着对林峰解释道:"林峰,你别误会我的意思,对事物的评价总得一分为二,依香在倚象谷边缘的三个村寨打造热带雨林风情园,既是对热带雨林旅游资源的挖掘和开发,也是有利于我们对亚洲象的保护。你想想,热带雨林风情园把旅游景区和我们的大象通道有效隔离,这样人象冲突也就避免了。"

程非话锋一转,接着说道:"不过,依香想在倚象谷建森林酒店,这倒是完全出于她自身商业利益的考量,把这样一个高端的森林酒店建设在亚洲象和绿孔雀出没的地方,肯定会引爆整个热带雨林的旅游市场,所以这就是依香和县里领导千方百计要让这个项目落地的直接动因。但是,如果森林酒店建成了,那我们早期说的——'人类要为亚洲象做出力所能及的退让'不就变成了一句空话,我们之前为保护亚洲象所做的艰苦卓绝的工作和取得的成效将被打回原形。"

程非越说越激动,最后甚至是吼上了:"森林酒店必将导致我们这条新开辟的亚洲象觅食通道被腰斩,甚至今后我们即将上报国家建设的亚洲象国家公园都将受到影响。"

林峰郁闷地问程非:"程老师,那你说我们现在该怎么办?"

程非思考良久,郑重地对林峰道:"在经济利益和生态保护之间,地方政府理应做出科学的抉择。"

"程老师,这马上就要举办县政协委员履职培训了,要不,你去给我们全县的政协委员开一次讲座,就谈谈地方经济发展和亚洲象保护之间的关系。"林峰对程非建议道。

程非当然非常愿意。他认为,亚洲象保护是全社会的事,需要得到方方面面的加持,并形成合力。

林峰当即就给县政协黄主席打电话汇报情况,推荐了程非的亚洲象保护专题讲座。县政协黄主席自然是一百个愿意,平时想请都请不到的这个国家级亚洲象研究员程非,这次能够给县政协委员们举办讲座,这样的好事去哪里找。

县政协委员履职培训班如期举办。

在委员履职培训会上,程非为全体政协委员作了题为《地方经济发展和亚洲象保护》专题讲座。


华夏大地孕育着一片神奇的土地,这里是亚洲象世代繁衍的乐园。然而,随着时光的流转,这片乐园似乎不再宁静如初。

# 第十九章
## 孔雀飞来

有人说，中国的亚洲象数量如雨后春笋般激增，但又有谁知道，这背后隐藏着多少不为人知的秘密？作为一名亚洲象研究员，一个深耕在亚洲象栖息地研究领域的学者，我一直见证着这一切的微妙变化。

我们和亚洲象一起，生活在这片古木参天、藤蔓缠绕的静怡的热带雨林中。然而，就在这片宁静的丛林中，却隐藏着亚洲象的危机。它们曾是这片土地的主人，如今却不得不与人类共享这片家园。

随着人口的增加，耕地变得越来越珍贵。人们在这片有限的土地上辛勤耕耘，以期获得更多的收成。然而，他们的辛勤劳动却常常成为亚洲象的盛宴。每当作物成熟之际，象群便会如期而至，大肆取食。它们似乎已经适应了人类的作息规律，对耕地的位置和所耕种的粮食产生了行为适应。

在普洱市，玉米的成熟期从南往北蔓延，如同一条金色的丝带。而当地的野象也如同追逐着这条丝带一般，从南向北一路品尝。它们似乎忘记了原本的迁徙路径，只记得那片诱人的金黄。而当地的老乡们只能与野象展开一场时间的竞赛，赶在象群到来之前提前收获。

然而，这场竞赛并没有赢家。在倚象谷一带，由于象群密度较大，往往造成颗粒无收。农民们望着被野象践踏过的田地，眼中充满了无奈与愤怒。他们不明白，为何亚洲象会如此残忍地剥夺他们的生计？

与此同时，保护区周边的一些农户为了追求经济利益，大面积种植橡胶、柑橘、茶叶和砂仁等经济林木和作物。这些作物不仅蚕食了仅存的原始森林，还阻断了亚洲象正常的迁徙通道。亚洲象们被迫寻找新的迁徙路径，却往往因此踩踏庄稼、毁坏林木，造成更大的经济损失。

面对日益升级的人象冲突，人们开始寻找解决之道。有人建议将保护区内的森林适当采伐，改造成适合野象栖息的环境。然而，这真的可行吗？

在我看来，这片森林不仅仅是为了保护亚洲象而存在的。它还承载着该生态系统中高度丰富的生物多样性。如果我们盲目地采伐森林、改造环境，可能会打破原有的生态平衡，导致更严重的生态危机。

事实上，人象冲突问题的根源在于人类的活动占据了亚洲象原本栖居的环境。我们应该反思自己的行为，尊重自然、尊重生命。在保护亚洲象的同时，也要保护它们赖以生存的家园。

那么，如何解决人象冲突呢？我认为，在链接倚象谷破碎化野生动物生境的生态廊道上，通过栖息地改造、建设"大象食堂"是一种非常必要且可行的方法。我们可以在这些地方种植亚洲象喜欢吃的食物，为它们提供充足的食源。同时，我们还可以通过宣传教育等方式，提高公众对亚洲象保护的意识，减少人类与野象的冲突。

我认为，我们倚象谷除了保护亚洲象，它还保护着该生态系统中高度丰富的生物多样性。因此，在森林里开发诸如森林酒店的做法是不合法、不可行也是不科学的，并且可能从根本上加剧人象冲突的问题。

程非的讲座，可谓有的放矢，正中要害，让参会的县政协委员们受益匪浅。

# 第十九章
## 孔雀飞来

**雨林的音符**

金色的阳光洒在茂密的森林上，年近五十岁的亚洲象监测员林峰，此刻正穿行于斑驳的光影之间。

岁月已经在他的脸上留下深深的痕迹，却未能撼动他坚韧的步伐。身为一个亚洲象的守护者，林峰身经百战，对倚象谷的每一个角落都了如指掌。

林峰蹲下身子，聆听着森林的呼吸声，观察着凌乱的象群脚印。他发现象群移动的轨迹，判断出它们正朝着森林深处缓缓移动。林峰一直小心翼翼地追踪着，尽量不发出任何声响，以免惊扰到象群。

在这片生机盎然的森林中，林峰与一群群亚洲象群结下了不解之缘。

二十多年以来，林峰致力于保护亚洲象这种珍稀动物，每时每刻都在关注着它们的生态环境和生活习性。然而，过去那些偷猎者的贪婪和一直以来人类活动的侵扰，让亚洲象面临着严重的生存危机。林峰一直铭记着，守护这些可爱生灵的责任重大，不容有失。

林峰悄然前行，巧妙地绕过一棵棵古树，避开荆棘和灌木。他的目光如炬，时刻留意着周围的动静。

此时，一群小鸟在头顶上空飞翔，林峰瞬间变得警惕起来。这些小鸟的异常举动，很可能是象群即将出现的前兆。果然，一阵低沉的嘶鸣声打破了森林的宁静。

林峰的心跳加速，他知道这是亚洲象发出的声音。他顺着声音传来的方向望去，隐约看到一群庞大的身影在树林间移动。不过面前的象群显然并非短鼻子家族，林峰越来越感觉到，现在出现在倚象谷的亚洲象群越来越多。每一次面对新进入倚象谷的亚洲象群,林峰都面临着一次又一次艰巨的考验。

现在的林峰,面对这群新踏入倚象谷的象群,他的内心既紧张又激动。在这关键时刻,林峰毫不犹豫地选择与象群接触。他轻轻地吹了一声口哨,试图与象群建立联系。

紧张的气氛弥漫在森林中。

林峰的心脏怦怦直跳着,他的双手微微颤抖,不是因为恐惧,而是源于对保护亚洲象的使命感。他知道,这个使命不仅关乎个人荣誉,更与整个生态环境息息相关。

在一次次与亚洲象群的较量中,林峰展现出了丰富的工作经验和对亚洲象深厚的情感。一方面,他为了保护象群的安全,勇敢地面对各种困难和挑战;另一方面,他在内心深处饱含对大自然的敬畏与关爱。这种复杂的情感纠葛让林峰更加坚定地选择了自己的道路。

林峰望着缓缓消失在森林深处的象群,心中涌起一股难以言表的感慨。他深知,这片热带雨林就是他的战场,也是他的家园。只有每一份热爱与责任并存,才能真正守护这片生机盎然的绿色家园。

这场亚洲象的追踪之旅,只不过是林峰无数守护象群日子中的一个小插曲。

结束巡象任务后,林峰在下午4点钟踏上归途。当他路过山坳的时候,尽管自己离家还很远,却被倚象谷外围三个寨子中传来的喧闹声惊扰到了。

林峰这才想起,原来今天是热带雨林风情园开园迎客的第一天。经过历时一年的开发打造,曼朋傣寨、翁基哈尼山寨和倚象谷寨子发生了翻天覆地的变化,宛如三颗隐藏在倚象谷外围的绿宝石，静谧古朴却光彩夺目。

三个寨子已经沉睡了数百年，直到依香带着热带雨林风情园投资项目回来，通过挖掘、开发和打造，才将它们从深深的梦境中唤醒。

林峰突然有着一种重走三个寨子的冲动，他的脚步就迈到了曼朋傣寨的石板路上。

曼朋傣寨，一栋栋掩映在茂密竹林中的吊脚楼，仿佛是傣族人民的古老诗篇。在项目的雕琢下，每一栋吊脚楼都仿佛重新焕发出昔日的光彩，显得诗意盎然。

林峰从花团锦簇的村道走过，每一处景致仿佛都是一个古老的故事，那故事满载傣族人民的勤劳、智慧和对自然的敬畏。

林峰走上了翁基哈尼山寨的栈道，这里的石头房依山而建，层层叠叠，如同自然界中最为古老的迷宫。改造后的山寨每一块石头都变得灵动起来，仿佛在诉说着哈尼族的历史与文化。而那些精心打理过的古茶园，更是如诗如画，将山寨装点得如同一幅宏大而生动的画卷。

林峰最后才返回倚象谷寨子，这里的景色秀美，象群雕塑在新植的树林中伫立，而寨子就坐落在象群雕塑之间，宛如人间仙境。

林峰觉得通过全新打造后的三个寨子，愈发显得美丽灵秀，到三个寨子的游客更是火爆到人山人海的地步。

林峰心情激动地回到家，伊莎早已做好晚饭，就等着他回来吃饭了。看看时间才下午6点，林峰有些纳闷，今天晚饭怎么做得这么早。

伊莎催促林峰道："快吃饭吧，吃过晚饭我们就到倚象谷文化广场，今天可是女儿参演的《雨林印象》首演的日子哩。"

林峰感到内疚,自己确实真的就像伊莎说的一样,满身心只装满了亚洲象,差点把今天女儿的首演给忘记了。现在的自己好比青少年时期的伊莎一样,开始变得慢半拍了。

倚象谷文化广场已经被绿色的藤蔓和繁复的枝叶交织成一座独特的舞台。这是一座天然的剧场,同时也是一个神秘而富有生命力的世界。

夜幕低垂,犹如一块巨大的黑色绒布悄然铺开,被无数的繁星点缀。灯光师巧妙地将灯光打在舞台上,让每一片叶子、每一朵花都沐浴在柔和的光线下,仿佛赋予了它们生命。

突然,一阵琴声响起,像是热带雨林的悠长呼吸声,又像是大地的轻语。随着悠扬的琴声,靓丽的林伊儿款款走上舞台,她身穿白色长裙,活脱脱一只热带雨林中的白鹇鸟。

林伊儿的歌声清亮而激昂,如同清晨的鸟鸣,如同傍晚的风吟。在她的歌声中,热带雨林的每一个生灵都被唤醒,它们仿佛在林伊儿的歌声中找到了自己的精彩。

随着琴声的逐渐强烈,舞者们也走上了舞台。她们的每一个动作,都与热带雨林的节奏完美契合,仿佛她们就是热带雨林的一部分,是热带雨林的树木,是热带雨林的河流,是热带雨林的鸟兽。

观众们被深深地吸引,林峰和伊莎更是感动得热泪盈眶,他们仿佛看到了一个真实而又神秘的雨林世界,感受到了大自然的无尽魅力。他们的心跳与舞者的节奏同步,他们的呼吸与热带雨林的节奏同步,他们的情感与林伊儿的声音同步。

当林伊儿最后一首歌曲《雨林的秘密》落下,整个剧场陷入了沉寂。然后,掌声和欢呼声如潮水般涌来,经久不息。

大型情景舞蹈诗《雨林印象》的首演,大获成功。

## 第十九章 孔雀飞来

林伊儿看到了观众席中的父母,立即从舞台上大步跑向他们,一家三口眼含热泪,紧紧相拥!

**希望你能够走向更大的舞台**

刚从倚象谷返回的林峰,放松地坐在自家房舍的角落,用沾满泥土的手指,随意地滑动着手机屏幕。无意间,他刷到了一个视频。视频中,一个美丽的少女站在一片繁茂的热带雨林中,身穿白色的棉麻长裙,头上戴着民族饰品,正在动情地歌唱着。

林峰突然惊觉,视频上那个漂亮的女孩,原来是他的女儿林伊儿,在演唱着大型情景舞蹈诗《雨林印象》中的压轴歌曲《雨林的秘密》。林伊儿的眼神明亮如星辰,皮肤在灯光下闪耀着健康的光泽。她歌唱的声音清脆而响亮,如同清晨的鸟儿在枝头歌唱,又如同山涧的溪流在石头上跳跃。

林峰的眼眶瞬间湿润了,他看着女儿在舞台上的自信与从容,仿佛看到了她的成长与坚持。这个视频的点赞量已经超过300万,估计播放量应该达到了几千万了。林峰心中满是骄傲和自豪,他知道这是女儿辛勤努力的结晶,是她用汗水和努力换来的成果。

林峰默默地关闭了视频,将手机轻轻放在一旁,眼睛看向窗外的热带雨林,他的心中充满了骄傲和满足。

伊莎开着皮卡车从县城回到家,林峰就把女儿在舞台上唱歌的视频翻给她看。看着这么多的点赞和评论,伊莎一下子就惊呆了。半晌,伊莎才回过神来,高兴地拉着林峰的手,喜滋滋地对林峰说:"林峰啊,这回我们宝贝可是出名啦,前途无可限量啊。"

林峰和伊莎沉浸在快乐的氛围中。听到林峰手机里传出来的是孙女林伊儿的歌声，林峰母亲和伊老赫也凑过来观看，一家人都被林伊儿美妙的歌声所感染。

傍晚时分，林伊儿从倚象谷文化广场蹦跳着回来了，显然，她也看到了自己蹿红的那条视频了。林伊儿负责并担任主唱的《雨林印象》逢周六开演，今天并不是演出的日子，也不用排练，所以林伊儿难得有了和家人相聚的时光。

一家人开心热闹地吃了一顿丰盛的晚餐，整个家屋充满了欢乐的气氛。

晚上8点，久未登门的依香上林峰家来了。

林峰和伊莎同时看到从茶叶加工厂停车场走过来的依香带着两位陌生人，一时有些尴尬。因为在这一年中，依香一直躲避着伊莎，更别说林峰了。看得出来，此时的依香虽然对两位陌生男人脸上堆着笑，内心却充满了局促不安。

不过，林伊儿并没有从父母的脸上和依香的神情中，察觉到什么异样的变化，她热络地迎向依香。依香尴尬地对林伊儿说道："林伊儿，我今晚是带这两位先生过来的，他们说想找你谈谈。"

伊莎连忙把依香和陌生男士带到茶室，热络地对依香道："依香，还有这两位先生，我们坐下聊，大家先喝杯热茶吧。"

伊莎、依香、林伊儿和那两位男士一块儿坐在茶室里静静地品茗。

现在的林峰，因为那次在听证会上对依香的森林酒店项目提出了反对意见，所以他一直对依香有着愧疚和难以言说的复杂情感。林峰并没有挪身，还是在茶室外的院场里强装镇静地看着手机，不过茶室里大家的谈话，他可一句不漏地都听到了。

## 第十九章
### 孔雀飞来

茶室内,大家静静地喝茶,那两位男士对伊莎炒制的普洱茶赞不绝口。一位留着一头长发的中年男士,还是性急地开口说明了来意:"我们两位来自北京,我是华夏国际对外文化传播中心企划部负责人夏洛,我们中心的工作主要是配合做好'一带一路'倡议的文化传播工作。"

伊莎和林伊儿静静地听着,她们实在不知道这两位男士大老远地从北京赶过来,要找林伊儿做什么。长发男士继续说道:"关于我们中心和我的介绍,你可以上网查找,上面有我的详细资料,在此就不再多做介绍了。"

林伊儿偷偷地用手机打开了网站,果然在合作单位的链接上,找到了华夏国际对外文化传播中心,还看到了企划部总监夏洛的详细资料。

夏洛不紧不慢地说道:"林伊儿小姐,你是否看到了自己演唱《雨林的秘密》这首歌曲而爆火的那条视频,不瞒你说,这条视频就是我拍的。"

听到那条才发出去还不到两天就有那么多粉丝点赞的视频是面前这位男士拍的,林伊儿、伊莎还有依香的眼神中都放出夺目的光芒。就连茶室外坐着的林峰,也着实惊诧到了。

这条视频确实是夏洛拍的,他最近的工作就是要组建一支面向东盟国家的文化巡演队伍,最近他们正在全国各地招募演员。夏洛知道滇云绿孔雀旅游集团有限公司在倚象谷打造了一台大型实景舞蹈诗《雨林印象》,所以就带着助手来到了热带雨林风情园,在倚象谷文化广场看到了《雨林印象》的首演。

在演出中,夏洛捕捉到了林伊儿在《雨林印象》中的精彩表现,那段深情的演唱,如同热带雨林中的潺潺溪水,平缓而舒展。

夏洛将林伊儿的演唱视频上传到了网上,那是一首犹如雨林之风吹拂般的歌曲,蕴含着林伊儿所有的深情和灵魂。视频在网上迅速流传开来,几百万的点赞如同热带雨林的繁星,闪烁在祖国大江南北的手机屏幕上。那接近一亿人次的播放量,如同狂风骤雨般将夏洛的抖音号推向了流量的新高峰。

那个来自热带雨林的名不见经传的女孩,如同雨后的彩虹,突然出现在夏洛的视线中。夏洛觉得,这位浑身散发着热带雨林气息的女孩,就是他要寻找的面向东盟国家文化巡演的歌手。

夏洛真诚地对林伊儿道:"林伊儿小姐,只要你能够参与我们的巡演活动,你注定将会成为一名炙手可热的明星,你的星途将如热带雨林的日出,一片光明,必将灿烂耀眼。"

一直沉默着的那位男士,从公文包里拿出一纸合同,对林伊儿说道:"林小姐,我们本着最大的诚意给你开出的这份合同,报酬是所有招募的演员中最高的,因为我们认为你的演唱水平具备这个价值。当然,如果你对里面的薪酬条件不满意的话,我们还可以再谈,请你考虑一下,尽快给我们一个答复。"

两位华夏国际对外文化传播中心的高管驱车离开了,依香却留了下来。林伊儿、伊莎和依香仔细阅读了合同内容。显然,林伊儿深知,如果她能签下这份沉甸甸的合同,意味着喜欢唱歌的她,不再只是一个单纯的歌手,她的歌声,如同热带雨林的飞鸟,将穿越国界,跨越文化,甚至可以把倚象谷的文化传播到更远的地方。

林峰不再缄默,他开心地走进了茶室。作为父母的林峰和伊莎,他们一路伴着女儿林伊儿的成长,如同看着热带雨林中的植物生长,充满了期待和喜悦。他们的心愿,当然是希望林伊儿能够如同热带雨林里的植物一样,越长越高,越来越茂盛。

## 第十九章
## 孔雀飞来

此时的林伊儿，在巨大的诱惑面前，却保持了一分清醒的头脑。

林伊儿一个人怀揣着复杂的心情走出茶室，来到家屋的顶楼。晚风吹拂着她柔软的发梢，让她看起来愈发显得温婉可人。她俯瞰着家乡独有的景致，心中感慨万分。她曾经是一个酒吧驻唱歌手，而如今却成为滇云绿孔雀旅游集团有限公司旗下分公司的演出部经理兼主唱，这一切都要感谢她的老板依香。

林伊儿不敢面对坐在茶室里的自己的贵人，她和依香的形象十分相像，一样都有着大大的眼睛和长长的睫毛，还有一对可爱的酒窝。但比起依香的雷厉风行，林伊儿更加温柔可人。

现在，林伊儿将要在滇云绿孔雀旅游集团有限公司和华夏国际对外文化传播中心之间做出选择。林伊儿明白，一旦自己离开依香，滇云绿孔雀旅游集团有限公司在倚象谷的旅游项目将会受到影响。然而，林伊儿更加明白，一个没有梦想的生活对于她来说是痛苦的。

林伊儿感激依香给她提供的这个舞台，让她能够一展身手，如果没有这个舞台，林伊儿依然籍籍无名。

依香坐在静怡的茶室里，心里却充满了失落。在今天华夏国际对外文化传播中心找到依香并希望她放人的时候，依香就知道自己肯定无法留住林伊儿了，她的心中十分矛盾。

依香知道林伊儿是公司的一颗璀璨的明星，她的离开肯定会让公司遭受巨大的损失。然而，依香更懂得，一个没有梦想的人生是多么痛苦。

依香想想自己，又何尝不是这样。依香决定支持林伊儿去追求自己的梦想，即使这会给自己的公司带来不小的困扰。

现在，依香已经做出了艰难的决定，她走出茶室来到院场，微笑着对站在楼顶犹豫不决的林伊儿唤道:"林伊儿,下来吧,作为你的长辈,我今天想和你说几句话。"

林伊儿乖巧地下了顶楼,坐在了依香的身边。依香和蔼地看向林伊儿,满意地点头道:"林伊儿,虽然我现在还是你的老板,但我更是你爸和你妈的同学,我们作为长辈的,都乐见自己的孩子一路成长。"

依香的一席话,让林伊儿的内心暖洋洋的,也让林峰和伊莎十分动容。依香继续喃喃道:"林伊儿,你身上蕴含的潜力和才华,如同热带雨林中的宝藏,我希望你能够走向更大的舞台,如同热带雨林中的飞鸟,可以飞向无垠的天空。"

林伊儿既感动又内疚地对依香说:"依总,我知道我的离开,会给公司造成巨大的损失和不良的影响,我愿意承担合同上的违约赔偿。"

依香摆摆手,轻描淡写地说道:"如果我能够用我的一点小损失,换来一个国际巨星冉冉升起,那我不是赚大发了。"

依香说完,拍拍林伊儿的肩膀,鼓励道:"林伊儿,加油!"

依香说完这句话,带着对林伊儿的不舍,孑然一身地返回了曼朋傣寨。

**爸啊,你的心中只有亚洲象**

早晨的倚象谷显得清幽秀美。

阳光穿过晨雾,照亮了山间的每一寸土地,倚象谷在阳光的照耀下闪闪发光,溪水在阳光的映照下波光粼粼。

一切都是那么的静谧和祥和,仿佛时间在这一刻静止了。

林峰站在倚象谷山坳,看着伊莎载着女儿林伊儿的皮卡车渐行渐远。林伊儿今天要到县城和华夏国际对外文化传播中心

## 第十九章
### 孔雀飞来

的夏洛签署那一份能够让自己登上更高更大舞台的合同。

合同的签订,意味着林伊儿即将踏上那如日中天的演唱生涯。林峰深知,静谧的倚象谷再也无法束缚住女儿那展翅翱翔的翅膀,她将前往繁华的首都北京,向着那璀璨艺术的星空迈进。

林峰眼中闪烁着复杂的情绪,不舍,欣慰,还有一丝丝担忧。他站在山坳,朝着女儿远离的方向张开双臂,仿佛要将自己的宝贝女儿留在身边。

林峰心中涌起一种难以言喻的不舍之情。他知道,这个他从小呵护长大的宝贝,即将要独自面对那风起云涌的世界。然而,林峰更明白,这是女儿成长的必经之路,是他无法替代的历程。

皮卡车在林峰的视线中逐渐缩小,但女儿那甜美的歌声却在他耳边回荡,那是女儿灵魂的旋律,是自己永远的牵挂。

林峰摇摇头,既然不能挽留女儿,那只能目送她离开家乡。就像他在心里曾经默默地目送依香一样。那个美丽而坚韧的依香,为了她的梦想,也曾经义无反顾地离开了这个静谧的倚象谷。

林峰一直站在山坳,眼泪在眼眶中打转。他深深地吸了一口气,然后缓缓地吐出。

林峰知道,这是女儿的选择,更是女儿的命运。此时,作为父亲,自己能做的,只能站在这里,默默地祝福女儿,希望女儿在那个璀璨的世界里能够找到属于自己的天空。

在启程前往北京的前一天,林伊儿应邀陪伴着自己演唱事业的发掘人,也是她的原公司老板依香,踏入了滇云绿孔雀旅游集团有限公司在家乡的投资项目——倚象谷森林酒店项目第三次听证会的会场。

那是一个宁静的午后，微风如诗人的指尖，轻轻拂过这个县城的脸颊，阳光则透过玻璃窗，斑驳的金色光辉洒在林伊儿的周身，像是暖洋洋的慵懒时光。

会场的气氛紧绷而庄重，犹如冬日里的雪，冷峻而严肃。每个与会者的脸庞都仿佛是一张张细致的图纸，细细勾勒着各自的忧虑与期待。

在这严峻的氛围中，林伊儿的心却如一汪平静的湖水，没有一丝涟漪，只是在默默地等待着，如同守望者一般静待着会议的进程。

然而，会议中的父亲林峰却让林伊儿大感意外。父亲以一种坚定而决绝的态度，如同一座孤独的雪山，顽强地抵抗着这股汹涌的洪流。

"我还是那句话，这个森林酒店的选址位于倚象谷亚洲象的新通道上……"林峰的态度异常坚决，"根据《中华人民共和国森林法》规定，禁止毁林开垦、采石、采砂、采土以及其他毁坏林木和林地的行为。因此，在亚洲象栖息地不得违建森林酒店，这是为了保护野生动物和生态环境，维护生态平衡。"

林峰的言语如铁石般坚硬，每一个字词都像是一道道锐利的光，让人无法对视。他的目光如火炬般炽热，那燃烧的烈焰中透露着一种对峙的勇气。

依香的脸色逐渐变得苍白，她静静地看着林峰，眼中闪烁着一丝难以名状的疼痛，那疼痛如同薄暮中的露珠，晶莹剔透却又脆弱无比。

林伊儿看着父亲，心中突然涌起一股难以名状的情绪，那是一种混合着惊愕和淡淡的悲伤的情感。

## 第十九章
### 孔雀飞来

今晚幽静的"雨林茶语"茶店终被林伊儿的情绪风暴席卷。此时的林伊儿,那双明亮的眼睛里燃烧着一股难以抑制的怒火,火光四溅,仿佛要把什么东西都吞噬进去。

看着一直和父亲最亲的女儿咆哮的样子,伊莎连规劝的胆量都丧失了。

林伊儿当着茶店里的很多客人,开始对着自己的父亲林峰怒目圆睁。"爸,你为什么要这样对待依总?"林伊儿的声音带着深深的痛苦和不解,她紧紧地盯着父亲,仿佛要看穿父亲的内心深处。

林峰苦笑道:"你还不明白吗,宝贝?我这是在保护濒危物种亚洲象。"

林伊儿的声音中带着一丝讥讽:"保护濒危物种亚洲象?我看你是出于对依总的嫉妒才这样做的吧?"在她的眼中,父亲林峰一直是个坚韧不屈,如同巨石般坚硬的人。但今天,面对听证会上冷酷无情的父亲,林伊儿觉得自己从小钦佩的父亲原来是如此的狭隘和自私。

面对女儿的斥责,林峰的脸上带着一种无法言说的苦涩。林峰脸色一变,眼中闪过一丝惊愕和悲伤,他缓缓地站起身来,看着窗外的天空,声音显得低沉:"宝贝,你误会我了,你知道的,爸爸是一名亚洲象监测员,保护亚洲象是我这个工作的重要职责。"

林伊儿的眼中闪过一丝悲伤和愤怒:"你这样对待依总,那你就不怕我痛苦吗?"

"我……"林峰无言以对,他转过身来,看着自己的女儿,眼中满是无奈和愧疚。

就这样,父女两人在沉默中相互对视着,他们的心在无声的交流中彼此割裂。林峰对亚洲象的保护，林伊儿对报恩无能的痛苦，都深深地烙伤了这个寂静的夜晚。

林伊儿最后说出的一句话，着实让林峰痛彻心扉："爸啊，你的心中只有亚洲象，却没有你的家人，没有你的亲人、同学和朋友。小学时，你可以任意缺席我参演的校园文化周闭幕式晚会；小学到大学，你可以随意不参加我的家长会；还有，对于妈妈的生意，你又帮了她什么？现在，你又对依总的森林酒店项目百般阻挠。依总可是有恩于我的贵人哪，你想过我的感受吗？"

林峰看着窗外的夜空，心中感到一种深深的无力感。他知道，就因为倚象谷里那群和自己非亲非故的亚洲象，他已经失去了太多，最重要的还是失去了无数个可以陪伴女儿的机会。

林峰痛苦地闭上眼睛，心中默默地祈祷着，希望有一天，他和女儿能够重新建立起那份亲密的感情联系。

第二天，林伊儿背上行囊，登上了前往北京的列车。

窗外的景色在林伊儿的眼前飞快地倒退，而她的心中却充满了不安与困惑。这个曾经让她充满期待的与父母的告别，最终在不欢而散的气氛中结束。

在北京的巡演培训中心，林伊儿开始了新的挑战。这里有最专业的声乐老师，最顶尖的制作团队，还有和她一样充满梦想的年轻歌手们。林伊儿每天都在紧张而充实地练习，为即将到来的面向东盟的文化巡演之旅做准备。

与此同时，远在倚象谷的林峰也在深深地思念着他的宝贝女儿林伊儿。

# 第十九章
## 孔雀飞来

**认识你，才是我这辈子最后悔的事**

2020年的初春，一场突如其来的新冠疫情向全世界袭来。

旅游业遭到了前所未有的重创，滇云绿孔雀旅游集团有限公司旗下所有旅行社的电话铃声不再响起，地处云南西南部的倚象谷也没有幸免，曾经热闹非凡的热带雨林风情园逐渐变得萧条，游客数量每况愈下。

此时的依香并没有放弃，她一边积极应对着疫情带来的挑战，一边寻求转机，探索新的发展之路。她始终坚信，只要挺过这个难关，旅游行业一定会重新焕发生机和活力。

依香召开公司管理层会议，在会上，她表明了态度："虽然新冠疫情给我们造成了不可估量的损失，但我深信，疫情的来袭只是暂时的，就像天空中的乌云，虽然厚重，但遮挡不住月亮的明亮。人类终将战胜这个可恶的病魔，就像战胜过无数次的灾难一样。在这个几乎所有人都选择退缩、放弃的时刻，如果有人离开，我不会阻拦。如果有人愿意和我一起选择坚守，共同忍受业绩下滑的煎熬，那就让我们积极面对，置之死地而后生。"

令依香欣慰的是，大多数股东都选择了坚守，他们和依香一样，始终坚信黑暗即将过去，黎明必将到来。

依香在每一个黎明时分，都会站在公司大楼的窗前，眺望着远方的滇池。碧波万顷的滇池上空，阳光正在驱散黑暗，就如同人类正在逐渐掌控疫情。

依香的心中充满了希望，这种希望比任何时候都更加强烈。现在的依香，看着停摆下来的旅游产业，尽管心急如焚，但她还是把目光紧紧地盯在了后疫情时代。

依香深信，在后疫情时代，旅游业的格局终将发生翻天覆地的变化。人们不再追求热门景点和大规模的旅游活动，而是更加注重安全、舒适和个性化的旅游体验。在这个背景下，依香觉得更不能放弃森林酒店项目。

依香是一个极富冒险精神的女性，疫情的暴发让她意识到了旅游业的脆弱性，同时也让她看到了新的机遇。她始终坚信，森林酒店项目不仅能满足人们对于远离喧嚣、亲近自然的需求，还能为游客提供一种全新的、个性化的旅游体验。

因此，依香觉得自己还要拿出越挫越勇的精神，毫不犹豫地将大量的精力放在森林酒店项目上。鉴于前车之鉴，依香在森林酒店项目中，不得不做出一些让步，她又拿出了一套森林酒店项目的优化方案。

依香精心设计了一系列丰富多彩的活动。比如，森林徒步、露营、烧烤、篝火晚会等，让游客们能够近距离地接触大自然，感受森林的神秘和美丽。此外，她还注重细节的打造，例如为每个客人提供专属的篝火晚会，让他们在温暖的火光中享受美好的时光。

依香孑然一身地走向山坳，她的视线落在了那个她曾经爱过却越来越陌生的男人身上。那个她高中时代的恋人，现在的亚洲象监测员和县政协委员林峰。林峰此时的形象，在依香看来就如同一座僵硬的山峰，坚定而顽固。

林峰坐在不远处的山坳，身边是他的监测设备，他正在专心致志地观察着大象的一举一动，仿佛这个世界只有他和他的象群。

林峰的眉头紧锁，依香能感觉到他的固执和坚决，那是一种对保护这片森林的执着。

## 第十九章
## 孔雀飞来

依香深深地吸了一口气,走到了林峰的身边。她看着他,用最深邃的眼神去触动他的灵魂。他们的视线在瞬间交汇,林峰的心里涌起了一股波涛。

"林峰,我来看你了。"依香的声音温柔而坚定,她的眼神里有一种深深的情感,那是对过去的怀念,对未来的期待。

林峰没有回答,他的目光从远处那片迷蒙的热带雨林中移回,落在了依香身上。他的眼神里充满了复杂的情绪,有痛苦,有遗憾,也有无尽的坚守。

依香问道:"你知道我为什么来找你吗?"

林峰回答:"我知道,你为了那个森林酒店项目。"

依香坦诚地说道:"对,我就是为了它而来。你反对它,我理解你的立场。但你知道吗?我也是为了我们共同的家乡,为了我们的父老乡亲们都能过上幸福的生活。"

林峰看着依香,他看到了她眼中的坚决和期待。林峰知道他不能否认依香的观点,也不能否认他自己的感情。

林峰斩钉截铁地说道:"我知道你的想法,也知道你为什么来找我,但你不能理解的是,我反对的不仅仅是一个森林酒店,而是这种对自然的不尊重。"

依香迷茫地说道:"我理解你的立场,我也尊重你的决定,但你知道我为什么坚持要做这件事吗?那是因为我看到了我们家乡的困境,我看到了家乡的未来需要更多的机会。"

两人的声音越来越大,情绪也越来越激动。这是他们的争辩,是他们的对话,也是他们对彼此的挑战。他们的心跳如同战鼓,每一次的跳动都在提醒他们,他们正在走向一个决定性的冲突。

"我不能让你的项目伤害到自然,伤害到亚洲象!"林峰的声音如同雷鸣，回荡在整片森林之中。

"我并没有要伤害亚洲象！"依香的声音同样响亮而坚决，"我只是想让更多的人能够体验到它的美丽和神奇！"

两人的争论越来越激烈，情绪也越来越高昂。争论的声音在山野间回荡，仿佛把整个世界都卷入了这场辩论之中。最后，两人的辩论达到了高潮。

林峰和依香的对视如同两把交锋的剑，火花四溅。他们的话语像两把锐利的刀，深深地刺入了彼此的心中。

"你不能这样做！"林峰的声音在空气中回荡。

"我会做的！"依香的声音如同冰冷的钢铁。

"你会后悔的！"林峰的眼神中充满了愤怒。

"认识你，才是我这辈子最后悔的事！"依香的眼神也同样充满了决绝。

在梦境的远方,一群高大而庄严的巨象正在缓缓前行,它们的身体强壮而美丽,象牙在阳光下闪烁着耀眼的光芒。

## 第二十章 亚洲象奇幻之旅

**短鼻子做了一个绮丽的梦**

2021年的初夏很快到来。

倚象谷碰到了百年难遇的炎热天气,整个雨林就像一个蒸笼,不断地烘烤着大地和生灵。日光火辣辣地射向茂密的绿叶,把湿热的空气煮得滚烫,那条日渐缩水的曼干河,逐渐裸露出凌乱的河床。巨大的树冠在热风中摇曳,仿佛是炉火中跳动的火苗,将整个世界映照得炽热而明亮。

对于人类来说,这种炎热是极其难以忍受的。汗水像细小的溪流一样从林峰的肌肤上滚落,将衣服浸湿。林峰感觉自己如同被重重的湿布包裹,呼吸都变得困难起来。

这个夏天,的确让林峰体验到了湿热带来的无可名状的煎熬。

林峰在每天巡象的工作中，发现炎热的天气对于森林中的生物来讲，同样是一种严峻的挑战。特别是那些体型庞大的亚洲象，炎热更是一种致命的考验。它们在灌木中寻找一丝凉爽，或是躲在浓密的树荫下躲避阳光的直射。

　　有时，林峰还看到猴子在树梢上摇荡，仿佛在寻找热浪中的一丝清风。蛇在炎热的地面上慢慢爬行，找寻阴凉处栖息。鸟儿纷纷飞到即将干涸的曼干河边，用翅膀蘸取清凉的水滴，以此降低体温。

　　在这炎热的夏天，热带雨林的生态系统在悄悄地发生改变。

　　植物通过快速生长和释放氧气来应对炽热的阳光。昆虫则利用蒸发冷却的原理，通过调节自身表面的湿度来降低体温。而那些无法躲避炎热的动物，比如鳄鱼和蜥蜴，则通过提高自身的温度来适应环境。

　　这样的天气却无益于亚洲象喜食植物的生长，倚象谷里的植被正加速处于正向自然演替的过程中。

　　林中空地、林窗逐步消失，亚洲象主要食物——野芭蕉和禾本科竹类、蔓生莠竹、棕叶芦等被不可食用的木本植物替代。此外，凛冽的山风还把飞机草、薇甘菊等外来物种和葛藤等植物的种子吹来，原有的亚洲象喜食植物被这些外来植物快速替代，倚象谷里亚洲象可食植物不断减少，难以满足亚洲象的进食需要。

　　对于把倚象谷作为传统栖息地的短鼻子家族来讲，它们一代代在这片森林中生活，以一种固守的方式维护着这个家族的生存，面对今年夏天这股炎热的侵袭，短鼻子及家族成员们显得越来越烦躁。

　　象王坦克，用长鼻努力吸食着空气中的湿气。而短鼻子，则用它那个像探测仪一样的鼻子,测量着热浪的强度。

短鼻子带着象群,它们如同一个巨大的队伍,穿行在热浪蒸腾的丛林中。

在一个月朗星稀的夜晚,疲惫不堪的短鼻子家族躺在林峰家的芒果林里休憩。今晚,短鼻子忧心忡忡地看着北方天际中眨巴着眼睛的星辰,做了一个绮丽的梦。

短鼻子梦见,自己和象王坦克,正带着家族成员走在一望无际的草原之巅。它们的目的地,是那片传说中富饶的土地,那片被称为北方的神秘地带。而引导它们的,是象老祖在梦境中的召唤,那是遥远的祖先的召唤。

短鼻子作为家族中的族长,它的生命与大地的每一次颤抖紧密相连。在梦境中,它的角色不仅仅是一个家族成员,更是引领者,是先知。它的心灵被一种强烈的预感所笼罩,仿佛是受到了一种神秘力量的引导,让它在梦境中看到了这个召唤。

梦境中,同样是在一个星光璀璨的夜晚,短鼻子在山梁上静静地仰望星空,它的身体深深地陷入松软的土层,仿佛融入了大地的心脏。然后,它看到了它的祖先们,祖先们穿越时空,向它发出了召唤。

祖先们的声音缥缈而宏大,仿佛从北方的草原传来:"北上,我们的子孙,去寻找新的家园,去寻找你们的未来。"

这样的情景深深地烙印在短鼻子的心中,它知道,那是它的使命,是它的责任,它必须带领家族离开它们熟悉的地方,去迎接未知的挑战。

这是一个漫长的梦境,短鼻子的梦境还在延续,短鼻子家族的这次迁徙,不仅是对未知的探索,也是对生命的尊重。

它们以最原始的方式,向着未知前行。它们的每一步都充满了艰辛和困苦,但是,它们从未退缩。因为它们知道,那是它们自己个体的命运,更是家族的使命。

在这个过程中,短鼻子不断地在梦境中和它的祖先交流。那些遥远的祖先,用它们的智慧和勇气照亮了短鼻子家族的路。

祖先们的声音一刻不停地在短鼻子的梦境中回响:"勇敢前行,我们的子孙,相信自己,相信未来。"

短鼻子家族的这次迁徙之旅充满了未知和挑战。

后来,在短鼻子的梦境中,它们身处一片广袤而繁茂的草原之中。天空无比的湛蓝,阳光洒落下来,照亮了整片草原,使得所有的生物都显得生机勃勃。然而,这片草原并非它们所熟悉的地方,而是一片充满了未知和神秘的领域。

在梦境的远方,一群高大而庄严的巨象正在缓缓前行,它们的身体强壮而美丽,象牙在阳光下闪烁着耀眼的光芒。走近那些巨象,短鼻子的身体被一种神秘的光芒所环绕,那正是短鼻子家族的祖先们身上发出的亮光,它们的眼神充满了深深的爱意和期待。短鼻子感受到了祖先的召唤,那是一种来自血脉的呼唤,是源自基因的记忆。

"北上,我们的子孙。"祖先们的声音在梦境中回荡,"去寻找新的家园,去寻找你们的未来。"

短鼻子家族的成员们都感受到了这个召唤,它们不再犹豫,开始踏上这段未知的旅程。它们穿过草原,越过高山,跨过深谷,勇往直前。祖先们用智慧和勇气照亮了短鼻子家族前行的路。梦境中的景象渐渐模糊,被一股强大的力量所吞噬。

当短鼻子再次睁开眼睛时,它发现自己已经回到了现实中,它听到了身边晚风吹拂芒果林的唰唰声。然而,它心中的那个梦境却依然清晰,仿佛刻印在它的灵魂之中。它知道,那是它的命运，是它的使命。它必须带领家族离开它们熟悉的地方，去迎接未知的挑战。

短鼻子发出一声轻柔的嘶鸣，它的嘶鸣声就是号角，就是命令。于是，短鼻子家族重整旗鼓，走出林峰家的芒果林，经过黑三家的玉米地，向着宁洱哈尼族彝族自治县勐先镇地界上黑沉沉的林莽，向着祖先召唤的北方广漠的神秘之地，一路前行。

短鼻子家族的步伐虽然沉重，但却充满了坚定，每一头大象都明白，它们的目标在远方，只有那里，才能给它们带来生存的机会。

炎热的气温、漫长的旅程、未知的未来……所有的压力都像是要压垮它们。但短鼻子家族并没有屈服，它们以一种顽强的毅力，接受着这个挑战，因为它们明白——生存的意义，就是不断面对挑战，不断前行。

短鼻子带领着家族成员穿过炎热的丛林，翻过干旱的山脊，忍受着饥饿和疲惫。在这个旅程中，每一头大象都展现出了它们的坚韧和毅力。它们用长鼻抓取食物、寻找水源，用硕大的身躯抵挡住丛林中的猛兽。

短鼻子家族是在深夜离开倚象谷的，它们离开的时候，除了短鼻子那声轻柔的嘶鸣，其他都显得悄无声息。所以，短鼻子家族的老朋友林峰，对它们的离开，竟然没有一丝察觉。

第二天，第三天……

林峰照常巡山，他一直追踪到曼干河边，也知道了短鼻子家族已经蹚过了曼干河，去向了宁洱哈尼族彝族自治县那边广袤的森林里。林峰原以为短鼻子家族的离开，只是它们无数次在觅食通道上"逛吃"的日常，却不承想这是一次远足的寻梦之旅。

### 短鼻子，你们为何不回头

短鼻子家族一路北上，引起了全国人民的极大关注。

政府和民众纷纷加入"追象"的行列中来。

中国政府及时成立了多部门组成的北上亚洲象现场处置指挥部，沿途各级政府相应成立了北上亚洲象现场处置小组，组建专人专班进行人群疏散、象群跟踪监测。

在短鼻子家族所经之地，人们提前做好了准备，为象群提供充足的食物和水源。在普洱，人们沿着短鼻子家族的足迹，不断追踪它们的行踪，确保它们不会迷失方向。在玉溪，人们试图为短鼻子家族提供了更加广阔的活动空间，以便更好地保证它们的健康和生活质量。

在全国各地，人们通过各种新媒体毫不吝啬表达了对亚洲象的溢美之词。一些人自发地组织起来，为象群提供更多的帮助和支持。就这样，一场全民"追象"行动轰轰烈烈地展开了。

中国西南部发生的亚洲象北上奇幻之旅，一时引发了全球的广泛关注。而在云南省会昆明，联合国生物多样性大会（简称大会）的筹备工作正如火如荼地进行着。

昆明，这座拥有"春城"美誉的城市，正全力以赴地筹备着这场盛会。届时，世界各地的政府代表、环保组织、科研机构齐聚此地，共同商讨如何更好地保护地球上不可替代的生物多样性。

亚洲象的北上，无疑为这场大会增添了一抹独特的色彩。

在大会筹备期间，人们开始频繁地讨论亚洲象的这次长途迁徙，短鼻子家族的这次行动，让人们开始反思人类与自然的

# 第二十章
## 亚洲象奇幻之旅

关系。

这些大象要如何选择它们的新家？它们会遇到什么样的挑战？它们的迁徙会如何影响到当地的生态平衡？

同时，这次迁徙也引起了人们对生物多样性的深入思考。什么是生物多样性？我们要如何去保护它？人类的活动是否对生物多样性造成了破坏？这些大象的迁徙是否暗示着生态系统的恶化？

这些问题不断在人们的讨论中涌现，引发了对生物多样性的深度思考和广泛讨论。每个参与筹备这次大会的人都被短鼻子家族的迁徙所触动，短鼻子家族的北上之旅，似乎在向人们诉说着自然的力量和生物多样性的重要性。

大会组委会决定将这次亚洲象的迁徙纳入大会的主题之中，他们希望通过这次大会，人们能够更深入地了解生物多样性的价值，以及我们每个人在保护生物多样性中的责任。

随着大会的临近，昆明的街头巷尾开始弥漫着与生物多样性有关的话题。人们热切地讨论着亚洲象的迁徙、生物多样性的未来，以及我们如何与自然和谐共生。

这次大会，不仅仅是一次关于保护生物多样性的集会，更将是一次提升人类对自然认识、对生物多样性尊重的盛会。

在炎热的中国西南部某处，北上亚洲象现场处置指挥部。

一个特别的夜晚揭开了序幕。

凌晨3点。刚刚入睡的程非，突然被手机铃声惊醒。手机的另一头传来一个急切且坚定的声音："指挥长，象群已经越过高速公路，向北踏入玉溪市易门县地界。"

程非心头一震，挂断手机后，他立即发出指令："立即启动应急预案，各小组做好准备，确保群众和象群安全。"

办公桌上的灯光立刻亮起,照亮了指挥部的繁忙景象。程非在灯光下,迅速打开地图,目光在地图上的玉溪市易门县停留,心中快速计算着各种可能性。

这时,程非手机又响了起来,这回是现场疏导组来的电话。他们早已赶赴一线,及时疏导民众到安全地带,准备为象群通过的地方建立人象安全通道。

与此同时,指挥部内的各个专业团队也开始了他们的工作。生态学家在仔细研究象群的行为模式,预测它们的行动轨迹;动物学家在密切关注象群的状态,确保它们的健康;协调组工作人员则在联络各个相关部门,协调资源,建立一套全面的保护体系;而监测组则一刻不离地用无人机密切追踪着亚洲象的行进线路。

随着时间的推移,天色渐渐明亮。

北上亚洲象现场处置指挥部的工作体系也逐渐建立起来,各个小组的负责人开始汇报工作进展,而程非则用他的智慧和经验,指引着整个团队。

这是一个充满挑战和希望的场景,一场人与自然的大戏正在这个宏大的舞台上缓缓拉开序幕。随着短鼻子家族"一路向北"日程不断推进,北上亚洲象现场处置指挥部的工作压力也逐渐增大。

每天,投食员们要提前准备大量的食物,包括大象爱吃的果蔬,甚至还要考虑到不同年龄段大象的特殊需求。这是一个需要耗费大量精力的工作,但每个人都毫无怨言。

在炎炎烈日下,投食员们满头大汗,却依旧坚守在岗位上。他们的衣服早已湿透,但他们的眼神却充满坚定。他们不仅为大象投食,更为大象和人群开辟一条条安全通道。

## 第二十章 亚洲象奇幻之旅

这是一场与时间赛跑的战斗,每一个环节都需要精心策划。

程非的脸上呈现出既欣慰又愁苦的复杂表情。欣慰的是,日夜兼程的短鼻子家族成员依然健康。愁苦的是,短鼻子家族北上的旅程仍在继续,这些重达数吨的巨兽,毫无回头转向南方的迹象!

倚象谷。

远离北上亚洲象现场处置指挥部的林峰,却为短鼻子家族"一路向北"的执拗引发了深深的忧虑。他长年驻扎在倚象谷,与这些庞大的哺乳动物有着深厚的情感。他站在倚象谷的山坳上,目不转睛地看着北方的天空,内心充满了忧虑和困惑。

"短鼻子,你们为何不回头?"林峰心中反复追问着这个问题,短鼻子家族的行为显然与他们的自然习性相悖,其中定有某种他尚未了解的原因。然而,无论原因是什么,林峰知道他必须采取行动。他不能让短鼻子家族继续北上,如果它们进入人类活动频繁的地区,那将给亚洲象和人类都带来极大的危险。

林峰需要找到一种方法,让短鼻子家族回到它们的故乡,回到倚象谷。

林峰开始苦苦思索对策,他结合自己对短鼻子家族乃至其他亚洲象群的了解,借鉴其他成功引导象群回归的案例,心中开始盘算。

首先,工作人员需要确保短鼻子家族在回归南部的过程中不会遇到无法通过的障碍。比如,大型的河流或山脉。这就需要与当地社区合作,尽量减少人类活动对象群的干扰,同时鼓励社区居民采取主动措施,如提供食物和水源等,引导象群向南部移动。

其次,工作人员需要利用象群的习性来引导它们。比如,亚洲象通常会在特定的季节前往特定的地方寻找食物或水源，人类就可以利用这些信息，提前布置好食物和水源，引导象群向南部移动。

最后，工作人员需要找到一种方式来确保象群在回归南部的过程中不会受到伤害。这需要协调好政府、社区和保护区之间的关系，确保所有人都能在保护好自身安全的同时，也保护好这些珍贵的动物。

林峰的对策逐渐明晰起来。他明白，这是一个需要时间、耐心和大量资源的任务。但他也知道，只有这样，才能确保短鼻子家族安全地返回云南西南部的热带雨林。

想到此，林峰立马给自己的老朋友程非拨打手机电话。

**执拗北上的亚洲象终于回头了**

在晋宁山区的深幽之处，短鼻子家族的步伐带着无尽的沉重。

日复一日地奔波，让它们离那熟悉的故土越来越远。每往北行进一步，都像是踏进了未知的迷雾，那逐渐陌生的环境让它们感到无从下足。

象王坦克低垂的眼眸，深深地看着脚下的土地，仿佛在试图解读这个新世界的秘密。然而，无论它如何努力，那陌生的气息，那未知的远方，都让它的心充满了不安。在它的身边，短鼻子也感到了同样的迷茫和不安。它看着眼前的景象，心中却充满了失落。那远离传统栖息地的痛苦，让整个象群家族充满了疑虑。

尽管短鼻子怀揣着那个祖先描绘的绮丽梦境，那个充满绿意、满载着家族记忆的地方，但是眼前的一切，都让它觉得那

## 第二十章
### 亚洲象奇幻之旅

个梦境是如此的遥不可及。尤其是现在进入了雨季，连绵不绝的雨水更是让前行的遥途变得更加捉摸不定。

雨夜中，短鼻子家族停下了步伐，它们围在一起，彼此依偎，试图在黑暗中寻找一丝安慰。

短鼻子看着象王坦克，眼中充满了无助和失望。而坦克则无言地看着远方，它的心中也充满了困惑和迷茫。它们仿佛在默默地思考着未来，那个未知的未来。

而在这远离故土的晋宁山区，象群的迷茫、不安、失望、困惑，都化作了遥远夜色中的街景，隐身于了这个沉寂的夜晚。

与此同时，北上亚洲象现场处置指挥部。

程非和林峰走出指挥部临时搭建的帐篷，程非揉揉松弛的眼皮，对林峰微笑着说道："林峰啊，我看这次只好采用你的劝返办法了，我倒是希望你的这个办法管用。"

显然，今晚的指挥部会议室里，程非和从倚象谷抽调赶来加入现场处置投食组的林峰，进行了一次坦诚深入的交谈。

第二天清晨，迎来了一个难得的好天气。

在晋宁广袤的田野深处。

一片稀疏的田畴里，一个特殊的任务正在进行。一个皮肤黝黑的男子正试图接近短鼻子家族。他就是来自倚象谷的亚洲象监测员林峰，只见他身着一套宽大的迷彩服，饱经风霜的脸上留有一道道深深的皱纹，身材显得高大魁梧。

林峰站在高倍望远镜前，目光紧紧锁定远方的短鼻子家族，他的手微握成拳，似乎在考虑着什么，那是一种责任，一种沉甸甸的责任。

林峰放下望远镜，向程非点了点头，尝试着走向短鼻子家族。林峰深信自己与这些庞大的自然精灵打了二十多年的交道，短鼻子家族应该能够接纳他的突然出现。

林峰的眼神平静如水,仿佛能洞悉大自然的所有秘密。在接近短鼻子家族的一瞬间,林峰听到了不远处的昆明市区传来了车水马龙的喧嚣。

林峰暗忖道,如果自己不能让这群"巨无霸"回头,那么它们势必将义无反顾地走下去。在昆明繁华的街头,出现这样一群亚洲象群,那后果实在不堪设想。

短鼻子家族的情绪在车水马龙的喧嚣中,愈发显得局促不安,它们在陌生的环境中感到迷茫,不安的情绪在象群中蔓延,让它们逐渐变得狂躁。

就在这时,短鼻子看到了晨光微曦中走来的林峰,它感觉金色晨光中走来的林峰犹如那位梦境中降临的象老祖——梦境中的巨象,出现在了它们的面前。

当然,现实中的林峰与这些北上的短鼻子家族象群并非初遇,而是多年的老朋友。林峰熟悉它们的习性,了解它们的语言,甚至能读懂它们的情感。

林峰并不畏惧这群狂躁的巨兽,反而从它们的眼神中看出了惊恐与迷茫,他沉着冷静地走向前,人与象之间的交流开始了。

林峰像是引领迷途的旅人,他的手语轻柔而富有力量,似乎能安抚狂躁的波涛。这种独特的沟通方式,让狂躁的象群逐渐安静下来,第一次停住了北上的脚步。它们巨大的身躯如同一座座山峰般稳固。终于,短鼻子转身回望南方,那是一片它熟悉而又遥远的故土。

林峰静静地站住,看着这群他花了二十多年的努力保护的朋友们。他仔细数了数,短鼻子家族从原来的15头变成了现在的14头。

不过,林峰还是马上想到了,之前有过报道,北上旅途中出生了1头小象,另有2头成年公象在普洱地界就被迫离开了象群。公象一旦发育成熟,就具备了繁殖的能力,于是就顺理成章地被象王坦克驱逐出象群家族。

紧接着,神奇的一幕发生了,14头短鼻子家族成员在林峰的手势下,突然对着遥远的南方发出一声声咏叹般的嘶鸣,这一声声嘶鸣夹杂着委屈、伤感还有慰藉,是对南方热带雨林的怀念,对故土的眷恋,也是对林峰这个老朋友的感谢。

声声嘶鸣在喧闹的城市边缘回荡,仿佛在诉说着一段回归与重逢的故事。林峰微微一笑,他知道自己的意图得到了短鼻子家族的回应。

林峰看着短鼻子家族,心里顿时明白,它们的旅程并未结束,只是要放弃这样一段永远无法预知未来的旅程。

林峰通过手机向程非提出一个建议,希望尽快把之前准备好的咸味萝卜送到他身后的空地上。林峰要通过投喂咸味萝卜的方法,引导迷途的短鼻子家族按照指挥部之前预设的南归通道,诱导象群返回它们传统栖息地。

程非的眼中闪过一丝亮光,坚毅的面容上浮现出一抹微笑,双眼炯炯有神,他兴奋地回答林峰:"林峰,我觉得你的方案可行,指挥部决定采纳。"

随着程非的命令,投食行动开始了。一包包精心准备的咸味萝卜被撒向空地,那是一片林峰和短鼻子家族共享的空地,是程非和林峰为短鼻子家族绘制的南归通道的起点。而那些咸味萝卜,就是林峰和短鼻子家族共通的"语言",是林峰对亚洲象的召唤和引导。

时间在等待中慢慢流逝。

太阳从迷蒙的东方跃升,缓缓掠过头顶,远方的田畴里传来了一阵阵声音。那是短鼻子家族的脚步声,是它们决定转身返回家园后在田野上留下的咏叹。远处的程非和近处的林峰紧张地盯着短鼻子家族,所有人的心中充满了期待。

林峰按照南归的通道,边行进边撒下咸味萝卜,短鼻子家族紧紧跟在后面捡食。渐渐地,林峰一人带着庞大的象群走过了程非所在的北上亚洲象现场处置指挥部,接着穿过丛林,走上草地,沿着人类为它们铺就的南归通道前进。

"看,它们回来了!"程非的声音在寂静的田野回荡。

"果真回来啦!"

"这林峰到底用了什么法术,竟然让这群执拗的大象回头了。"

…………

指挥部的同事们纷纷点点头,他们的脸上浮现出如释重负的笑意。

"它们回来了,这么说我们的任务快完成了。"

程非却不敢掉以轻心,他警觉地提醒同事们:"短鼻子家族来时正逢枯水季,因此它们可以很顺利地渡过元江。可是现在正处雨季,元江的水流很湍急,短鼻子家族又拖家带口的,只有它们全部安全通过元江大桥,才算真正回到普洱,回到它们严格意义上的栖息地,所以我们的任务依然艰巨着哩。"

程非的一席话,一下子又令指挥部所有人的心弦绷紧了。

**短鼻子家族顺利通过元江大桥**

林峰所在的北上亚洲象现场处置指挥部投食组的工作开始

了,他沿着短鼻子家族南归的通道给短鼻子家族投下一袋袋食物。

林峰犹如一位冷静的舵手,操纵着那艘巨大的命运之船,带领着迷途的短鼻子家族,从繁华都市昆明的边缘,踏上了归途。

夜色中,月光如水,洒在这支奇特的队伍身上,它们沉默而坚定地行走在蜿蜒的山径上,仿佛是一支神秘的游击队。

林峰在前面坚定地前行,身姿笔直如松,他的目光犹如寒冬中的猎鹰,犀利而专注。他的每一个动作,每一个决定,都像是一首流动的诗,写满了对生命的尊重和对自然的敬畏。

长时间的行走和投食,使得投食组中的每一位成员都疲惫不堪。但是,无论是在茂密的森林中还是在空旷的原野上,无论是翻山越岭还是在湍急的河流边,大家都没有丝毫的懈怠。而引导象群前行的林峰,就像是那颗永不熄灭的星星,无论夜色多么深沉,始终闪烁着明亮的光芒。

终于,人和象群来到了元江岸边。

这条江河宛如一条狂野的巨龙,在黑夜中闪烁着冷冽的光芒。水流湍急,波涛翻滚,犹如急促的呼吸,摄人心魄。疲惫的亚洲象们望着急流,眼中流露出不安和疑惑。

短鼻子家族中有着几头未成年的小象,甚至还有刚出生的幼象。让拖家带口的短鼻子家族泅渡到对岸,显然并不是一个可行的方案。

摆在指挥长程非和林峰面前的唯一选项,就是让亚洲象通过横跨元江两岸的大桥。可是要让亚洲象通过人造大桥,并无这样的先例。

北上亚洲象现场处置指挥部只好在元江岸边安营扎寨。

林峰点燃了一堆篝火,火光在夜色中跳动,映照出投食组成员们年轻的脸部轮廓。他们在林峰的引导下,围绕着火堆坐下,安静地享受着这份温暖和安宁。

林峰在夜色中陷入了遐思,他一直在苦苦寻觅短鼻子家族通过元江的最佳选择,通过大脑的数次推演,林峰最终确定了一个稳妥的象群过桥方案。

林峰为短鼻子家族选择的那座元江大桥,是元江哈尼族彝族傣族自治县横跨元江两岸的两座大桥中最低的一座,程非也认为这座桥就是短鼻子家族通过元江的最佳选择。

因为另一座大桥,则是高度为一百六十三米的红河大桥,建成时曾为世界第一高桥。红河大桥作为昆磨高速的重要交通枢纽,高度实在太高了,容易让象群产生眩晕感,增加象群过桥难度,程非团队选择放弃。

程非深知,尽管第一座大桥的高度适合短鼻子家族通过,但引导大象并非易事,不能强行驱赶或直接让道,否则可能会激怒大象并引发不可预知的后果。

此时,专家们开始行动起来,他们首先通过无人机对短鼻子家族进行观察,了解它们的行动路线和行为模式。接着,专家们又与元江大桥的交通管理部门进行了紧密协调,制定了详细的引导计划。

当象群接近元江大桥时,专家们采取了"引导+分散+限制"的策略,他们在大桥的一侧放置了大象喜欢吃的食物,如香蕉和甘蔗,以吸引大象走到桥上。交通警察则封闭了直通大桥的两侧交通,避免象群与车辆和行人发生冲突。

在引导过程中,专家们还采取了一些限制措施。例如,他们派遣了专门的人员对大象的行为进行引导和监控,确保大象不会偏离预定路线。他们还使用了低功率的激光笔对大象进行短暂的刺激，以提醒它们跟随引导人员的指示。

在元江的滚滚波涛之上，一道雄壮而神秘的桥梁耸立在半空，那就是元江大桥。这座大桥，是人类的智慧与力量的结晶，它的每一块石板，每一道钢筋，都展现出人类改造自然的智慧。

林峰毫不畏惧，他像是短鼻子家族唯一的领路者，在通往桥面的道路上边撒咸味萝卜，边走向元江大桥。

林峰一步步走过桥面，每一步都留下深深的坚定和执着。林峰终于到达桥的另一端，目光坚定地看向短鼻子家族。他的对面就是短鼻子家族，它们在桥上迈着缓慢而犹豫的步伐。林峰举起手，象群停下脚步，他把手放下，象群又开始前行。

元江大桥在夜色下显得影影绰绰，与大象灰色的皮肤融为一体。林峰不仅用手比画着，还再次走在象群的前面，他的步伐坚定而沉稳，他的眼神犹如古老的星辰，充满了坚毅与执着。

当象群走到桥中央的时候，元江的波涛汹涌起来，仿佛在向这些庞然大物致敬。

林峰停下来，他把手举起来，大象们也停下，它们看着林峰，仿佛在等待着他的命令。林峰把手放下，大象们又开始前行。它们一步一步地走过桥面，走过波涛汹涌的元江，走向了离家更近的对岸。

当短鼻子家族全部走过桥面，程非终于长舒了一口气，最终架不住疲惫的袭扰，颓然无力地跌坐在监视屏前。

第二天黄昏，林峰和程非坐在江畔，两人望着远方茂密的森林，开心地聊着天。

林峰的皮肤虽被岁月磨砺得如沙土一般粗糙，但那双眼睛却犹如静谧的江水，清澈明亮。而程非这位满脸风霜的指挥长，虽然比林峰年长好多岁,但他的眼神依然坚定如初,犹如那稳固矗立的元江大桥,历经风雨而坚韧不拔。

林峰感慨道:"它们终于回家了。"

林峰的话语中流露出的是欣慰,也是对自然和谐的向往。程非回应着:"是啊,我们的努力没有白费。"

程非的话语间,是对林峰的肯定,也是对这场短鼻子家族北上南归行动的总结。

两人相视一笑,他们心中明白,这不仅仅是一次对亚洲象的救助行动,更是一次人类对自然的敬畏与和谐的探索。他们为能参与其中,感到无比的荣幸。

林峰举起手中的望远镜,再次确认了视野所及之处已无亚洲象的踪迹,于是安心地放下手中的望远镜,微笑着看向程非:"程老师,现在我们可以松一口气了。"

程非回给他一个微笑:"是啊,我们的任务总算完成了。"

听着元江的潺潺流水声,两人坐在那里,静静地望着连绵不绝的山峦。两人的脸上流露出深深的满足和欣慰,因为他们知道,他们已经成功地引导亚洲象回归了它们自己的家园,回到了它们的传统栖息地。

而此刻,他们的心中充满了感慨和回忆。他们回想起那些日夜兼程的日子,那些风雨无阻的努力,那些无数次的挫折与坚持。他们回想起那些为了象群的安全而彻夜不眠的日子,那些为了制定一个完美的行动计划而苦思冥想的时刻。

如今,所有的辛劳与付出都已化为兴奋、欣慰和幸福。

顺利通过元江大桥的短鼻子家族,已经安然无恙地回到了它们的家——中国西南部热带雨林。这是对程非和林峰最好的回报,也是对他们努力的最大肯定。

夕阳西下，元江的水面上映出一道金色的光芒。林峰和程非站起来，他们拍了拍身上的沙粒，准备离开这个他们曾经作为战场的地方。

此时，林峰的心已经追随着短鼻子家族回到了倚象谷。

## 尾声 / 和谐之境

在郁郁葱葱的倚象谷，一名皮肤黝黑的男子手持望远镜，正专注地观察着远处的短鼻子家族。这名男子就是林峰，他就是这片广袤森林的守护者，也是一位与众不同的父亲。

林峰的女儿林伊儿，现在俨然成为一名当红歌星，美貌与才华兼备，然而林峰与女儿的关系一度有着难以逾越的鸿沟。

林峰是一位亚洲象监测员，他的一生都致力于保护这些庞大的哺乳动物。然而，这份工作既艰苦又危险，还常常让他无法顾及家人。林伊儿因此对他心生怨念，她觉得父亲忽视了她和她的母亲，以及她的贵人——滇云绿孔雀旅游集团有限公司的总裁依香。

然而，时间总归可以治愈一切。

在这次亚洲象北上南归的奇幻之旅中，林伊儿

尾　声
和谐之境

曾不止一次在主流新闻媒体的视频中看到日夜兼程、不惧危险的父亲。尤其是当她看到毅然决然的父亲带着亚洲象群走过元江大桥的时候，顿时被感动得热泪盈眶。那一刻，林伊儿觉得自己的父亲就是天底下最伟大的人。

在外演出的林伊儿逐渐理解并开始支持父亲的工作。这次，林伊儿决定用一首歌来向父亲表达自己的悔意和感激。

夜幕降临，林峰突然收到了女儿发来的微信视频，这是女儿离开两年多后，第一次主动给他发来了微信。

视频中，林伊儿站在舞台上，她身后是熠熠生辉的灯光。这个节目是采取录制的形式面向东南亚国家播出的，林伊儿演唱的歌曲在中国乃至东南亚地区有着非常高的人气。

林伊儿清了清嗓子，愧疚地说道："这首歌曲，既是唱给广大歌迷朋友听的，更是唱给我的父亲听的，希望我的父亲能够听到这首歌，并原谅曾经任性不懂事的女儿，希望我永远是父亲心目中的宝贝。"

林伊儿说完，面对摄像机深深鞠了一躬，开始演唱起那首童年的歌谣《大象的秘密》。

> 大象长长的鼻子，摇啊摇啊；
> 大象大大的眼睛，看啊看啊；
> 大象沉重的步伐，走啊走啊；
> 大象你是我的朋友，永远到永远啊！

林伊儿的歌声如丝绸般滑过夜空，震撼着林峰的心灵。林峰手握手机，顿时老泪纵横。

这是林伊儿小时候喜欢唱的一首歌，那时的林峰和女儿是那么地亲近。诚然,这首歌就是他们父女的纽带,而今天,这个纽带变得更加坚韧。

与此同时,远在昆明的依香也收到了林伊儿给她发来的演唱视频,依香同样深受感动。依香是林伊儿演唱事业的发掘人,是她曾经的老板,也是她最尊敬的长辈。

依香因为林峰的阻挠而未能实施森林酒店项目,但她从未因此对林峰怀恨在心。相反,她一直欣赏林峰对保护亚洲象的执着和热情。

尽管如此,依香并没有彻底放弃森林酒店项目,她在不断地优化着自己的项目,因为她在亚洲象生物廊道的建设中,找到了森林酒店和生物廊道之间的契合点。

这个优化方案的核心,是在不破坏森林环境的前提下,为亚洲象打造一条新的通道,让它们可以自由地穿梭于森林和酒店之间,而无须担心与人类的接触。通过这条通道,人们也可以近距离地观察到亚洲象的生活习性,从而更好地了解和保护这些珍贵的物种。

为了实现这个目标,依香请来了全球知名的设计师,在她的愿景中,不仅要利用最先进的环保材料和技术建设酒店,而且还要借助当地居民的帮助,对周围的环境进行巧妙的改造。具体内容包括:扩大原有的水域,为亚洲象提供更多的水源;拓宽森林通道,方便它们自由出入;还要在酒店周围种植大片的食物源植物,吸引亚洲象前来觅食。

依香要体现的效益价值是,随着时间的推移,让越来越多的人来到这里,他们或是为了保护亚洲象,或是为了研究它们的生活习性,或是单纯地来感受大自然的魅力。而这座森林酒店就将成为人们与大自然和谐共处的象征。

尾　声
和谐之境

久未谋面的林东，此时正组织召开村党支部党员大会，全员学习一篇文章：

"在热带雨林的深深腹地，一群亚洲象监测员默默地守望着这片繁茂的热带雨林。他们的存在，仿佛是人与自然之间的一座桥梁，将人与大自然的情感紧密相连。

"林峰，是这群基层亚洲象监测员中的典型代表，他用生命中最灿烂的年华投入到了这项充满挑战的工作中。他们的任务，就是在这片广袤的热带雨林中，寻找并观察亚洲象的生活习性，以微妙而细致的方式，将大自然的呼唤传递给世界。这是一份需要坚韧不拔精神的工作，日复一日，年复一年，他们需要忍受寂寞，抵抗疲惫，抵抗雨林的湿热，抵抗蚊虫的叮咬。

"然而，林峰和他的同伴们却从未退缩，他们的心中燃烧着一团火，那是对大自然最纯真的热爱，是对人与自然和谐共生的坚定信仰。他们不仅是观察者，还是守护者。当亚洲象受到威胁时，他们会毫不犹豫地站出来，用他们的智慧和勇气保护这些雨林的精灵。

"他们的故事，充满了艰辛与快乐，充满了挑战与奇迹。他们的故事，就是正在发生的生态文明建设的中国故事。他们的行动，就是人与自然和谐共生的生动展现。"

…………

在云南省会昆明，一场盛大的联合国生物多样性保护大会静悄悄地拉开了帷幕。这个大会的召开，不仅仅是因为亚洲象北上南归的奇特之旅，更是因为全球生物多样性的保护形势日益严峻。

会场内外，热情洋溢的人们在交流着各自的观点和经验。大屏幕上播放着亚洲象在北上的旅程中安全南归的专题片，这一奇特的旅程引发了人们对生物多样性保护的关注和思考。

在大会期间，世界各地的专家学者纷纷上台，分享他们关于生物多样性的见解和最新研究成果。其间，特别设立了一个关于亚洲象迁徙的专题讨论会，邀请了参与此次迁徙研究的专家学者进行深入探讨和分享。

程非和林峰在专题讨论会上的发言引起了极大的关注，人们纷纷前来听取这场专题讨论会上关于亚洲象迁徙的最新研究成果汇报。短鼻子家族北上的故事，成为人们热议的话题，它们的迁徙之谜、它们的生存之道、它们的未来之路，都成为人们关注的焦点。

短鼻子家族的一次意外的奇幻旅行，让生活在中国南方热带雨林的亚洲象与云南红土地交织成一幅动人的画卷，瞬间吸引了全世界的目光，犹如一颗璀璨的星辰在东方天际悄然升起。

世界各地人们的目光被这片土地上的生机与和谐深深吸引。他们意识到，人类正站在一个十字路口，面临着保护生物多样性、实现全球可持续发展的重大抉择。面对全球生物多样性丧失和生态系统退化的严峻形势，世界人民看到了中国"坚持人与自然和谐共生"的理念在亚洲象的迁徙之旅中得到了生动的体现。

2021年的金秋十月，当联合国《生物多样性公约》第十五次缔约方大会的钟声在云南昆明敲响，与会者们共同见证了中国在生物多样性保护方面取得的辉煌成就。中国以坚定的决心和务实的行动，率先出资15亿元人民币，成立了生物多样性基金，为全球的生态保护事业注入了强大的动力。

## 尾 声
## 和谐之境

在这片红土地上,中国加快了构建以国家公园为主体的自然保护地体系。三江源、大熊猫、东北虎豹、海南热带雨林、武夷山等一批批国家公园如雨后春笋般涌现,它们成为了生物多样性的庇护所,也是人与自然和谐共生的典范。

与此同时,中国还陆续发布了重点领域和行业碳达峰实施方案和一系列支撑保障措施,构建起碳达峰、碳中和的政策体系。这不仅是中国在应对气候变化方面的坚定承诺,也是对人类未来命运共同体的深邃思考。

大会的闭幕式上,《昆明宣言》的发布如同一道曙光,照亮了全球生物多样性保护的道路。它释放出全力加强生物多样性保护的积极信号,让人们对人与自然和谐共生的美好愿景充满了期待。

在未来的岁月里,人类将共同守护这个蓝色星球上的每一片绿叶、每一滴清水、每一个生灵,让生命的奇迹在地球上永远绽放出璀璨的光芒。

更让人欣喜的是,云南省西双版纳傣族自治州、普洱市、临沧市等亚洲象栖息地的保护和修复取得了可喜的成果——继续坚持亚洲象的野外巡护、救护,确保野外种群及其栖息地安全,着力加强栖息地保护与恢复,持续提升栖息地质量和扩大范围;加强对人象冲突的预防和补偿,实施科学调控措施,健全补偿机制,妥善解决人象冲突问题,切实维护群众利益;依法推动救护繁育种群,建立稳定的人工繁育种群基因库,并研究放归自然。

同时,加大亚洲象容纳量科学评估、种群间基因交流等研究,攻克技术难题,提出科学方案;加强国际合作与交流,全面展示亚洲象保护成果和生态文明建设成就;继续严厉打击盗猎亚洲象及非法交易象牙等犯罪活动，严防盗猎现象和象牙非法交易；深入开展宣传教育，提高公众保护意识，为加强亚洲象保护营造良好的社会环境。

如今的倚象谷，这个深藏在中国西南部热带雨林中的神秘之地，早已成了亚洲象的家园，成为人与自然和谐共生的典型示范。这里，群山环抱，绿意盎然，清澈的曼干河从山间蜿蜒流淌，形成了一幅幅如诗如画的自然景致。

曼朋傣寨、翁基哈尼山寨、倚象谷寨子的村民们时常在芒果林对面的山坳聚集，用他们独特的方式呼唤着走出森林中的大象。悠扬的笛声像是跨越物种界限的语言，将人与象紧紧相连。随着悠扬的象鸣声响，一群群亚洲象从密林中缓缓走出，它们庞大的身躯在阳光下显得格外庄重而神圣。

村民们与大象们的关系早已超越了简单的共处，他们视这些象群为家人，为朋友。他们尊重象群的生活习性，不侵犯它们的领地，同时也得到了象群的信任与保护。这种相互尊重与信任，让倚象谷成为一个真正的和谐家园。

在这片土地上，人与自然的关系是如此的和谐，仿佛构成了一个美妙的生态乐章。大象们在森林中自由漫步，鸟儿在枝头欢快歌唱，村民们则在田间劳作，彼此互不干扰，却又紧密相连。这里，没有猎杀与掠夺，只有共生与繁荣。

倚象谷的美好愿景不仅仅是人与象的和谐共生，更是人类对于自然的敬畏与保护。在这里，人类学会了倾听自然的声音，尊重自然的规律，珍惜自然的恩赐。他们知道，只有与自然和谐共处，才能实现真正的可持续发展，让这片土地永远充满生机与活力。